Robyn DeHart

DAS RÄTSEL DEINER LEIDENSCHAFT

Roman

Aus dem amerikanischen Englisch von
Ulrike Moreno

BASTEI LÜBBE
TASCHENBUCH

BASTEI LÜBBE TASCHENBUCH
Band 16573

1. Auflage: Januar 2012

Dieser Titel ist auch als E-Book erschienen.

Vollständige Taschenbuchausgabe

Bastei Lübbe Taschenbuch in der Bastei Lübbe GmbH & Co. KG

Deutsche Erstausgabe

Textredaktion: Susanne Kregeloh, Drestedt
Titelillustration: Franco Accornero via Agentur Schlück GmbH
Umschlaggestaltung: Rainer Schäfer
Satz: Urban SatzKonzept, Düsseldorf
Gesetzt aus der New Caledonian
Druck und Verarbeitung: GGP Media GmbH, Pößneck
Printed in Germany
ISBN 978-3-404-16573-5

Sie finden uns im Internet unter
www.luebbe.de
Bitte beachten Sie auch: www.lesejury.de

Der Preis dieses Bandes versteht sich einschließlich
der gesetzlichen Mehrwertsteuer.

Dieses Buch ist Kathleen Woodiwiss, Amanda Quick, Teresa Medeiros und Johanna Lindsey gewidmet, denn ihr seid der Grund dafür, dass ich historische Liebesromane zu schreiben begann – und was für eine erstaunliche Reise das doch ist!

Und Paul, aus mehr Gründen, als ich zählen kann, vor allem jedoch, weil du mich immer schön findest, selbst wenn ich bis zum Hals in meiner Arbeit stecke und seit Tagen nichts Vernünftiges mehr angezogen habe. Und weil du immer sagst: »Du kannst das.« Ich liebe dich, Baby.

Danksagungen

Die meisten guten Bücher entstehen in einer Art Zusammenarbeit, und so wäre es sehr unaufmerksam von mir, spräche ich den Menschen, die mir mit Rat und Tat zur Seite standen, nicht meinen herzlichsten Dank aus:

Meinen Kritikerinnen und Brainstorming-Partnerinnen Emily und Hattie. Ich weiß wirklich nicht, was ich ohne euch tun würde. Ihr seid immer da, wenn ich mich mit neuen Ideen befassen muss. Ich höre den Strand rufen.

Meinem Ehemann Paul, der immer ein großer Anhänger meiner Arbeit gewesen ist. Du hattest einige großartige Ideen für diese Geschichte, Paul. Danke, dass du deinen Einfallsreichtum mit mir teilst.

Meinen wunderbaren Redakteurinnen Amy und Alex, die geduldig meine Hand halten, während sie mir das Feedback geben, das ich so dringend brauche. Ihr treibt mich dazu an, die Autorin zu sein, die ich sein muss.

Ein großes Dankeschön auch an Claire Brown und den Rest des GCP Art Departments – ihr alle seid fantastisch und so talentiert, dass es kaum zu glauben ist. Danke, dass ihr solch wundervolle Cover für mich und die Charaktere meiner Erzählungen gestaltet.

Und an letzter, aber keineswegs geringster Stelle möchte ich meiner wunderbaren Agentin Christina Hogrebe danken, die mir in mehr kritischen Situationen beigestanden hat, als ich zählen kann. Du bist ein Juwel, und ich arbeite sehr gern mit dir zusammen. Tausend Dank für alles!

Prolog

An der Küste Cornwalls,
1873

Maxwell Barrett zündete seine Laterne an und betrat die feuchte Höhle. Hinter sich hörte er die Wellen gegen den Fels des Höhleneingangs schlagen. Ihm blieb nicht mehr viel Zeit. Das war auch der Grund, der ihn zur Eile antrieb. Andernfalls hätte er sich länger hier drinnen aufgehalten und alle Ecken und Winkel untersucht, die er erreichen konnte. Doch ihm blieben nur noch zwei Stunden, bevor die Flut wieder ansteigen und den Eingang zur Höhle überschwemmen würde.

Zwei Stunden, bevor er ertrinken würde.

Vorausgesetzt, er hatte sich nicht verschätzt, denn dann blieb ihm vielleicht sogar noch weniger Zeit. Aber wie auch immer, er musste die Karte finden und dann schnellstens wieder trockenes Land erreichen.

Die Höhle erschien und verschwand mit den Gezeiten, deshalb hatte er fast vier Monate gebraucht, die verflixte Stelle ausfindig zu machen, und trotzdem blieb noch abzuwarten, ob er finden würde, wonach er in die letzten beiden Jahre gesucht hatte.

Die unebenen, von Moos und Wasser glitschigen Steine unter seinen Stiefeln machten das Vorankommen noch viel strapaziöser. Er war schon mehrmals ausgerutscht, hatte die Laterne aber immer fest in der Hand gehalten und sich weiter vorgekämpft. Er wusste, diese Höhle war die richtige, er spürte es.

Heute würde er die Karte von Atlantis finden.

Auf einem nassen Stein kam er ins Rutschen, verlor das Gleichgewicht und schlug hart auf einem seiner Knie auf. Der spitze Stein zerriss seine wollene Hose und schnitt ihm in die Haut. Zum Glück gelang es ihm, die Laterne vor dem Zerbrechen zu bewahren.

Max rappelte sich auf und atmete tief durch. Er konnte das hier schaffen. Das wäre ja gelacht. Mit gerade mal fünfzehn Jahren hatte er den längst vergessenen Schatz einer Piratenkönigin entdeckt und ausgegraben. Und heute war er siebzehn. Mit entschlossenen, aber vorsichtigen Schritten drang er weiter in die Höhle ein. Es war immer noch Atlantis, was ihn antrieb ... die einzige Karte des verlorenen Kontinents zu finden, würde zweifellos beweisen, dass Platos Schriften den Tatsachen entsprachen und keine Ausgeburt der Fantasie waren. Sollte ihm der Fund gelingen, würden seine Eltern das zur Kenntnis nehmen und anerkennen müssen. *Alle* würden Kenntnis davon nehmen müssen.

Lange Stalaktiten streckten sich wie uralte Finger von der Höhlendecke zu ihm herab. Max musste sich zwischen ihnen hindurchschlängeln und sich ducken, um nicht aufgespießt zu werden. Ohne zu zögern, ging er weiter. Unaufhaltsam weiter. Noch immer konnte er hinter sich die Wellen hören, die ihn wie ein Stundenglas daran erinnerten, dass er nur über begrenzte Zeit verfügte.

Je tiefer er in die Höhle eindrang, desto drückender wurde die Luft. Als er tief einatmete, füllte sich seine Nase mit dem kalkartigen Geruch, der nur in kleinen Erdnischen zu finden war. Sein Herz begann wie wild zu schlagen.

Der Gang vor ihm teilte sich. Die Wände der Höhle verengten sich und bildeten zwei Pfade. Einer war breit genug für Max, um weiterzugehen, und wenn auch nur gebückt; der andere war nicht einmal groß genug, um ein kleines Kind hindurchschlüpfen zu lassen. Damit war die Wahl für ihn getroffen. Denn die Atlantider, die vor ihm hier gewesen waren, um die Karte zu verstecken, hatten mit Sicherheit den größeren Tunnel benutzt.

Dennoch zögerte Max jetzt.

Die Stalaktiten waren eine Ermahnung, dass fließendes Wasser Felsen nicht nur entstehen lassen, sondern sie auch zerstören konnte. Max hoffte, dass der Lauf des Wassers sich nicht mit der Zeit verändert und den richtigen Weg verschmälert hatte, sodass er nun vielleicht doch den falschen einschlagen würde.

Aber es gab nur eine Möglichkeit, das herauszufinden. Vorsichtig tastete sich Max mit einer Hand an der Wand entlang, während er mit der anderen die Laterne vor sich hielt, auch wenn der jämmerlich schwache Lichtschein die Mühe fast nicht wert war. Der Stein unter Max' Fingern war kühl und nass. Irgendetwas schlängelte sich unter seiner Hand hindurch, und er riss sie schnell zurück.

Wieder verengte sich der Tunnel, dieses Mal so stark, dass Max seitlich gehen musste, um voranzukommen. Ertrinken wäre so oder so eine fürchterliche Art zu sterben, in diesem engen Gang aber bestimmt noch viel grauenvoller. Max beschleunigte seine Schritte, und obwohl Laufen ausgeschlossen war, kam er doch ziemlich schnell voran. Beim Gehen verfing sich sein Haar immer wieder in den Felsvorsprüngen des Ganges, und die Steine vor ihm würden ihm die Haut vom Gesicht reißen, wenn er nicht sehr achtsam war.

Die Dunkelheit vor ihm wurde immer dichter und schwärzer, je tiefer er in die Höhle eindrang. Dann erweiterte sich die Spalte wieder, durch die er halb gekrochen, halb gegangen war. Er machte einen Schritt, aber unter seinem Stiefel war nur Luft. Er verlor das Gleichgewicht und wäre fast gestürzt, konnte sich aber im letzten Moment an der Höhlenwand rechts von ihm festhalten.

Er stand auf einem Felsvorsprung über einem unterirdischen See, stellte er fest, als er die Hand mit der Laterne ausstreckte und sich vorbeugte, um einen Blick in die Tiefe zu tun. Die Entfernung zu dem Wasser war schwer einzuschätzen, aber es musste sich einige Meter unter ihm befinden, und obwohl ein solcher Sturz vermutlich nicht tödlich wäre, wollte Max nicht das Schicksal herausfordern.

Der Felsvorsprung umgab das Wasser, und Max konnte nun auch erkennen, dass der Sims zu seiner Rechten wesentlich schmaler war als der zu seiner Linken. Deshalb wandte er sich vorsichtig nach links und folgte dem Felsvorsprung. Die Öffnung, durch die er gestiegen war, schien – soweit er es sehen konnte – die einzige zu sein.

Seinen Nachforschungen zufolge müsste diese Höhle ihn zu der Stelle führen, an der die Atlantider ihre Landkarte verborgen hatten. Alles, was er gelesen hatte, deutete darauf hin, dass sie gut versiegelt inmitten von Wasser ruhte. Max legte den Kopf zurück und ließ seinen Blick über die Decke der Höhle gleiten. So glatt, wie die Mauern von der Feuchtigkeit waren, erschien es äußerst unwahrscheinlich, dass jemand dort hinaufgestiegen sein könnte. Und geeignete Stellen, um irgendetwas zu verstecken, schien es dort oben auch keine zu geben. Das trübe Laternenlicht, das sich auf den nassen Wänden spiegelte, reichte gerade aus, dass Max seine eigene Hand sehen konnte. So vorsichtig er konnte, ging er langsam weiter.

Der Vorsprung wurde so schmal, dass Max kaum noch darauf stehen konnte. Den Rücken an die Höhlenwand gepresst, schob er sich weiter den schmalen Sims entlang.

Urplötzlich enthüllte der Schein der Laterne einen großen Brocken Quarz, der ein unheimliche bläuliches Licht erzeugte.

Und in diesem seltsamen Glühen spiegelte sich der Lichtschein seiner Laterne in irgendetwas wider, das sich in der Mitte des Sees befand. Ein hölzerner Sockel ragte aus dem Wasser, auf dessen Mitte eine Art Behälter stand.

Max' Herz begann zu rasen. Das musste es sein! Die Karte war darin versteckt. Er war schon drauf und dran, von dem Vorsprung in den See zu springen, als er eine Bewegung in dem Wasser wahrnahm. So rasch er konnte wandte er sich nach rechts, zu einem robusteren Teil des Felsvorsprungs, und beugte sich wieder mit der Laterne in der Hand ein wenig vor.

Dort unten im Wasser trieb ein verwesender menschlicher Körper! Die schon fast bis auf die Knochen verfaulte Leiche trug zum Teil noch Kleider, die in Fetzen an ihr klebten. Wie in einem makabren Todestanz schwankte sie im Wasser auf und ab. Es schien die Leiche eines Mannes zu sein, und in ihr steckte ein hölzerner Pfahl. Und dann bemerkte Max die anderen Pfähle unterschiedlicher Größe und Länge, die um den Sockel herum angebracht waren.

Wäre er in das Wasser gesprungen oder gefallen, könnte jetzt er es sein, der dort unten an einem dieser Pfähle verblutete.

»Interessant«, murmelte er und richtete sich auf.

Wie sollte er ohne eine Brücke, die von seinem Felsvorsprung zur anderen Seite hinüberreichte, an die Karte herankommen, ohne sich auf einem dieser Pfähle aufzuspießen? Er blickte sich um, suchte die Umgebung nach irgendetwas ab, was ihm nützlich sein könnte. Aber da war nichts.

Das Geräusch herabfallenden Wassers lenkte seine Aufmerksamkeit auf die Felsspalte, aus der er vorhin herausgekrochen war. Wasser lief jetzt aus dem schmalen Tunnel und strömte in den See darunter. Max beobachtete, wie die Leiche weiter hin und her wogte und mit dem Wasser langsam höher stieg.

Darin lag die Antwort. Der einzige Weg, zu diesem Sockel zu gelangen, ohne sich zu pfählen, war, den See volllaufen zu lassen, bis er die Plattform erreichte. So lange abzuwarten, würde seine Chancen, lebend aus der Höhle herauszukommen, jedoch wesentlich verringern.

Aber einen anderen Weg schien es nicht zu geben. Es lief auf zwei Möglichkeiten hinaus: entweder gab er die Karte auf und mit ihr jeglichen Beweis für den verlorenen Kontinent oder er riskierte sein Leben in der Hoffnung, aus einer Fiktion eine Tatsache zu machen. Max holte tief Luft und straffte seine Schultern. Wenn man eins von Maxwell Barrett sagen konnte, dann, dass er unerbittlich war in seiner Suche.

Er würde diese Karte heute bekommen oder bei dem Versuch sein Leben lassen.

Max hatte seine Taschenuhr am Strand liegen lassen, als er zum Eingang der Höhle geschwommen war, sodass er nun auf sein Zeitgefühl angewiesen war. Das Wasser stand jetzt etwa einen halben Meter unterhalb des Sockels, und er schätzte, dass es noch an die dreißig Minuten dauern würde, bis der See sich ganz gefüllt hatte. Und Max war ein guter Schwimmer. Er würde genügend Zeit haben, und er würde diese Höhle lebend verlassen.

Als kaum noch ein Pfahl die Wasseroberfläche durchbrach, ließ Max sich langsam vom Felsvorsprung in den See hinunter. Die Kälte des Wassers schien ihm bis in die Knochen zu dringen und er versuchte vergeblich, sich durch Wassertreten an die eisige Temperatur zu gewöhnen. Der Wasserstand musste nur noch geringfügig ansteigen, dann konnte Max seinen Plan verwirklichen.

Von diesem Gedanken getrieben, ignorierte er die Kälte und schwamm auf den Sockel zu. Das Wasser lief schon schneller über den Vorsprung in den See. Für einen Moment zog die Strömung den Toten in die schlammigen Tiefen, doch gleich darauf tauchte er schon wieder auf. Eine Hand voll Pfähle ragte noch immer aus dem Wasser. Max tat sein Bestes, sie zu umschwimmen. Gegen einen stieß er mit der Stiefelspitze, dann schwamm er direkt gegen einen anderen, dessen scharfe Spitze ihn am Schienbein traf, seine Hose zerriss und ihm das Bein verletzte. Die Jahre hatten nichts dazu beigetragen, die Gefahr der hölzernen Pfähle zu verringern.

Mit höchster Konzentration gelang es ihm, den mittleren Pfosten zu erreichen, der die hölzerne Plattform aufrecht hielt. Mittlerweile stand das Wasser so hoch, dass Max sich an dem Sockel hinaufziehen konnte. Als er zitternd vor Kälte endlich den Schatz erblickte, stockte ihm der Atem, und er traute seinen Augen nicht. Bei genauerem Hinsehen konnte er erkennen, dass der Behälter in der Mitte ein Glasgefäß war. Er versuchte, es zu lösen, zu verdrehen, daran zu ziehen – was auch immer, um es von seinem Standort zu entfernen –, aber es ließ sich nicht vom Fleck bewegen.

Doch Max war viel zu weit gekommen, um jetzt aufzugeben. Mit einer schnellen Bewegung hieb er seitlich mit der Faust gegen das Glas, und es zersprang. Schnell nahm er das lederne Päckchen an sich, steckte es in sein Hemd und sprang wieder ins Wasser, ohne auf die Schnitte an seiner Hand zu achten. Nur um Zentimeter verfehlte er dabei einen weiteren Pfahl. Doch Zeit, erleichtert zu sein, blieb ihm nicht; das Wasser schäumte um ihn herum, und bald würde der Pfad, auf dem er hergekommen war, völlig unter Wasser stehen.

Schnell kletterte er auf den Felsvorsprung hinauf und kehrte zu dem engen Tunnel zurück, dem er bis zum Teich gefolgt war. Das Wasser reichte ihm schon bis zur Taille, als er den Rückweg antrat – ohne eine Laterne, die ihm den Weg wies. Er hatte sie zurückgelassen, als er in den See gesprungen war, und keine Zeit mehr gehabt, sie zu holen.

Das Wasser schlug gegen seinen Gürtel, und Panik griff mit eisigen Fingern nach ihm. Er verdrängte die Angst und ging weiter, doch seine Schritte wurden unsicherer, als er gegen die Strömung ankämpfte. Irgendwann jedoch, als ihm das Wasser schon bis zu den Schultern stand, schaffte er es aus der engen Felsspalte heraus und zurück in die Haupthöhle.

Eine Welle krachte gegen deren Eingang, und das Wasser, das eine Sekunde später an Max vorbeischoss, ließ ihn fast den Halt verlieren. Er holte tief Luft, als das eisige Meerwasser ihn von allen Seiten umschloss und zu verschlingen drohte.

Max schwamm. Mit jeder Unze Kraft, die er besaß, kämpfte er gegen die Strömung und die ihm entgegenschlagenden Wellen an. Seine Lungen brannten und schrien nach Luft; Salz brannte in seinen Augen, als er nach Licht und nach der Oberfläche suchte.

Doch dann durchbrach er sie endlich und rang nach Atem.

Ja, er hätte aufgeben und sich dem Tod in dieser Höhle überlassen können, aber dann wäre er ebenso namenlos wie die Leiche in diesem See dort drinnen. Diese Landkarte zu finden würde seinen Namen in England in aller Munde sein lassen.

Auf dem Rücken liegend und ganz aufs Atmen konzentriert, ließ er sich von den Wellen tragen. Eine Minute später schwamm er zu den Felsen, über die man zur Küstenlinie gelangte.

Der scharfkantige Fels schnitt in seine Hand, als er sich an Land hinaufhievte, seine nassen Kleider zogen ihn herunter, und seine Beine waren geschwächt von der Anstrengung des Schwimmens, aber er kämpfte sich unermüdlich weiter hoch. Etwa zehn Minuten später stand er schwer atmend und mit wild pochendem Herzen oben auf den Klippen. Er war erschöpft, aber auch wie berauscht, da es sehr gut möglich war, dass er soeben die Geschichtsschreibung geändert hatte.

Das Päckchen unter seinem Hemd war mit einem wachsartigen Material überzogen, das es wahrscheinlich wasserdicht machte. Max zog das gefaltete Dokument heraus, um es dann langsam, ja, fast ehrfürchtig zu öffnen.

Sie war schön, die Karte, und anders als alle, die er je gesehen hatte, mit den sich abwechselnden Wasser- und Landringen des Inselreiches von Atlantis. Auf der handkolorierten Zeichnung sahen die Wasserkanäle aus, als würden sie sich feucht anfühlen, und die Bergkämme, als wären sie scharf unter den Fingern, wenn man sie berührte, und Poseidons Palast erstrahlte förmlich von seinem Platz im innersten Landring.

Max faltete die Karte wieder und steckte sie in den Lederbeutel an seinem Gürtel. Er hatte es geschafft. Er hatte den Beweis für die Existenz des verlorenen Inselreichs gefunden.

Kapitel eins

London,
Januar 1888

Spencer Cole spielte mit der Pistole in seiner Hand, deren kaltes Metall im Mondlicht schimmerte. Die heutige Nacht könnte so oder so verlaufen, und er war auf beides vorbereitet. Als eine Kutsche die Straße hinunterrumpelte, steckte er die Waffe in seinen Hosenbund und drückte sich an die Außenwand des Stadthauses.

Der aufdringlich süße Duft von Jasmin hing in der Luft. Der verdammte Garten war voll von diesem Zeug. Er hasste Jasmin. Mit zwei Fingern riss er eine der zarten weißen Blüten ab, warf sie in den Schmutz und zertrat sie mit seinem Stiefel.

Spencers eng anliegender schwarzer Mantel ließ ihn fast vollständig mit der Dunkelheit verschmelzen. Um nicht aufzufallen, hatte er sich vorhin sogar umgezogen und sein weißes Hemd gegen ein dunkelbraunes ausgetauscht.

Nun dachte er an die Aufgabe, die vor ihm lag. Diesen Offizier zu finden war eine echte Herausforderung gewesen. Da ihm gesagt worden war, der Mann hielte sich in Afrika auf, hatte Spencer beschlossen abzuwarten, bis der Offizier nach London zurückkehrte. Dann hatte er vor zwei Wochen eine Nachricht abgefangen, die etwas anderes besagte. Wenn man der Botschaft glauben durfte, befand sich der Gesuchte jetzt oben in diesem Haus.

Die erste Zielperson hatte allein gelebt und war bekannt dafür gewesen, allzu sehr dem Alkohol zuzusprechen, egal ob im Dienst oder nicht. Er war laut und ungehobelt und bei vielen unbeliebt gewesen. Spencer hatte sich nicht die Mühe gemacht, dem Kerl eine Chance zu geben. Ihn zu töten war leicht gewesen. Zu leicht. Er war fast besinnungslos vom Alkohol gewesen, und Spencer hatte nur ein brennendes Streichholz an die Vorhänge halten müssen, um sein Haus in Flammen aufgehen zu lassen. Samt diesem nichtswürdigen Strolch.

Spencer hatte bei der Leiche keine Nachricht hinterlassen können. Weil seine Wut mit ihm durchgegangen war und er sich von seiner persönlichen Abneigung von seiner Aufgabe hatte ablenken lassen. Aber es war von größter Wichtigkeit, dass die Leute von seiner Absicht, von seiner Bestimmung erfuhren.

Deshalb hatte er sich bei dem zweiten Opfer mehr Zeit genommen und war präziser vorgegangen. Zuerst hatte er dem Mann einen Handel angeboten; die Chance, ein Teil von etwas Wichtigem zu sein. Aber der Dummkopf hatte abgelehnt. Also hatte Spencer ein Messer gezückt und dem Mann die Kehle durchgeschnitten, von einem Ohr zum anderen und so tief, dass er den Kopf fast ganz abgetrennt hatte. Das Blut war nur so aus dem Mann herausgeschossen, und es hatte eine außerordentliche Schweinerei gegeben.

Anders als beim vorhergehenden Mord hatte er seine erste Botschaft hinterlassen können – mit der ausdrücklichen Anweisung, die Botschaft in der *Times* abzudrucken. Spencer hatte keine Ahnung, ob die Wächter, die er suchte, Londoner Zeitungen lasen, aber die Bewohner Londons taten es. Und die Veröffentlichung solcher Botschaften würde Furcht erzeugen. Spencer liebte das. Scotland Yard war jedenfalls bestimmt schon alarmiert, und binnen Kurzem würde es auch die Stadtbevölkerung sein.

Was ihn zu Opfer Nummer drei führte. Spencer blickte zu dem erleuchteten Fenster über ihm hoch. Dieser Offizier hatte eine Familie, eine Geliebte, unzählige Freunde und sehr gute Beziehungen zu Ihrer Majestät. Er hatte also viel zu verlieren. Vielleicht würde ihn das dazu bewegen, das großzügige Angebot anzunehmen, das Spencer ihm machen würde. Wenn nicht …

Spencer spuckte aus.

Nach seiner Entdeckung, dass dieser Mann sich tatsächlich in London aufhielt, hatte er begonnen, ihn zu verfolgen und zu beobachten wie ein Jäger, der seiner Beute nachspürt. Das Gleiche hatte er bei allen Offizieren getan, die auf seiner Liste standen.

Zwei Wochen hatte er beobachtet und gewartet, war seine Geduld auf eine harte Probe gestellt worden. Doch heute Abend war nun endlich der richtige Moment gekommen, denn seine Zielperson war allein im Haus. Seine Frau und seine beiden Töchter waren ausgegangen, ins Theater und danach zu einem Ball, sodass sie noch Stunden wegbleiben würden. Und der Mann dort drinnen im Haus hatte noch keine Ahnung, welche Rolle er in einem Plan spielen sollte, der größer und bedeutender war, als ihm wohl je bewusst sein würde.

Da weitaus mehr Offiziere verfügbar waren, als Spencer brauchte, hatte er seine Zielpersonen mit größter Sorgfalt ausgesucht. Sieben Leben als Sinnbild der sieben Ringe von Atlantis. Diese sieben Männer würden ihr Leben durch seine Hand verlieren oder sich ihm anschließen und dadurch die Gunst der Königin verlieren. Im letzteren Fall würden sie beginnen, die Prophezeiung zu verwirklichen und seine Armee anführen. Spencer schaute auf den Ring an seiner rechten Hand, der ihn geradewegs zu dem Elixier führen würde. Das war sein Schicksal, und es war belanglos, wer dabei auf der Strecke blieb. Eine Prophezeiung, die älter war als irgendetwas hier in London, war größer noch sogar als er.

Irgendwo in der Ferne schlug eine Uhr die elfte Stunde. Es wurde Zeit.

Spencer bewegte sich lautlos zu den Terrassentüren, die vom Garten in einen Salon führten. Mit beträchtlicher Kraft gelang es ihm, das solide Schloss aufzubrechen und die Tür zu öffnen. Das Zimmer war dunkel, doch von der Halle fiel genügend Licht herein, um nicht versehentlich irgendwelche Möbel anzustoßen. Der starke Geruch von Politur kitzelte ihn in der Nase.

Da er wusste, dass General Lancers Arbeitszimmer im Erdgeschoss lag, schlich Spencer aus dem Salon und durch die Eingangshalle. Eine Küchenmagd, die ins Foyer kam, riss entsetzt die Augen auf, als sie ihn sah. Sie öffnete schon den Mund zum Schreien, als Spencer sie an der Kehle packte und sie an sich zog. Ihre großen braunen Augen füllten sich mit Tränen, als sie zu ihm aufblickte.

»Schrei nicht«, sagte er. »Wenn du schreist, bin ich gezwungen, dich zu töten. Ist das klar?«

Sie nickte heftig.

Natürlich würde er sie trotzdem töten. Aber er zog es vor, dies still und leise zu tun, um nicht sein wahres Opfer auf sich aufmerksam zu machen. Schnell zog er das Messer, das in seinem Stiefel steckte, und stieß der Frau die Klinge in die Kehle. Das Messer erstickte ihren Schrei, nur das zischende Geräusch von Luft kam aus der Wunde. Sie brach leblos zusammen, ihre braunen Augen in Entsetzen erstarrt.

Sie hatte ihm keine andere Wahl gelassen, denn er musste unbemerkt bleiben.

Schritt für Schritt schlich er über den Korridor und spähte

in die Zimmer, die den Gang flankierten. Fast begegnete er zwei Dienstboten, die es in einem dunklen Speisezimmer miteinander trieben, aber er hatte Glück, denn die gedämpften Laute, die sie von sich gaben, übertönten das leichte Knarren der Tür.

Schließlich fand er das richtige Zimmer. Ein sanftes Licht drang unter der Tür hindurch, und als Spencer sie aufstieß, stand er dem Mann gegenüber, den er suchte.

Mit offenem weißem Hemd und ohne Krawatte saß der ältere Mann an seinem Schreibtisch, der mit Stapeln von Büchern und Journalen bedeckt war.

»Wer zum Henker sind Sie?«, fragte er, während er sich schnell erhob.

»Wer ich bin, spielt keine Rolle«, erwiderte Spencer ruhig. »Setzen Sie sich.«

»Ich werde nichts dergleichen tun.« Der Mann hatte weißes Haar, das aber noch immer dicht und wellig war, und seine Augen sprühten vor Intelligenz. »Moment mal«, sagte er und verengte diese Augen, »ich kenne Sie doch. Was wollen Sie?«

Spencer konnte die freudige Erregung, die ihn durchzuckte, nicht verleugnen. Er liebte es, erkannt zu werden. Aber das war nicht sein Bestreben heute Abend. Bewusst verlangsamte er seine Atmung.

»Ich möchte Ihnen einen Vorschlag unterbreiten«, sagte er.

Die Nasenflügel des Mannes bebten. »Hat sie Sie geschickt?«

»Ein großer Krieg steht uns bevor«, sagte Spencer, ohne auf die Frage des Mannes einzugehen. »Und England ist nicht vorbereitet.«

»Wir haben das beste Militär der Welt«, gab der Mann

empört zurück. Tiefe Furchen bildeten sich auf seiner ohnehin schon faltigen Stirn. »Sie haben vielleicht Nerven!«

Dieser Mann würde keiner der Auserwählten sein, das erkannte Spencer schon jetzt, aber er hatte eine Aufgabe zu erfüllen. Langsam zog er die kleine Phiole aus der Tasche. »Ich habe hier die Lösung. Ein winziger Tropfen nur, und Sie würden klüger, stärker und wachsamer. Sie könnten der beste aller Generäle sein.« Spencer verdrehte fast die Augen. Wenn es nach ihm ginge, würde er sie einfach alle beseitigen und mit Männern seiner eigenen Wahl noch einmal ganz von vorn beginnen. Aber seine ausdrücklichen Anweisungen lauteten, zuerst diesen Männern anzubieten, sich seiner Sache anzuschließen, und sie nur dann zu töten, wenn sie ablehnten.

»Ich weiß nicht, worauf Sie hinauswollen, aber ich kann Ihnen versichern, dass ich mehr als befremdet bin. Ich *bin* bereits der beste General von allen.« Er stützte beide Arme auf den Tisch. »Ich denke, Sie sollten jetzt gehen. Morgen werde ich einen Bericht über diesen Vorfall einreichen. In mein Haus einzudringen, mich zu beleidigen und mir dann irgendein magisches Gebräu anzubieten, das vermutlich nichts anderes als Opium ist! Das ist eine Unverschämtheit ohnegleichen«, knurrte er.

Spencer ließ den Mann zetern; im Grunde fand er die Szene sogar recht unterhaltsam. Besonders angesichts dessen, was gleich geschehen würde.

»Wenn das so ist, befürchte ich, dass Ihre Dienste nicht länger benötigt werden«, sagte er und zog mit einer blitzschnellen Bewegung die Pistole aus seinem Hosenbund. »Ich glaube, ich hatte Ihnen befohlen, sich wieder hinzusetzen.«

Das Gesicht des Generals war von Resignation geprägt, als er langsam wieder seinen Platz einnahm. All die Jahre, die er im militärischen Oberkommando gewesen war, hatten seinen Kampfinstinkt geschärft, und er war vernünftig genug zu wissen, wann er einem überlegenen Gegner gegenüberstand.

»Ich habe sehr viel Geld«, sagte Lancer. »Und ich kann Ihnen den Schmuck meiner Frau geben. Was immer Sie auch wollen, ich kann es Ihnen geben.« Er streckte seine Hand aus. »Und Ihr Angebot nehme ich an. Ich nehme die Phiole.«

Spencer überdachte kurz das Angebot des Generals. Seine militärischen Fähigkeiten hätten sich als nützlich erweisen können, aber jetzt war es zu spät. Die Loyalität des Mannes würde immer fraglich sein. Schade eigentlich.

»Wenn es nur so einfach wäre«, sagte Spencer zu dem Mann. »Ich bin sicher, dass ich einen Mann von Ihrem Format und Ihren Fähigkeiten brauchen könnte. Aber Sie hätten mein Angebot annehmen sollen, als Sie noch die Chance dazu hatten.« Er nahm ein Kissen von dem Sessel hinter ihm, ging damit zum Schreibtisch und richtete seine Waffe auf den General. »Aber es hat nicht sein sollen.«

»Ich brauche nur zu rufen, und schon habe ich einen Raum voller Männer, die mir zu Hilfe eilen«, warnte Lancer, aber sein heftiges Schlucken verriet seine Angst und strafte seine Drohung Lügen.

Denn wäre es wahr, was er sagte, hätte er längst um Hilfe gerufen. Spencer ging um den Schreibtisch herum, trat hinter den General und strich mit dem Lauf der Pistole über dessen dichtes weißes Haar. »Nur zu«, sagte er achselzuckend. »Rufen Sie um Hilfe, wenn Sie wollen, aber dann werde ich gezwungen sein, auch die anderen zu töten. Und ich würde es vorziehen, das nicht zu tun.«

»Hat sie Sie geschickt?« Lancers Stimme schwankte. Dann schüttelte er den Kopf, wie um sich die Frage selbst zu beantworten. »Sicher nicht.«

Genug des Spiels. Sosehr Spencer die Quälerei auch genoss, hatte er doch eine Aufgabe zu erfüllen. »Schluss mit dem Gerede«, flüsterte er. Dann hielt er das Kissen zwischen die Pistole und die Schläfe des Mannes und drückte ab.

Jetzt standen nur noch vier Offiziere auf seiner Liste.

Sabine Tobias drehte sich im Bett herum und starrte an die dunkle Zimmerdecke. Sie hatte keine Nacht mehr gut geschlafen, seit sie vor sieben Monaten nach London gezogen waren. Nachdem sie die ersten vierundzwanzig Jahre ihres Lebens in einem Dorf verbracht hatte, war sie einfach noch nicht an die Geräusche der Stadt gewöhnt. Heute Nacht hätte sie schwören können, unter ihrem Fenster etwas rascheln zu hören. Sie holte tief Luft, hielt den Atem an und spitzte die Ohren. Da – da war es schon wieder! Vielleicht war es nur der Wind oder eine streunende Katze, aber sie konnte auf jeden Fall ein Geräusch hören.

Ihre Ohren schienen jedes noch so kleine Geräusch wahrzunehmen. Vermutlich war da nichts, aber was, wenn doch etwas – oder jemand – da draußen herumschlich? Ein Dieb vielleicht. Oder ein Mörder? Schweiß rann ihren Rücken hinunter, und ihr drehte sich vor Unruhe der Magen um.

Schließlich schwang sie die Beine aus dem Bett und lief auf bloßen Füßen aus ihrem winzigen Zimmer auf den Korridor hinaus, wo sie fast mit ihrer Tante zusammenstieß.

»Hast du es auch gehört?«, fragte Lydia.

»Ja«, flüsterte Sabine.

»Ich glaube, draußen ist jemand.« Lydia hielt ihre Kerze vor sich, als sie in ihrem langen gelben Nachtgewand zur Treppe ging.

Sie waren noch nicht einmal die Hälfte der Stufen hinuntergegangen, als auch Sabines andere beiden Tanten aus ihren Zimmern kamen. Zu viert schlichen sie ins Erdgeschoss hinunter, um nachzusehen.

Lydia blieb am Fuß der Treppe stehen. »Das Geräusch«, flüsterte sie. »Es ist jetzt drinnen.«

Sabines Herz verkrampfte sich vor Panik. Langsam schlichen die vier Frauen auf Zehenspitzen in den Lagerraum hinter ihrem Laden. Dort saß an einem kleinen Tisch ein Mann. Ein Eindringling!

»Tut mir leid, dass ich euch geweckt habe«, sagte der Mann mit dünner Stimme.

»Madigan?«, rief Lydia und eilte zu dem Mann.

Die Erleichterung, die Sabine erfasste, war so groß, dass sie für einen Moment ins Taumeln kam. Ihre Tanten kannten diesen Eindringling.

»Ja, ich bin's«, sagte er.

»Du hast uns zu Tode erschreckt«, wies Agnes den Mann ärgerlich zurecht. Sie trug ihr blassrotes Haar zu einem losen Zopf geflochten, der ihr über die Schulter fiel.

Der Mann schüttelte den Kopf und hustete. »Ich habe nicht viel Zeit. Ich bin gekommen, um das Kind zu warnen.«

Lydia stellte ihre Kerze auf den Tisch und setzte sich auf den Stuhl neben dem Mann. »Calliope«, wandte sie sich an ihre jüngste Schwester. »Lass uns etwas mehr Licht hier drinnen machen.«

Warmes Licht verbreitete sich im Zimmer, als Sabine mit ihrer Tante Calliope die Wandleuchten anzündete. Sie hatten sich die neumodischen elektrischen Lampen noch nicht leisten können, aber die alten brannten noch hell genug.

Madigan, wie Lydia ihn genannt hatte, kauerte auf dem Stuhl und sah blass und leidend aus. Bei ihrem ersten genaueren Blick auf ihn zogen Sabines Tanten erschrocken den Atem ein.

»Was ist mit dir passiert?«, fragte Agnes und rückte näher an ihn heran.

Calliope zog eine Flasche ihres selbstgebrannten Whiskys hinter einem Schrank hervor und schenkte ihm ein Glas ein. »Du siehst nicht gut aus, alter Freund.«

Sabines drei Tanten kannten diesen Mann, und doch hatte sie selbst ihn weder je gesehen noch von ihm gehört. Und sie hatte ihr ganzes Leben mit diesen Frauen verbracht. Selbst als ihre Eltern noch gelebt hatten, waren ihre Tanten immer da gewesen. Sabine war sich ganz sicher, dass er nicht aus ihrem Dorf stammte. Aber auch hier in London hatte sie ihn noch nie gesehen, und immerhin waren sie mit ihrem kleinen Laden schon fast ein Jahr hier in der Stadt.

Madigan trank den Whisky und nickte dann Sabine zu. »Kommt alle mal her.«

Sabine lag schon eine scharfe Antwort auf der Zunge, weil sie diesen Mann nicht kannte, aber Tante Lydia schüttelte den Kopf. »Nicht jetzt, Kind«, sagte sie.

Sabine nickte und setzte sich auf den Stuhl, auf den Lydia gewiesen hatte. Agnes nahm ebenfalls am Tisch Platz, während Calliope, die Flasche Whisky in Händen, stehen blieb.

Madigan war ein großer, breitschultriger Mann mit welligem dunklem Haar und einem Bart, der viel von seinem Gesicht verdeckte. Seine braunen Augen blickten freundlich.

»Ich habe euch viel zu erzählen, aber nur wenig Zeit«, sagte er mit heiserer Stimme. Dann hustete er wieder und krümmte sich dabei vor Schmerz.

»Kann ich irgendetwas für Sie tun?«, fragte Sabine. »Wir sind so etwas wie Heilerinnen. Calliope«, wandte sie sich an ihre Tante, »könntest du meinen Kasten holen? Er steht gleich hinter dir in dem Regal.«

Der Mann streckte eine Hand aus, um Calliope zurückzuhalten. »Es gibt nichts, was ihr tun könntet, um mir zu helfen«, sagte er, nach Atem ringend. »Ich bin gekommen, um die Wächter zu warnen.«

Sabines Magen krampfte sich zusammen. Noch nie, nicht ein einziges Mal, hatten sie außerhalb ihres Dorfes die Identität der Wächter enthüllt. Sie warf ihren Tanten einen fragenden Blick zu, um ihre Reaktion zu sehen, aber deren Mienen verrieten nichts, und so wandte sie sich wieder zu dem Fremden.

»Es gibt drei von uns«, sagte er mit einer nervösen Bewegung, und wieder verzerrte eine Welle des Schmerzes sein Gesicht, als ihn ein weiterer Hustenanfall schüttelte.

Von *uns*, hatte er gesagt. Also war er einer der anderen Wächter. Sabine wusste natürlich von der Existenz der beiden anderen, des Sehers und des Weisen. Da jedoch jeder der drei Wächter in einem anderen Dorf lebte, war sie bisher noch keinem der beiden begegnet. Sie lebten offenbar sehr zurückgezogen, und Sabine wusste nur, dass beide Männer waren.

Ursprünglich waren die Wächter alle Männer gewesen, bis Sabines Mutter und nach ihr Agnes auserwählt worden war. Und ihre Tanten glaubten, dass Sabine die nächste Wächterin sein würde. Aber Sabine wusste, dass das nur eine Illusion war. Wäre es ihr bestimmt gewesen, Wächterin zu werden, dann wäre sie schon auserwählt worden, als ihre Mutter starb. Früher hatte sie oft mit ihren Tanten über diesen Punkt gestritten, da ihre Proteste aber immer auf taube Ohren gestoßen waren, versuchte sie es jetzt nicht einmal mehr.

Es war ein Schock für ihre Leute gewesen, als ihre Mutter geboren worden war. Bis dahin hatte jede atlantische Familie mindestens ein männliches Kind gehabt. Noch nie zuvor hatte ein Atlantider als erstes Kind ein weibliches und anschließend noch drei weitere Mädchen gezeugt. Als Sabines Großvater gestorben war, hatten die Leute daher keine andere Wahl gehabt, als ihre Mutter als erste weibliche Wächterin zu akzeptieren. Und durch die uralte Zeremonie war diese Wahl bestätigt worden. Alle hatten jedoch geglaubt, dass sie versagen würde, und als das geschah, hatte man ihren Namen verspottet und verhöhnt.

»Doch sehr bald«, fuhr Madigan fort, als sein Husten nachließ, »werden nur noch zwei verbleiben.« Er legte eine warme Hand auf Sabines Schulter. »Die Prophezeiung hat ihren Anfang genommen.«

»Phinneas hat uns schon vor Monaten gewarnt«, sagte Agnes leise.

Madigan nickte. »Ja, Phinneas hat die Vorzeichen irgendwann im letzten Jahr gesehen. Warnzeichen, aber das hier ...« Er sah mit kummervollen Augen zu den Frauen auf. »Es hat begonnen. Der Auserwählte ist erschienen.«

»Bist du sicher?«, fragte Calliope.

Sabine wusste, dass Agnes eine Warnung erhalten hatte, aber sie hatte nie erfahren, von wem. Das konnte nur bedeuten, dass Phinneas der Seher war, was wiederum darauf schließen ließ, dass Madigan der Weise war. Die Warnung war der Grund dafür, dass sie nach London gezogen waren und diesen kleinen Laden in Piccadilly eröffnet hatten.

»Die Prophezeiung«, wiederholte Sabine nachdenklich. Sie war ihr Leben lang davor gewarnt worden. Welcher Atlantider hatte nicht davon gehört? Auch wenn keiner die Prophezeiung je gesehen hatte – zumindest niemand, den sie kannte. Vielleicht war dieser Phinneas über die Einzelheiten im Bilde, auch wenn jeder wusste, dass die Prophetie aus dem Buch des Sehers herausgerissen worden war.

Sabine wusste nur, dass es zu einem Kampf kommen würde und die Wächter das Elixier vor dem Auserwählten beschützen mussten.

Was bedeutete, dass Agnes in Gefahr war.

Sabines Magen krampfte sich vor Furcht zusammen, und sie tat einen tiefen, beruhigenden Atemzug, um sich nicht von ihrer Unruhe ablenken zu lassen. Sie würde nicht die gleichen Fehler machen wie ihre Mutter. Sabine war fest entschlossen, den guten Namen ihrer Familie wiederherzustellen, indem sie verhinderte, dass die Prophezeiung sich erfüllte.

Sie und ihre Tanten hatten einen Plan gefasst, nachdem sie die Warnung erhalten hatten.

»Wir haben uns vorbereitet, so gut wir konnten«, sagte Sabine. »Deshalb sind wir nach London gezogen. Wir sind auf der Hut, aber wir werden doch wohl nicht in Angst leben müssen?«

Madigan lächelte. »Sie ist ein tapferes Mädchen.«

»Das ist sie«, stimmte Agnes zu.

»Erzähl mir von eurem Plan, Kind«, forderte Madigan sie auf.

»Da wir nur sehr wenig über die Prophezeiung wissen«, begann Sabine, »war es schwierig, Vorbereitungen zu treffen. Aber wir wissen, dass der Auserwählte sich erheben und versuchen wird, das Elixier zu stehlen, um so die Wächter zu vernichten.« Sabine beugte sich vor. »Und natürlich sind wir uns auch der Gefahren des Missbrauchs des Elixiers bewusst.«

Sie hielt inne, als Madigan bei einem neuerlichen Hustenanfall fast zusammenbrach. Er trank einen großen Schluck Whisky und nickte ihr zu, fortzufahren.

»Sind Sie sicher, dass wir nichts für Sie tun können?«, fragte sie. »Sie wissen doch bestimmt, dass Agnes die Heilerin ist.« Vielleicht vertraute er ihren Fähigkeiten nicht. Bestimmt hatte sich schon überall herumgesprochen, was Sabines Vater zugestoßen war. Es hatte Jahre gedauert, bevor irgendjemand in ihrem eigenen Dorf der Heilerin wieder vertraut hatte.

»Es ist schon gut, Kind. Bitte sprich weiter«, sagte er.

»Wir wissen, dass der Auserwählte einen Weg gefunden hat, unsere Präsenz wahrzunehmen und diejenigen aufzuspüren, die das Elixier benutzt haben. Deshalb habe ich mir als Vorsichtsmaßnahme etwas einfallen lassen, wie wir gewissermaßen vor aller Augen unsichtbar bleiben können«, sagte Sabine. »Natürlich können wir nichts tun, um uns selbst oder die Tatsache zu verbergen, dass wir dem Elixier ausgesetzt sind. Aber wir können diejenigen um uns herum *verändern*, indem wir das Elixier verkaufen«, erklärte sie.

Madigan straffte sich, so gut er konnte, und eine steile Falte bildete sich zwischen seinen Brauen. »Hast du den Verstand verloren, Kind? Damit bringst du euch in noch größere Gefahr«, sagte er und wandte sich dann an ihre Tanten. »Wie konntet ihr das zulassen? Damit werdet ihr ihn direkt zu eurer Tür führen.«

»Wir sind doch keine Dummköpfe«, sagte Sabine kopfschüttelnd und streckte die Hand nach Calliope aus, die ihr eins der Glasgefäße reichte. »Das hier ist nichts anderes als ein Heiltrunk, und wir sind sehr vorsichtig mit den Dosierungen.« Sie stellte den Behälter auf den Tisch vor ihm.

»›Tobias' Miracle Creme für das Gesicht‹«, las Madigan. »Ist das euer Ernst?«

Sabine schwieg, während Madigan über das Gesagte nachdachte. Bislang hatten ihre Tanten nichts dazu gesagt. Es war Sabines Idee gewesen, eine Strategie, um Agnes zu beschützen, und sie hatten lange und gründlich nachgedacht, bevor sie sich entschieden und mit der Verwirklichung des Plans begonnen hatten. Heute, Monate später, waren ihre Produkte erfolgreich, und das Elixier wurde langsam in ganz London verbreitet.

Madigan entfernte den Deckel des Tiegels und schnupperte an der Creme. Dann nahm er mit der Fingerspitze ein wenig davon heraus und verrieb die Creme auf seinem Arm. »Sie dringt in die Haut ihrer Benutzer ein ... Jetzt verstehe ich, was du meinst«, murmelte er und sah Sabine mit seinen braunen Augen an. »Durch die Benutzung dieser Creme müssen alle für den Auserwählten gleich aussehen.«

Sabine nickte. »Genau. Und wir haben auch noch andere Produkte. Tatsächlich sind wir in den letzten Wochen sogar zu einer Sensation geworden. Die Gesellschaft hat anscheinend Notiz von uns genommen.«

»Wie viel Elixier gebt ihr in jedes Tiegelchen?«, fragte Madigan.

»Einen einzigen Tropfen nur«, erwiderte Agnes.

»Die Frauen in der Stadt sind bestimmt entzückt, wie gut die Creme ihre Falten glättet«, bemerkte Madigan.

»Genau«, sagte Agnes. »Und je mehr sie sie benutzen, desto mehr bringt es ihn von unserer Fährte ab.«

Madigan schwieg eine Weile, dann nickte er. »Das ist brillant. Ich hatte mich schon gefragt, warum ihr nach London gezogen seid. Es ist ziemlich unüblich für Wächter, ihre Dörfer zu verlassen.«

»Zu Agnes' Schutz«, sagte Sabine. Sie hatte gewusst, dass es riskant war, sie von ihren Leuten fortzubringen, doch zu bleiben wäre ein noch größeres Risiko gewesen. Sie hatten mit ihren Leuten vereinbart, dass sie jemanden in die Stadt schicken würden, um die Heiltränke und Salben abzuholen, die das Dorf benötigte.

»Madigan, ich verstehe nicht, wie du wissen kannst, dass die Prophezeiung sich zu erfüllen beginnt. Hast du erst kürzlich mit Phinneas gesprochen?«, fragte Agnes. »In seinen Briefen hat er nichts davon erwähnt.«

»Nein, schon seit ein, zwei Monaten nicht mehr«, sagte er.

Lydia trat vor. »Hast du die Karte gefunden?«

Generationen ihrer Leute hatten nach der Karte von Atlantis gesucht, da sie das einzige verbliebene Dokument war, auf dem die Prophetie in ihrer Ganzheit noch zu finden war. Aber all ihre Bemühungen waren umsonst gewesen.

»Nicht eigentlich gefunden, aber ich weiß jetzt, wo sie ist«, sagte Madigan und wurde wieder von einem rasselnden Husten erfasst, der damit endete, dass er sich Blut vom Mund abwischte.

»Warum haben Sie nicht etwas von Ihrem eigenen Elixier genommen, Madigan, um Ihre Lungen zu reinigen?«, fragte Sabine. »Oder sich von Agnes helfen lassen? Sie ist eine großartige Heilerin.«

»Ich sagte euch ja schon, dass es für mich zu spät ist.« Er schüttelte den Kopf und schwieg einen Moment, bevor er weitersprach. »Ich konnte ihn nicht aufhalten. Er schlug mich nieder, so hart, dass ich die Besinnung verlor, und dann hat er es mitgenommen.«

»Das Elixier?«, fragte Lydia.

Madigan nickte nur.

»Wie lange hast du schon keines mehr genommen?«, wollte Agnes wissen.

»Schon über vierundzwanzig Stunden«, sagte er. Dann schüttelte er den Kopf. »Ich weiß nicht, wie lange ich bewusstlos war, daher kann ich mir nicht wirklich sicher sein, wie lange. Und ich war so vorsichtig.« Er griff nach Agnes' Hand. »Es tut mir schrecklich leid.«

»Dann hat es also wirklich schon begonnen«, sagte Calliope leise.

Deshalb sah Madigan so krank aus. Wenn ein Wächter sein Elixier verlor und es nicht innerhalb von zwei Tagen zurückgewann, musste er sterben. Sabine hatte es bei ihrer eigenen Mutter geschehen sehen. Es war eine mystische Verbindung, die selbst Sabine nicht verstand, aber es gab Dinge, die man einfach nicht infrage stellte.

»Dann gib ihm doch etwas von deinem Elixier«, schlug Sabine Agnes vor.

Aber Madigan schüttelte den Kopf. »Das würde mir nichts mehr nützen – oder zumindest doch kein anderes als mein eigenes. Nur du bist wichtig«, sagte er und sah Sabine an. Seine Atemzüge waren schwer und pfeifend. »Ich habe die Zeit, die mir verblieb, genutzt, um herzukommen und euch zu warnen. Phinneas kann auf sich selbst aufpassen. Aber ich habe ihm trotzdem eine Nachricht geschickt.«

»Was müssen wir tun?«, fragte Sabine. Sie würde tun, was auch immer nötig war, um dafür zu sorgen, dass Agnes und ihre anderen Tanten sicher waren. Sie wollte nicht noch jemanden verlieren. Madigan hatte kostbare Zeit damit verbracht, sie aufzusuchen und zu warnen, statt sich auf die Suche nach seinem Elixier zu machen. Sie war ihm zu großem Dank verpflichtet.

»Ihr braucht die gesamte Prophezeiung«, sagte er. »Ihr müsst sie haben, um auch nur hoffen zu können, den Auserwählten zu vernichten.«

»Die Karte«, erinnerte ihn Sabine. »Sie sagten, Sie wüssten, wo sie ist.«

Wieder hustete er, trank einen weiteren Schluck Whisky und stieß dann einen müden Seufzer aus. »Ein Mann, ein Engländer, hat sie vor vielen Jahren gefunden. Und sie befindet sich auch heute noch in seinem Besitz.«

»Phinneas' Vision war also richtig«, sagte Agnes. »Er sagte, ein großer Mann würde die Karte finden und uns zu Hilfe kommen.«

Madigan griff in seinen Mantel und zog ein gefaltetes Stück Papier heraus. »Ich habe euch seinen Namen und seine Adresse aufgeschrieben. Leider ist das alles, was ich über ihn in Erfahrung bringen konnte.« Er legte seine Hand über Sabines. »Es ist unerlässlich, dass du dir diese Prophezeiung beschaffst. Ohne die Karte besteht für euch keine Hoffnung, den Auserwählten zu überleben.«

Sabine machte keine Anstalten, das Papier zu entfalten, nachdem er es ihr in die Hand gedrückt hatte. Er hatte ihr diese Aufgabe übertragen. Er traute ihr zu, etwas zurückzuholen, was ihre Leute seit Jahren gesucht hatten. Sie konnte ihren Blick nicht von dem Mann abwenden, der kurz davor war, seinen letzten Atemzug zu tun.

»Wie lange haben Sie gewusst, dass dieser Mann unsere Karte hat?«, fragte sie.

»Nicht lange. Ursprünglich wusste ich nur, dass ein Engländer sie hatte. Es hat eine ganze Weile gedauert, herauszufinden, wer er war.«

»Wird er sie uns verkaufen?«, fragte sie.

»Nein. Das habe ich schon vor ein paar Monaten versucht«, sagte Madigan und griff nach ihrer Hand. »Aber du kannst es schaffen, Kind. Wir müssen die Prophezeiung haben.«

Sabine schluckte.

Er sah ihre Tanten an. »Wir haben keine andere Wahl.«

Madigan war noch in derselben Nacht im Lagerraum gestorben, einen sehr qualvollen und schlimmen Tod. Als Mädchen hatte Sabine ihre Mutter sterben sehen, und jetzt war ein weiterer Wächter von ihnen gegangen. Sie würde tun, was auch immer nötig war, um Agnes zu beschützen.

Und so tat sie, was jede Dame in ihrer misslichen Lage tun würde. Sie ließ sich in einer verhängten Kutsche bis vor das Haus des Gentlemans fahren und wartete darauf, dass er für den Abend ausging. Dass er das vorhatte, wusste sie, weil er seine Kutsche hatte vorfahren lassen.

Madigans Zettel hatte ihr nicht viel Aufschluss über den besagten Engländer, einen gewissen Maxwell Barrett, Marquess of Lindberg, gegeben. Sie wusste nur, wo er wohnte und dass er im Besitz der legendären Karte von Atlantis war. Madigan hatte Mr Barrett einige Monate beobachtet, doch wie sich herausstellen sollte, war der Mann recht geheimnisvoll.

Madigan hatte gesagt, Barrett wäre nicht an einem Verkauf der Karte interessiert, was Sabine nur zwei Möglichkeiten offen ließ – sie konnte in das Haus des Mannes einbrechen und die Karte stehlen. Im Prinzip könnte sie argumentieren, dass die Karte ihr und ihrem Volk gehörte, aber sie bezweifelte, dass sie damit bei den Behörden durchkommen würde, sollte sie erwischt werden.

Oder sie könnte versuchen, diesen Mr Barrett zu überreden, ihr einen Blick auf die Karte zu gestatten. Letzteres war einer Gefängniszelle natürlich vorzuziehen. Außerdem konnte man die Welt nicht vor einer vorausgesagten Katastrophe retten, wenn man im Gefängnis saß. Doch wenn sich ihre heutigen Bemühungen als kompletter Fehlschlag erweisen sollten, würde sie auf jeden Fall den Diebstahl in Betracht ziehen. Eine Frau musste tun, was sie tun musste.

Mr Barrett gehörte zur vornehmen Gesellschaft Londons, was eigentlich nur bedeuten konnte, dass er ein Gentleman war. Und da sie die Bekanntschaft dieses Mannes machen musste, schien ihr der heutige Abend dazu ebenso geeignet wie jeder andere, zumal sie nicht über den Luxus von viel Zeit verfügte. Denn wenn die uralte Prophezeiung bereits ihren Anfang genommen hatte, war das Stundenglas umgedreht worden, und die Sandkörnchen rieselten unaufhaltsam hindurch. Doch ohne den vollständigen Wortlaut der Prophezeiung zu kennen, kämpften sie mit verbundenen Augen, wie Madigan ganz richtig gesagt hatte.

Wenn Sabine einen Mann dazu bringen wollte, ihr einen Wunsch zu erfüllen, so verfügte sie über gewisse Vorteile, die sie nutzen konnte. Einer war Schönheit. Obwohl Sabine nur sehr ungern die Rolle der Verführerin spielte, hatte sie sich heute Abend dennoch bemüht, sich dementsprechend zu kleiden. Sie trug ein Kleid aus feinster elfenbeinfarbener Seide, das dem Engländer bestimmt gefallen würde. Es passte ihr wie angegossen, was an sich schon bemerkenswert war, wenn man bedachte, dass sie es direkt aus dem Schaufenster eines Geschäfts erstanden hatte. Kurze, hauchdünne Spitzenärmel bedeckten ihre Oberarme nur knapp, dazu trug sie bis zum Ellbogen reichende Satinhandschuhe. Das großzügige Dekolleté des Kleids hob ihre Brüste an und presste sie zusammen, sodass sie den Stoff buchstäblich zu sprengen drohten.

Von Calliope hatte sie sich das Haar zu duftigen kleinen Locken aufstecken lassen, die gerade eben ihre Schultern streiften und deren Zartheit noch betonten. Sie sah ganz und gar wie eine englische Lady aus. Unwillkürlich griff Sabine nach der Kette an ihrem Hals. Sie mochte einem Betrachter wie eine schlichte Goldkette erscheinen, doch unter dem Ausschnitt ihrer Abendrobe verborgen hing eine Glasphiole daran, die eine kleine Menge des Elixiers enthielt. Agnes hatte es ihr vor Monaten gegeben und sie angewiesen, es immer bei sich zu haben.

Von ihrem Beobachtungspunkt aus sah Sabine jetzt einen Mann aus dem Haus kommen. Er trug einen langen schwarzen Mantel, der sich um seine breiten Schultern spannte, und setzte sich einen Zylinder auf, ehe er in die wartende Kutsche stieg. Kaum dass seine Kutsche sich in Bewegung gesetzt hatte, wies Sabine ihren Fahrer an, ihr nachzufahren.

Sie hatte noch keine Vorstellung davon, wie sie Zutritt zu einem Ball, einer Soiree, oder wo auch immer er hingehen mochte, erlangen sollte, da sie keine Einladung vorweisen konnte. Aber vielleicht würden ihr hübsches Kleid und ein charmantes Lächeln genügen, um ihr Einlass zu verschaffen. Sie hielt den Blick auf die voranfahrende Kutsche gerichtet, um den englischen Gentleman nicht zu verlieren. Aber ihr Kutscher war geschickt und blieb dicht hinter ihm. Sie wünschte nur, sie hätte Mr Barretts Gesicht gesehen, denn da alle wohlhabenden Männer solche Mäntel und Zylinder trugen, war es eher unwahrscheinlich, dass sie ihn in einer Menge erkennen würde. Es dauerte weniger als zwanzig Minuten, bis sie vor einem dreistöckigen roten Ziegelbau anhielten. Mr Barrett stieg aus der Kutsche und verschwand hinter einer der schwarzen Haustüren. Sabine bemerkte, dass es keine Schilder gab, die auf irgendeine Art von Etablissement hinwiesen, auch wenn das Viertel erkennen ließ, dass es sich hier um ein Geschäfts-, und nicht um ein Wohnhaus handelte.

Die Straße war leer, als Sabine aus der Mietkutsche stieg. Ihr Magen flatterte vor Aufregung, und sie presste eine Hand dagegen, um ihn zu beruhigen. Dies war nicht der richtige Moment für Ängste.

Sie hatte eine Aufgabe zu erfüllen; so einfach war das. Nachdem sie sich in die Wangen gekniffen und fest die Lippen zusammengepresst hatte, um sie zu röten, machte sie sich auf den Weg zur Tür. Sie würde sich unter die Leute mischen, sich eine Weile umsehen und dann den gesuchten Herrn finden. Die schwere Tür ging auf, und Sabine fand sich in einem verrauchten Spielcasino wieder.

Fast hätte sie gelacht. Das kostbarste Artefakt von Atlantis in den Händen eines Spielers! Sie war versucht, sich furchtbar aufzuregen, aber vielleicht konnte sich dieser Umstand ja auch als günstig für sie erweisen. Von diesem Gedanken beflügelt, machte sie sich auf die Suche nach dem Marquess.

Kapitel zwei

Max nahm seine Karten auf und sah sogleich, dass mit dieser lausigen Kombination nichts zu gewinnen war. Aber gerade deswegen liebte er dieses amerikanische Spiel so sehr – weil er bluffen und sogar mit einem nur mittelmäßigen Blatt gewinnen konnte.

Die anderen Männer der Pokerrunde waren ein bunt zusammengewürfelter Haufen, denen problemlos anzusehen war, ob sie ein gutes Blatt hatten oder ob sie wussten, dass sie verlieren würden. Zwei der älteren Herren hatten sich schon entschuldigt und den Tisch verlassen, als die Einsätze erhöht worden waren. Jetzt blieben außer ihm nur noch vier andere Spieler. Ein alter Mann mit dichtem weißem Haar und einer tiefen, rauen Stimme; ein junger Bursche, den man noch für einen Knaben halten könnte, da nicht einmal ein leichter Flaum sein Kinn bedeckte, und der Earl of Chilton, der ein guter Gegner war, wenn er nicht trank. Heute Nacht hatte sich der Mann jedoch schon einiges zu viel gegönnt.

Der vierte Spieler war der bei Weitem interessanteste. Es war eine Frau in einem cremefarbenen Kleid mit tiefem Ausschnitt, der Max' reger Fantasie nur wenig Spielraum ließ. Sie war die Art von Frau, die man in einem Ballsaal erwarten würde, umgeben von Bewunderern, aber nicht in einer verrauchten Spielhölle inmitten betrunkener Narren. Mit ihrem glänzenden, rötlich braunen Haar und ihren karamellfarbenen Augen war sie geradezu umwerfend. Und obwohl ihre dunklere Hautfarbe ihn vermuten ließ, dass sie ursprünglich nicht aus England stammte, hatte sie doch keinen Akzent, der ihm einen Hinweis auf ihr Heimatland gegeben hätte.

Obwohl Max sie noch nie gesehen hatte und sie wie eine kultivierte Dame aussah, hegte er doch gewisse Zweifel. Wenngleich sie keine spezifischen Eigenarten erkennen ließ und auch das richtige Aussehen hatte, war doch irgendetwas an ihr anders. Und er wusste, dass er sie noch nie zuvor gesehen hatte, da sie nicht die Art von Frau war, die ein Mann vergaß.

Anfänglich hatte er sie als Ablenkung empfunden, doch nachdem auch die zweite Partie in Folge an sie gegangen war, hatte er sich zusammengerissen und seine Blicke von ihrem verführerischen Dekolleté ferngehalten.

Obwohl sie mehr Partien gewonnen hatte als die meisten Männer am Tisch, war sie keine geübte Spielerin. Bisweilen erwies sie sich jedoch als schwer durchschaubar, fast so, als wäre sie eine Schauspielerin, die in eine Rolle schlüpfte und charmant, kokett und wagemutig wurde, während sie sie spielte. Aber hin und wieder fiel ein Schleier über ihre Augen, und dann konnte Max einen Anflug von Unsicherheit darin wahrnehmen. Ob das an dem Blatt lag, das sie in der Hand hielt, oder an etwas anderem, würde er allerdings erst noch herausfinden müssen.

»Ich erhöhe«, sagte sie mit einer Stimme, die wie warmer Honig war, und zog eine ihrer perfekten Augenbrauen hoch, als sie in seine Richtung blickte. »Mylord«, sagte sie.

Max sah sich am Tisch um. An Chiltons süffisantem Lächeln erkannte er, dass der Earl ein gutes Blatt hatte. Der weißhaarige alte Mann hatte schon gepasst, ebenso der junge. Aber was für Karten hielt die hübsche junge Frau in ihren Händen?

»Was für eine Verführerin«, sagte Max, ohne die Augen von ihr abzuwenden, als er seine Geldstücke auf die Tischmitte warf. »Ich gehe mit.«

Chilton runzelte die Stirn, brummelte etwas Unverständliches vor sich hin und passte. Offensichtlich gab sein Blatt, so gut es vielleicht auch sein mochte, dem angetrunkenen Mann nicht genügend Zuversicht.

Sie erhöhten schnell noch einmal, bevor der Geber die Partie für beendet erklärte. Max deckte seine Karten auf. Zwei Paare gegen ihr Trio.

»Die Lady gewinnt«, sagte der Dealer.

Mit ihren behandschuhten Händen schob sie die Münzen zu sich heran und stapelte sie ordentlich.

Chilton stand auf. »Mir reicht's von diesem dummen Spiel.« Er beäugte die Dame am Tisch, dann richtete er seinen Blick auf Max. »Du hast ja hübsche Gesellschaft heute Nacht, Lindberg. Ich glaube, ich ziehe mich zurück«, sagte er, als er sich entfernte, doch dann sah Max, dass er sich ein paar Tische entfernt einen anderen Platz suchte.

Max nahm sein neues Blatt und betrachtete es. Die Götter selbst schienen die Karten gegeben zu haben, denn er schaute auf vier Könige.

Wieder passten die anderen beiden Herren und überließen die Partie Max und der Dame, der geheimnisvollen, schönen Frau mit den karamellfarbenen Augen. Diesmal konnte er jedoch nicht verlieren. Nicht mit einem solch fabelhaften Blatt.

Sie hob einige Münzen auf, hielt dann aber über der Einsatzschale inne und sah sich noch einmal ihre Karten an, bevor sie langsam ihren Blick auf Max richtete. »Wie wäre es mit einem anderen Einsatz?«

Max nickte interessiert. »Und woran hatten Sie gedacht?« Seine Fantasie beschwor augenblicklich Bilder all der sündhaften Dinge herauf, die er mit ihr auf ebendiesem Tisch tun könnte. Er würde Stunden brauchen, um jede ihrer hinreißenden Rundungen zu erkunden. Beginnen würde er an dieser wunderbar zarten Haut unter ihrem Ohr und an ihrem Nacken. Dann würde er sich langsam tiefer vorarbeiten …

»Ihre Landkarte, Mr Barrett. Ich will nur die Karte«, sagte sie langsam und bedächtig.

Oho. Sie wusste also, wer er war, und sie wusste auch von seiner Karte.

Es war kein großes Geheimnis, das er zu verbergen suchte. Trotzdem würde er in Gesellschaft nie damit hausieren gehen. Wozu auch? Es war ein beliebter Zeitvertreib, sich auf die Jagd nach Schätzen oder Artefakten zu begeben, und für die Existenz von Atlantis gab es keinen wissenschaftlichen Beweis.

Er hatte einmal geglaubt, mit der Landkarte den endgültigen Beweis gefunden zu haben, doch außer den Männern von Solomon's hatte niemand seiner Entdeckung viel Beachtung geschenkt. Und daher hing diese Karte jetzt einfach nur an seiner Wand. Wieso also das plötzliche Interesse daran? Und wie hatte diese Frau davon erfahren?

Frauen redeten viel, das wusste er. Und er hatte mehr als seinen Teil an Frauen gehabt. Manchmal hatte er auch die eine oder andere auf seinem Schreibtisch genommen, aber er wäre nie auf die Idee gekommen, dass sie einer alten Landkarte Beachtung schenken würden. Es wäre ein ziemlicher Schlag für seinen Stolz, hätte eine dieser Frauen auf die Ausstattung seines Arbeitszimmers geachtet, während er glaubte, sie wären mit interessanteren Dingen beschäftigt. Der Gedanke brachte ihn fast zum Lachen.

Ihm lag schon die Frage auf der Zunge, wie diese Frau von der Karte erfahren hatte, aber wichtiger war, warum sie sie haben wollte. »Was will eine schöne Frau wie Sie mit einer staubigen alten Landkarte?«

Sie schenkte ihm ein Lächeln, und ihr ohnehin schon hübsches Gesicht verwandelte sich zu einem von vollkommener Schönheit. Ihr Anblick traf ihn wie ein Fausthieb in den Magen.

Sie zupfte an einem ihrer Satinhandschuhe. »Vielleicht bin ich ja eine Gelehrte. So wie Sie«, sagte sie und zog eine Augenbraue hoch.

»Ich bin ein Abenteurer, kein Gelehrter.« Wenn sie wirklich etwas über ihn wusste, sollte ihr das bekannt sein. »Und Sie sehen genauso wenig wie eine Gelehrte aus wie ich.«

Ihre Schultern hoben sich so unmerklich, dass man die Bewegung kaum als Achselzucken deuten konnte. »Dann bin ich ja vielleicht nur neugierig. Akzeptieren Sie den Einsatz oder nicht?«, fragte sie.

Max senkte den Blick auf seine Karten, dann hob er ihn langsam wieder zu ihr. »Verraten Sie mir Ihren Namen?«

Sie nickte. »Sabine Tobias.«

Irgendwann während ihrer kurzen Unterhaltung hatte sich eine kleine Menge Zuschauer um ihren Tisch geschart. Das übliche Getuschel war zu hören, aber auch die eine oder andere Stichelei gegen Max. Wenn er sich nicht irrte, wurden bereits Wetten abgeschlossen, wer diese Partie gewinnen würde. Das war das Einzige, dessen man sich in Rand's Gaming sicher sein konnte – dass die Gäste immer an einer Wette interessiert waren.

»Tja, Miss Tobias …« Max beugte sich vor und schaute ihr in die hellen braunen Augen. »Und was bekomme ich, wenn ich gewinne?«

»Das Vergnügen des Gewinnens«, erwiderte sie mit einem kleinen Lächeln.

Max schüttelte den Kopf. »Ich weiß nicht, ob mir das genügt. Wie wäre es mit einem Kuss?«

Die Umstehenden lachten und applaudierten. Erschrecken durchbrach Miss Tobias' Fassade der Gelassenheit, und ihre Augen weiteten sich, aber sie fasste sich schnell wieder. »Ich glaube nicht, dass ich Küsse angeboten hatte. Wie wäre es, wenn Sie in dem Fall Ihre staubige alte Landkarte behalten könnten?«, schlug sie mit seinen eigenen Worten vor.

Möglicherweise wusste sie mehr über ihn, als sie erkennen ließ, oder sie wusste mehr über die Karte als der normale Sammler. Max hatte jahrelang an dieser Karte festgehalten, trotz mehrerer hoher Angebote, die ihm von verschiedenen Seiten dafür gemacht worden waren. Und trotz eines versuchten Diebstahls. Die Karte war nicht der endgültige Beweis für Atlantis' Existenz gewesen, wie er früher angenommen hatte. Seine Suche nach dem verlorenen Inselreich durchzog sein ganzes Erwachsenenleben, und er hatte es immer noch nicht gefunden. Aber er war nahe daran, das spürte er.

Miss Tobias saß ruhig da, nur der Puls an dieser entzückenden Stelle unter ihrem Ohr pochte ungeduldig.

»Ich glaube, Sie haben eine Wette«, sagte er. »Gewinnen Sie diese Runde, gebe ich Ihnen meine Karte.«

Sie zögerte einen Moment, als versuchte sie, sich über die Bedeutung seiner Worte klarzuwerden. »Sie wissen, welche Karte ich meine?«, sagte sie.

»Ich denke schon.«

»Dann haben wir eine Abmachung.«

»Doch sollten Sie verlieren«, sagte er gedehnt, »dann bekomme ich diesen Kuss.«

Sie sah aus, als wollte sie protestieren, aber nach einem tiefen Atemzug nickte sie nur.

»Der Einsatz steht, und nun lassen Sie uns Ihre Karten sehen«, sagte der Dealer.

Es wurde so still um sie herum, als spielten sie allein in

Max' Salon. Miss Tobias deckte eine nach der anderen ihre Karten auf … drei Siebenen und zwei Königinnen.

»Fullhouse«, sagte der Geber.

Ein langsames, zufriedenes Lächeln erschien auf dem Gesicht der Dame, fast wie das einer Katze vor einem vollen Sahneschälchen.

Ein solch hinreißendes, verführerisches Lächeln, dass Max es fast bedauerte zu gewinnen. Aber nur fast.

Zuerst deckte er eine Zwei auf, die für sich allein keine Bedeutung hatte, doch dann drehte er langsam, wie Miss Tobias es getan hatte, eine Karte nach der anderen um.

»Poker. Vier gleiche Karten gewinnen«, sagte der Dealer.

Miss Tobias' Lächeln erlosch.

»Gut gemacht«, sagte sie knapp und erhob sich.

»Ich denke, wir machen für heute Schluss«, informierte Max den Geber.

Sowie sie den Tisch verlassen hatten, legte Max seine Hand unter Miss Tobias' Ellbogen, um sie zu einem Separee zu führen.

»Was erlauben Sie sich?«, fragte sie in scharfem Ton, während sie ihm ihren Arm entzog und auf die Tür hinter ihm schaute.

Max lehnte sich dagegen und erlaubte sich, die Frau von Kopf zu Fuß zu mustern. Sie war größer, als er gedacht hatte, auch wenn er sie keineswegs als große Frau betrachten würde. Aber er konnte sich sehr gut vorstellen, dass sie lange, wohlgeformte Beine hatte. Sein Platz am Tisch hatte ihm vorhin den Blick auf ihre üppigen Brüste ermöglicht, aber ihre schmale Taille und die wohlgerundeten Hüften hatte er nicht sehen können. Sie hatte die Art von Körper, der Neid bei anderen Frauen weckte. Während sie ein Vermögen für alle möglichen Hilfsmittel ausgaben, um ihre Figur zu verbessern, schien Miss Tobias nicht einmal ein Korsett unter diesem hinreißenden Kleid zu tragen. Sie schien von Natur aus in jeder Hinsicht vollkommen zu sein.

»Sie haben die Partie verloren«, sagte er.

Sie schürzte die Lippen. »Das weiß ich.«

»Was bedeutet, dass ich gewonnen habe.«

Sie schluckte, und wieder wurde sein Blick wie magisch von der zarten Haut hinter ihrer Kinnlinie angezogen. »Sie genießen das, nicht wahr?«, fragte sie, während sie ungeduldig mit dem rechten Fuß wippte.

Max lächelte. »Sehr.« Er löste sich vom Türrahmen und ging auf sie zu. »Sagen Sie mir, Miss Tobias, was ich an all dem nicht genießen sollte? Dass eine schöne Frau in meinem Lieblingsclub erscheint und sich für mich interessiert?«

Sie hob eine Hand. »Nicht für Sie, sondern nur für Ihre Karte«, berichtigte sie ihn.

»Mag sein, doch statt zu fragen, ob ich meine Karte verkaufe, entschieden Sie sich dafür, mit mir darum zu spielen.« Er nahm ihre Hand und betrachtete die satinbedeckten Finger. »Ich weiß waghalsige Damen durchaus zu schätzen.«

»Es war nichts Waghalsiges an meinem Benehmen.« Sie entzog ihm ihre Hand. »Mylord, ich sehe keinen Grund, dies über den ganzen Abend hinzuziehen. Mir ist bewusst, dass Sie dieses Szenario ausgesprochen unterhaltsam finden, aber ich habe keine Zeit mehr, Sie zu amüsieren. Ich hatte mich zu einem Kuss bereit erklärt. Den werde ich Ihnen jetzt geben, und dann gehe ich.«

»Wirklich?«

Ohne ein weiteres Wort zu sagen, legte sie ihre behandschuhten Hände rechts und links an sein Gesicht und strich mit ihren weichen Lippen verführerisch über die seinen.

Statt sich dann aber zurückzuziehen, verweilte sie. Ihr warmer Atem vermischte mit sich mit dem seinen, und Max wollte sie an sich ziehen und den Kuss vertiefen, aber sie trat zurück, bevor er die Gelegenheit dazu bekam.

»So«, sagte sie. »Ich denke, damit ist unsere Vereinbarung erfüllt.«

»Das war ein reizender kleiner Kuss«, entgegnete er, »aber nicht das, was ich im Sinn hatte.« Und dann zog er sie an sich, presste ihren üppigen Körper an den seinen und beugte den Kopf über ihren Nacken. »Diese Stelle«, murmelte er. »Ich konnte den ganzen Abend den Blick nicht von ihr abwenden.« Ihre Haut war so zart, wie er gedacht hatte, als er sie sanft mit seinem Mund berührte. Ihre Fingernägel gruben sich durch seine Jacke und in seine Arme. »Wundervoll«, sagte er und entließ sie dann aus seinen Armen.

Sie betrachtete ihn nachdenklich, sagte aber nichts. Es gab also doch Mittel und Wege, schien es, die Dame sprachlos zu machen.

»Wir werden uns sicher wiedersehen«, sagte er.

Sie erwiderte nichts, drehte sich nur auf dem Absatz um und ging hinaus.

Sabine Tobias. Warum sollte sie so versessen auf diese alte Karte sein? Dafür musste es doch einen Grund geben, und wahrscheinlich sogar einen guten. Es dürfte nicht allzu schwierig sein, herauszufinden, wer sie war und was sie mit seiner Karte wollte.

☆ ☆ ☆

Am nächsten Tag holte Sabine Tobias ein paar Glastiegel aus dem Lager und ging in ihren Laden. Sie würde den gestrigen Abend nicht als völlige Katastrophe bezeichnen, aber er war auch kein Erfolg gewesen. Zumindest wusste sie jetzt, dass der fragliche Mann im Besitz der Karte war. Und wo er wohnte. Seltsamerweise wusste sie aber auch, wie sich seine warmen Lippen an ihrem Nacken anfühlten. Alles an ihm war ... unerwartet gewesen.

Seit der vergangenen Nacht hatte sie viel zu viel Zeit damit verbracht, diesen Moment noch einmal zu durchleben, statt sich einen neuen Plan zurechtzulegen. Ein heimlicher Besuch in seinem Haus schien ihr die beste Möglichkeit zu sein. Aber dazu würde sie die Hilfe ihrer Tanten brauchen, um sicherzugehen, dass sie nicht erwischt wurde.

Sabine hätte todmüde sein müssen nach dem gestrigen unerwartet langen Abend, doch stattdessen war ihr Verstand erstaunlich wach und rege. Immer wieder ließ sie das Geschehene Revue passieren und fragte sich, ob sie nicht vielleicht irgendetwas hätte anders machen können.

»Wir öffnen in zehn Minuten«, sagte Lydia, als sie aus dem Hinterzimmer kam.

Die Existenz ihres kleinen Ladens hatte sich sehr schnell herumgesprochen, denn die Zahl der Kunden hatte sich in den letzten Wochen fast verdreifacht. Irgendjemand in London – jemand Einflussreiches – hatte anscheinend beschlossen, dass Tobias' Miracle Creme hochaktuell war. Sabine und ihre Tanten stellten die Gesichtscreme her, so schnell sie konnten, und trotzdem war ihr Vorrat jeden Abend ausverkauft.

Ihre Tante Calliope erschien mit einem weiteren Armvoll Tiegel hinter ihr. »Du bist gestern Nacht sehr spät heimgekommen«, flüsterte sie Sabine zu. »Ich wollte wach bleiben, aber ...« Calliope unterbrach sich, als Lydia vorbeiging, und lächelte ihre älteste Schwester freundlich an.

Sobald sie wieder allein waren, fuhr Calliope fort: »Ich

dachte, du hättest dich vielleicht in Schwierigkeiten gebracht.«

»Du brauchst nicht so geheimnisvoll zu tun. Lydia weiß, wo ich war«, sagte Sabine, als sie die Tiegel ins Regal stellte.

Calliopes helle blaue Augen glänzten. »Wie ist es gelaufen mit der Karte? Hast du sie gesehen?«

Sabine nahm ihrer Tante die Glasgefäße aus den Armen und begann, sie ordentlich in die mit Stoff verkleideten Körbe einzuräumen, die sie zum Ausstellen benutzten. »Nein«, sagte sie und strich ihrer Tante stirnrunzelnd eine Strähne ihres graublonden Haars zurück. »Ich bin dem Mann gefolgt. Und landete nicht auf einem Ball, wie ich gedacht hatte, sondern in einer Spielhölle.« Sie unterrichtete Calliope über alles andere, auch die Wette, nur den Kuss verschwieg sie ihr.

»Du hast verloren?«

»Ja.« Sabine legte beruhigend eine Hand auf Calliopes Arm. »Aber ich werde mir etwas überlegen. Ich habe auch schon eine Idee. Sie wird Lydia nicht gefallen, aber ich glaube, ich werde einfach in sein Haus einbrechen. Madigan hat mich mit dieser Aufgabe betraut, und ich werde ihn und Agnes nicht enttäuschen.«

»Ich öffne jetzt die Türen, meine Damen«, sagte Lydia, als sie an ihnen vorbeirauschte und hinter dem Vorhang verschwand.

Lydia hatte die Rolle des Familienoberhauptes übernommen, als Sabines Mutter gestorben war. Sie war immer sehr besorgt um sie alle, und Sabine liebte sie dafür. Während das Geschäft geöffnet war, hielt sie sich allerdings meist im Hinterzimmer auf und kümmerte sich um die Bücher und die Bestellungen. Sie hatte sich bis jetzt nicht daran gewöhnen können, unter Engländern zu leben.

Sabine blickte ihrer Tante nach, bis sie sicher war, dass sie allein waren. »Aber ihr werdet mir bei meinem Plan alle helfen müssen.«

Angekündigt von dem Bimmeln winziger Glöckchen über der Tür, betrat ein hochgewachsener, gut gekleideter Herr den Laden.

»Wir reden heute Abend darüber«, flüsterte Sabine schnell.

Der Mann trug einen Hut, der sein Gesicht beschattete, was in der besseren Gesellschaft als ausgesprochen unhöflich galt, wie Sabine wusste. Ein wahrer Gentleman hätte seinen Hut im Laden abgenommen. Andere Kunden, allesamt Frauen, betraten das Geschäft und begannen, sich die Auslagen anzusehen. Es war genau wie in den letzten Wochen. Kaum öffneten sie die Türen, strömten die Kundinnen herein, und oft waren die Cremetiegel schon nach drei Stunden ausverkauft.

Der Mann ging sogleich zum nächststehenden Regal und nahm einen der kleinen Tiegel heraus, um ihn genauer zu betrachten. In dem kleinen, feminin eingerichteten Laden wirkte er besonders groß und breitschultrig, und sein dunkler Anzug hob sich scharf von den hellen Tüll- und Leinenstoffen ab, die Sabine und ihre Tanten für ihre Auslagen benutzten. Es war ein Geschäft für Frauen und er wirkte fast ein wenig fehl am Platze, als er den zierlichen Tiegel in seinen großen Händen hielt. Dennoch sah er sehr männlich aus.

Dann nahm er seinen Hut ab, und stahlblaue Augen begegneten Sabines Blick. *Maxwell Barrett*.

»Miss Tobias«, sagte er mit einem provokanten Grinsen.

»Sie haben mich gefunden«, erwiderte sie törichterweise. Schließlich hatte sie ihm ihren Namen genannt. Normalerweise wäre das zwar keine Garantie für eine erfolgreiche Suche, weil London eine dicht besiedelte Stadt war, aber die Erwähnung des Namens Tobias nahezu jeder Dame der

Gesellschaft gegenüber hätte ihn auf jeden Fall zu ihrer Tür gebracht. Vielleicht war der Marquis verheiratet – etwas, was sie gestern nicht bedacht hatte, als sie ihn geküsst hatte.

»So scheint es.«

Nicht wirklich blond – aber auch nicht dunkelhaarig genug, um brünett genannt werden zu können –, war er so attraktiv, wie ein Mann es gerade noch sein durfte. Dennoch hatte er nichts *Hübsches* an sich. Mit seinem markanten Kinn und den tief liegenden Augen waren seine Züge unbestreitbar männlich. Sabine konnte nichts anderes tun, als dazustehen und ihn anzustarren. Gestern Nacht war ihr keineswegs entgangen, dass er ein gut aussehender Mann war, aber jetzt, bei Tageslicht … Sie riss sich zusammen, ging die wenigen Schritte bis zur Ladentheke und stellte sich dahinter.

Er folgte ihr, wie auch Calliope, deren Augen glänzten und voller Neugier waren.

»Was wollen Sie?«, fragte Sabine mit gedämpfter Stimme, um die anwesenden Kundinnen nicht zu stören.

Er lachte und sah dann ihre Tante an. »Diese Dame unterbricht gestern Abend mein Pokerspiel und lenkt mich völlig ab, dann schlägt sie mir eine verrückte Wette vor, und nun will sie wissen, warum ich sie sprechen möchte.« Er lehnte sich an die Theke und bedachte Calliope mit einem hinreißenden Lächeln. »Wären Sie da nicht auch ein kleines bisschen neugierig?«

»Das wäre ich allerdings, mein Herr«, gab ihm Calliope recht.

Sabine wandte sich ihrer Tante zu. »Du bist mir keine Hilfe«, sagte sie und stieß Calliope mit einem Finger an. »Würdest du bitte den Rest der Waren einräumen? Und behalte Lydia und Agnes hinten.«

Mit einem Lächeln für Sabine und Mr Barrett verschwand Calliope hinter dem Vorhang.

»Dieses Geschäft gehört Ihnen?«, fragte er und ließ seinen Blick durch den Laden gleiten, bevor er ihn wieder auf Sabine richtete.

»Ja.« Oder vielmehr ihr und ihren Tanten.

»Schönheitsmittel und Haarwasser.« Er hob ein Fläschchen auf, betrachtete es und stellte es wieder zurück. »Interessant.«

Mit einem Arm voller Glasgefäße, die gefährlich schwankten, kam Calliope wieder um den Vorhang herum. »Plaudert ruhig weiter«, bemerkte sie im Vorbeigehen. »Beachtet mich gar nicht.«

»Werden Sie mir sagen, warum Sie meine Karte wollen?« Barrett ließ ihr ein so eindringliches Lächeln zukommen, dass Sabine vor Aufregung weiche Knie bekam.

»Herrgott noch mal«, murmelte sie und straffte ihre Schultern. »Ich glaube nicht, dass ich Ihnen eine Erklärung schuldig bin.« Das kam mutiger heraus, als sie sich fühlte.

»Tatsächlich nicht?«

»So ist es ... mein Herr«, fügte sie der Höflichkeit halber hinzu. Ihre Kehle war wie ausgetrocknet, und sie befeuchtete ihre Lippen.

»Sie dürfen mich Max nennen.« Er griff nach ihrer Hand und hauchte einen Kuss darauf.

Für einen Moment verlor sich Sabine in seinen bezwingenden blauen Augen, aber dann zog sie ihre Hand zurück. »Ich glaube nicht, dass ich Sie *irgendetwas* nennen sollte. Kann ich sonst noch etwas für Sie tun?« Sie wollte ihn aus ihrem Laden haben. Obwohl sie seine Karte brauchte, war es viel zu gefährlich, in der Öffentlichkeit darüber zu reden – oder über irgendetwas, das mit Atlantis zusammenhing.

Vielleicht sollte sie ihn einfach bitten, ihr die Karte zu zeigen, aber zu welchem Preis? Gestern Nacht, bei einer simplen Wette, hatte er schon einen Kuss verlangt. Was würde er dann erst für einen Blick auf diese Karte fordern? Ganz abgesehen davon, dass sie ihrer Unterhaltung leicht entnehmen konnte, dass er zu der neugierigen Sorge Mensch gehörte. Er würde Fragen stellen. Fragen, die sie nicht beantworten durfte.

Zumal sie, je länger sie über ihren Plan nachdachte, immer sicherer wurde, dass sie heute Nacht in sein Haus einbrechen würde. »Vielleicht brauchen Sie ein Haarwasser? Unsere Produkte sind bekannt dafür, das Haar zu kräftigen und den Haarwuchs anzuregen.«

Wieder lächelte er sie an. »Ich kann Ihnen versichern, Miss Tobias, dass mein Haar und ich kräftig genug sind.«

Sie trat von der Ladentheke zurück. »Das wäre dann wohl alles, nehme ich an.«

Er ergriff ihren Arm und hielt sie fest. Seine faszinierend blauen Augen suchten ihren Blick und ließen ihn nicht mehr los. Was sollte das werden? So etwas wie ein Wettkampf? Es fiel ihr immer schwer, einer Herausforderung aus dem Weg zu gehen, und deswegen hielt sie seinem Blick stand und rührte sich nicht von der Stelle. Mal sehen, wer länger aushielt. Seine Mundwinkel verzogen sich zu einem Lächeln …

Bevor einer von ihnen etwas sagen konnte, bimmelten wieder die Glöckchen über der Ladentür, und Sabine warf einen Blick hinüber. Kunden waren wichtiger als ihr lächerlicher Stolz.

Eine Frau trat ein. Sie hatte noch nicht die Tür hinter sich geschlossen, als sie auch schon sagte: »Sieh mal einer an, der Marquess of Lindberg! Ich hatte wirklich nicht erwartet,

Eurer Lordschaft hier zu begegnen«, flötete die Frau, als sie vortrat und den Blick ihrer mit Khol umrahmten Augen völlig ungeniert über Mr Barrett gleiten ließ. Ihre Lippen waren leuchtend rot geschminkt, was die Aufmerksamkeit auf ihre Fülle lenkte. Sie war eine große Frau, kurvenreich und üppig und an all den richtigen Stellen weich gerundet. Zweifellos war sie ein von den Männern Londons viel bewundertes Geschöpf.

Barrett wandte sich beim Klang ihrer Stimme um. »Cassandra, du weißt, dass solche Formalitäten überflüssig sind.«

Mit wiegenden Hüften kam sie näher und streckte ihm die Hand hin. Als er sich darüberbeugte, strahlte sie regelrecht. »Es ist lange her, Max. Viel zu lange.«

»Findest du?«, entgegnete er schmunzelnd. »Und was tust du hier, Cassandra?«

»Das kannst du dir doch sicher vorstellen. Tobias' Hautcreme entwickelt sich rasend schnell zum gefragtesten Schönheitsmittel in ganz London«, sagte sie.

Vorläufig schien die Debatte zwischen Sabine und Mr Barrett beendet. Die kleine Pause würde allerdings nicht lange dauern. Irgendwann würde diese Frau das Geschäft verlassen, und der Marquess würde mit seinen Fragen fortfahren. Sabine kannte ihn nicht, aber ihr war bewusst, dass er kein Mann war, der leicht aufgab.

»Kann ich Ihnen behilflich sein?«, wandte sich Sabine an die neue Kundin und stellte sich absichtlich so, dass sie Max Barrett den Rücken zuwandte. »Wir haben viele für die moderne Frau entwickelte Produkte; an welches hatten Sie gedacht?«

Cassandra richtete einen eisigen Blick auf Sabine. »Die Miracle Cream ist das *einzige* Mittel, das ich brauche«, sagte sie und wandte sich sogleich wieder Mr Barrett zu.

Sabine ignorierte den herablassenden Ton der Frau. »Wie viele Töpfchen hätten Sie denn gern?«

»Wenn die Creme so gut ist, wie ich hörte, sollte ich vielleicht gleich mehrere mitnehmen.« Cassandra berührte ihre blonden Locken und lächelte kühl. »Sie sind immer sehr schnell ausverkauft, soviel ich hörte, nicht?«

»Seit Wochen jeden Tag.« Sabine konnte nicht umhin zu bemerken, wie belustigt der Marquess aussah, als er mit seinem überlegenen Lächeln dastand und von einer Frau zu anderen blickte.

»Dann nehme ich drei.« Die Frau hielt drei lange, schlanke Finger hoch, ohne Sabine auch nur eines Blickes zu würdigen.

»Was tust *du* eigentlich hier, Max? Ein Geschenk für eine neue Liebe kaufen?«, fragte Cassandra und strich in einer intimen Geste mit einem Finger über seinen Arm.

Sabine machte sich daran, die drei Cremetöpfchen einzupacken, und lauschte der Unterhaltung zwischen der Frau und Barrett.

»Nein, aber für die Frau eines Freundes«, erwiderte er.

Sabine war erstaunt, wie leicht ihm die Lüge über die Lippen kam. Daran würde sie bei ihrem zukünftigen Umgang mit ihm denken müssen. Nicht, dass sie vorhatte, welchen zu haben ...

»Sie hat Geburtstag«, setzte er lächelnd hinzu.

»Ach, wie reizend und wie aufmerksam von dir«, sagte Cassandra.

Nun wusste Sabine wenigstens, dass Barrett nicht verheiratet war. Im Grunde spielte das zwar keine Rolle, aber es war trotzdem gut zu wissen, dass sie keinen verheirateten Mann geküsst hatte.

»Madam?«, sagte Sabine, als sie die Tüte mit den drei Tiegelchen hochhielt.

Cassandra kam zur Theke und zählte ihr Geld ab, doch anstatt es in Sabines ausgestreckte Hand zu legen, ließ sie es auf die Theke fallen. Als sie sich zum Gehen wandte, hielt sie bei Max noch einmal inne und beugte sich vor, um ihm etwas ins Ohr zu flüstern. Mit einem provokanten Lächeln küsste sie ihn dann auf die Wange und ging hinaus.

Barrett wandte sich wieder Sabine zu, und auf seiner linken Wange war deutlich der Abdruck der roten Lippen der Frau zu sehen.

Sabine lachte leise vor sich hin.

»Was ist?«

»Nichts.« Sie schüttelte den Kopf. Sollte er doch mit Lippenrot auf seiner Wange in London herumlaufen. »Eine Freundin von Ihnen?«

Er zögerte, aber dann erschien ein Ausdruck des Verstehens in seinen Augen. »Cassandra? Ja, sie war ... eine Freundin. Ich nehme an, so könnte man sie nennen.«

Offensichtlich waren sie irgendwann mehr gewesen als nur Freunde. Aus Gründen, die sie nicht näher beleuchten wollte, wich Sabines Belustigung einem bitteren Geschmack auf ihrer Zunge. Er konnte Legionen von *Freundinnen* haben, und mit seinem umwerfend guten Aussehen hatte er sie wahrscheinlich auch.

Als Sabine an ihm vorbei zu einem der Regale ging, legte er eine Hand auf ihre Schulter. Plötzlich war es, als wäre alle Luft dem Raum entzogen worden. Seine starken Finger lagen warm auf ihrer empfindsamen Haut, und sie wusste, dass er das jähe Rasen ihres Pulses spüren konnte.

Sie entzog sich ihm. »Sir, ich kenne Sie nicht und würde es vorziehen, dass Sie mich nicht auf diese Art behandeln.«

Ein paar Kundinnen warfen ihnen neugierige Blicke zu.

»Ich möchte wirklich, dass Sie gehen«, flüsterte sie.

Er lachte leise. »Nicht, bevor Sie mir erzählen, warum Sie so interessiert an meiner Karte waren.«

Mit weniger Anmut, als sie sich gewünscht hätte, trat sie von ihm zurück. »Es gibt nichts zu erzählen. Ich habe eine Schwäche für alte Landkarten. Man könnte sagen, ich bin eine Sammlerin. Und ich hatte gehört, dass sich eine sehr seltene in Ihrem Besitz befindet.« Sie zuckte die Schultern und hoffte, gleichgültig zu wirken. »Das ist alles.«

Seine Augenbrauen hoben sich. »Sie wollen mich glauben machen, Sie wären nur eine einfache Ladeneigentümerin, die sich für eine außergewöhnliche Karte interessiert?«

Sie *war* nur eine einfache Ladeneigentümerin. Dass er sie für mehr zu halten schien, freute und betrübte sie zugleich. »Ja, so einfach ist das«, sagte sie.

Heute Nacht, wenn er unterwegs war und wahrscheinlich noch mehr von seinem Vermögen bei leichtsinnigen Spielen verlor, würde sie in sein Haus eindringen und sich holen, was von Rechts wegen ihr gehörte.

»Und Sie hatten gerade erst von meiner Landkarte erfahren?«

»Durch puren Zufall«, log sie.

Er betrachtete sie argwöhnisch und schien ihr ihre Flunkerei nicht abzunehmen.

»Entschuldigen Sie, Miss«, sagte eine Kundin. »Ich habe eine Frage zu diesen Produkten.«

»Ich bin gleich bei Ihnen«, sagte Sabine und wandte sich wieder Mr Barrett zu. »Ich habe Kundinnen zu bedienen. Wenn Sie mich also entschuldigen würden …« Sabine ging, um ihre Kundin zu beraten, und trotzdem blieb sie sich die ganze Zeit nur allzu deutlich Max' Präsenz bewusst. Als sie sich schließlich nach ihm umblickte, war er nicht mehr da. Er war so unbemerkt verschwunden, dass es ihr schon fast unheimlich war.

Die Kundin, die bemerkte, dass Sabine ihr nicht mehr zuhörte, räusperte sich laut. »Ist irgendetwas nicht in Ordnung, Miss?«, fragte die Frau, als Sabine sich wieder zu ihr umdrehte.

»Nein, nein, es ist alles bestens.« Sabine zwang sich zu einem Lächeln.

Max war eine Ablenkung, die sie sich nicht leisten konnte. Sie konnte nur hoffen, dass er nicht mehr als das war, denn sie hatte das Gefühl, dass er ein sehr ernstzunehmender Feind sein könnte.

Cassandra St. James lächelte, als sie in ihre Kutsche stieg. Dort öffnete sie einen Tiegel und sog tief den angenehmen Kräuterduft der Creme ein. Sie glaubte, einen Hauch von Rosmarin und Jasmin, vielleicht auch von Lavendel wahrzunehmen, aber sicher war sie nicht. Mit einer ihrer gepflegten Fingerspitzen nahm sie ein wenig Creme und verrieb sie auf ihrer Wange. Sie fühlte sich wunderbar an und drang sofort in die Haut ein.

Cassandra hatte das Gerede über die neue Schönheitscreme gehört und sogleich bei mehreren ihrer Freundinnen einen deutlichen Unterschied in ihrem Aussehen bemerkt. Aber dieses neue Schönheitsmittel könnte sogar noch besser sein, als sie gehofft hatte. Es könnte genau das sein, was sie gesucht hatte – der Quell der Jugend, in Glastöpfchen gefüllt und mitten in London erhältlich.

Welcher Grund sonst könnte Maxwell Barrett in einen solchen Laden führen? Er würde niemals ein solch persönliches Geschenk für die Frau eines anderen Mannes kaufen. Nein, seine Anwesenheit dort konnte nur eins bedeuten:

Es ging um Atlantis, dieses mystische Land, von dem er ihr einmal gesagt hatte, es sei die Heimat des Quells der Jugend. Irgendwie hatte diese Miss Tobias die unglaubliche Entdeckung gemacht, und Cassandra war fest entschlossen, herauszufinden, welche Schönheitsgeheimnisse die Frau verbarg.

Miss Tobias war eine seltsame Frau. Sie hatte ein langweiliges, schlecht sitzendes Kleid aus grauer Wolle getragen und hatte dennoch nicht trist und farblos ausgesehen. Ganz im Gegenteil hatte das stahlgraue Kleid sogar einen hübschen Kontrast zu ihrem etwas dunkleren Teint gebildet. Was aber Cassandra eigentlich interessierte, war nicht das Kleid.

Sie musste sich einen Weg ausdenken, in diesen Laden zu gelangen und herausfinden, welche Ingredienzen diese Frau verwendete. Sollte sie tatsächlich das atlantidische Geheimnis ewiger Schönheit gefunden haben, wollte Cassandra es für sich.

Sie würde Johns und seinen Männern den Auftrag geben, sich heute Nacht in dem Laden umzusehen.

Kapitel drei

Was verbarg die reizende Sabine Tobias?

Sie war eine Frau voller Geheimnisse. Gestern Abend am Pokertisch war sie eine Verführerin gewesen. Ihr Kleid mit dem tiefen Dekolleté war sehr gewagt gewesen. Aber heute, in ihrem Laden, war sie sehr schlicht gekleidet gewesen, auch wenn sie ihr dichtes kastanienbraunes Haar offen getragen hatte, sodass es in weichen Locken um die Schultern fiel. Was eigentlich nicht ganz passend war für eine junge Frau, obwohl Max es ausgesprochen reizvoll fand.

Wenn sie nicht damit herausrückte, warum sie seine Karte wollte, würde er es selbst herausfinden. Es gab viele Wege, an eine solche Information zu kommen. Für den Augenblick jedoch hatte er beschlossen, dass eine eigene kleine Nachforschung die bessere Wahl war.

Was der Grund war, warum er sich jetzt in der dunklen Gasse hinter Miss Tobias' Laden versteckte. Er nahm ein Werkzeug aus der Tasche und steckte das scharfe Ende in das Schlüsselloch der Hintertür des Ladens. Ein paar vorsichtige Bewegungen, und schon hörte er das Schloss nachgeben. Leise drückte er die Tür auf, die Gott sei Dank nicht einmal knarrte.

Der Raum, den er betrat, war dunkel und still und diente offenbar als Lagerraum. Einen Moment lang regte Max sich nicht und ließ seinen Augen Zeit, sich an die Dunkelheit zu gewöhnen. Zum Glück fiel genügend Licht durch die beiden Fenster an der hinteren Wand, um sich einigermaßen orientieren zu können.

Es war ein sehr aufgeräumter, karg möblierter Raum. Ein

langes Regal mit verschiedenen Ingredienzen, leeren Tiegeln und anderen Glasgefäßen säumte die gegenüberliegende Wand. Kräuterbündel hingen zum Trocknen über den Fenstern. Vor Max lag der mit einem Vorhang versehene Durchgang zum Geschäft, und zu beiden Seiten dieses Durchgangs standen Schränke. Zu seiner Linken befand sich eine Treppe, die seinen Erkundigungen zufolge in die über dem Geschäft gelegenen Wohnräume führte, in denen Sabine und ihre Tanten seit ungefähr sechs Monaten lebten.

Max trat weiter in den Raum hinein und war sich nicht einmal sicher, was genau er eigentlich suchte. Aber Sabine Tobias musste etwas über Atlantis wissen. Warum wäre sie wohl sonst so geheimnistuerisch mit ihrem Wunsch nach seiner Karte?

Er wusste, dass es außer ihm noch andere Leute gab, die das verlorene Inselreich suchten. Einigen ging es dabei um Schätze, da es hieß, Poseidon habe die gesamte Akropolis aus purem Gold erbauen lassen. Andere wiederum interessierten sich für uralte Texte mit medizinischen Geheimnissen, weil die Atlantider angeblich auf allen wissenschaftlichen Gebieten große Fortschritte erzielt hatten. Wieder andere suchten den Quell der Jugend oder die heilenden Wasser, die angeblich durch die Kanäle in Atlantis flossen.

Max dagegen wollte *alles*. Er wollte die eigentliche Stadt finden. So wie Pompeji unter Bergen von Asche verloren gegangen war, so musste Atlantis unter den Gewässern des Atlantischen Ozeans liegen, glaubte er. Er war jedoch nicht so dumm zu glauben, dass es unbeschadet geblieben war. Die Wasserausspülung würde sicher viel von dem sagenhaften Land zerstört haben. Aber irgendetwas existierte unter der Oberfläche, und er hatte die Absicht, es zu finden.

Er konnte gar nicht anders, als der Möglichkeit nachzugehen, dass es einen neuen Hinweis gab, schon gar nicht, wenn er in einer solch verlockenden Verpackung daherkam wie Miss Tobias.

Leise schlich er weiter, um sich die Gegenstände auf den Regalen genauer anzusehen. Neben getrockneten Kräutern und Ölen fand er Lanolin und Glycerin und alle anderen Arten von Ingredienzen. Ein Korb mit Seidenbändern stand neben den leeren Glasgefäßen.

Was war das für eine Creme, die Cassandra gekauft hatte? Irgendeine glättende Gesichtscreme oder so etwas. Und Sabine wollte seine Landkarte. Also war auch sie auf der Suche nach einem Schatz, wenn auch einem von ganz anderer Art. Sie war hinter dem Quell der Jugend her; das musste der Grund sein, dass sie ihn aufgesucht hatte.

Max fuhr fort, den Inhalt der Regale durchzusehen, aber er fand weder geheime Bücher noch Texte oder irgendetwas anderes, das einen Hinweis darauf gäbe, was Sabine von der Karte wissen könnte.

Bisher war seine Suche ergebnislos gewesen. Das Beste wäre wahrscheinlich, sich umzudrehen und zu gehen. Falls Sabine etwas zu verbergen hatte, bewahrte sie es wahrscheinlich oben in der Wohnung auf, und er konnte nicht riskieren, dorthinauf zu schleichen. Aber er hatte noch nie einem interessanten Rätsel widerstehen können, und es sah ganz so aus, als könnte Sabine Tobias sich als das Interessanteste erweisen, dem er seit langer Zeit begegnet war.

Vorsichtig näherte er sich dem Durchgang zum Laden. Vielleicht war in den Schränken dort etwas verborgen. Der Boden knarrte unter seinem Gewicht, und Max verharrte. Da war noch ein anderes Geräusch …

Der Türknauf hinter ihm bewegte sich. Noch jemand versuchte hereinzukommen. Vielleicht Miss Tobias, die spät von einem weiteren Abend beim Glücksspiel zurückkehrte? Schnell huschte Max zur anderen Seite der Treppe und verbarg sich in der kleinen Nische darunter.

Die Tür ging auf, und zwei Männer stapften herein. Draußen vor der Tür konnte Max noch eine Stimme hören. Drei Männer, von denen einer offenbar als Wache draußen blieb. Sabine Tobias' Laden gewann wirklich sehr an Popularität. Wie schade, dass er nicht daran gedacht hatte, selbst ein paar harte Burschen mitzubringen. Max zog sich noch tiefer in den Schatten unter der Treppe zurück.

Wenn er sich bislang noch nicht sicher gewesen war, dass Sabine Thomas etwas verbarg, schien ihm das jetzt doch mehr als offensichtlich zu sein. Von seinem Versteck aus konnte Max nicht viel sehen, aber er hörte einige der hastig geflüsterten Worte der Männer. Ihre Art zu sprechen war eher ungebildet, und sie schienen nicht einmal genau zu wissen, wonach sie suchten. Jemand musste sie angeheuert haben, um in den Laden einzubrechen. Max' Erfahrung nach waren »Angestellte« dieser Art höchst unzuverlässig. Sie hatten kein persönliches Interesse an ihren Aufträgen und waren daher im Allgemeinen auch nicht besonders motiviert. Ganz zu schweigen davon, dass sie nicht die Hellsten waren. Bestimmt würden diese Kerle nicht sehr gründlich suchen.

Max lehnte sich mit dem Rücken an die Wand, um das Verschwinden der Eindringlinge abzuwarten. Als die Stufen über ihm jedoch leise knarrten, machte er einen Schritt zum Rand der Nische, um zu schauen, was vor sich ging. Er sah zwei nackte Füße, die ganz offensichtlich zu einer Frau gehörten, die die Treppe hinunterschlich.

Verdammt! Es war Miss Tobias. Besaß diese Frau denn kein Fünkchen Verstand? Vermutlich hatte sie etwas gehört –

aber was dachte sie sich dabei, hinunterzuschleichen und nachzusehen? Sie hatte doch wohl nicht vor, in nichts als ihrem Nachthemd drei Einbrecher in die Flucht zu schlagen?

Max schaute um die Ecke der Nische nach den Dieben in dem unbeleuchteten Lagerraum. Zum Glück waren sie damit beschäftigt, in den Regalen herumzuwühlen. Max machte sich bereit, und als Miss Tobias in seine Reichweite kam, packte er sie, presste ihr eine Hand auf den Mund und zog sie in sein Versteck. Ihrem erstickten Protest wurde von Fußtritten gegen seine Schienbeine Nachdruck verliehen, sodass auch Max ein Aufstöhnen unterdrücken musste.

Ohne die Hand von ihrem Mund zu nehmen, drehte er sie zu sich herum. Sabine Tobias starrte ihn aus großen, erbosten Augen an. Einen Moment erwiderte er finster ihren Blick, dann senkte er den Kopf an ihr Ohr.

»Tritt mich noch mal, Süße, und ich überlasse dich diesen Galgenvögeln«, flüsterte er warnend.

Ihr hübsches, ausdrucksvolles Gesicht spannte sich an.

Er deutete mit dem Kopf zum dunklen Lagerraum, aus dem noch immer lautes Rumoren zu hören war, und zog Sabine dann tiefer in sein Versteckt unter der Treppe. Er war froh, dass die Diebe genügend Lärm veranstalteten, um die Geräusche seines eigenen Kampfs mit der kleinen Hexe zu übertönen. Die Männer mussten Idioten sein, wenn sie glaubten, bei diesem Krach nicht entdeckt zu werden.

Er legte einen Finger an seine Lippen. »Psst.« Als Miss Tobias nickte, nahm er seine Hand von ihrem Mund, machte aber keine Anstalten, sie loszulassen. Sie war waghalsig genug, um im Namen der Tapferkeit irgendetwas sehr Törichtes zu tun. Wenn sie ihr Versteck verriet, könnte ihnen beiden etwas zustoßen. Max hatte es schon mit zwei Männern aufgenommen, aber drei Gegner gleichzeitig zu bekämpfen, war ein bisschen viel verlangt. Deshalb hielt er Sabine fest an sich gedrückt.

Obwohl er sich im Dunkeln nicht am Anblick ihres dünnen Nachtgewands erfreuen konnte, blieb dennoch kaum etwas seiner Fantasie überlassen, so fest, wie er sie an sich drückte. Sie war wohlgerundet, wie eine Frau es sein sollte, hatte wunderschöne Hüften, volle Brüste und einen weichen Po. Max umfasste ihre schmale Taille noch fester und erfreute sich an ihren sanften Kurven. Sie roch nach frischen Kräutern und warmem Brot und fühlte sich auch genauso köstlich an. Langsam atmete er ihren angenehmen Duft ein.

In dem Moment stieß einer der Männer gegen ein Regal, und Glas zerschellte klirrend auf dem Boden. Sabine zog scharf den Atem ein und hätte beinahe etwas gesagt.

Max lag es fern, sich eine Gelegenheit entgehen zu lassen, und mit diesem Gedanken schob er seine Hand unter ihr Haar und zog ihren Kopf zu sich heran. Eine Sekunde später küsste er sie, wie er es in der Nacht zuvor getan hatte. Nur diesmal öffneten sich ihre Lippen, vermutlich eher vor Schreck denn als sinnlichem Begehren, aber eine Einladung war eine Einladung.

Und so vertiefte Max den Kuss und ließ seine Zunge zwischen ihre leicht geöffneten Lippen gleiten. Sie schmeckte nach Schokolade und Zimt. Er hatte sie eigentlich nur küssen und beruhigen wollen, aber ihre weichen Lippen zu fühlen durchflutete ihn mit Verlangen und ließ das Blut in seinen Lenden pochen.

Ihre Hand glitt langsam seinen Arm hinauf. Max legte die Hände um ihren Po und zog sie eng an seinen harten Körper. Unvermutet kniff sie ihn in den Oberarm, nicht so fest, dass es wirklich wehtat, aber doch genug, dass er zusammenzuckte.

Sie blickte verärgert zu ihm auf und öffnete den Mund, um etwas zu sagen.

Bevor sie jedoch dazu kam, steckte der Mann, der am Hintereingang aufpasste, seinen Kopf durch die Tür. »Beeilung!«

Hätte der Mann ein kleines Stück weiter nach links geschaut, wäre ihm das Weiß von Sabines sich bauschendem Nachthemd gewiss aufgefallen. Max ergriff den Stoff und steckte ihn an ihrer Hüfte fest. Wahrscheinlich war ihr hübsches Bein jetzt fast vollständig entblößt, aber zumindest winkte ihr Nachthemd nicht mehr wie eine weiße Fahne durch die Dunkelheit.

»Wir gehen jetzt rauf«, sagte einer der Männer im Lagerraum barsch. »Wir haben noch nichts gefunden.« Und schon begann er die Treppe hinaufzugehen.

Ein erstickter Laut entrang sich Sabines Kehle. Ihre Augen weiteten sich vor Furcht, und ihr Mund formte zwei lautlose Worte: »Meine Tanten.«

Mist, verdammter!, dachte Max. Jetzt sah es ganz so aus, als müsste er sich doch noch mit den Kerlen anlegen.

Er fasste Sabine an den Armen und wechselte den Platz mit ihr. »Bleib hier«, flüsterte er. Dann verließ er lautlos sein Versteck und packte das Bein des Mannes, der sich noch auf dem unteren Teil der Treppe befand. Ein harter Ruck, und der Mann stürzte und schlug mit dem Kopf auf den harten Stufen auf. Sein Kumpan fuhr herum und rannte die Treppe wieder herunter, direkt auf Max zu.

Ein einziger harter Schlag gegen die Nase des Mannes genügte, um ihn zu Fall zu bringen. Blut spritzte auf, als Knochen und Knorpel sich verschoben.

»Du hast mir die Nase gebrochen, du verdammter Mistkerl!«, heulte er auf.

»Vorsicht!«, schrie Sabine.

Aber die Warnung genügte nicht, um den Hieb gegen Max' linke Niere zu verhindern. Schmerz schoss seinen Rücken hinauf und seine Hüfte hinunter. Er stöhnte, verdrängte den Schmerz aber und fuhr zu seinem Angreifer herum. Der holte zu einem weiteren Hieb aus, aber Max konnte sich wegducken. Er warf sich auf den Einbrecher und riss ihn von den Füßen.

Mittlerweile hatte der Lärm alle im Haus geweckt, und die Stimmen von Sabines Tanten ertönten aus den Räumen über ihnen.

»Was um Himmels willen ist hier los?«, fragte die eine.

»Sabine?«, sagte eine andere.

Der erste Mann, den Max niedergeschlagen hatte, versuchte wieder auf die Beine zu kommen, aber Max schaffte es, ihn mit einem Schlag auf den Kopf erneut außer Gefecht zu setzen. Der mit der blutigen Nase versetzte Max daraufhin einen Kinnhaken, der ihn ins Taumeln brachte. Max konnte froh sein, wenn er nur ein blaues Auge von dem Hieb davontrug und nicht die ganze Seite seines Gesichts in Mitleidenschaft gezogen war.

Der andere Mann stürmte auf Sabine zu.

Drei ältere Damen in wehenden langen Nachtgewändern kamen die Treppe hinabgeeilt. Sie alle hatten sich notdürftig mit Waffen versorgt: einem Schürhaken, einem schweren Kerzenleuchter und einer kleinen juwelenbesetzten Pistole.

Na prima. Er wurde hier zusammengeschlagen, und Sabine würde von der Brigade der guten Feen gerettet werden.

Max steckte einen weiteren harten Schlag gegen seine Schulter ein, bevor es ihm gelang, den dritten Mann zu packen und seinen Kopf gegen den Türrahmen zu knallen.

Ein Schuss ertönte. »Raus hier!«, kreischte die Frau. »Raus, raus, raus!«

Die drei Halunken verschwendeten keine Zeit und stürmten aus der Tür.

»Sie auch«, sagte sie zu Max.

Aber der rührte sich nicht, sondern starrte nur auf seine Brust, wo sich ein Blutfleck auf seinem Rock ausbreitete.

»O Gott, du hast ihn angeschossen, Lydia!«, rief Sabine.

Kapitel vier

»Verdammt«, sagte Agnes.

»Oh nein!«, rief Calliope.

Panik erfasste Sabine. In Gedanken sah sie schon alle möglichen Szenarios, bei denen Max auf ihrem Fußboden verblutete. Aber dann sah sie sein schiefes Lächeln. Dieser verflixte Kerl war viel zu stur, um an einer lächerlichen Schusswunde zu sterben.

Sie atmete mehrmals tief durch. Agnes war hier; sie würde dafür sorgen, dass alles gut ging.

»Lasst uns ihn nach oben bringen«, sagte Sabine, während sie stützend einen Arm um seine Taille schlang. »Komm ja nicht auf dumme Ideen«, warnte sie ihn in Erinnerung an seinen heißen Kuss unter der Treppe und versuchte, seinen flachen Bauch und muskulösen Rücken zu ignorieren.

Max lachte leise, erlaubte ihr aber, ihn die Treppe hinaufzuführen.

Sie betraten die kleine Küche, wo Sabine ihm auf einen der Stühle half. Dabei war ihr nur allzu deutlich bewusst, wie beengt der Raum sich durch Max' beeindruckende männliche Präsenz anfühlte. Ihre Tanten begannen sofort bereitzustellen, was sie brauchten: eine kleine Schüssel Wasser, eine Pinzette, saubere Tücher und einige behelfsmäßige Verbände. Für einen Moment fühlte sich Sabine wieder in die Küche ihres Cottages in Essex zurückversetzt, wenn sie sich auf die Behandlung eines Dorfbewohners vorbereitete, der einen Unfall mit einer Hacke gehabt hatte oder der nach dem Genuss von zu viel Whisky in eine Prügelei geraten war. Dort war alles friedlich gewesen, aber hier in London fand das

Leben in einem viel schnelleren Rhythmus statt, und obwohl sie sich immer für eine ruhige Person gehalten hatte, machte die Hektik sie nervös.

Aber sie waren nicht in Essex, und dieser Mann war keiner der ihren. Er wusste nichts von ihren Gebräuchen oder Fähigkeiten. Und sie riskierte viel, wenn sie diese preisgab, aber sein Gesicht war mittlerweile besorgniserregend blass, und sein Rock war schwer von dem verlorenen Blut. Nein, dachte Sabine, wir haben keine andere Wahl; sie konnten auf keinen Fall riskieren, dass er verblutete oder eine lebensgefährliche Infektion bekam.

»Vergesst nicht die Salbe«, sagte Sabine.

»Sicher?«, fragte Lydia, und ihre drei Tanten wechselten einen Blick.

»Ja«, sagte Agnes. »Wir werden die Salbe brauchen.«

Lydia würde Agnes' Entscheidung nicht infrage stellen. Als Wächterin war sie die Heilerin, und das Elixier würde benutzt werden, wie sie es für richtig hielt. Bei einem Dorfbewohner hätten sie nicht einmal innegehalten, um sich seine Anwendung zu überlegen. Aber dieser Fremde würde sich wundern, wenn seine Wunde zweimal so schnell heilte, wie sie es normalerweise täte.

Während Agnes weitere Anweisungen erteilte, streifte Sabine Max den Rock ab.

Unterhalb seiner rechten Schulter war sein weißes Hemd blutdurchtränkt.

»Verdammt!«, fluchte er.

Calliope reichte ihm ein Glas, randvoll mit einer dunkelroten Flüssigkeit. »Hier, das wird gegen die Schmerzen helfen.«

»Eine Frau nach meinem Geschmack.« Er hob das Glas zu einem Toast und zuckte dabei vor Schmerz zusammen.

»Danke«, sagte er und stürzte den Inhalt in einem Zug hinunter.

Dann versuchte er, mit einer Hand sein Hemd zu öffnen, aber es dauerte zu lange, deshalb klopfte Sabine ihm auf die Finger und schob sie weg. »So«, sagte sie und öffnete schnell die Knöpfe, obwohl sie hätte schwören können, dass ihre Finger ein wenig zitterten. Wozu überhaupt kein Grund bestand, da sic Agnes oft genug geholfen hatte, verletzte Männer zu versorgen. Sie zog Max das Hemd aus und legte seine Wunde frei.

Sie war mit Blut verklebt, sodass sie von der eigentlichen Schusswunde nicht genug erkennen konnte, um den wahren Schaden einzuschätzen. Ohne Vorwarnung drückte sie einen nassen Lappen an die Wunde. Kleine Rinnsale von Blut und Wasser liefen seinen Arm hinab.

»Das brennt«, knurrte er.

Aber Sabine musste die Wunde reinigen. In ihrer Entschlossenheit, seinen beeindruckenden Körperbau zu ignorieren, gerieten ihre Bemühungen vielleicht ein wenig gröber als beabsichtigt. »Nehmen Sie sich zusammen«, ermahnte sie ihn. »Außerdem ist die Wunde nicht sehr tief.« Sie schaute Agnes an, während sie Max so offensichtlich anlog.

Agnes nickte fast unmerklich.

Sabine hoffte, er würde nicht merken, wie tief die Wunde wirklich war. Das Beste für alle war, ihn davon zu überzeugen, dass die Verletzung nicht so schlimm sei, damit er sich nicht über den schnellen Heilungsprozess wunderte. Sie mussten die Wunde versorgen und Max nach Hause schicken, bevor er misstrauisch wurde. Jetzt, da der Auserwählte nach Agnes suchte, mussten sie noch wachsamer als gewöhnlich sein.

Ein kalter Schauder lief über Sabines Rücken. Und wenn

nun *dieser Mann* der Auserwählte war? Sie hielt mitten in der Bewegung inne und sah Max in die Augen – in diese klaren blauen Augen, in denen echter Schmerz zu sehen war. Nein, Madigan hätte es gewusst, wenn Max der Auserwählte wäre. Er hatte ihre Landkarte und galt als Gelehrter, auch wenn er sich selbst als Abenteurer bezeichnete. Und hatte Agnes nicht gesagt, dass Phinneas eine Vision von einem »großen Mann« gehabt hatte, der ihre Karte entdeckte? Sabine entspannte sich ein wenig.

»Es ist kaum mehr als ein Kratzer«, sagte sie.

Lydia machte große Augen, und Calliope öffnete den Mund, um zu widersprechen, doch Agnes schüttelte den Kopf. »Calliope, schenk dem Marquis noch etwas Whisky ein.«

Er richtete sich gerader auf. »Das ist nicht meine erste Schusswunde«, ächzte er. »Und es wird auch bestimmt nicht meine letzte sein.«

Lydia berührte eine Narbe an seinem Rücken. »Ein Schuss in den Rücken, wie ich sehe. Vielleicht sollten Sie nicht mitten in der Nacht in die Häuser anderer Leute eindringen.«

»Lydia«, mahnte Calliope, als sie Max den Whisky reichte.

»Wer waren diese Männer?«, fragte Sabine, während sie fortfuhr, seine Wunde auszuwaschen.

Wieder zuckte er zusammen. »Keine Ahnung. Einbrecher, die angeheuert worden waren, um etwas zu suchen, schätze ich. Sie haben in Ihren Sachen herumgewühlt und wollten dann nach oben, um ihre Suche fortzusetzen.« Seine blauen Augen blickten forschend in die ihren. »Wollen Sie mir nicht sagen, was Sie hier verbergen?«, fragte er.

»Ich weiß nicht, wovon Sie reden. Wir haben absolut nichts zu verbergen.« Sie ging zurück zum Becken und wechselte das Wasser in der Schüssel. »Sie müssen diesen Laden mit dem von jemand anderem verwechselt haben.«

»Warum waren sie dann so entschlossen, hinaufzugehen?«, fragte Max.

»Vielleicht wollten sie uns ja Gewalt antun«, sagte Calliope theatralisch.

Sabine betastete die unmittelbare Umgebung seiner Wunde, bis er das Gesicht verzog. »Die Kugel scheint noch in Ihrer Brust zu stecken«, sagte sie.

»Sagten Sie nicht, es wäre kaum mehr als ein Kratzer?«, stieß er zwischen den Zähnen hervor.

»Mein Fehler«, entschuldigte sie sich.

»Lass mich die Kugel entfernen. Du kannst derweil die Salbe vorbereiten, Sabine.« Agnes trat vor. »Aber zuerst werden Sie mir sagen, wer Sie sind«, wandte sie sich streng an Max.

Er nickte einmal. »Maxwell Barrett, Marquess of Lindberg.«

»Und was hatten Sie in unserem Geschäft zu suchen?«, fuhr sie fort.

Er suchte Sabines Blick. »Ich kam zufällig vorbei und sah die Eindringlinge. Vielleicht war ich ja nur zur rechten Zeit am rechten Ort.«

Sabine machte keine Anstalten, ihn zu korrigieren. »Unser Held«, sagte sie nur und sah zu, wie ihre Tante die Instrumente holte, die sie brauchte, und dann auf den Tisch zuging.

»Ich bin Agnes«, sagte sie, als sie sich auf dem Stuhl neben ihm niederließ und an ihn heranrückte. »Und dies sind meine Schwestern: Lydia, von der Sie angeschossen wurden, und Calliope, meine jüngste Schwester, die für dieses üble Getränk verantwortlich ist, das Sie mit alarmierender Geschwindigkeit verkonsumieren. Und diese junge Dame dort ist unsere Nichte Sabine, aber wie es scheint, sind Sie beide sich ja schon begegnet.« Sie machte eine Pause und erwiderte Max' Blick. »Ich fürchte, dass es wehtun wird.«

»Na wunderbar«, sagte er trocken. »Dabei war dieser Abend bis jetzt doch so angenehm.«

Sabine sah zu, wie Agnes mithilfe der Pinzette die Kugel aus der Brust des Marquess entfernte. Er biss die Zähne zusammen, und ein Muskel zuckte an seinem Kinn, aber kein Laut kam über seine Lippen. Aber nach drei Gläsern von Calliopes selbstgebranntem Whiskey konnte er eigentlich auch nicht mehr viel spüren.

Während Lydia die Wunde noch einmal gründlich reinigte, wandte Sabine sich von ihnen ab, um die Salbe zuzubereiten. Dazu gab sie eine kleine Menge davon in ein flaches Schälchen und verrührte sie, um die Mischung aufzulockern. So hatte sie schon früher mitgeholfen, wenn ihre Mutter Dorfbewohner behandelt hatte. Aber das war lange her, lange bevor sich alles für Sabine geändert hatte.

Max' Verletzung war schlimmer als befürchtet, und eine ihrer Tanten hatte sie verursacht. Es fehlte ihnen gerade noch, dass er sie bei der Polizei anzeigte und womöglich noch in der Presse darüber berichtet wurde. Keine besonders gute Art, sich zu verstecken, dachte Sabine.

Andererseits war er in ihren Laden eingebrochen. Die Geschichte, die er ihren Tanten erzählt hatte, war plausibel und ersparte es ihr, sich ihre Fragen selbst beantworten zu müssen. Aber sie musste mit ihm allein sein, um die Wahrheit zu erfahren.

Genau wie diese anderen Männer war er hier gewesen, um herumzuschnüffeln. War er ein Komplize der Einbrecher? Das schien eher unwahrscheinlich angesichts des Kampfes, den sie sich geliefert hatten.

»Die Wunde muss genäht werden«, meinte Agnes. »Hol meinen Nähkorb, Lydia.«

»Aber …«, begann Lydia zu widersprechen, doch Agnes brachte sie mit erhobener Hand zum Schweigen.

»Falls es dir entgangen sein sollte – *du* hast ihn angeschossen, Lydia. Und wie es aussieht, hat der Marquis uns heute Nacht das Leben gerettet. Und nun geh und hol den Korb.«

Lydia verzichtete auf weitere Proteste, warf ihrer Schwester aber einen bösen Blick zu. »Ich finde, wir sollten Sie hinauswerfen wie die anderen Diebe«, sagte sie zu Max, bevor sie sich aufmachte, um den Korb zu holen. »Verdammte Engländer«, murmelte sie, als sie den Gang hinabmarschierte.

Sabine ging zu ihrer Tante und legte ihr die Hand auf die Schulter. »Agnes, ich glaube, den Rest kann ich allein erledigen. Ihr drei solltet wieder zu Bett gehen«, sagte sie und unterstrich ihre Entschlossenheit mit einem entschiedenen Nicken. »Ihr braucht eure Ruhe.«

»Bist du sicher?«, fragte Agnes.

Sabine nickte. Auch wenn sie nicht die Heilerin war, so war sie doch zu einer ausgebildet worden. Dann war ihre Mutter gestorben, und die Wächterschaft war an Agnes und nicht an Sabine übergegangen. Es hatte ein paar Jahre gedauert, unter den zweifelnden Blicken der Dörfler, die dasaßen und darauf warteten, dass sie versagte, Vertrauen zu gewinnen. Sie schenkte ihrer Tante ein beruhigendes Lächeln. »Ich verarzte ihn, und dann wird der Marquis wieder gehen, nicht wahr?« Sabine stieß ihn am Knie an.

»Ja, natürlich«, murmelte er.

»Es wird alles gut, das verspreche ich«, sagte sie. Ihre drei Tanten standen dicht zusammengedrängt in der Küche und starrten Max nur an.

»Normalerweise würde ich mich für Ihre Gastfreundschaft bedanken«, sagte Max, dessen tiefe Stimme durch ihre kleine

Küche schallte. »Aber ich würde Ihre Fürsorge nicht benötigen, wenn ich nicht angeschossen worden wäre. Dennoch war es mir ein Vergnügen, Sie alle kennenzulernen«, fügte er mit leicht ironischem Lächeln hinzu.

Sabine konnte jedoch den Humor in seinen Augen sehen, und der Knoten in ihrem Magen begann sich aufzulösen. Seine Art zu lächeln schien sie gleichzeitig zu beruhigen und zu entwaffnen.

Sowie ihre Tanten sie endlich in der Küche allein gelassen hatten, machte sie sich an ihre Aufgabe, entschlossen, sich nicht davon stören zu lassen, dass sie mit ihm allein war. Das war unerheblich. Sie war schon mit vielen Männern allein gewesen. Auch wenn keiner so gut aussehend wie der Marquess gewesen war.

Sie verknotete den Faden und sterilisierte die Nadel über der Kerzenflamme. In der Zwischenzeit versuchte sie, Max' muskulöse Brust zu ignorieren und sich auf die bevorstehende Aufgabe zu konzentrieren. Auch Männer mit nacktem Oberkörper waren für sie nichts Neues. Daheim in Essex arbeiteten Männer häufig ohne Hemd auf den Feldern. Die Männer in ihrem Dorf waren stark und gesund, aber sie hatten dunklere Haut und schwarzes Haar auf Brust und Bauch. Max war viel heller als die Männer ihres Volkes, und sein dunkelblondes Haar bedeckte nur seine Brust, um sich dann zu einer schmalen Linie zu verjüngen, die unter seinem Hosenbund verschwand.

Sie wusste, wie stark er war und was für ausgeprägte Muskeln er hatte. Als er sie vorhin unter der Treppe an sich gedrückt hatte, war es das Erste gewesen, was ihr aufgefallen war. Sie hatte das Anspannen seiner Armmuskeln gespürt, als sie ihn gekniffen hatte, um den Kuss zu beenden. Dass es ein wunderbarer, ja, geradezu berauschender Kuss gewesen war, spielte keine Rolle, denn er war völlig ungerechtfertigt und unerwünscht gewesen. Sie hatte keine Zeit, mit diesem gut aussehenden Mr Barrett oder irgendeinem anderen zu flirten. Ihre Aufgabe war es, ihre Tanten zu unterstützen und vor allem für Agnes' Sicherheit zu sorgen. Nur das durfte sie interessieren.

Sabine wagte nicht zu gestehen, dass sie heute Abend mit der Absicht zu Max' Haus gefahren war, dort einzubrechen.

Sie und ihre Tanten hatten in einer Kutsche vor seinem Haus gesessen und fast zwei Stunden darauf gewartet, dass er ausging. Lydia war vor Langeweile eingeschlafen, Agnes war ziemlich unleidlich geworden, und Calliope hatte unbedingt ihren Plan in die Tat umsetzen und einbrechen wollen, obwohl der Marquess noch daheim gewesen war. Aber er hatte weder eine Kutsche bestellt noch ein Pferd für sich satteln lassen. Und das Licht in einem Eckzimmer im Erdgeschoss war nie erloschen, auch nachdem andere Zimmer dunkel geworden waren. War dieser Raum sein Arbeitszimmer? Wo er vielleicht die Karte aufbewahrte?

Am Ende hatten sie aufgegeben, waren zu ihrem Laden zurückgefahren und zu Bett gegangen.

Und jetzt war er hier, nachdem er sich selbst als Einbrecher betätigt hatte.

»Warum sind Sie heute Nacht hier eingedrungen?«, fragte sie, als die Nadel seine Haut durchbohrte und er scharf den Atem einsog. Sabine nahm sich vor, beim nächsten Stich ein wenig sanfter vorzugehen. Es war nicht nötig, ihre Frustration an seiner Haut auszulassen. Von nun an konzentrierte sie sich ganz auf das Vernähen.

Aber Max hob langsam seinen Blick zu ihr, und der Ausdruck in seinen klaren blauen Augen ließ ihr fast den Atem stocken.

»Vielleicht wollte ich ja noch einen Kuss von Ihnen«, sagte er mit einem vielsagenden Lächeln.

Sabine wandte schnell den Blick ab und konzentrierte sich auf seine Wunde. Vielleicht war Behutsamkeit gar nicht angebracht, sondern eher Eile. Max verzog das Gesicht, als sie die Nadel durch sein Fleisch zog. »Wenn das stimmt«, sagte Sabine, »dann sind Sie vergebens gekommen, denke ich.«

»Ach ja?«

»Der Kuss war … fantasielos.« Sie dachte nicht daran, sich anmerken zu lassen, wie ungemein verwirrend sie ihn fand. »Für meine Begriffe rechtfertigte er wohl kaum einen solchen Ausflug und schon gar nicht mitten in der Nacht. Eine ungestörte Nachtruhe hätten wir sicher beide lohnender gefunden.«

Wieder verzog er das Gesicht, aber sie war nicht sicher, ob ihrer beleidigenden Worte oder ihrer Stiche wegen. Und es kümmert dich auch nicht, ermahnte sie sich. Und auch nicht, dass sie log. Er brauchte nicht zu wissen, dass der Kuss sie mit einem heißen Prickeln durchflutet hatte, das sich bis in ihre Zehenspitzen fortgesetzt hatte. Dass sie ihn sogar jetzt noch schmecken und seine Wärme spüren konnte, als sie vor ihm saß und ihn verarztete.

»Was wissen Sie von meiner Karte?«, fragte er in einem sehr viel strengeren Tonfall als bisher.

Sabine ignorierte ihren nervösen Magen. Es war besser, sich ihre Unruhe nicht anmerken zu lassen. Und nicht nur das; auch ihren Eifer hinsichtlich der Karte musste sie unter Kontrolle halten. Sie brauchten diese Karte. Das Leben ihres Volks und ihrer Familie hing davon ab.

»Jemand hat mir erzählt, Sie besäßen die einzige Karte des legendären Inselreiches von Atlantis«, antwortete sie achselzuckend und brachte einen weiteren Stich an.

Wieder sah er sie an. »Und wer ist dieser Jemand?« Er ließ ihr keine Zeit zu antworten, als er gleich fortfuhr: »Miss Tobias, es ist nicht allgemein bekannt, dass ich diese Karte besitze. Obwohl in gewissen Kreisen sicherlich ...« Er beendete den Satz nicht. »Ich meine, die meisten Sammler interessieren sich eher für Karten existierender Länder, weniger für die irgendeines sagenhaften Kontinents.«

Sabine wartete einen Moment, bevor sie den nächsten Stich anbrachte, weil ihre Hände zitterten. Gott, wie sehr sie dieser Mann verwirrte! Es war kein großes Geheimnis, dass viele Menschen nicht an die Existenz ihres Heimatlandes glaubten, aber diesen Faktor hatte sie in ihrer Lüge nicht bedacht. Max hatte recht. Ein herkömmlicher Kartensammler beschäftigte sich nicht mit Atlantis. Er schätzte detaillierte Karten, deren Genauigkeit mit existierenden Orten verglichen werden konnte. Aber ihr Lügenmärchen ließ sich nicht mehr ändern.

»Ich weiß nicht mehr, wer es mir gesagt hat«, erwiderte sie in einem Ton, von dem sie hoffte, dass er möglichst ungezwungen klang, und lachte kurz auf, um ihre Aussage zu unterstreichen. »Außerdem sammle ich alle möglichen Karten. Ob über Existierendes oder nicht Existierendes. Ich kann mir kein Urteil darüber erlauben, was andere Sammler als erstrebenswert ansehen. Mein Interesse ist nicht das einer Gelehrten. Ich kann nur sagen, dass ich die Karten interessant finde.«

»Würden Sie mir Ihre Sammlung einmal zeigen? Ich habe nämlich auch ein großes Faible für alte Karten«, sagte er.

Die Nadel verrutschte, und Sabine stach ihn ungewollt. »Tut mir leid. Ich fürchte, das ist unmöglich. Ich bewahre die Karten nicht hier auf, weil dies nicht unser Hauptwohnsitz ist.«

»Verstehe.« Er schwieg einen Moment, bevor er wieder das Wort ergriff. »Normalerweise sind Karten, die das Sammeln wert sind, nicht gerade billig.«

»Damit wollen Sie doch wohl nicht andeuten, dass Sie mich nicht für wohlhabend genug halten, um eine Kartensammlerin zu sein?«, gab sie zurück. »Denn das wäre äußerst unhöflich und überaus anmaßend.«

»Natürlich nicht. So ungezogen könnte ich gar nicht sein.«

»Ach, dieser Charme ...«, spöttelte sie. »Ich wette, er leistet Ihnen oft gute Dienste. Oder meistens jedenfalls«, fügte sie mit einer leichten Schärfe in ihrem Ton hinzu.

»Meistens«, stimmte er ihr zu.

»Vielleicht sollten Sie nicht so viele Vermutungen anstellen. Die Dinge sind nicht immer so, wie sie zu sein scheinen.«

Er sagte nichts, aber dieses verführerische Lächeln spielte wieder um seinen Mund.

Sabine machte den letzten Stich und verknotete den Faden. »So, das wär's.« Sie hielt inne und sah den Marquis an. Wieder war sie wie gefesselt von seinen faszinierenden Augen.

Nur mühsam wandte sie den Blick ab und versuchte sich zusammenzunehmen. »Jetzt brauchen Sie noch etwas Salbe«, murmelte sie und verteilte behutsam eine großzügige Menge der dickflüssigen Salbe auf der Naht und der umliegenden Haut. »Das wird die Heilung beschleunigen.«

»Danke«, murmelte er.

»Ungeachtet dessen, warum Sie heute Abend hier waren«, sagte sie, »bin ich Ihnen sehr dankbar für Ihre Unterstützung.«

»Sie sollten vorsichtig sein. Jemand ist hinter Ihnen her, Sabine, und obwohl Sie es mir nicht sagen wollen, kann ich mir vorstellen, warum. Wenn Sie nicht vernünftig genug sind, sich von mir helfen zu lassen, dann suchen Sie wenigstens bei jemand anderem Beistand.« Diesmal sah sie nichts Spöttisches oder Schalkhaftes in seinen Augen.

Sein Rat war gut, das ließ sich nicht bestreiten. Aber sie hatte niemanden, den sie um Hilfe bitten konnte. »Wir können uns selbst beschützen.«

»Vier Frauen, die allein leben, sollten immer vorsichtig sein«, meinte er.

Sie beschäftigte sich damit, die benutzten Gegenstände wegzuräumen. »Wir sind vorsichtig.« Sie hatte niemanden außer ihren Tanten. »Wir sind hier völlig sicher«, beharrte sie, obwohl ihr heute Abend das Gegenteil bewiesen worden war.

»Ja«, stimmte er spöttisch zu. »Von der Treffsicherheit Ihrer Tante einmal abgesehen.«

Dann erhob er sich und zog sein Hemd an. Als er den Arm ausstreckte, um seinen blutbefleckten Mantel anzuziehen, fuhr er zusammen, aber Sabine machte keine Anstalten, ihn noch einmal zu berühren.

Schweigend gingen sie zusammen die Treppe hinunter, dann wandte er sich ihr zu und sagte: »Bekomme ich noch einen Kuss für meine Mühe?«

»Ich glaube nicht«, erwiderte sie, obwohl die Frage und sein mutwilliges Lächeln ihr Herz schneller schlagen ließen.

»Schade.« Er beugte sich zu ihr vor und drückte seinen warmen Mund auf ihre Hand.

Sabine machte die Tür hinter ihm zu und schloss sie ab, bevor sie sich wieder zur Treppe umwandte und dabei fast mit Calliope und ihren beiden anderen Tanten zusammenstieß.

»Du liebe Güte, habt ihr mich erschreckt! Was schleicht ihr hier herum?«

»Wir schleichen nicht herum«, protestierte Agnes.

»Wir sind gekommen, um dir zu helfen«, sagte Calliope.

»Bei was zu helfen?«, fragte Sabine, als sich alle auf den Weg nach oben machten.

Keine ihrer Tanten antwortete.

»Hast du nach der Amphore gesehen?«, fragte Sabine.

»Ja, sie ist noch dort, wo ich sie gelassen habe«, sagte Agnes.

Und sofort kam Sabine sich sehr dumm vor, weil sie danach gefragt hatte. Natürlich hatte Agnes die nötigen Maßnahmen ergriffen, um die Sicherheit des Elixiers zu garantieren.

»Er ist also der Mann mit der Karte«, sagte Lydia, die Arme vor der Brust verschränkt. »Der Mann, von dem dir Madigan erzählt hat?«

»Ja«, bestätigte Sabine. Sie alle folgten ihr in ihr Zimmer, und deshalb setzte sie sich auf ihr Bett und hoffte, dass ihre Tanten den Wink verstehen und sich ebenfalls zu Bett begeben würden. Sie wollte nicht ihre Fragen abwehren müssen.

»Er ist jünger und attraktiver, als ich gedacht hätte«, bemerkte Agnes.

»In der Tat«, stimmte Lydia zu und schürzte ihre Lippen.

Calliope nickte enthusiastisch.

»Das ist mir gar nicht aufgefallen«, flunkerte Sabine.

»Dann wirst du sicher auch nicht bemerkt haben, was für einen großartigen Körperbau er hat«, sagte Agnes.

»Also wirklich, Agnes!«, rügte Lydia.

»Was?« Agnes warf die Arme hoch. »Ich bin alt, aber nicht blind.«

Sabine ignorierte das Geplänkel.

»Er war heute Morgen im Laden«, informierte Calliope mit einem breiten Grinsen ihre Schwestern.

Sabine warf ihr einen warnenden Blick zu.

»Und du hast uns nichts davon erzählt.« Agnes schnalzte missbilligend mit der Zunge. »Du hast Geheimnisse vor deinen alten Tanten?«

Sabine wusste, dass Agnes sie nur aufzog. Schließlich hatte gerade sie Sabine dazu ermutigt, über einen Teil ihres Lebens Stillschweigen zu bewahren. Aber auch Lydia stand noch immer da, und *sie* würde eine Antwort wollen. »Es bestand kein Grund dazu«, sagte Sabine.

»Was wollte er?«, fragte Lydia.

»Er wollte wissen, warum ich mich für seine Karte interessiere.« Sabine zuckte die Schultern. »Wie ich davon erfahren hatte. Alles Fragen, die jeder stellen würde, wenn wie aus dem Nichts eine Frau auftaucht und eine Wette anbietet, um an seinen kostbaren Besitz zu kommen.«

»Und was hast du ihm gesagt?«, wollte Agnes wissen.

Sabine holte tief Luft. »Ich habe ihn belogen und mich für eine Sammlerin ausgegeben.«

»Aber er glaubt dir nicht«, sagte Calliope kopfschüttelnd.

»Leider nicht«, erwiderte Sabine.

»Aber wir brauchen diese Karte immer noch«, sagte Lydia. »Unbedingt«, fügte sie hinzu.

»Ich werde mir etwas einfallen lassen.« Sabine sah ihre Tanten an. Sie *musste* einen Weg finden, an die Karte zu kommen. Und sie wollte die Aufgabe möglichst ohne Einmischung ihrer Tanten erledigen. Sie mussten sich auf sie verlassen können.

»Und was war mit den anderen Männern?«, fragte Agnes. »Was wollten die hier?«

Sabine fuhr sich mit einer Bürste durch das Haar. »Ich habe keine Ahnung.«

»Sie waren bestimmt hinter dem Elixier her«, meinte Agnes.

Lydia schüttelte den Kopf. »So schnell kann der Auserwählte uns nicht gefunden haben. Dazu haben wir uns viel zu raffiniert verborgen. Das meinte sogar Madigan. Und auch er hatte Vorsichtsmaßnahmen getroffen, um sicherzugehen, dass er nicht hierher verfolgt wurde.«

Madigan. Er hatte sein Leben riskiert, um sie vor der Prophezeiung zu warnen und Sabine zu sagen, wo die Karte zu finden war, und trotzdem war es ihr bisher nicht gelungen, sie zurückzuholen. Frustriert legte sie die Bürste weg.

»Vielleicht war es ja auch nur ein ganz normaler Einbruch«, gab Calliope zu bedenken. »Ich bin mir sogar sicher, dass es nichts anderes war. Läden werden ständig ausgeraubt.«

»Trotzdem wäre es möglich, dass sie hinter dem Elixier her waren«, sagte Lydia.

»Irgendetwas passt hier nicht zusammen. Warum waren es drei Männer? Es heißt ›der Auserwählte‹, nicht *die* Auserwählten.« Sabine schüttelte den Kopf. »Ich habe die Männer reden gehört; sie suchten nichts Spezielles. Es waren gewöhnliche Diebe, mehr nicht. Und ich kann nicht glauben, dass der Auserwählte Ganoven schicken würde, um eine solch wichtige Aufgabe zu erledigen.«

Die Atlantiden waren gewarnt vor dem Auserwählten, da er der mächtigste Feind ihres Volkes war – heimtückisch und schlau, mit Möglichkeiten, herauszufinden, wo sich das Elixier befand. Würde so jemand einen solchen Fehler machen? Sabine konnte das nicht glauben.

Ihre Tanten schwiegen eine Weile, als dächten sie über ihre Worte nach, dann machte Lydia ein paar Schritte auf Sabine zu. »War die Verwendung des Elixiers heute Abend wirklich nötig?«

»Ich habe getan, was ich tun musste. Ihr habt seine Wunde gesehen. Sie war tief, die Kugel steckte noch darin, und ich hatte Angst, sie könnte sich entzünden«, sagte Sabine.

»Ja, aber er ist ein Engländer«, wandte Lydia ein.

Sabine stand von ihrem Bett auf, um Abstand zwischen sich und ihre älteste Tante zu bringen. Sie wollte gerade etwas erwidern, als Agnes das Wort ergriff: »Ich bin die Heilerin. Es war meine Entscheidung.«

Lydia holte tief Luft und nickte, sagte aber nichts mehr.

Sabine musste die Prophezeiung in die Hände bekommen, je eher, desto besser. Und deshalb würde sie Maxwell Barrett morgen einen Besuch abstatten.

Kapitel fünf

Der Mord heute Nacht würde ein Kinderspiel sein. Der Plan war so raffiniert, dass Spencer immer noch nicht glauben konnte, wie leicht er sich in die Tat hatte umsetzen lassen. Auf einer schwarzen Stute war Spencer in einen Wald außerhalb Londons geritten, wo er jetzt auf sein Opfer wartete. Es hierher zu locken, hatte eine gewisse Kreativität erfordert, denn er war gezwungen gewesen, sehr vorsichtig zu Werke zu gehen.

Wer auch immer diese Morde untersuchte, er würde sie nicht mit ihm in Verbindung bringen können. Jedenfalls noch nicht. Er hatte weder Nachrichten noch Einladungen an die Betroffenen verschickt, sondern sein Anliegen stets persönlich vorgebracht. Am Ende würde sich seine harte Arbeit jedoch auszahlen. Seiner Genialität wegen würde er zwei Fliegen mit einer Klappe schlagen.

Die *Times* hatte seine beiden letzten Briefe, in denen er die Wächter warnte, dass die Zeit gekommen und ihr Ende nahe war, nicht veröffentlicht. Vielleicht würde *das hier* ihr Interesse wecken. Obwohl er es irgendwie bezweifelte. Die Engländer in ihrer lächerlichen Arroganz waren dumm genug zu glauben, nichts und niemand könnte ihrem Land größeren Schaden zufügen. Verdammt, vermutlich könnte er ihnen sogar einen Brief schreiben, in dem er seinen gesamten Plan erläuterte, und sie würden dennoch niemals glauben, dass irgendjemand zu einer solchen Meisterleistung fähig sein könnte.

Er hatte nicht vor, diesen beiden Herren, die er erwartete, die Chance zu geben, sich ihm anzuschließen. Zwei zur gleichen Zeit ermordete Generäle würden hingegen mit Sicherheit die Aufmerksamkeit Scotland Yards erregen. Sobald er die beiden Männer heute Abend erledigt hatte, würde er nach Cornwall aufbrechen. Es hatte eine Weile gedauert, aber schließlich hatte er den nächsten Wächter ausfindig gemacht.

Für die Vollendung der Prophezeiung brauchte er alle drei Amphoren mit dem Elixier, denn der Legende nach erlangte derjenige Unsterblichkeit, der alle drei Amphoren in seinem Besitz hatte.

Hufgetrappel ertönte in der Ferne, und Spencers Stute begann, nervös zu scharren und den Kopf zurückzuwerfen. Er strich ihr beruhigend über den Hals, dann ließ er sich aus dem Sattel gleiten. Er wand die Zügel um einen Baum und bot dem Tier einen schon zerteilten Apfel aus seiner Satteltasche an. Die Haare an dem weichen Maul der Stute kitzelten ihm die Hand, als sie die Leckerei annahm.

Der kalte Nachtwind biss ihn in die Ohren und ins Gesicht. In seiner Kutsche hätte er es wärmer gehabt, aber er konnte sich nicht noch einen Zeugen leisten. Er musste sich schon wegen des anderen Kutschers Sorgen machen.

Als er das Rumpeln von Kutschenrädern näher kommen hörte, verließ Spencer sein Versteck, ging zur Straße und zog seine Pistole. Mitten auf der Straße blieb er stehen und zielte auf den Kutscher. Obwohl die Abenddämmerung schon eingesetzt hatte, spendete das letzte Licht am Horizont noch immer ausreichend Helligkeit, um den überraschten und furchtsamen Gesichtsausdruck des Kutschers zu erkennen. Der Mann versuchte auszuweichen, doch dann zog er im letzten Augenblick die Zügel, und die Pferde kamen nur wenige Zentimeter vor Spencer zum Stehen. Die Tiere stampften unruhig mit den Hufen.

Spencer wusste, dass ihm bei dem Mord an jenem Dienstmädchen ein Fehler unterlaufen war. Den Behörden zu viele Leichen zu präsentieren, würde seine Botschaft nur in Misskredit bringen. Er konnte es sich also nicht erlauben, ein weiteres Mal unachtsam zu sein.

Mit festen Schritten und ohne die Waffe zu senken, ging Spencer auf die Kutsche zu. »Verschwinde«, befahl er dem Kutscher, und der Mann zögerte keine Sekunde, sich in die Büsche zu schlagen.

»Was zum Teufel ...«, stammelte einer der Männer, nachdem er die Tür der Kutsche geöffnet hatte und sich der Mündung einer Pistole gegenübersah. Es war Clyde, der Generaladjutant der Krone und somit – auch wenn so mancher immer noch darüber staunte, wie dieser Mann es so weit hatte bringen können – der ranghöchste Offizier des Landes.

Und Spencer wusste auch genau, wer dessen Nachfolger werden würde – ein feiner Gentleman, den Spencer bereits für seine Sache hatte gewinnen können. »Guten Abend, die Herren«, sagte er ruhig.

»Cole«, erwiderte Clyde überrascht. Dann lachte er. »Was für ein gelungener Scherz, so zu tun, als wolltest du unsere Kutsche überfallen«, rief er amüsiert und stieß den Mann an seiner Seite an.

Clyde, stets zu haben für eine durchzechte Nacht und frivole Vergnügungen, war das leichtere Opfer.

Der andere Mann, Mercer, konnte der Situation ganz und gar nichts Komisches abgewinnen. Von Natur aus misstrauisch, war er viel schwerer auf diese verlassene Landstraße zu locken gewesen. Clyde war durch die Beziehungen seiner einflussreichen Familie in seine Position gelangt, während Mercer sich mit Schläue und Ehrgeiz an die Spitze hatte kämpfen müssen. »Ich dachte, wir wollten uns im Hog's Hair Inn treffen.«

Spencer zuckte die Schultern. »Die Pläne haben sich geändert.«

»Was willst du?«, fragte Mercer.

»Ja, was soll das alles?«, fragte nun auch Clyde.

Mercers kluge Augen verengten sich. Er besaß den Ruf, ein brillanter Stratege zu sein, und wie zu erwarten war, ließ er die Hand zu seinem Gürtel gleiten.

»Lass deine Waffe stecken«, sagte Spencer zu ihm, während er seine eigene hob. »Du hättest nicht die Zeit zu schießen. Ich kann dir versichern, dass ich ein hervorragender Schütze bin.«

»Unser Geld«, sagte Clyde, als ihm eine Erkenntnis dämmerte. »Du kannst unser Geld haben.«

»Ich fürchte, Geld ist nicht das, worauf ich aus bin.«

Mercer zog seine Pistole, aber Spencer war schneller und gab einen Schuss ab, der den Mann direkt ins Herz traf. Dann erledigte er den anderen Mann mit einem Kopfschuss.

Clydes Gesichtsausdruck erstarrte zu bleibendem Erstaunen, und Mercer presste eine Hand an seine Brust und versuchte, doch noch einen Schuss abzugeben, während sein Herz das letzte Blut aus seinem Körper pumpte.

»Und mit euch sind es jetzt schon fünf.«

»Mist, verdammter!«, fluchte Max, als er sein Hemd auszog und es in das Kaminfeuer warf, das sein Schlafzimmer wärmte. Die Flammen loderten auf und verschlangen den blutdurchtränkten Stoff. Max trat vor den Spiegel und sah sich die Schusswunde unter seiner Schulter an. Die Stiche waren sauber und klein; Sabine Tobias hatte gute Arbeit geleistet, das musste er ihr zugestehen. Die Wunde allerdings war rot und angeschwollen, und sie tat höllisch weh. Er würde von

Glück sagen können, wenn sie keine hässliche Narbe hinterließ.

Was für ein nutzloser, verlorener Abend!

Bis auf den Kuss. Die bezaubernde Miss Tobias hatte sich als erstaunlich leidenschaftlich herausgestellt, und es fehlte ihr auch nicht an Mut und Temperament. Genau die Kombination, die er bei Frauen unwiderstehlich fand. Schon nach ihrem kleinen Intermezzo in der Spielhölle war er wie bezirzt von ihr gewesen, und jetzt wusste er, wie die schöne Sabine sich in seinen Armen anfühlte. Unter normalen Umständen würde er versuchen, sie zu verführen, aber bisher schien sie immun gegen seinen Charme zu sein. Was aber eigentlich nicht überraschte, wenn man bedachte, dass er in ihr Zuhause eingebrochen war.

Natürlich war Max nicht eines Kusses wegen dorthin gegangen, auch wenn er eine lohnende Ablenkung gewesen war. Und schon gar nicht war er hingegangen, um ihr oder ihren Tanten seinen Schutz anzubieten. Den Beschützer zu spielen, war noch nie sein Ding gewesen. Er hatte Informationen beschaffen wollen, aber bislang wusste er noch immer nichts über Sabines Verbindung zu seiner Karte. Sie weigerte sich zuzugeben, irgendetwas Wichtiges darüber zu wissen, aber er wusste, dass sie log. Die meisten Sammler bevorzugten legitimere Wege, um an für sie interessante Objekte heranzukommen. Ein- oder zweimal im Lauf der Jahre war er von Anwälten kontaktiert worden, die solche Sammler vertraten, aber er hatte nie auch nur daran gedacht, die Karte zu verkaufen.

Früher am Abend hatte ihn sein Wachmann auf eine wartende Kutsche aufmerksam gemacht. Sie war gut versteckt gewesen, aber so, dass die vier Insassinnen seine Haustür im Auge hatten behalten können. Sie hatten ein paar Stunden abgewartet, bevor sie aufgegeben hatten und davongefahren waren.

Dieses heimliche Vorgehen ließ nur einen Schluss zu: In der charmanten Miss Tobias steckte mehr, als es auf den ersten Blick schien. Die nächtlichen Besucher in ihrem Laden hatten diese Theorie noch erhärtet. Zu Miss Tobias' Pech war Max jedoch ein Mann, der Herausforderungen liebte. Und er war fest entschlossen, das Geheimnis zu lüften, das sie verbarg.

Sabine wollte diese Karte, und wenn sie kam, um sie zu holen, würde er sie hier erwarten.

»Sag das noch einmal. Und schön langsam diesmal«, verlangte Cassandra mit schmalen Lippen.

»Wir haben nichts gefunden«, sagte Beaver und kratzte sich das unrasierte Kinn. Seine schmutzigen Fingernägel ließen Cassandra erschaudern. Was für ein widerliches Ferkel.

»Nichts?«, wiederholte sie. Verärgert begann sie durch ihren Salon zu wandern und fuhr mit den Fingerspitzen über jedes Möbel auf ihrem Weg. »Nichts?« Sie musterte die drei Männer von oben bis unten und bedachte sie mit einem Lächeln, das mehr wie das Zähneblecken einer Raubkatze aussah. »Wie kommt es, dass ihr nichts gefunden habt?«

Johns trat vor und drückte seine Mütze an den Bauch. »Wir haben das ganze Haus durchsucht.«

Johns war fünf Jahre jünger als Cassandra und ein solch perfektes männliches Exemplar, dass sein muskulöser Körper wie aus Marmor gemeißelt schien. Und sein Gesicht konnte sich mit dem von Adonis messen. Allein seine große Gestalt genügte, um jedem Angst einzujagen, doch Cassandra wusste, dass er nicht leicht gewalttätig wurde und sie ihn zu fast allem überreden konnte. Er war ihr vertrautester Angestellter und, sosehr es sie auch verbitterte, ihr häufigster Bettgefährte.

»Wir wussten ja auch nicht genau, wonach wir suchen sollten«, fuhr Johns fort.

»Nach irgendetwas, das wie ein Heilwasser aussieht.« Sie hatte ihnen gesagt, das sei es, was sie wollte. Eine schlichte Lüge für schlichte Gemüter. Niemand konnte etwas über den Quell der Jugend wissen. »Oder Notizen oder ein Rezept für ihre Produkte.« Sie ging um die Sitzmöbel herum zu den drei Männern, die vor dem Kamin standen. Wieder musterte sie sie prüfend und ließ sich Zeit dabei, um sie nervös zu machen. »Habt ihr mit einer der Frauen gesprochen oder ihnen einen Hinweis darauf gegeben, was ihr gesucht habt?«

»Nein«, sagte Beaver und schüttelte den Kopf. »Wir sind abgehauen, als sie zu schießen anfingen. Aber da war auch ein Mann. Hat mir dir Nase gebrochen, der Kerl.«

Cassandra legte ihre rot lackierten Fingerspitzen aneinander. »Bei ihnen wohnt ein Mann?«

»Das glaube ich nicht«, sagte Johns. »Ich habe ihn zwar nicht gesehen, aber ich glaube, sie haben auch auf ihn geschossen.«

»Interessant«, sagte sie. Dann ging sie zu dem dritten Mann und genoss den Umstand, dass sie mindestens einen Kopf größer als der magere Kerl war. »Und was ist mit dir, Platt? Was hast du zu sagen?«

Der Mann stand nur da und schwieg.

»Sie wissen doch, dass er nicht spricht, Miss«, versuchte Beaver, ihm zu helfen.

»Das erzählt ihr mir immer wieder«, versetzte sie, ohne den Blick von Platt abzuwenden. »Aber meine Erfahrung ist, dass jeder Hund jault, wenn man ihn nur hart genug tritt.«

Sie zwinkerte Johns zu, bevor sie sich von den Männern abwandte.

Cassandra ging zu ihrem mit kostbarem Goldbrokat bezogenen Sofa und machte es sich darauf bequem. »Nun, meine Herren, was gedenkt ihr zu tun, um mich für euer Versagen zu entschädigen? Ihr wisst ja, wie sehr ich Enttäuschungen hasse.«

Die drei Männer sahen sich ratlos an; wahrscheinlich hoffte jeder darauf, dass einer der anderen einen brillanten Einfall haben würde. Was Cassandra auch keineswegs erwartete. *Sie* entschied, wie die Dinge erledigt wurden, und das wussten die Männer; was Cassandra aber nicht daran hinderte, sie zu verspotten.

»Da ich mich für eine wohlmeinende Arbeitgeberin halte, nehme ich doch an, dass ihr drei zusammen doch so viel Verstand haben müsstet, dass ihr mir wenigstens eine vernünftige Idee liefern könntet.«

»Wir haben den ganzen Lagerraum durchsucht«, verteidigte sich Beaver. »Dann wollten wir nach oben gehen und da weitersuchen, aber da griff uns dann plötzlich dieser Mann an.«

Sie musste herausfinden, wer dieser Mann war. Vielleicht wusste auch er vom Quell der Jugend und war womöglich ein Konkurrent für sie.

Sie war auf jeden Fall auf der richtigen Spur, das wusste sie. Max hatte ihr die Bestätigung geliefert, dass sie bei dieser Sabine Tobias suchen musste. Sie hatte etwas mit Atlantis zu tun, sonst hätte Max nicht in ihrem Laden herumgeschnüffelt.

Cassandra hob einen der Tiegel auf, die sie dort gekauft hatte. Irgendetwas in der Creme ließ Frauen jünger wirken, das hatte sie schon an sich selbst gemerkt. Aber Cremes würden sie nicht immer jung halten, auch das wusste Cassandra. Sie brauchte die Quelle selbst.

»Geht jetzt«, befahl sie den Männern. »Ich werde mir einen neuen Plan ausdenken. In der Zwischenzeit haltet ihr euch aus allen Schwierigkeiten heraus. Ich lasse euch holen, wenn ich euch brauche.«

Als alle sich zum Gehen wandten, blieb Cassandras Blick an Johns' breiten Schultern hängen. »Du nicht, Johns. Da ist noch etwas, um das du dich kümmern musst.«

Kapitel sechs

Max hatte seinen ersten Schluck Brandy getrunken, um den Schmerz zu dämpfen, als es an seiner Schlafzimmertür klopfte.

»Da ist ein Herr, der Sie sprechen möchte«, informierte ihn sein Butler.

Max runzelte die Stirn. »Zu dieser Zeit?«

»Er ist von der Metropolitan Police, Mylord. Er wartet in Ihrem Arbeitszimmer.«

Diese verdammten Frauenzimmer. Er war gerade erst nach Hause gekommen, und schon hatten sie ihm die Polizei auf den Hals gehetzt. Und dabei hatten *sie* ihn angeschossen; man sollte meinen, damit sei er gestraft genug für den Einbruch in ihr Haus. Ohne sich die Mühe zu machen, ein Hemd oder Schuhe anzuziehen, ging Max in sein Arbeitszimmer hinunter. Als er eintrat, sah er Justin Salinger in der Nähe der Tür stehen. Justin war wie er Mitglied bei Solomon's, dem exklusiven Legendenjägerclub. Max entspannte sich ein wenig, weil er nun wusste, dass er sich keine Märchen einfallen lassen musste, um seine Anwesenheit in Miss Tobias' Laden zu erklären.

»Ich brauche deine Hilfe«, sagte Justin.

»Es ist verdammt spät, Salinger. Hilfe wobei?«, brummte Max. Normalerweise war er gastfreundlicher, aber die Schusswunde schmerzte und er empfand sie als überaus lästig, was sich in seiner Stimmung niederschlug. Er kannte Justin, wenn auch nicht besonders gut. Der Polizeiinspektor war neu bei Solomon's, sodass sie sich bisher nur bei wenigen Gelegenheiten begegnet waren. Max kam um seinen Schreibtisch herum und forderte Justin mit einer Handbewegung auf, sich ihm gegenüberzusetzen. »Brandy?«

»Nein, danke. Ich muss mich für die späte Zeit entschuldigen«, sagte Justin mit einem Lächeln, als er Max' ungewöhnlich nachlässige Erscheinung registrierte. »Aber es geht um eine Ermittlung.«

»Dann bist du also dienstlich hier?« Max ließ sich in seinen Sessel fallen. Vielleicht war Justin doch hergekommen, um ihn festzunehmen. »Dieses kleine Biest. Haben sie mich gemeldet, gleich nachdem ich fort war?«

»Dich gemeldet?« Justin schüttelte den Kopf. »Nein, ich bin wegen eines Mordes hier. Eigentlich sogar wegen fünf.«

»Nun, wenn du nicht hier bist, um mich aufs Revier zu bringen, werde ich mir einen Brandy gönnen, denke ich. Bist du sicher, dass du keinen willst?«

Justin lächelte. »Du hast mich überredet. Ein Brandy wäre gut.«

Max entspannte sich ein wenig und schenkte zwei Gläser ein. Eins stellte er Justin hin.

»Ich muss dich allerdings fragen«, sagte der und deutete auf Max' frisch vernähte Wunde, »was mit dir passiert ist?«

Max ging zu seinem Platz zurück. »Ich wurde heute Nacht angeschossen.«

»Von dem kleinen Biest?«, fragte Justin, Max' Worte wiederholend.

»Nicht direkt, aber sie hatte damit zu tun. Ich weiß noch gar nicht, ob sie all den Ärger wert sein wird, den sie mir zweifellos bereiten wird.«

»Aber du wirst zunächst mal abwarten und sehen.« Justin lächelte.

»So ungefähr.« Max trank einen Schluck. Er wusste immer noch nicht, was zum Teufel dieser Besuch mit ihm zu tun hatte, aber zumindest war der Inspektor nicht gekommen, um ihn zu verhaften. »Du meinst fünf Morde, die miteinander in Verbindung stehen?«, fragte Max.

»Ich denke schon. Jemand will der Krone schaden.« Justin nahm einen Schluck von seinem Drink und stellte dann das Glas auf seinen Knien ab.

Max runzelte die Stirn. »Wovon sprichst du, Justin?«

»Von den kürzlich verstorbenen Generälen. Hast du etwas darüber gelesen?«

Max nickte. »In den Zeitungen. Sie schrieben, es habe zwei Selbstmorde gegeben. Und irgendetwas über einen Irrtum bei einer Mission in Afrika.«

»Der erste Todesfall wurde anfangs für einen Selbstmord oder einen Unfall gehalten. Aber die Anzahl der Toten ist gestiegen, und wir gehen bei diesem ersten Fall inzwischen auch von Mord aus. Fünf tote Generäle, die in schockierend kurzen Abständen das Zeitliche gesegnet haben. Gestern Nacht wurde General Lancer mit einem Kopfschuss in seinem Arbeitszimmer aufgefunden.«

Max beugte sich vor. »Ziemlich unwahrscheinlich, dass der erste Todesfall nicht mit diesen anderen zusammenhängt«, meinte er.

»General Reasoner war der, der bei dem Feuer umkam. Wir gehen jetzt davon aus, dass er das erste Mordopfer war. Dann wurde General Carrington mit durchschnittener Kehle aufgefunden, und Lancer starb durch einen Kopfschuss«, sagte Justin.

»Und was ist mit den anderen beiden?«, fragte Max.

Justin lehnte sich zurück und strich sich mit der Hand übers Gesicht. »Sie wurden heute Nacht in einer Kutsche am Stadtrand Londons umgebracht. Mercer und Clyde. Sie waren zusammen, wahrscheinlich auf dem Weg zu irgendeinem

Treffen, obwohl nicht bekannt ist, mit wem sie verabredet waren. Unter normalen Umständen würde sich ein Armeeoffizier nicht mit einem von der Marine treffen. Und es ist bekannt, dass sie sich nicht mochten.« Justin schüttelte den Kopf. »Das macht keinen Sinn. Sie sind in einen Hinterhalt gelockt worden. Ihr Kutscher ist nicht aufzufinden. Wir versuchen immer noch, ihn aufzuspüren, aber ...«

»Vielleicht hat er sie erschossen und dann ihre Wertsachen gestohlen«, sagte Max.

Justin atmete tief aus und erhob sich dann. »Das war das Erste, was wir überprüft haben. Beide Männer hatten beträchtliche Mengen Geld bei sich und trugen noch ihren Schmuck.«

»Diese beiden Männer wurden also auf einen Streich erledigt.« Max pfiff durch die Zähne. »Der ranghöchste Armeeoffizier und ein Marineoffizier.«

»Ich weiß. Wir wissen mit Sicherheit, dass ihr Tod mit den anderen drei Morden in Verbindung steht. Wir haben nämlich eine verdammte Nachricht gefunden.« Justin beugte sich vor und stützte sich mit den Händen auf Max' Schreibtisch. »Eine Nachricht, die von *keinem* der Opfer geschrieben wurde.« Er kniff sich in den Nasenrücken. »Eigentlich dürfte ich die Angelegenheiten nicht mit einem Zivilisten besprechen, aber ich brauche deine Einschätzung.«

Er zog das Papier aus seiner Tasche und ließ es auf Max' Schreibtisch fallen. Als Max danach griff, legte Justin seine Hand darauf. »Wenn du irgendjemandem erzählst, dass ich dir das gezeigt habe, erschieße ich dich.«

Max lachte. »Dann reih dich in die Schlange ein«, gab er zurück.

»Der andere Brief ergab nicht viel Sinn. Wir vermuten, dass es auch bei Carrington einen gab, aber vielleicht hat seine Frau ihn an sich genommen. Sie hat die Leiche gefunden. Wir haben einen Beamten hingeschickt, um die Sache mit ihr zu besprechen.«

Justin schob die Nachricht über den Schreibtisch. Max nahm sie an sich und überflog die in verschnörkelter Schrift geschriebenen Zeilen.

»Dieser Mistkerl will, dass wir das in der *Times* veröffentlichen«, sagte Justin. »Ist die Ausdrucksweise nicht sehr seltsam? ›Die sieben Ringe von Atlantis‹«, zitierte er. »Was zum Teufel hat das mit unserem Militär zu tun?«

Max blickte von dem Schreiben auf. »Deshalb bist du zu mir gekommen?«, fragte er.

»Ja. Beim Yard denken alle, der Mörder sei größenwahnsinnig oder so. Ich dachte, wenn irgendjemand etwas dazu sagen kann, wärst es du.«

Max verschränkte die Arme vor der Brust. »Die sieben Ringe von Atlantis«, wiederholte er nachdenklich.

»Diese Worte sind dir offenbar nicht unbekannt«, stellte Justin mit einem triumphierenden Lächeln fest. »Ich wusste, dass du etwas damit anfangen kannst.«

»Ja, ich kenne sie.« Max nickte bedächtig. »Aber ich weiß nicht, warum jemand sie verwenden sollte.«

»Was bedeuten diese Worte?«, fragte Justin.

Max zeigte über seine Schulter auf die eingerahmte Karte an der Wand. »Sie stammen von dieser Karte. Ich habe Jahre gebraucht, um alle Inschriften darauf zu finden und die nötigen Nachforschungen anzustellen, um ihnen einen Sinn zu entnehmen. Es handelt sich um die in den Illustrationen der Karte versteckte, uralte Prophezeiung, die Atlantis' Untergang vorhersagt.«

»Das hilft mir nicht, Max. Ich kann nicht zum Yard zurückgehen und denen sagen, dass es eine Prophezeiung ist.«

»Eine Prophezeiung *war*«, berichtigte ihn Max.

»Das spielt keine Rolle.«

Max schüttelte den Kopf. »Offenbar haben irgendwelche Leute eine Botschaft, die sie verbreitet sehen wollen. Du sagtest, sie wollten, dass ihr sie in der *Times* veröffentlicht. Aber wozu soll das gut sein?«

»Pure Arroganz vermutlich«, sagte Justin. »Aber es scheint tatsächlich eine Nachricht an irgendjemanden zu sein.«

»Ich kenne vielleicht jemanden, den ich fragen kann.« Seit Jahren hatte sich niemand mehr für seine Karte interessiert, und dann plötzlich gleich zweimal in zwei Tagen. Max glaubte nicht an Zufälle. Er blickte wieder auf die Nachricht und zeigte auf die erste Zeile. »Die hier ist an den ›Wächter‹ adressiert. Aber das ist ein Begriff, der mir bei all meinen Nachforschungen noch nie begegnet ist.«

»Ich vermute, dass Ihre Majestät damit gemeint ist. Was mich zu einer weiteren Bitte bringt. Ich möchte erfahren, ob Königin Victoria etwas gehört hat, und sie gegebenenfalls warnen, dass es höchste Zeit sein könnte, ihre Sicherheitsvorkehrungen zu verstärken. Für sich selbst und für ihre Offiziere.«

Max schwieg und zog die Augenbrauen hoch.

»Ich muss irgendwie mit der Königin sprechen, aber mein Status reicht nicht, mir eine Audienz zu verschaffen«, erklärte Justin. »Drittgeborene Söhne, die für die Metropolitan Police arbeiten, stehen nicht allzu hoch auf der Rangliste, was die Monarchie angeht.«

»Ich habe Ihre Majestät zwar schon eine ganze Weile nicht mehr gesehen, aber sie schien mich immer ziemlich gern zu mögen«, sagte Max mit einem Grinsen.

»Danke, Max.« Justin seufzte schwer. »Und nun erzähl mir von dieser Prophezeiung.«

»Sieh sie dir selbst an«, forderte Max ihn auf.

»Ist es wahr, dass du die Karte gefunden hast, als du erst siebzehn warst?«

»Ja.«

Justin folgte Max' Aufforderung, ging um den Schreibtisch herum und blieb vor der großen, eingerahmten Karte stehen. »Das ist ein regelrechtes Meisterwerk.«

Die Karte nahm fast ein Viertel der Wand ein. Die handkolorierten Illustrationen waren mit den Jahren nicht verblasst und noch ebenso lebhaft und schön wie an dem Tag, als Max die Karte gefunden hatte. Er wurde es nie müde, sie anzusehen; es verstärkte höchstens sein Verlangen, den versunkenen Kontinent eines Tages selbst zu sehen.

»Ja«, stimmte er Justin zu.

Nachdem er die Karte eine Weile betrachtet hatte, trat Justin zurück. »Und wo ist die Prophezeiung?«

»Du musst sehr genau hinschauen, um sie zu sehen. Folge den Wasserringen bis zu diesem Wäldchen hier.« Max zeigte auf die entsprechenden Stellen. »Die Prophezeiung verbirgt sich in den Bildern der Karte.«

Justin starrte die Karte an. »Oh, jetzt verstehe ich. Verborgene Symbole«, murmelte er. »Das Problem ist nur, dass ich kein Griechisch lesen kann.«

»Die sieben Ringe werden fallen durch Feuer und Stahl und den Weg für die Armee des Einen öffnen. Imperien werden zusammenbrechen und Kronen werden schmelzen. Die drei werden ihr Blut verlieren, sofern die Taube nicht die Rettung bringen kann«, rezitierte Max. Er hatte sich die Worte schon vor Jahren eingeprägt.

»Was ist die Taube?«, fragte Justin.

»Auch darüber habe ich in meinen Recherchen nichts gefunden, obwohl ich mich bemüht habe. Ich kann mir jedoch vorstellen, dass eine Art Waffe damit gemeint war. Oder auch ein Plan.« Max zuckte die Schultern. »Was immer es auch war, es hat nicht funktioniert. Atlantis wurde nicht gerettet, wenn man dem Mythos überhaupt Glauben schenken darf. Aber es ist eher unwahrscheinlich, dass irgendetwas das Inselreich vor dem Erdbeben oder dem Vulkanausbruch hätte retten können – oder was immer sonst Atlantis versinken ließ«, schloss Max mit einem tief empfundenen Seufzer.

»Frustriert?« Justin lachte. »So habe ich mich auch sehr oft bei meiner Schatzinsel-Suche gefühlt.« Er blickte sich wieder nach der Karte um.

Justin war erst kürzlich bei Solomon's aufgenommen worden und hatte seine Suche gerade erst begonnen. Wenn Justin jetzt schon entmutigt war, könnte Max ihn das eine oder andere über Beharrlichkeit lehren.

Er hatte fast sein ganzes Leben nach Atlantis gesucht. Immer wieder gab es lange Zeitspannen, in denen er keine Fortschritte zu machen schien, während er in anderen Momenten das Gefühl hatte, als wäre der Beweis, nach dem er suchte, schon zum Greifen nahe. Nur knapp außerhalb seiner Sichtweite – als müsste er nur um die nächste Ecke gehen, um ihn direkt vor sich sehen.

So frustrierend die endlose Suche auch sein mochte, waren es Momente wie dieser, die Max weitermachen ließen. Ein Legendenjäger zu sein erforderte nicht nur Geschicklichkeit und Intelligenz, sondern auch Beharrlichkeit. Max' Instinkt sagte ihm, dass Justin diese drei Eigenschaften besaß, sofern man die Intensität, mit der sich Justin auf seine Karte konzentrierte, als Anzeichen dafür werten konnte. Er starrte die Karte so lange an, dass Max schon damit rechnete, noch weitere Fragen gestellt zu bekommen.

Anders als Justin war Max schon seit fünfzehn Jahren Mitglied bei Solomon's. Als er mit siebzehn die Karte von Atlantis gefunden hatte, war er von Solomon's eingeladen worden, dem illustren Club beizutreten. Man hatte natürlich erwartet, dass er weitersuchen und noch mehr Erstaunliches zutage fördern würde. Und auch er hatte nichts anderes von sich erwartet.

Natürlich hatte er seinen Teil an Erfolgen gehabt, indem er anderen Mitgliedern geholfen hatte. Doch so gut er auch als Ermittler und Entdecker war, hatte er doch immer noch nicht den endgültigen Beweis erbringen können, dass Atlantis existiert hatte. Die saftigen Trauben baumelten nach wie vor über dem Mund des hungernden Tantalus.

Und trotzdem wusste er mit absoluter Sicherheit, dass der Beweis vorhanden war. Irgendwo. Und er würde alles dafür geben, um ihn zu bekommen.

Justin begann, die Prophezeiung langsam zu wiederholen, als dächte er über jedes einzelne ihrer Worte nach. Schließlich drehte er sich wieder um und sagte: »Was ist, wenn die Prophezeiung gar nichts mit dem Untergang von Atlantis zu tun hat?«

»Ausgeschlossen.« Max schüttelte den Kopf. Wie oft hatte er bis spät in der Nacht die Karte studiert, nach verborgenen Hinweisen gesucht und uralte Texte durchstöbert, um dort vielleicht etwas zu finden? Außerdem kannte er den Wortlaut der Prophezeiung so gut wie sein eigenes Spiegelbild. »Was sollte sie denn sonst bedeuten?«

»Ich meine, was ist, wenn jemand anders *glaubt*, es ginge um etwas anderes als Atlantis?«, fragte Justin. Seine Augen funkelten vor Entdeckungslust. Und Teufel, ja, was er da vorschlug, war zweifelsohne eine Möglichkeit. Dieser neue Gesichtspunkt war natürlich eine unwiderstehliche Verlockung für einen Abenteurer wie Max.

Widerstrebend stand er auf und trat zu Justin. Dieser junge Spund glaubte, er könnte etwas Neues auf seiner Karte entdecken? Niemand kannte die Karte oder die Prophezeiung besser als Max. Er starrte die griechischen Symbole an und dachte über Justins Worte nach. Einmal *angenommen*, die Prophezeiung beträfe nicht Atlantis, was war denn dann damit gemeint?

»Etwas, das noch nicht geschehen ist«, sagte er laut.

»Genau. Diese Ringe, die sieben Ringe von Atlantis –«, Justin deutete auf jeden auf der Karte –, »dienten dazu, das Inselreich zu schützen, richtig?«

»So ist es. Diese abwechselnden Ringe aus Land und Wasser boten Atlantis großen Schutz vor Krieg führenden Nationen.« Max warf Justin einen schmalen Blick zu. »Und du sagtest, möglicherweise bezöge sich das Wort ›Wächter‹ auf die Königin. Und wer beschützt die Königin? Und wer beschützt ganz England?«

»Das Militär«, antwortete Justin wie aus der Pistole geschossen.

»Richtig«, sagte Max.

»Wenn ich recht habe, folgt dieser Mörder also der Prophezeiung und verdreht sie so, dass die sieben Ringe für sieben Generäle stehen.«

Max' eigener Enthusiasmus erlitt einen kleinen Dämpfer, als er erkannte, dass die neue Entdeckung nicht das versunkene Inselreich betraf.

»Und fünf von ihnen sind schon tot«, stellte Justin grimmig fest.

Max hörte zu, sagte aber nichts, weil dieses Szenario ihm äußerst unwahrscheinlich vorkam.

»Wer sind ›die drei‹, von denen die Prophezeiung spricht?« Justin strich die Linie der Symbole unter dem Glas nach.

»Justin, soweit mir bekannt ist, wissen nur sehr wenige Leute von der Existenz der Prophezeiung. Manche haben meine Karte zwar gesehen, aber ich bezweifle, dass sie die Schriftzeichen bemerkt haben«, sagte Max kopfschüttelnd. »Ich habe selbst lange gebraucht, um sie zu entdecken.«

»Vielleicht sind sie ja noch woanders abgedruckt«, gab Justin zu bedenken.

Das war ein plausibler Einwand, aber keine von Max' Recherchen hatte jemals Anlass zu der Annahme gegeben, dass die Prophezeiung eine Warnung hinsichtlich der Zukunft war. Allerdings musste er auch zugeben, dass er noch nie den exakten Wortlaut der Prophetie irgendwo anders gedruckt gesehen hatte. Doch ob nun eine Verbindung bestand oder nicht, es waren trotzdem Leben in Gefahr, und Justin hatte recht, ihre Königin musste gewarnt werden.

»Wer sonst könnte von all dem etwas wissen?«, fragte Justin. »Gibt es irgendwelche Experten für Atlantis, die ich befragen könnte?«

Sabines reizendes Gesicht erschien vor Max' innerem Auge. Sie war aus dem Nichts heraus erschienen und hatte Fragen nach seiner Karte gestellt. Hatte sie etwas mit diesen Morden zu tun? Max wollte Antworten von ihr, bevor Justin Gelegenheit dazu bekam. »Ich werde sehen, was ich für dich in Erfahrung bringen kann«, versprach er.

Justin ging wieder um den Schreibtisch herum. »Man würde die Nachricht in der Akte vermissen«, sagte er, als er sie wieder einsteckte. »Deshalb muss ich sie zurückbringen. Ich muss jetzt los, Max. Entschuldige bitte, dass ich dich so spät am Abend noch gestört habe.«

Max nickte.

»Und lass es mich wissen, falls du etwas herausfindest«, bat Justin.

»Man darf mit so etwas keine Zeit verlieren«, meinte Max. »Morgen früh können wir versuchen, Ihre Majestät zu sehen. Triff dich mit mir am Palast.«

Justin nickte. »Danke.«

Max starrte noch lange die Karte an, nachdem Justin gegangen war. Er würde Sabine auf jeden Fall noch einen weiteren Besuch abstatten müssen. Ob sie wollte oder nicht, es wurde Zeit, dass sie ihre Geheimnisse mit ihm teilte.

Spencer blickte von seinem Schreibtisch auf und sah das Mädchen an. Es war neu, unerfahren und furchtbar ängstlich. »Was gibt's?«

Das Dienstmädchen fuhr zusammen. »Draußen sind zwei Herren, die Ihre Majestät sprechen möchten.«

»Wer sind sie?« Spencer stand auf, ging um den Tisch herum und lehnte sich dagegen. »Du musst wissen, wer die Besucher sind, bevor du hier hereinkommst. Ich habe dir das schon des Öfteren gesagt.«

Ihr Kinn zitterte, aber sie weinte nicht. »Ja, Sir, Mr Cole. Die Herren sind ein Inspektor Salinger vom Scotland Yard und der Marquess of Lindberg.«

»Inspektor Salinger.« Cole dachte einen Moment über den Namen nach, aber er kannte ihn nicht. »Das ist niemand, mit dem wir normalerweise beim Yard Umgang pflegen.« Und der Marquess of Lindberg. Ein interessantes Paar. Spencer wusste kaum mehr über den Aristokraten, als dass er Mitglied dieses lächerlichen Clubs namens Solomon's war, in dem sich überspannte Männer trafen, die sich als Schatzsucher betrachteten. Aber Spencer wusste, dass Lindberg die Karte von Atlantis hatte. Einmal hatte er versucht, bei ihm einzubrechen und sie zu stehlen, was ihm jedoch misslungen war.

Die ausgeklügelten Sicherheitsvorkehrungen im Hause des Marquess hatten es verhindert. Und damals war er auch noch jung und dumm und unerfahren gewesen. All das war heute anders.

War der Inspektor zu Lindberg gegangen, um ihn als Experten für Atlantis zu dem Fall zu konsultieren? »Führ sie herein«, befahl Spencer der Angestellten.

Sie knickste wohlerzogen und verließ den Raum. Einen Moment darauf betraten die beiden Männer das Wartezimmer. Da es sich direkt vor den Arbeitsräumen Ihrer Majestät befand, war es das der Königin am nächsten liegende Zimmer.

Der Inspektor schien etwa in Spencers Alter zu sein, während der Marquess vielleicht fünf Jahre älter als sie beide war. Wäre Spencer auf traditionelle Weise erzogen worden, hätten sie sich vielleicht von der Schule her gekannt. »Bitte nehmen Sie doch Platz«, forderte er die beiden Herren auf. Aber sie machten keine Anstalten, die angebotenen Stühle zu benutzen. »Soviel ich hörte, haben Sie um eine Audienz bei Ihrer Majestät gebeten«, sagte Spencer.

»So ist es«, bestätigte der Marquess. »Inspektor Salinger«, sagte er, auf seinen Begleiter deutend, »hat etwas Dienstliches mit Königin Victoria zu besprechen.«

»Bedauerlicherweise ist sie heute ein wenig unpässlich.« Spencer lächelte. »Es ist nichts Beunruhigendes, wie ich Ihnen versichern kann, aber sie hat mich gebeten, ihre Termine wahrzunehmen und ihr dann Bericht zu erstatten. Was kann ich also für Sie tun, meine Herren?«

Der Inspektor sah den Marquess fragend an, doch der nickte und ermutigte seinen Freund vorzutreten.

»Es scheint, als erlaube sich jemand einen schlechten Scherz mit unseren Offizieren«, sagte der Inspektor.

Ah, deswegen waren sie hier. Der Yard war endlich aufmerksam geworden. War es seine Nachricht an den Wächter gewesen, die sie hellhörig hatte werden lassen? Oder war dieser Inspektor vielleicht nur schlauer als die anderen? »Einen Scherz mit unseren Offizieren?«, wiederholte Spencer, als wüsste er nicht, wovon sie sprachen.

»Jemand ermordet sie, Sir. Bisher waren es fünf.« Die gefurchte Stirn des Inspektors verriet seine Besorgnis. »Ich halte es für ratsam, Ihre Majestät zu informieren, damit sie die nötigen Vorsichtsmaßnahmen treffen kann. Und die Offiziere müssen gewarnt werden, auf der Hut zu sein. Vielleicht sollte man ihnen sogar zusätzlichen Schutz anbieten.«

»Sind Sie sicher, dass das keine Unfälle waren? Diese Männer waren schließlich Soldaten«, wandte Spencer ein, und wenn auch nur zu seinem eigenen Amüsement. »Ich habe von unzähligen Unfällen auf dem Schlachtfeld und sogar von solchen in deren eigenen vier Wänden gehört. Beim Reinigen einer Waffe beispielsweise.« Natürlich würde er als Auserwählter nicht versuchen, den Inspektor davon zu überzeugen, dass die Todesfälle keine Morde gewesen waren. Aber er konnte nicht widerstehen, mit diesen beiden Männern ein wenig Katz und Maus zu spielen, wenn auch nur für kurze Zeit.

»Nein, wir wissen mit Sicherheit, dass die Todesfälle miteinander in Verbindung stehen«, mischte sich nun auch der Marquess ein.

Er war also tatsächlich vom Yard herangezogen worden, um bei den Ermittlungen zu helfen.

»Und da ist noch mehr«, fuhr der Inspektor fort. »Am letzten Tatort fanden sich Beweise, die darauf hindeuten, dass Ihre Majestät in Gefahr sein könnte. Ich wollte sie warnen. Ihre Sicherheit ist unsere höchste Priorität beim Yard.«

»Ich kann Ihnen versichern, Inspektor, dass unsere Sicherheitsvorkehrungen zum Schutz der Königin sehr gründlich sind. Aber wir werden Ihren Vorschlag in Erwägung ziehen«, sagte Spencer.

Der Inspektor zog eine Visitenkarte aus der Innenseite seines Jacketts und legte sie auf Spencers Schreibtisch. »Wenn Sie die Ihrer Majestät bitte geben könnten. Sollte sie irgendwelche Fragen haben, stehe ich ihr zu Diensten.«

»Hervorragend.« Spencer steckte die Karte in die Tasche seines Jacketts. »Ich werde Ihrer Majestät auf jeden Fall von Ihrem Besuch und Ihren Befürchtungen berichten. Seien Sie versichert, dass wir tun werden, was auch immer nötig ist, um unsere Offiziere zu beschützen. Es wäre verheerend für unser Land, noch mehr von ihnen zu verlieren.«

Die Männer verabschiedeten sich und gingen. Spencer wartete noch einen Moment, dann zündete er ein Streichholz an und hielt es an die Visitenkarte des Inspektors. Die Flamme fraß sich durch das Papier, färbte die Buchstaben zunächst schwarz und verwandelte sie dann in graue Asche. Die Königin wusste von den Morden; sie wurde beständig auf dem Laufenden gehalten. Aber es bestand kein Grund, sie auch über diesen Besuch zu unterrichten.

Es war lächerlich, dass Scotland Yard den Marquess hinzugezogen hatte – als ob er ein Experte zum Thema Atlantis wäre. Der Mann hatte eine Karte gefunden, aber er war ein Schatzsucher, ein Abenteurer, weiter nichts. Trotzdem fand Spencer, dass es ihm nützlich sein könnte, einige Nachforschungen über den Marquess anzustellen.

Anders als bei diesem verdammten Aristokraten, der nur besessen von dem verlorenen Kontinent war, lag Atlantis Spencer im Blut und schlug in seinem Herzen. Er stammte von einer langen Reihe großer Krieger ab, und es war höchste

Zeit, die Macht wiederzugewinnen und das zu Ende zu führen, was seine Vorfahren begonnen hatten.

Max und Justin betraten das große Clubzimmer Solomon's, in dem für einen Freitagnachmittag mehr Gäste als gewöhnlich anwesend waren. Einer der Anwesenden lächelte ihnen entgegen und winkte ihnen, bei ihm Platz zu nehmen.

»Fielding«, begrüßte Max den Mann und schüttelte ihm die Hand.

Fielding faltete die Zeitung zusammen, in der er gelesen hatte, und legte sie auf den Tisch.

Erst vor ein paar Monaten hatten Fielding und seine Braut während eines gefährlichen Abenteuers Zuflucht in Max' Haus gefunden, und heute waren beide Mitglieder des exklusiven Clubs. »Wo ist deine Frau?«

»Einkaufen.« Fielding warf einen Blick zur Tür. »Sie sollte mich vor einer halben Stunde hier treffen. Aber sie verspätet sich, wie immer.«

»Du kennst Justin Salinger, nicht wahr?«, fragte Max.

»Wir sind uns einmal begegnet«, sagte Salinger, und die beiden setzten sich zu Fielding an den Tisch.

»Hast du Neuigkeiten über den Raben?«, wollte Max von Fielding wissen.

Fielding beugte sich vor und tippte mit zwei Fingern auf den Tisch. »Das Problem mit meinem Onkel ist, dass er sich nie bemerkbar macht, bis er entweder etwas braucht oder jemandem eine Falle stellen will.« Fielding lächelte. »Ich glaube jedoch nicht, dass er sich ewig verstecken wird. Es gibt zu viele Schätze da draußen, die darauf warten, abgeräumt zu werden.«

Max nickte. »Er macht den Männern von Solomon's schon

seit Jahren Schwierigkeiten. Wir haben ihn bestimmt noch nicht zum letzten Mal gesehen.«

»Daran hege ich keinen Zweifel«, sagte Fielding.

Einen Augenblick später betraten zwei Besucher den großen Raum. Max, der beide Männer kannte, winkte sie heran.

Nick Callum und Graeme Langford kamen zu ihrem Tisch und nahmen Platz, wobei Nick seinen Stuhl umdrehte, bevor er sich rittlings daraufsetzte.

»Es ist schon wie ein Zwang bei dir, anders sein zu wollen«, bemerkte Graeme mit einem Blick auf Nicks Stuhl.

Nicks Antwort bestand darin, Graeme lautstark zu verfluchen.

»Kinder«, ermahnte Max sie und lachte dann.

»Was macht die Suche nach Atlantis?«, fragte Graeme.

Max zuckte die Schultern. »Ich habe einige neue Ansatzpunkte, bin aber nicht sicher, ob sie irgendwohin führen werden.«

»Er wurde angeschossen«, fügte Justin hinzu.

»Nicht zum ersten Mal«, versetzte Fielding.

Max lachte. »Ich hatte schon vergessen, dass ich dir die Geschichte erzählt hatte.«

»Es war eine Frau, die ihn angeschossen hat«, scherzte Justin.

»Und wer war es diesmal?«, fragte Fielding.

»Hol dich der Teufel, Salinger! Wenn du all meine verdammten Geheimnisse verrätst, erzähle ich auch deine«, sagte Max. Aber natürlich war es äußerst unwahrscheinlich, dass er über polizeiliche Ermittlungen sprechen würde, vor allem, wenn Ihre Majestät gefährdet war, auch wenn diese Männer solche Informationen unbedingt für sich behalten würden.

Jetzt betrat Esme Grey das Zimmer, Fieldings Gattin und das einzige weibliche Clubmitglied bei Solomon's. Einer Frau die Mitgliedschaft in ihrem berühmt-berüchtigten Club anzubieten war nie zuvor auch nur in Betracht gezogen worden, bis Esme kam. Ihr und Fielding war im vergangenen Sommer der Beitritt angeboten worden, nachdem sie die Kronjuwelen gerettet hatten, ganz zu schweigen von der Büchse der Pandora. Max hatte den Beitritt der Greys rückhaltlos befürwortet.

»Hallo, Liebling«, sagte sie, als sie sich über Fielding beugte und ihn auf die Wange küsste.

Nick holte vom Nebentisch einen Stuhl für sie.

»Danke«, sagte sie und setzte sich neben ihren Ehemann.

»Hast du unser ganzes Geld ausgegeben?«, fragte Fielding.

Sie zuckte ihre schmalen Schultern. »Kann sein.« Sie begann, in ihrer Einkaufstasche zu kramen. »Ich weiß, dass ihr alle entzückt sein werdet, dass ich mir ein paar neue Handschuhe gekauft habe«, sagte sie und legte sie auf den Tisch, »einen neuen Hut«, auch der landete auf dem Tisch, »und eine wunderbare Gesichtscreme.« Auch Letztere stellte sie zu den anderen Sachen.

»Ich wusste es«, sagte Nick mit gespieltem Ärger. »Wenn wir es einer Frau erlauben, dem Club beizutreten, wird sie über kurz oder lang anfangen, teuer riechenden Schnickschnack mitzubringen.«

»Nun, dazu kann ich dir nur sagen, dass nichts von all dem für den Club ist, sondern ausschließlich für mich«, scherzte Esme.

Max betrachtete Esmes Schätze. Normalerweise hätte er kaum einen Gedanken an Dinge verschwendet, die Frauen kauften. Und eigentlich dürften sie ihn auch nicht interessieren. Aber als er sich schon wieder abwenden wollte, fiel sein Blick auf den Tiegel mit der Creme, und er nahm ihn die Hand, um ihn sich genauer anzusehen.

»Siehst du, Lindberg hast du schon verdorben«, sagte Nick.

Max schüttelte den Kopf und wandte sich Esme zu. »Hast du diese Creme in dem kleinen Laden am Piccadilly Square gekauft?«

Sie machte große Augen. »Ja. Eine Freundin empfahl mir diese Creme und sagte, sie sei der letzte Schrei derzeit. Sie entfernt angeblich sogar Falten aus dem Gesicht.« Sie lächelte strahlend. »Vielleicht sollten wir gleich hier anfangen«, sagte sie und tupfte ein wenig von der Creme zwischen Fieldings Augenbrauen.

Er schob ihre Hand weg. »Diese Falten lassen mich distinguierter aussehen. Sonst wäre ich wohl genauso hübsch wie unser Nick hier.«

»Aber warum fragst du?«, wandte Esme sich an Max.

»Weil ich kürzlich Gelegenheit hatte, Miss Tobias kennenzulernen«, antwortete er.

»Ist sie nicht charmant? Und so hübsch«, schwärmte Esme.

»Charmant und hübsch?«, wiederholte Justin. »Das hast du nie erwähnt, Max.«

»Dann war *sie* es also, die dich angeschossen hat?«, fragte Graeme.

»Nicht wirklich«, sagte Max.

»Ehrlich, Max, du solltest ein bisschen vorsichtiger sein«, warnte Esme.

»Ich werde mir Mühe geben. Und wenn ihr mich jetzt bitte entschuldigt, ich möchte nachsehen, ob Marcus hier ist.« Max stand auf.

»Schau in der Bibliothek nach ihm«, riet Fielding. »Er kam vor einer Stunde und sah genauso ernst und konzentriert aus wie immer.«

Max nickte und verließ den Tisch.

Er kannte Marcus Campbell nicht besonders gut, wusste aber, dass er normalerweise für sich blieb und sich still und konzentriert mit seinen eigenen Forschungen beschäftigte. Und dass er eine einzigartige Maschine baute, die Max sehr nützlich sein könnte.

Wie Fielding gesagt hatte, stand Marcus an einem Tisch in der Bibliothek und studierte sehr genau zwei große Karten. Er ging von einer zur anderen und machte sich im Gehen Notizen.

»Marcus«, begrüßte ihn Max, als er die Bibliothek betrat.

Marcus nahm Max' Gegenwart nicht gleich zur Kenntnis, sondern kritzelte in seinem Buch weiter. Erst als er fertig war, blickte er auf.

»Ah, du bist das, Max.« Marcus senkte den Blick sogleich wieder auf die Karten.

Max setzte sich. »Wie kommst du mit dem Tauchboot voran, Marcus?«

Marcus blickte auf. »Ich habe dir gesagt, dass du dir meine Zeichnungen nicht borgen kannst.«

»Ja, das hast du. Aber du hast nicht gesagt, ob ich mir das Boot ausleihen dürfte oder nicht.« Max zog die Schultern hoch. »Sobald es fertig ist natürlich erst.«

»Für deine Atlantis-Eskapade?« Marcus legte sein Notizbuch auf den Tisch. »Dafür würde ich Beweise brauchen.«

»Und mehr Kapital«, warf Max ein. »Ich hörte, dass die Amerikaner einen weiteren Wettbewerb veranstalten und der Gewinner zwei Millionen Dollar erhalten wird.«

Marcus rümpfte die Nase. »Sie wollen Kriegsmaschinen

mit Torpedos. Was ich hier baue –«, er tippte mit dem Finger auf sein Notizbuch, »ist für wissenschaftliche Erforschungen.«

Max wusste mit Sicherheit, dass die Pläne für den besagten Apparat in diesem Notizbuch waren – Zeichnungen, Abmessungen und Marcus' gesamte gut entwickelte Recherche. »Genau dafür würde ich es gern benutzen«, sagte Max und beugte sich zu dem Erfinder vor. »Ich kann dir auch mit Kapital aushelfen.«

Marcus schwieg eine ganze Weile, bevor er wieder sprach. »Bring mir schlüssige Beweise, dann reden wir weiter«, sagte er schließlich.

»Beweise«, wiederholte Max. »Na schön. Ich melde mich bei dir, Marcus.«

Ohne ein solch neuartiges Tauchboot würde Max den verlorenen Kontinent nie finden können. Aber über dem versunkenen Inselreich dahinzugleiten, nahe genug heranzukommen, um die Überreste der Gebäude und Berge zu sehen, alles, was er auf dieser Karte dargestellt gesehen hatte ... Das war es, was er tun musste. Er musste irgendeinen Beweis finden, der Marcus überzeugen konnte, dass die Suche nach Atlantis keine verlorene Mühe war.

Kapitel sieben

Sabine saß in ihrer Mietkutsche und atmete mehrmals tief ein und aus, um ihre Nervosität zu bezwingen. Aber nichts half. Sie wusste nicht einmal, warum sie so aufgeregt war. Es war etwas Selbstverständliches für eine Heilerin, nach ihren Patienten zu sehen, und bei diesem Mann dürfte es nicht anders sein. Aber natürlich war das nicht der wahre Grund ihres Besuchs, und das würde er sich denken können. Max Barrett war nicht dumm und würde ihren Vorwand durchschauen. Und sie war sich ganz und gar nicht sicher, ob er ihr erlauben würde, sich seine Karte anzusehen.

Die Zeit lief ihr davon. Zum Teufel mit ihren Nerven; sie hatte eine Aufgabe zu erfüllen. Kurz entschlossen öffnete sie die Tür und stieg aus der Kutsche. Wachsam ließ sie ihren Blick über die von Bäumen gesäumte Straße gleiten und staunte wieder einmal über die Häuser, die alle einheitlich elegant und ziemlich überdimensioniert waren. Zweifellos waren sie innen genauso prächtig, wie ihr Äußeres es vermuten ließ. Inmitten all dieses etwas prahlerischen Reichtums stand auch das Haus von Maxwell Barrett. Eine seiner drei Residenzen, falls Madigans Nachforschungen korrekt gewesen waren. An gesellschaftlichen Standards gemessen mochte er geradezu lächerlich reich und einflussreich sein, dennoch würde sie sich nie von diesem Mann einschüchtern lassen. Sie war selbst nicht ohne Macht, auch wenn ihre ganz anderer Natur war.

Die Abenddämmerung brach schon herein, und die verschwommenen Blau- und Rosatöne des Sonnuntergangs überzogen den Horizont, als Sabine die Stufen zum Vordereingang hinaufstieg. Sie straffte die Schultern, bevor sie den großen

Türklopfer gegen die schwarze Holztür fallen ließ. Das hallende Geräusch klang wie ein Echo ihres wild pochenden Herzens.

Bevor sie einen weiteren Gedanken fassen konnte, stand sie wartend im Foyer des Marquess, während sein Butler sie anmeldete. Sie tat ihr Möglichstes, sich nicht mit großen Augen in der Halle umzusehen und deren hohe, mit Fresken versehenen venezianischen Decken und den glänzenden Marmorboden zu bewundern. Sie war geradezu atemberaubend, diese Eingangshalle, und sollte Sabine noch irgendwelche Zweifel am Wohlstand des Marquess gehegt haben, so waren diese nun endgültig beseitigt.

Sie strich sich noch einmal über das Haar und über das Oberteil ihres Kleids. Ihre neue Londoner Garderobe fühlte sich immer noch ein bisschen fremd für sie an, so eng, wie sie sich an ihren Körper schmiegte. Um nicht aufzufallen, hatten sie und ihre Tanten begonnen, sich wie Londoner zu kleiden, nachdem sie hierher gezogen waren. Sabines Hand glitt erneut zu ihrem Haar, aber diesmal beherrschte sie sich und zog sie schnell zurück. Es bestand kein Grund, sich für den Marquess herauszuputzen, ermahnte sie sich streng. Es spielte keine Rolle, was er von ihr dachte.

Trotzdem schlug ihr Herz gleich schneller, als er das Foyer betrat. Sein Anblick ließ sie schneller atmen und brachte ihren Puls zum Rasen. Auch wenn sie es sich nicht eingestehen wollte, fühlte sie sich doch sehr stark zu diesem Mr Barrett hingezogen.

»Miss Tobias.« Seine tiefe, sinnliche Stimme löste eine angenehme, träge Wärme in ihr aus.

Ärgerlich über sich selbst und als könnte sie die Wirkung seiner Stimme auf sie damit abschütteln, zupfte sie an ihrem Ärmel herum.

Es war nicht ratsam für sie zu bemerken, wie gut er in seinem gestärkten weißen Hemd und dem schwarzen Rock aussah. Oder wie perfekt die schwarze Hose an seinen langen Beinen saß.

»Ich könnte viele Gründe vermuten, warum Sie mich in meinem Haus aufsuchen«, sagte er. »Aber vielleicht werden Sie mir den Anlass einfach nennen, damit ich nicht erst raten muss. Das entspräche zwar nicht dem bisherigen Verlauf unserer Beziehung, aber wir können es ja einfach mal wagen, nicht wahr?«

Eine heiße Röte stieg ihr in die Wangen bei seinem Versuch, sie zu entwaffnen, aber sie hatte nicht vor, auf seinen Charme hereinzufallen. Sie war nicht hier, um zu flirten oder sich hofieren zu lassen. »Ich bin gekommen, um mir Ihre Wunde anzusehen. Wie fühlen Sie sich?«

»Sie sind den ganzen Weg hierhergekommen, um sich nach meinem Befinden zu erkundigen? Ich bin gerührt, ganz ehrlich.« Er schenkte ihr ein verschmitztes Lächeln. »Aber wenn ich mich ausziehen muss, sollten wir besser woanders hingehen.«

Sie folgte ihm in einen Raum, den sie für sein Arbeitszimmer hielt. Es war jedenfalls ein sehr maskulin wirkender Raum mit den dunklen Möbeln und den Stoffen, die ebenfalls in dunklen Blautönen gehalten waren. Es roch nach Brandy, Tabak und dem, was Sabine mit der Zeit als seinen ganz persönlichen Geruch erkannte. An der Wand hinter seinem Schreibtisch hing die Karte, groß und wunderschön. Am liebsten wäre Sabine sofort hinübergegangen, um sich jedes Detail darauf anzusehen. Die lebhaften Blau- und Grüntöne der sich abwechselnden Wasser- und Landringe zogen sie wie magisch an, aber sie zwang sich, den Blick abzuwenden.

»Dies ist nun schon das zweite Mal, dass Sie mich dazu bringen, mich auszuziehen«, bemerkte er, als er sein Hemd aufgeknöpfte.

»Sie sind unverbesserlich«, gab sie kopfschüttelnd zurück.

»Sind Sie bei all Ihren Patienten so fürsorglich?« Er streifte das Hemd ab und warf es auf den Ledersessel hinter ihm.

Sabine ignorierte seine Frage und ging zu ihm, um die Haut um seine Verletzung herum abzutasten. Sie war warm, aber nicht fiebrig, die Stiche sahen gut aus, und die Wunde begann sich schon zu schließen.

Er bewegte den Arm vor und zurück und runzelte dann die Stirn. »Es tut überhaupt nicht weh. Ich glaube, ich habe den ganzen Tag schon keinen Schmerz gespürt.« Er schüttelte den Kopf. »Wie ist das möglich?«

Sabine tat, als untersuchte sie ihn noch genauer. »Ich habe Ihnen ja gesagt, dass die Wunde nicht sehr tief war.«

»Gestern Abend hat sie höllisch wehgetan und mich die ganze Nacht wach gehalten.« Er blickte auf die verletzte Stelle und berührte sie mit den Fingerspitzen. »Und heute ist es, als wäre sie tatsächlich kaum mehr als ein Kratzer.« Er warf Sabine einen misstrauischen Blick zu. »Meine letzte Schussverletzung brauchte über eine Woche, um zu heilen, und sie war wirklich kaum mehr als ein Streifschuss.«

»Ich habe Sie eben gut verarztet«, erwiderte sie achselzuckend. »Die Naht ist perfekt und Ihres guten Gesundheitszustandes wegen war ohnehin zu erwarten, dass die Wunde schnell verheilen würde.«

»Aber nicht *so* schnell. Was ist mit dieser Salbe, die Sie aufgetragen haben? Was befindet sich darin?«

Sabine zuckte die Achseln und trat von ihm zurück. »Verschiedene Kräuter und andere Ingredienzen. Wir stellen sie nach einem alten Familienrezept her.«

»Sie haben aber auch immer auf alles eine Antwort«, sagte Max. Es war unschwer zu erkennen, dass er ihr nicht glaubte. Unvermittelt streckte er die Hand aus und ergriff Sabine an der Schulter. »Aber meine Verwundung war nicht der eigentliche Grund, aus dem Sie heute Abend hergekommen sind.« Für die Dauer von ein paar Herzschlägen schwieg er, und Sabine kam sich wie eine von einer Katze in die Enge getriebene Maus vor. »Sie möchten meine Karte sehen?«

»Sie ist sehr schön«, erwiderte Sabine in, wie sie hoffte, beiläufigem Ton.

»Sie ist ein Kunstwerk, in der Tat.«

Allerdings sah er bei diesen Worten nicht die Karte an, sondern musterte stattdessen *sie* ganz ungeniert.

»Und diese Wette neulich Abend? Sollte ich die einfach hinnehmen, ohne neugierig zu werden?«, fragte er und nahm seine Hand von ihrer Schulter.

»Ich habe Ihnen alles gesagt, was Sie wissen müssen.«

Er lehnte sich an seinen Schreibtisch und streckte die langen Beine vor sich aus. »Nein, Sie haben mir nur das absolute Minimum gesagt.«

»Sie kommen einfach so in meinen Laden und verlangen Erklärungen von mir«, sagte sie und stieß ihn mit dem Finger an die Brust. »Brechen in mein Geschäft ein, um dort wahrscheinlich irgendwas zu stehlen. Sie ... Sie küssen mich«, stieß sie entrüstet hervor, »und jetzt soll ich Ihre Fragen beantworten, als stünde ich wegen irgendetwas vor Gericht!«

»Ich habe weder etwas gestohlen noch hatte ich die Absicht, es zu tun. Und ich bin nur dieser Wette wegen, die

Sie schließlich selber vorgeschlagen hatten, zu Ihrem Geschäft gegangen. Aber ich bin froh, dass Sie endlich zugeben, etwas zu wissen«, schloss er lächelnd.

Sabine öffnete den Mund und schloss ihn gleich wieder. Verdammt. Lydia hatte sie immer gewarnt, dass ihr hitziges Gemüt sie noch in Schwierigkeiten bringen würde.

»Wie kann man nur so stur sein«, sagte er und hob kapitulierend seine Arme. »Nun geben Sie's doch zu! Sie sind heute Abend hergekommen, weil Sie meine Karte sehen wollten.« Er zeigte hinter sich. »Und jetzt haben Sie sie gesehen.«

Aber sie brauchte mehr als einen schnellen Blick auf diese Karte, und das wusste er. Sie sagte jedoch nichts, sondern überlegte stattdessen, wie viel sie ihm anvertrauen konnte, wie viel Information sie preisgeben konnte, ohne sich oder ihre Tanten noch mehr in Gefahr zu bringen, als sie es ohnehin schon waren. Über die Schulter schaute sie verlangend auf die Karte.

»Mein Preis sind Antworten, Sabine«, sagte Max.

Gewiss doch. Was hatte sie denn erwartet? Dass er einfach beiseitetreten und sie seinen kostbaren Besitz inspizieren lassen würde, ohne dass sie ihm einen Grund dafür angab? Sosehr es sie auch wurmte, aber sie würde ihm etwas sagen müssen. Es war die einzige Möglichkeit, die Prophezeiung zu finden. Ihr blieb gar keine andere Wahl.

»Ich mache Ihnen einen Vorschlag«, fuhr Max fort. »Sie fragen mich alles, was Sie wissen wollen, und ich werde antworten. Aber danach müssen Sie auch meine Fragen beantworten.«

Sabine straffte die Schultern, hob das Kinn und sah ihn an. Was er vorschlug, war ein fairer Handel. Und sie konnte nicht bestreiten, dass sie neugierig war. »Zwei«, sagte sie. »Ich stelle Ihnen zwei Fragen und beantworte auch zwei.«

»Wie Sie meinen.« Seine Lippen verzogen sich zu einem leisen Lächeln.

»Warten Sie! Ich habe noch nicht entschieden, ob ich neugierig genug auf irgendetwas bin, das Sie angeht, um mich darauf einzulassen.« Sie verengte ihre Augen und starrte ihn an. Natürlich war sie neugierig, aber sie wollte nicht zu übereifrig erscheinen. Neugier hin oder her, sie musste seinen Vorschlag akzeptieren, aber sie sah keinen Grund, ihn wissen zu lassen, wie *unbedingt* sie diese Karte sehen musste. Nach einer Weile nickte sie.

Dann versuchte sie zu entscheiden, welche die besten Fragen an ihn wären. Versuchte, ihr eigenes Interesse beiseitezulassen und sich auf etwas zu konzentrieren, das ihr und ihren Tanten helfen könnte. »Wieso haben Sie diese Karte? Was interessiert Sie so an Atlantis, dass es Sie sogar dazu veranlasst hat, nach der Karte zu suchen?«

»Das sind bereits zwei Fragen«, scherzte er, aber dann zuckte er die Schultern und antwortete. »Ich habe diese Karte vor vielen Jahren gefunden, nachdem ich schon als Kind ganz fasziniert von dem versunkenen Kontinent gewesen war. Ich habe mich schon immer für Antiquitäten, Mythen und Geschichten von verlorenen Schätzen interessiert. Die Legende von Atlantis war meine liebste. Ich nehme an, dass sie wohl einfach bei mir hängengeblieben ist.«

»Aber warum sind Sie so fasziniert davon?«, fragte Sabine.

»Reichtum«, erwiderte er schlicht. »Schließlich heißt es, dass Poseidons Palast aus purem Gold erbaut worden sein soll.«

Sabine blickte sich in dem Zimmer um – teure Mahagonimöbel, kristallene Karaffen, feine, dick gepolsterte Ledersessel. Selbst die Art, wie Max sich kleidete, sprach Bände. Die Stoffe, die er trug, waren die besten, die für Geld zu haben waren. »Sie sind reich genug.«

Ein Lächeln huschte über sein Gesicht, und er zwinkerte ihr zu. »Es ist immer Platz für mehr da.«

Ihre Fragen waren beantwortet, und trotzdem war sie alles andere als zufrieden. Sie fragte sich nun, ob sie ihm die richtigen Fragen gestellt hatte. Oder ob sie sich nicht besser zu drei oder sogar vier hätte bereiterklären sollen. Vielleicht hätte sie ja fragen sollen, warum er nicht den Regeln seiner Gesellschaftskreise gefolgt war und geheiratet und einen Erben in die Welt gesetzt hatte. Oder warum er sie neulich nachts geküsst hatte – doch mit keiner dieser Fragen hätte sie irgendwelche nützlichen Informationen erlangt.

Dann kam ihr der Gedanke, dass er wahrscheinlich log. In jener Nacht am Pokertisch hatte er ohne weiteres auf einen hohen Gewinn verzichtet, um stattdessen nichts als einen Kuss zu fordern. Es war also durchaus möglich, dass er nicht spielte, um Reichtum zu erwerben, sondern nur um des Vergnügens willen. »Reichtum«, sagte sie verächtlich und verschränkte der zusätzlichen Wirkung wegen ihre Arme vor der Brust. »Sie hätten sich eine glaubwürdigere Ausrede ausdenken können. Wenn Sie wollen, dass ich ehrlich bin, müssen Sie es auch sein.«

Ein Muskel zuckte fast unmerklich an seiner Wange. »Sie sind sehr scharfsinnig, Sabine.«

»Ich habe Ihnen nie erlaubt, mich mit meinem Vornamen anzusprechen«, sagte sie.

»Und mein Benehmen war auch noch nie das Beste«, konterte er mit erhobener Augenbraue.

»Beantworten Sie meine Fragen ehrlich«, forderte sie ihn auf.

»Also gut. Ich habe diese Karte gesucht, um die Existenz von Atlantis zu beweisen.«

»Dann geben Sie also zu, dass Sie ein Gelehrter sind?«, fragte sie, außerstande, die Überraschung aus ihrer Stimme fernzuhalten.

Er lachte, und dieses tiefe Lachen war so echt, so voller aufrichtigem Humor, dass Sabine sich zusammennehmen musste, um nicht zu lächeln. »Nur wenige würden mich so nennen. Aber ich denke, es gibt auch weniger passende Bezeichnungen.«

»Und?«, fragte sie.

»Und was?«

»Haben Sie die Existenz von Atlantis beweisen können?«

Wieder sah sie den Muskel an seinem Kinn zucken. »Für manche vielleicht ja. Aber nicht für alle.« Er löste sich von seinem Schreibtisch und ging zu dem Sessel, auf den er sein Hemd geworfen hatte. Er streifte es über, machte sich aber nicht die Mühe, es zuzuknöpfen. Die Wirkung war so reizvoll und verführerisch, dass Sabine einen trockenen Mund bekam. »Es gibt noch genügend Zweifler, die nach wie vor der Meinung sind, der verlorene Kontinent sei nichts weiter als eine von Platon erfundene Geschichte.«

»Aber was ist mit der Karte?« Sabine riskierte einen weiteren kurzen Blick darauf. »Ist sie nicht Beweis genug?«

Max ging zu seinem Sessel hinter dem Schreibtisch. »Eine Karte ist nur eine Zeichnung. Ich habe Gerüchte gehört, dass Lewis Carroll Karten seiner erfundenen Welten gezeichnet hat, aber deshalb glaubt doch niemand, dass diese Fantasievorstellungen die Existenz von Alice' Wunderland beweisen.« Er brachte all das in einem so gelassenen, neutralen Ton vor, dass Sabine nicht umhinkonnte zu denken, dass sich hinter diesen Worten großer Schmerz verbarg. Oder vielleicht bildete sie sich das ja auch nur ein, weil es ihre Faszination für ihn erhöhte.

»In der Tat«, sagte sie. Sie hatte sich nie viele Gedanken darüber gemacht, was der Rest der Welt über ihre Kultur dachte. Bis zum vergangenen Jahr hatte sie in einem kleinen Küstenort gelebt, umgeben von anderen Nachkommen von Atlantidern, die noch immer fast genauso lebten wie ihre Vorfahren vor langer, langer Zeit. Stolz erfasste sie bei dem Gedanken, dass es Menschen gab, denen daran lag, die Wahrheit über das atlantidische Volk herauszufinden.

»Zufrieden?«, fragte Max, während er sich vorbeugte und seine Ellbogen auf die Knie stützte.

»Für den Augenblick ja.«

Er lächelte breit. »Gut, denn jetzt stelle ich die Fragen. Warum sind Sie hinter dieser Karte her? Und sagen Sie mir die Wahrheit«, ermahnte er sie. »Ich weiß, dass Sie keine Kartensammlerin sind.«

Es erschien Sabine sicherer, nur in groben Zügen zu antworten, um zu sehen, was er akzeptieren würde und was sie vermeiden konnte, preiszugeben. Deshalb begann sie ganz am Anfang. »Meine Vorfahren kamen aus Atlantis. Diese Karte«, sagte sie und zeigte auf die Wand hinter ihm, »ist eine Art Familienerbstück, und ich habe erst vor Kurzem erfahren, dass sie hier in London ist. Bei Ihnen.« Bis dahin war alles wahr.

Max lehnte sich in seinem Sessel zurück und verschränkte die Arme über seiner nackten Brust. In dieser Haltung sahen seine Schultern unglaublich breit aus, seine Hände stark und braun an seinem flachen Bauch. So gern Sabine etwas anderes behauptet hätte, musste sie sich doch fragen, wie sich seine Haut anfühlen würde, wenn sie mit ihren Fingern über seinen Oberkörper striche, nicht in medizinischer Funktion, wie sie es zuvor getan hatte, sondern mit den sanften Händen einer Liebenden.

»Sie sind eine Nachfahrin der einstigen Bewohner von Atlantis?«, fragte er. Nichts in seinem Ton oder Gesichtsausdruck ließ darauf schließen, wie glaubwürdig oder nicht er ihre Geschichte fand. Oder ob er beschlossen hatte, dass sie verrückt sein musste.

Sabine nickte. »Ja. Meine Tanten und ich.« Sie zögerte. »Wir sind natürlich nicht die Einzigen, wie Sie sich vielleicht vorstellen können. Die Menschen, die von Atlantis flohen und sich vor dem Großen Krieg hierher flüchteten, kamen in verschiedenen Häfen an Englands Küste an. Sie vermischten sich mit der damaligen Bevölkerung dort, und während einige von uns auch heute noch in kleinen, geschlossenen Gemeinschaften zusammenleben, haben andere schon so lange mit den Engländern gelebt, dass sie sich ihrer Herkunft gar nicht mehr bewusst sind.«

Sie hielt den Atem an und wartete, ob er sie nun auslachen oder hinauswerfen würde. Was sie ihm gerade erzählt hatte, war ein Eingeständnis, das sie noch niemandem gemacht hatte. Natürlich hatte sie auch nicht viel Gelegenheit dazu gehabt, da sie unter so vielen anderen, die wie sie und ihre Tanten waren, aufgewachsen war. Trotzdem war es nichts, worüber sie ganz offen sprachen. Auch wenn ihre Herkunft kein Geheimnis war, bewahrten sie doch Stillschweigen darüber.

Max' linke Augenbraue fuhr langsam in die Höhe. Eine Zeit lang blickte er ihr nur prüfend ins Gesicht und sagte nichts. Dann öffnete er den Mund, um etwas zu erwidern, zögerte aber, als müsste er noch überlegen. »Ich glaube, meine nächste Frage hebe ich mir auf, bis Sie sich meine Karte angesehen haben«, sagte er schließlich. Als Sabine keine Anstalten machte, sich zu erheben, breitete er die Arme aus. »Bitte fühlen Sie sich frei, sie anzuschauen, solange Sie nur wollen.«

Ihr Magen verkrampfte sich vor Aufregung, als sie sich erhob und zu der Karte ging. Sie trat so nahe an diese heran, wie es möglich war, ohne ihre Nase an das Glas zu drücken. Hier war irgendwo die Prophezeiung! Sie musste sic nur finden. Nur wenige Worte standen am Rand der Karte und in den Ecken. Vielleicht stand die Prophezeiung auf der Rückseite, aber sie konnte ja nun wirklich nicht die Karte von der Wand und aus dem Rahmen nehmen. Zumindest jetzt noch nicht.

Sie wusste nicht, wie lange sie dort stand und jeden Zentimeter absuchte. Es war schwer, sich auf die Suche zu konzentrieren, weil sie so abgelenkt von den vielen Details der Karte war: Poseidons Palast, Militärbaracken, Bauernhöfe und Katen und die drei Wächtertempel. Sie zwang sich, jeden der Land- und Wasserringe zu zählen, und ihr Blick glitt an ihnen entlang, um nach Worten dort zu suchen. Aber sie fand keine. Dann fiel ihr ein Symbol in einem der Bäume auf, und sie schaute noch genauer hin.

»Die sieben Ringe von Atlantis werden durch Feuer und Stahl fallen und den Weg für die Armee des Einen öffnen«, ertönte hinter ihr Max' Stimme, aber sie regte sich nicht, aus Angst, er könnte aufhören, falls sie sich bewegte. *»Imperien werden zusammenbrechen und Kronen werden schmelzen. Die drei werden ihr Blut verlieren, wenn die Taube nicht die Rettung bringen kann.«*

Die Worte durchrieselten Sabine wie eine uralte Beschwörung, als würde ihre Seele sie wiedererkennen. Sie stützte sich mit den Händen auf den Schrank unter der Karte und bemerkte dabei, dass es ein großer Glaskasten war, in dem ein langer, rußgeschwärzter und verkohlter Speer lag. Fragend drehte sie sich zu Max um, der unerwartet rechts und links von ihr die Hände auf den Kasten stützte und Sabine so gefangen hielt.

»Gefunden, was Sie gesucht haben?«, fragte er mit täuschend sanfter Stimme.

Sie hob den Blick zu ihm und sah ihn an. Seine blauen Augen waren so klar und schön, dass es ihr einen Stich versetzte. Sie schienen bis in ihre Seele zu blicken und verborgene Geheimnisse mühelos enthüllen zu können. Für Sabine bedeutete das eine große Gefahr.

»Ich weiß nicht, wovon Sie reden«, erwiderte sie steif. »Ich habe die Karte nur bewundert. Sie ist wirklich ganz erstaunlich. So einzigartig, nicht?«

Er beugte sich noch weiter vor und ließ seinen Blick über ihr Gesicht wandern. »Ja, sie ist wunderschön«, stimmte er ihr leise zu.

Sabine duckte sich unter seinem Arm hindurch und brachte Abstand zwischen sie.

»Sie wissen von der Prophezeiung. Deshalb wollten Sie die Karte sehen«, stellte er fest, und es klang, als spräche er zu sich selbst und nicht zu ihr.

Sabine blieb fast das Herz stehen, als sie das Wort »Prophezeiung« hörte. Sollte ihn der Teufel holen, denn er machte es ihr wirklich fast unmöglich, Geheimnisse zu bewahren! Sie brauchte nur irgendetwas zu sagen, und schon war es, als könnte er in sie hineinblicken und erraten, was sie dachte. Trotzdem schwieg sie und hoffte, damit durchzukommen.

»Haben Sie das vorhin wirklich ernst gemeint? Dass Sie und Ihre Familie Nachkommen der Atlantider sind?«

»Ja, das habe ich ernst gemeint.«

»Dann müssen Sie von der Prophezeiung wissen.« Er beugte sich vor und zeigte auf das kleine Wäldchen, das sie entdeckt hatte. »Es ist alles da. Jedes Wort. An verschiedenen Stellen auf der Karte.« Er zeigte ihr noch eine andere Stelle in einem der Wasserkanäle und eine weitere unter dem Palast.

Sabine trat wieder näher an die Karte heran und folgte seinem Finger, als er ihr die in Griechisch geschriebenen Worte zeigte, die sich so geschickt mit den Illustrationen verbanden, dass es ein Wunder war, dass er sie überhaupt entdeckt hatte.

»Ich habe sehr lange gebraucht, um alle zu finden«, sagte er, als erriete er schon wieder, was sie dachte, und ließ sich in seinen Sessel fallen. »Aber warum interessiert Sie die Prophezeiung? Das ist meine zweite Frage.«

Sabine schwieg einen Moment, dann seufzte sie. »Natürlich wissen wir von der Prophezeiung. Aber diese Karte ist das einzige verbliebene Dokument, auf dem man die Prophezeiung in ihrer Gänze sehen kann.« Das war die absolute Wahrheit, und es ärgerte sie geradezu, wie sich der Knoten in ihrem Magen bei ihrer Aufrichtigkeit aufzulösen schien. »Sie stand einst auch in einem uralten Buch, aber die Seiten sind vor Hunderten von Jahren herausgerissen und gestohlen worden.«

»Und deshalb waren Sie so an meiner Karte interessiert? Weil Sie die Prophezeiung sehen wollten?«

Sabine schloss die Augen, tat einen tiefen, kräftigenden Atemzug und nickte. »Ja.«

»Was wissen Sie von den jüngsten Vorfällen hier in London?«, wechselte er abrupt das Thema.

Vorfälle? Konnte er etwas über Madigan erfahren haben?

Panik ergriff Sabine. »Nichts«, antwortete sie und ging zur Vorderseite des Schreibtisches zurück.

»Ich glaube, jemand versucht, die Prophezeiung zu erfüllen«, sagte Max.

Sabine drehte sich abrupt zu ihm herum, schwieg aber aus Angst, womöglich zu viel preiszugeben, und ließ sich statt einer Antwort auch in einen Sessel sinken.

»Es sind Morde begangen worden«, begann Max.

»Madigan«, wisperte sie. Aber dann horchte sie plötzlich auf. »Sie sagten Morde ... gab es denn mehrere?«

»Fünf, begangen an hochrangigen Offizieren. Mit dem Versprechen, dass es noch mehr Opfer werden. Zumindest zwei noch, schätze ich, wenn wir uns an die Zahlen in der Prophezeiung halten«, sagte er.

Hochrangige Offiziere ... das schloss Madigan nicht ein. »Was meinen Sie mit ›Versprechen‹?«

»Der Mörder hat eine Nachricht bei den Leichen hinterlassen.« Max schüttelte den Kopf. »Verdammt, ich dürfte das nicht mal wissen, aber ich wurde von einem Freund bei Scotland Yard um Mithilfe gebeten, wegen meines Interesses an Atlantis.« Max hob eine Münze von seinem Schreibtisch auf und rollte sie zwischen seinen Fingern. »Sagt Ihnen der Begriff ›Wächter‹ irgendetwas?«, fragte er.

Sabine wusste, dass ihr Gesichtsausdruck wechselte, und obwohl sie schnell den Blick senkte, war es höchst unwahrscheinlich, dass Max es nicht bemerkt haben sollte.

»Sie kennen ihn also.« Er beugte sich zu ihr vor. »Was bedeutet er, Sabine?«

»Das kann ich Ihnen nicht sagen«, erwiderte sie und schüttelte nachdrücklich den Kopf.

»Wer auch immer dieser Wächter ist, er ist in Gefahr. Sagen Sie mir, was Sie wissen, dann kann ich ihn beschützen.«

»Was soll das heißen, er ist in Gefahr?«, fragte sie.

»Die Nachricht, die hinterlassen wurde, war an den Wächter gerichtet. Sie ist eine Warnung, dass der Mörder naht und dass ihm bald gehören wird, was der Wächter schützt.«

Agnes und Phinneas waren in Gefahr. Aber das hatte Sabine ja bereits gewusst. Nun, da sie die Prophezeiung kannte, brauchte sie die Anleitung des Sehers und seine Hilfe, um sie zu entschlüsseln. Sie brauchte Phinneas. Und deshalb musste so schnell wie möglich gehen.

»Sabine, ich kann helfen. Vertrauen Sie mir doch bitte.«

»Die Wächter behüten das Elixier«, sagte sie, bevor sie es sich anders überlegen konnte, und blickte Max prüfend ins Gesicht, um zu sehen, ob sie zu viel gesagt hatte.

»Elixier? Was für ein Elixier?«, fragte er, während er die Münze in die Luft warf und sie auffing.

»Nein.« Mit aller Entschiedenheit schüttelte sie den Kopf. »Ich habe schon viel zu viel gesagt«, erklärte sie. »Sie haben Ihre zwei Fragen gestellt.«

»Können Sie mir wenigstens sagen, wie viele Wächter es gibt?«, fragte er. »Scotland Yard bearbeitet den Fall, und ich würde sie gern von der Polizei beschützen lassen.«

Sabine sah ihm in die Augen. »Es gab drei. Aber nur zwei sind noch am Leben.«

Seine Fragen brachten all ihre Zweifel und Bedenken schlagartig zurück. Indem sie die Hilfe eines Außenseiters suchte, verletzte sie eine der heiligen Regeln ihres Volkes. Ein Wächter hätte das nie getan – ein weiterer Beweis dafür, dass Agnes' Ernennung richtig gewesen war und sie, Sabine, es nicht verdiente, Wächterin zu sein. Es war ein großes Risiko, Max zu vertrauen, aber er wusste von der Karte und der Prophezeiung, beides Informationen, die sie brauchen würde, um Agnes zu beschützen.

Sie musste tun, was sie für richtig hielt, und im Augenblick brauchte sie die Hilfe dieses Mannes. Also musste sie ihrem eigenen Urteil vertrauen und bis zu einem gewissen Grad auch Maxwell Barrett.

Kapitel acht

Noch lange nachdem Sabine sein Arbeitszimmer verlassen hatte, stand Max da und starrte auf die Karte. Er hatte immer angenommen, dass die in den Illustrationen versteckte Inschrift eine sich auf die Zerstörung von Atlantis beziehende Prophetie gewesen war. Aber dann war Justin mit einer anderen Interpretation gekommen und nun auch noch Sabine. Es schien fast unmöglich, dass das Zufall sein könnte. Die Morde, die Nachricht an den Wächter … und wie war einzuschätzen, dass Sabine und ihre Tanten Nachfahren der Atlantiden waren?

Vielleicht war das Mädchen verrückt und lebte in einer Fantasiewelt, die sie geschaffen hatte, nachdem sie etwas über Atlantis gelesen hatte. Aber was, wenn nicht? Dieses quälende Gefühl nagte an Max und ließ ihm keine Ruhe. Und wenn sie nicht unter Wahnvorstellungen litt? Wenn sie die Wahrheit sagte, und nicht nur das, was sie für wahr hielt, sondern ihm die tatsächliche *Realität* geschildert hatte? Wenn Sabine und ihre Tanten Abkömmlinge der Atlantiden waren, dann war das der Beweis, der ihm bislang gefehlt hatte. Menschen aus Fleisch und Blut, deren Vorfahren aus einem Land gekommen waren, das es nicht mehr gab. Nur gab es leider keine wissenschaftlichen Mittel, um ihre Abstammung nachzuweisen.

»Die Wächter behüten das Elixier«, hatte sie gesagt. Das Elixier. Das Wort weckte keinerlei Erinnerung in Max. In keiner seiner Quellen wurde im Zusammenhang mit der Prophezeiung ein Elixier erwähnt. Andererseits hatte er sich bisher immer nur bemüht, die Existenz von Atlantis nachzuweisen. Mit der atlantidischen Kultur hatte er sich kaum beschäftigt. Max nahm ein paar Bücher aus dem Regal und legte sie auf seinen Schreibtisch, einschließlich des neuesten Werkes von diesem etwas sonderbaren Amerikaner, der behauptete, Atlantis sei der Geburtsort der Zivilisation gewesen. Max hielt den Mann nicht für einen wirklichen Experten zu dem Thema, aber er brauchte Informationen, und im Augenblick würde er sie von nahezu jedem nehmen.

Er öffnete ein weiteres Buch, das einen uralten griechischen Text enthielt, und warf einen Blick auf eine Zeichnung, die einen vierstöckigen Springbrunnen im Zentrum von Poseidons Palast darstellte. Einigen Legenden zufolge war dies angeblich der Quell der Jugend, ein Born des ewigen Lebens. Max hatte sich nie viel mit dieser Theorie befasst – aber könnte dies das Elixier sein, das die Wächter hüteten?

Wieder stand er auf und las die Prophezeiung, obwohl sich ihm die Worte tief in sein Gedächtnis gegraben hatten. Dann senkte er den Blick und betrachtete seine Schussverletzung, die inzwischen fast vollständig verheilt war und auch nicht mehr schmerzte. Und Sabine hatte gesagt, die Salbe sei ein altes Familienrezept … *Zweifelsohne*.

Die Salbe, die sie benutzt hatte, war mehr als nur erstaunlich. Wieder blickte Max auf die Illustration des Springbrunnens. Der Quell der Jugend … das Elixier.

»Verdammt!« Das bedeutete höchstwahrscheinlich, dass eine ihrer Tanten eine Wächterin war – was wiederum erklären würde, warum in ihr Geschäft eingebrochen worden war.

Max strich mit der Hand über die Naht unterhalb seiner Schulter und staunte erneut über die schnelle Heilung. Dieses Elixier könnte der Beweis sein, den Marcus für die Benutzung seines Tauchbootes verlangte. Irgendwie musste Max es in die Hände kriegen. Er würde einen Weg finden, sich etwas von dem Elixier von Miss Tobias *auszuborgen*.

Sie hatte zweifelsohne die richtigen Worte gefunden, um seine Neugierde zu wecken. Von der Wette bis zu allem, was sie ihm heute Abend erzählt hatte, war er restlos fasziniert von ihr. Natürlich schadete es auch nicht, dass sie mit Sicherheit die schönste Frau war, die er je gesehen hatte.

Wenn jemand die vollkommene Frau erschaffen müsste, um ihn zu betören, wäre sie dann nicht ganz genauso wie Sabine? Schön, kühl und voller Geheimnisse und Widersprüche. Und verbunden mit Atlantis. Sie war fast schon zu perfekt.

Mit einer entschlossenen Bewegung beugte sich Max über den Glaskasten und nahm den schweren Rahmen mit der Karte von der Wand. Ohne danach sagen zu können, wie es geschehen war, entglitt der Rahmen seinen Händen und schlug mit seiner Kante auf den Glaskasten auf. Das Glas zersplitterte, Scherben regneten auf Max' Füße, und das Klirren schallte durch das ganze Zimmer.

Sein Butler kam hereingestürmt. »Ist alles in Ordnung, Mylord?«

»Ja, ich habe nur den verdammten Glaskasten zerbrochen. Geben Sie nächste Woche einen neuen in Auftrag, um diesen zu ersetzen. Wir können nicht riskieren, diesen rostigen alten Speer irgendwo auszustellen, wo jemand sich verletzen könnte.« Max nahm wieder den Rahmen mit der Karte und hob ihn auf seinen Schreibtisch.

Als er aufblickte, sah er seinen Butler noch immer in der Tür stehen. Der alte Mann wirkte besorgt und runzelte die Stirn. Dann räusperte er sich. »Ja, ich kümmere mich darum, Mylord. Kann ich sonst noch etwas für Sie tun?«

»Nein, das wäre alles.«

Max war normalerweise nicht so ungeschickt. Er war nur müde. In der vergangenen Nacht hatten Gedanken an die schöne Miss Tobias seinen Schlaf gestört. Aber er war schließlich ein erwachsener Mann und würde deshalb mit seinen Wünschen und Begierden fertigwerden. Viel weniger war er dafür gerüstet, mit seinen Recherchen und Überlegungen an Grenzen zu stoßen. Wenn er auf ein Rätsel stieß, dann löste er es. Wenn er Antworten brauchte, bekam er sie.

Zumal die Leute seine Anweisungen gewöhnlich auch befolgten. Sabine aber leider nicht. Sie tat, was immer sie tun wollte, ohne Rücksicht auf die Konsequenzen.

Beispielsweise hatte sie darauf bestanden, in ihr Geschäft zurückzukehren, trotz der offensichtlichen Gefahren, die ihr und ihren Tanten drohten. Ein Mörder lief dort draußen herum, und wenn Max sich nicht irrte, war seine nächste Zielscheibe eine von Sabines Tanten. Deshalb sollten die vier Frauen seinen Schutz annehmen, bis die Gefahr vorüber war. Das war für ihn nur logisch.

Aber hielten sie sich jetzt hier in seinem Haus auf, wo sie sicher sein würden? Nein, so war es nicht. Sie waren in ihrem Laden, in dem tagsüber jede Menge unbekannte Kunden ein und aus gingen und nachts Ganoven einbrachen, und ihre einzige Verteidigungsmöglichkeit war eine lächerlich kleine Waffe, die sich im Besitz einer Frau befand, die eine miserable Schützin war.

Für Max war das eine unhaltbare Situation. Er nahm die Karte aus dem Rahmen, faltete sie zusammen und steckte sie in eine Ledertasche. Dann warf er einen Blick zu der Uhr auf dem Kaminsims. Es war schon spät, aber er wollte verdammt sein, wenn er heute Nacht Schlaf finden würde, ohne sich zuvor darum gekümmert zu haben. Seit wann hatte er diesen verdammten Beschützerinstinkt? Sabine hütete Geheimnisse, die er herausfinden wollte; nur das interessierte ihn. Zumindest versuchte er, sich das einzureden. Ebenso wie die Tatsache, dass er auch nichts dagegen hätte, sie in sein Bett zu kriegen. Er würde selbst losgehen und die Frauen holen müssen. Und sollte Sabine keine Vernunft annehmen wollen, ihre Tanten würden es sicherlich tun.

Max machte sich nicht die Mühe, zur Eingangstür des Ladens zu gehen, der längst geschlossen war, sondern begab sich direkt zum Hintereingang. Dort klopfte er an, und kurz darauf wurde ihm von Sabine geöffnet.

»Sie haben beschlossen, heute Abend anzuklopfen? Wie ungewöhnlich«, sagte sie, trat aber weder von der Tür zurück noch forderte sie ihn auf, hereinzukommen.

»Sehr witzig. Darf ich hereinkommen?«, fragte er.

»Wie Sie wollen.« Sie trat zurück, um ihn einzulassen, und schloss dann hinter ihm die Tür. »Aber lassen Sie uns hier unten bleiben«, schlug sie mit einem Blick auf die Treppe vor. »Ich würde es vorziehen, meine Tanten nicht mit noch mehr Gerede über Tod und Zerstörung zu beunruhigen.« Sie zog einen Stuhl an den kleinen Tisch heran und bedeutete Max, sich hinzusetzen. Dann fuhr sie fort, die Arbeitsutensilien wegzuräumen, die auf dem Tisch standen.

»Glauben Sie nicht, dass Sie und Ihre Tanten bei mir zu Hause sicherer wären, solange ein Mörder auf der Jagd nach den Wächtern ist?«, fragte er. »Was ist, wenn dieser Mann hierherkommt?«

Sabine fuhr zu ihm herum. »Ich habe nie gesagt, dass eine meiner Tanten eine Wächterin ist«, sagte sie scharf.

»Wollen Sie etwa auch bestreiten, dass Sie sich alle in Gefahr befinden?«

Sabine schwieg, schürzte die Lippen und wandte ihren Blick ab. Dann fuhr sie fort, Glasgefäße, Bänder und allen möglichen anderen Krimskrams wegzuräumen.

»Ich finde es leichtsinnig, in diesem Haus zu bleiben. Es wäre für Sie und Ihre Tanten ratsamer, vorläufig zu mir zu kommen«, sagte Max.

Wieder gab sie keinen Kommentar dazu ab.

»Es ist ziemlich offensichtlich, dass ein Mörder hinter jemandem in diesem Haus her ist, sonst hätten Sie vorhin nicht so heftig reagiert, als ich von den Wächtern sprach. Ich kann Ihnen Schutz und Sicherheit anbieten«, beschwor er sie.

Sie stieß einen tief empfundenen Seufzer aus. »Wir haben ein Geschäft zu führen, Mr Barrett. Und wir können uns sehr gut selbst beschützen.«

»Ja, genau. Der Kerzenleuchter war ja auch eine *sehr* wirksame Waffe«, spöttelte er.

»Er hat recht, Sabine«, sagte Agnes, die in diesem Moment mit ihren beiden Schwestern die Treppe hinunterkam. »Wir können die Prophezeiung nicht ignorieren.«

»Es wäre schön, sich sicherer fühlen zu können«, sagte Calliope. »Besonders jetzt, da du verreisen wirst, Sabine.«

Max beugte sich vor. »Sie verlassen die Stadt? Wo wollen Sie denn hin?«

Sabine warf ihrer Tante einen ärgerlichen Blick zu. »Einen alten Freund besuchen. Nichts, was Sie etwas angeht oder kümmern sollte.«

Vielleicht war es nur Einbildung, aber Max hätte schwören können, dass Calliope ihm kurz zugezwinkert hatte.

»Wie denkst du darüber, Lydia?«, fragte Sabine ihre älteste Tante.

»Wir gehören nicht dorthin«, sagte Lydia mit angespannter Stimme.

Agnes seufzte übertrieben. »Ach Gott, ja, ich kann mir schon vorstellen, wie strapaziös es wäre, in einem schönen Stadthaus voller Dienstboten und allem möglichen anderen Luxus zu wohnen.«

Max, der nicht anders konnte, lachte schallend.

»Wir werden auf der Stelle unsere Sachen packen«, bestimmte Agnes. »Alle.«

»Und ich warte solange hier unten«, sagte Max.

Sabine nickte und ging ohne ein Wort hinaus. Calliope wartete, bis auch ihre Schwestern gegangen waren. »Morgen früh nimmt Sabine den Zug nach Cornwall«, flüsterte sie dann. »Sie braucht Schutz.«

»Sie können davon ausgehen, dass sie den haben wird«, erwiderte Max lächelnd.

Am nächsten Morgen stand Sabine in der Warteschlange vor dem Fahrkartenschalter der Victoria Station. Sie hatte sich in aller Frühe aus Max' Stadthaus herausgeschlichen, um nicht gesehen zu werden. Im Moment hatte sie nur noch eine Familie vor sich, ein nettes Ehepaar mit drei kleinen Kindern. Das kleinste Mädchen hörte nicht auf, Sabine hinter einer Holzpuppe, die es an seine Brust drückte, schüchtern zu beobachten. Sabine lächelte der Kleinen zu und winkte, was das Mädchen zum Kichern brachte und sie ihr Gesicht verstecken ließ.

Endlich erhielt die Familie ihre Fahrscheine und machte sich zu ihrem Bahnsteig auf. Sabine trat an den Schalter.

»Eine Fahrkarte für den nächsten Zug nach Cornwall bitte«, sagte sie und zählte das Geld ab, das sie auf den Schalter legte.

»Tut mir leid, Miss, aber dieser Zug ist heute restlos ausgebucht«, erwiderte der Mann am Schalter.

»Ausgebucht?« Sabine blickte auf den Fahrplan. »Wie ist das möglich?«

»Tja, jemand hat einen ganzen Waggon reservieren lassen«, erklärte er kopfschüttelnd. »So was habe ich noch nie erlebt.«

»Na wunderbar. Können Sie mir dann vielleicht bitte sagen, wann der nächste Zug in diese Richtung fährt?« Sie musste zu Phinneas, und das so schnell wie möglich. Natürlich könnte sie auch eine Kutsche mieten, aber das bedeutete bestimmt eine zweitägige Fahrt. Der Zug war unvergleichlich schneller.

»Nicht vor morgen früh. Tut mir leid, Miss.« Der Mann zuckte mit den Schultern und schenkte ihr ein zerknirschtes Lächeln, wobei zwei Grübchen an seinen roten Wangen sichtbar wurden. »Oh, sehen Sie, da drüben ist der Herr, der den Waggon für sich hat reservieren lassen«, sagte er und zeigte mit einem dicken Finger über ihre Schulter.

Als Sabine sich umdrehte, sah sie niemand anderen als Maxwell Barrett an einer Säule lehnen. Er lächelte ihr zu und winkte.

Schnell nahm sie das Geld, das sie auf den Schalter gelegt hatte, wieder an sich und steckte es in ihr Portemonnaie. »Vielen Dank«, sagte sie zu dem Fahrkartenverkäufer, bevor sie zu Max hinüberging.

»Wofür halten Sie sich eigentlich?«, fuhr sie ihn an. Dann trat sie noch ein wenig näher und senkte ihre Stimme. »Verfolgen Sie mich etwa?«

»Ich weiß nicht, wovon Sie reden. Ich muss nach Cornwall und ziehe es vor, auf solch langen Fahrten ungestört zu sein.«

»Sie wissen verdammt gut, dass ich heute nach Cornwall fahren wollte.« Sabine verschränkte ärgerlich die Arme vor der Brust. »Und deshalb werden Sie Ihre ›Ungestörtheit‹ mit mir teilen müssen. Und kommen Sie bloß nicht auf die Idee, mit mir darüber zu debattieren, denn das fehlte mir gerade noch.«

Max hob kapitulierend die Hände. »Wie Sie wollen.«

Ein Bahnbeamter in tadelloser schwarzer Uniform und Mütze erwartete sie auf dem Bahnsteig.

»Hier entlang, Sir. Ihr Waggon erwartet Sie«, sagte er und führte sie zu einem aufwendig ausgestatteten Abteil im vorderen Teil des Zuges.

Sabine machte große Augen, als sie einstieg. Dick gepolsterte, mit Samt bezogene Sitze standen sich in Vierergruppen gegenüber, und edle Holzvertäfelungen an den Wänden vermittelten den Eindruck von purem Luxus.

»Wenn ich sonst noch etwas für die Herrschaften tun kann …?«, fragte der Bahnbeamte. Als Max den Kopf schüttelte, verbeugte sich der Mann und stieg wieder auf den Bahnsteig hinunter.

»Ich wusste gar nicht, dass man einen ganzen Waggon für sich allein haben kann«, bemerkte Sabine, als sie sich auf einem der mit Samt bezogenen Sitze niederließ.

»Das ist auch nicht üblich«, sagte Max mit einem breiten Grinsen, als er sich ihr gegenübersetzte.

Aber er hatte es ermöglicht, für viel Geld vermutlich, und nun würden sie die nächsten Stunden ganz allein miteinander sein. Sabine wusste, dass sie ihr Bestes tun musste, um auf der Hut zu sein. Max Barrett war charmant und bemerkenswert gut aussehend, und sie konnte sich nicht erlauben, sich von seinem sprühenden Geist und seinen verführerischen Blicken ablenken zu lassen. Schon gar nicht jetzt. Er mochte all das amüsant und unterhaltsam finden, aber für sie und ihre Familie ging es ums Überleben.

Ein paar Minuten später setzte der Zug sich ratternd in Bewegung. Sabine hielt sich an den Armlehnen fest, um nicht durchgeschüttelt zu werden, und blickte aus ihrem Fenster, als der Bahnhof und kurz darauf die geschäftigen Londoner Straßen an ihnen vorbeizogen.

»Was können Sie mir sonst noch über diese Wächter erzählen?«, fragte Max.

Sie blickte weiter aus dem Fenster, hinter dem nun schon viel schneller die Landschaft vorbeizog. Ihr Blick wurde verschwommen, unscharf, bis sie ihr eigenes Spiegelbild im Glas sah. Max wusste, dass sie ihm Informationen vorenthielt, sodass kein Grund bestand, das abzustreiten. »Ich kann und darf Ihnen nichts anderes sagen«, erwiderte sie daher nur.

»Dann wissen Sie also, wer die Wächter sind?«

Sabine nickte einmal kurz.

»Ihre Majestät? Ist sie eine Wächterin?«

»Du liebe Güte, nein!«, entfuhr es ihr. Die Idee war schlichtweg lächerlich. »Königin Victoria ist keine Atlantide.«

Er nickte, und für eine Weile sagte er nichts mehr. Sabine, die froh über sein Schweigen war, entspannte sich ein wenig.

»Sie sehen einen Feind in mir«, bemerkte er dann und begann, mit den Fingern auf der hölzernen Armlehne herumzutrommeln. »Das erzeugt auf jeden Fall ein spannendes Dilemma.«

»Ich sehe gar nichts in Ihnen«, entgegnete sie schroff. Aber das entsprach nicht ganz der Wahrheit, denn sie fand ihn ausgesprochen charmant und geradezu gefährlich reizvoll.

»Sie verstehen sich sehr gut darauf, den Stolz eines Mannes zu verletzen«, sagte Max und streckte seine langen Beine aus. Durch den Stoff seiner Hosen zeichneten sich seine muskulösen Schenkel ab.

Sehr zu ihrem Ärger wurde Sabine bei diesem Anblick der Mund trocken.

»Normalerweise finden Frauen mich ziemlich unwiderstehlich, das kann ich Ihnen versichern«, fuhr er fort.

»Das bezweifle ich nicht«, gab sie in gereizt zurück und erkannte sofort, dass sie sich damit vielleicht verraten hatte.

»Das ist gut.«

»Aber nur dumme Dinger fallen auf so vordergründigen Charme und gutes Aussehen herein«, sagte sie, um ihren Fehler zu kaschieren.

Seine Mundwinkel zuckten. »Sie bevorzugen also die weniger gut aussehenden Männer?«

Sie betrachtete ihn und versuchte zu entscheiden, ob er mit ihr spielte oder sein Geplauder ernst zu nehmen war. Seine klaren blauen Augen verrieten es ihr jedenfalls nicht.

»Sie scheinen tatsächlich immun gegen meinen Charme zu sein«, fuhr er fort.

Immun? Sie war keineswegs immun gegen seinen Charme, ganz im Gegenteil sogar. Sie fühlte sich sehr stark, ja, schon beinah schamlos heftig zu ihm hingezogen. Aber sie wollte verdammt sein, wenn sie sich das anmerken ließ.

Maxwell Barrett war ein siegverwöhnter Mann, was Frauen anging. Die Art von Mann, die einen vergessen lassen konnte, was man gerade sagen wollte oder warum man in ein Zimmer gegangen war, ja, die einen sogar den eigenen Namen vergessen lassen konnte. Also genau der Mann, mit dem sie gern eine Affäre hätte – aber er hatte auch etwas an sich, das sie zögern ließ. Könnte sie es sich erlauben, sich mit ihm einzulassen, ohne dabei ihr Herz in Gefahr zu bringen? Sie wusste, dass Max ein Mann war, der sich nicht leicht verlieben würde. Aber das traf auch auf sie zu … glaubte sie.

»Ihr Charme, Mr Barrett, hat nichts mit dieser Reise zu tun«, sagte sie und blickte wieder aus dem Fenster.

Er versuchte nur, mit ihr zu flirten, um sie zu entwaffnen. Um sie zu manipulieren und so weit zu bringen, dass sie redete und sich von ihm die Wahrheit entlocken ließ. Was nur ein weiterer Beweis dafür war, wie dumm sie gestern Nacht gewesen war, zu glauben, sie könnte ihm vertrauen.

Eine Frau mit einem Tablett betrat ihren Waggon. »Entschuldigen Sie die Störung, Mylord, aber hier sind die Erfrischungen, die Sie bestellt haben«, sagte sie und stellte das Tablett auf den leeren Sitz neben ihm, bevor sie wieder ging.

Max reichte Sabine ein Glas Wein. »Möchten Sie etwas Käse oder Brot dazu?«

»Nicht jetzt, nein, danke«, sagte sie.

»Ihre Tante bat mich, Sie zu begleiten, um Sie zu beschützen«, erklärte er.

»Calliope redet zu viel.«

Max beugte sich vor und stützte die Ellbogen auf seine Knie. Seine Nähe brachte einen Hauch von seinem Duft zu ihr hinüber. Heute Morgen waren weder Brandy noch Tabak darin wahrzunehmen, sondern nur eine Mischung aus Sandelholz und einem schwer zu bestimmenden, aber sehr verführerischen Hauch von purer, unverfälschter Männlichkeit.

»Erzählen Sie mir von dem Elixier«, forderte Max sie wieder auf.

Seine Neugier ging ihr näher, als sie sich eingestehen wollte. Atlantiden wurden dazu erzogen, ihr Land und ihre Gebräuche zu achten und zu schätzen, trotz des Verlusts ihrer Heimat. Jemandem zu begegnen, der sich für ihr Volk interessierte, freute sie. Bestimmt hatten die meisten Atlantiden doch auch hin und wieder einem Außenstehenden eine Geschichte erzählt? Wie könnten sonst die Engländer und andere Völker von ihnen wissen?

Sie würde allgemein genug bleiben, um seine Neugier zu beschwichtigen und nichts Gefährliches preiszugeben. Es war nicht nötig, ihm Einzelheiten wie die erstaunliche Tatsache zu erzählen, dass die Amphore eines Wächters niemals leer würde. Ein nie versiegender Vorrat des Elixiers könnte selbst den nobelsten Menschen in Versuchung führen. Und zu allem Übel hatte sie schon etwas davon bei ihm angewendet, um seine Schusswunde zu heilen. Er hatte die Kräfte des Elixiers wirken sehen. Nein, sie würde sich auf das Wesentliche beschränken und ihm nur erzählen, was er in einem Geschichtsbuch über Atlantis lesen könnte, falls es so etwas gab.

»Das Elixier soll von den Wassern von Atlantis stammen«, sagte sie.

Max lehnte sich wieder bequem zurück und streckte die Beine aus. Sie waren Sabine so nahe, dass sie jetzt nur die Hand ausstrecken müsste, um mit den Fingerspitzen über seine Knie zu streichen.

»Und wozu soll es gut sein?«, fragte er.

»Es wirkt wie ... eine Art Verstärker.« Sabine suchte seinen Blick und wählte ihre Worte mit Bedacht, bevor sie weitersprach. »Um ein Beispiel zu geben – es würde Galileo intelligenter machen. Und Oscar Wilde –« Sie hielt inne und suchte nach dem richtigen Wort – »exzentrischer. Was Sie angeht, so würde es Sie wahrscheinlich noch charmanter machen«, schloss sie, ohne den leisen Spott in ihrer Stimme zu verbergen.

»Und bei Ihnen würde es zweifellos den Esprit und den Intellekt verstärken«, sagte er und nickte lächelnd.

Sabine lachte. Sie konnte gar nicht anders.

»Sie sollten öfter lachen«, bemerkte er. »Das Leben ist dazu da, sich daran zu erfreuen.«

»Das Leben ist aber nicht immer erfreulich«, konterte sie und trank einen Schluck von ihrem Wein.

»Touché«, sagte er.

Sabine befingerte die Kette um ihren Nacken. Die Phiole war unter ihrem Kleid verborgen und ruhte warm und sicher zwischen ihren Brüsten.

»Also stammt das Elixier von den Wassern von Atlantis«, murmelte er. »Und wenn es eine verstärkende Wirkung hat, wie Sie sagen, müsste es auch Jugend und Schönheit erhalten, denke ich. Was zweifellos der Grund ist, warum so manche es für den Quell der Jugend halten.«

Sabine beugte sich vor. »Glauben die Leute das tatsächlich?«

»Es gibt Geschichten darüber.«

Sie schüttelte den Kopf. Das war ja lächerlich. Atlantiden alterten ebenso wie andere Menschen. »Auch wenn es die Haut ein wenig glätten und dem Haar mehr Glanz verleihen mag, macht es die Leute doch nicht jünger. Es ist nichts Magisches«, erklärte sie entschieden.

»Aber wenn es eine verstär...«

»Es verstärkt nur die bereits vorhandenen Eigenschaften eines Menschen«, unterbrach sie ihn. »Es bringt nichts hervor, was vorher nicht schon da war, sondern macht schon existierende Eigenschaften größer, stärker, ausgeprägter.«

»Man könnte argumentieren, dass auch das eine Form von Magie ist«, hielt er dem entgegen.

»Nicht für mich«, entgegnete sie achselzuckend.

»Und was ist mit den Heilkräften?«, fragte er – und sein Lächeln erstarb, als er über ihre Schulter blickte.

Sabine drehte sich um und sah durch die Glasscheibe in der Tür zwei Männer. Der eine zeigte auf sie und drehte dann den Türknauf.

»Lauf weg, Sabine!«, rief Max. »Lauf!«

Spencer musste nach Cornwall zurück. Dummerweise hatte Ihre Majestät ihm jedoch buchstäblich keine freie Minute gelassen. Eine Ratsversammlung nach der anderen hatte stattgefunden. Spencer hatte wirklich Wichtigeres zu tun, als endlosen Palavern beizuwohnen, was er der Königin aber natürlich nicht sagen konnte. Für sie und alle anderen in ihrem Umfeld gab es nichts Wichtigeres.

Phinneas, dieser alte Mann, hatte ihn zum Narren gehalten. Als Spencer in das kleine Cottage des zweiten Wächters gekommen war, hatte er dort einen Schrank voller Tränke und Tonika gefunden, und daraus den Schluss gezogen, dass er den Heiler aufgespürt hatte. Und natürlich hatte er deshalb nach nichts anderem als dem Elixier gesucht.

Es war ein dummer Fehler gewesen, den er gewiss nicht gemacht hätte, wenn er nicht so in Eile gewesen wäre. Aber Ihre Hoheit verlangte neuerdings sehr viel Aufmerksamkeit, und er konnte es sich nicht leisten, durch sein Verhalten ihr Misstrauen zu wecken.

Nach Spencers Rückkehr nach London waren ihm die letzten Worte des sterbenden Wächters jedoch nicht mehr aus dem Kopf gegangen. Unsinnige Worte, hatte er zunächst gedacht, doch nun begriff er, dass es die Worte eines *Sehers* gewesen waren. Spencer hatte gewusst, dass er auch das Buch würde finden müssen, wenn er dem Seher das Elixier und das Leben nahm – das Buch, in dem die Visionen und Weissagungen des Sehers niedergeschrieben waren. Doch da er geglaubt hatte, den Heiler vor sich zu haben, hatte er nicht nach dem Buch gesucht. Obwohl er es dringend brauchte.

Sobald diese Narren also ihre endlosen Beratungen beendet hatten, würde er nach Cornwall zurückkehren.

Man war ihnen gefolgt. Oder besser gesagt, Sabine wurde *ver*folgt. Max hielt ihre Hand ganz fest in seiner, als sie die Tür des Waggons hinter sich zuzogen. Auf ihrem gefährlichen Platz zwischen zwei Waggons wurden sie kräftig durchgeschüttelt, während der Zug über die Schienen ratterte.

»Sei vorsichtig, wenn du hinübergehst«, warnte Max, als der Zug eine Biegung nach links machte und das Verbindungsstück zwischen den Wagen sich mit verbog. Max überquerte es mit einem Satz und erreichte die andere Seite. Die Männer waren jetzt schon in ihrem Waggon und kamen direkt auf die Tür hinter Sabine zu. »Beeil dich, Sabine!«

Sie warf einen Blick über die Schulter und dann zu Max. Mit einer einzigen geschmeidigen Bewegung sprang auch sie über das Verbindungsstück.

»Wer sind diese Männer?«, fragte sie.

»Die Einbrecher, die in deinem Laden waren.«

Schnell öffnete Max die Tür des nächsten Waggons, und sie flüchteten sich hinein. Es war ein Erste-Klasse-Wagen wie ihr eigener, nur dass dieser hier voller Fahrgäste war.

»Entschuldigen Sie bitte«, sagte Max, als er Sabine auf dem Gang hinter sich herzog.

Gleich darauf befanden sie sich wieder zwischen zwei Waggons. Und die Männer waren nicht weit hinter ihnen.

»Wir müssen ein Versteck finden«, sagte Sabine. »Irgendwann ist der Zug zu Ende.«

»Das ist mir klar.«

Als Nächstes fanden sie sich im Speisewagen wieder, in dem es nach Fleischpasteten duftete.

»Einen Tisch für die Herrschaften?«, fragte eine mollige Bedienung und wischte sich die Hände an ihrer weißen Schürze ab, bevor sie auf einen leeren Tisch wies. »Das ist einer unserer besten«, erklärte sie mit einem Lächeln.

»Vielleicht später«, sagte Max.

Kalter Wind schlug ihm entgegen, als er wieder ins Freie trat. Er überquerte die Schwelle und streckte Sabine dann die Hand hin. Ihr Fuß glitt aus, und fast wäre sie gefallen, aber Max konnte sie noch auffangen und an sich ziehen.

»Ich habe dich«, sagte er.

Die Tür des Speisewagens öffnete sich wieder. »Haben wir euch also doch gekriegt«, sagte einer der Männer mit einem hässlichen Grinsen.

Max versetzte dem Kerl einen Kinnhaken, der ihn zurücktaumeln ließ, und stürmte mit Sabine in den Waggon vor ihnen, der sich als Gepäckwagen herausstellte. Reisetruhen und Koffer umgaben sie, erschwerten ihnen das Vorankommen.

»Sie sind direkt hinter uns«, sagte Sabine mit vor Furcht schriller Stimme.

»Ich überlege gerade …« Max zog eine besonders große Truhe vor die Tür, um sie zu blockieren. Das würde die Ganoven nicht lange aufhalten, aber ihnen selbst zumindest einen kleinen Vorsprung geben. Zum Glück war die Waggontür ohne Fenster, sodass die Männer nicht jeden ihrer Schritte mitbekamen.

»Max, hier herein!«, flüsterte Sabine.

Er drehte sich um und sah, dass sie auf einen Schrank zeigte. Als sie die Türen öffnete, quollen ihr Kleider in jeder nur erdenklichen Farbe entgegen.

Die Waggontür erbebte, als die Verfolger sie einzutreten versuchten.

»Geh in den Schrank und versteck dich hinter den Kleidern«, flüsterte Max und gab Sabine die Pistole, die in seinem hinteren Hosenbund gesteckt hatte. »Benutz sie, wenn es sein muss.«

»Wo willst du hin?«

»Ich bin gleich wieder bei dir. Ich muss nur schnell dafür sorgen, dass unsere Freunde uns woanders suchen.« Er schenkte ihr ein beruhigendes Lächeln und ging dann auf die gegenüberliegende Tür zu. Er öffnete sie einen Spalt breit, um den Anschein zu erwecken, sie wären durch diese Tür in den nächsten Waggon geflohen, dann kehrte er zu Sabine zurück. Auf dem Weg zu ihr verschob er Schrankkoffer und Kisten, um den Weg, den er genommen hatte, zu blockieren. Er hoffte, auf diese Weise zu verhindern, dass die Männer sahen, wo Sabine und er sich verbargen.

Die Tür zum Waggon wurde ein Stück weit aufgedrückt. »Irgendwas blockiert die Tür«, rief einer der Männer.

Max eilte zum Schrank, stieg hinein, zog dessen Tür zu, und alles um sie herum wurde dunkel.

Er spürte Sabines Hand an seinem Arm und bahnte sich einen Weg durch die eleganten Kleider zum hinteren Teil des Schranks, in dem sie sich verbarg. Sie umklammerte seine Hand, und dann standen sie, verborgen zwischen Spitze, Samt und Seide, Seite an Seite und lauschten.

Den Männern war es gelungen, die blockierte Waggontür zu öffnen.

»Wir werden sie finden. Sie können sich nicht ewig in diesem Zug verstecken«, sagte einer von ihnen.

Sabine hielt den Atem an. Sie und Max standen völlig reglos da.

Die Ganoven bewegten sich durch den Gepäckwagen und schoben dabei Truhen und Gepäckstücke aus dem Weg. Max konnte nichts sehen, aber er hörte Sabines flache Atemzüge an seinem Ohr und spürte die Wärme ihres Körpers. Ihre Brust presste sich an seinen Arm, und am liebsten hätte er Sabine an sich gezogen. Ein fast schmerzhaftes Verlangen erfasste ihn.

Die Truhe vor dem Schrank wurde scharrend über den Fußboden geschoben. Max hielt die Schranktür fest. Leise und mit größter Vorsicht schob er den inneren Riegel vor und hoffte, dass er ihn wieder würde öffnen können und sie nicht hier drinnen festsaßen, bis die Besitzer kamen, ihre Kleider abzuholen.

Jemand zog an der Tür, und sie klapperte in ihrem Rahmen. »Sie ist verschlossen«, sagte einer der Männer.

»In diesem Waggon sind sie nicht«, meinte ein anderer. »Gehen wir zum nächsten.«

Die Außentür des Waggons wurde geöffnet und wieder geschlossen. Obwohl Max nicht glaubte, dass die Männer schlau genug waren, um ihnen eine Falle zu stellen, wollte er diese Möglichkeit doch nicht ganz ausschließen.

»Alles in Ordnung?«, flüsterte er Sabine ins Ohr.

Sie nickte. »Es ist nur heiß hier drinnen«, raunte sie.

Die Luft war stickig, das ließ sich nicht bestreiten. »Nur noch ein paar Minuten.«

»Und dann?«, fragte sie.

»Ich werde mir etwas einfallen lassen.«

Max wusste nicht, wie lange sie sich in dem Schrank versteckten. Sabines Atemzüge kamen kurz und flach, und der Sauerstoffmangel machte auch Max zu schaffen. Schließlich zog er an dem Riegel, um den Schrank zu öffnen, aber das verdammte Ding rührte sich nicht von der Stelle.

»Was ist?«, fragte Sabine.

»Der Riegel klemmt.«

»Sind wir jetzt hier drinnen eingesperrt? Für weiß Gott wie viele Stunden noch?«, fragte sie.

»Ich kriege ihn schon irgendwie auf.«

»Stimmt, du hast ja ein Talent zum Schlösserknacken, richtig?«, bemerkte sie.

Er hätte schwören können, dass Belustigung in ihrer Stimme lag. »Ich hatte hin und wieder Gelegenheit, ein Schloss ohne einen Schlüssel zu öffnen.« Er nahm ein Geldstück aus seiner Tasche und versuchte, den Riegel damit zu lockern. Es erforderte einige Mühe, aber irgendwann gelang es ihm, das verflixte Ding wieder zurückzuziehen.

Langsam öffnete er eine der beiden Türen. Sofort strömte kühlere Luft herein, und Max atmete tief durch. Als er vorsichtig um die Tür herumspähte, war keiner der Männer mehr zu sehen.

»Ich glaube, wir sind sicher. Vorläufig.« Nachdem er Sabine aus dem Schrank geholfen hatte, verließen sie den Gepäckwagen durch die Tür, durch die sie gekommen waren, und gingen durch den Speisewagen und die anderen Waggons zurück zu ihrem eigenen Waggon.

»Hier können wir nicht bleiben«, sagte Sabine. »Wir haben noch einige Stunden Fahrt vor uns.«

»Komm mit.« Durch die Tür auf der anderen Seite verließen sie ihren Waggon und wechselten in den davor. Es war ein Wagen mit zwölf Abteilen und einem, das ein Schlafwagenabteil zu sein schien. Max klopfte an die Wand neben der von Vorhängen verhüllten Kabine. Der Vorhang bewegte sich, und ein junger Mann trat auf den Gang.

»Was gibt's?«, fragte er. Ein anderer, ein paar Jahre jüngerer Bursche, sprang von dem oberen Bett herab.

»Der Wagen vor diesem ist leer; ich habe den ganzen Waggon bezahlt«, sagte Max. »Meine Begleiterin fühlt sich nicht wohl und würde sich gerne hinlegen.« Er zog zwei Geldscheine aus seiner Rocktasche. »Könnten wir mit Ihnen tauschen? Natürlich entschädige ich Sie für Ihre Unannehmlichkeiten.«

Der ältere Junge lächelte und drehte sich fragend zu seinem Bruder um. Beide nickten, der Junge griff nach den Scheinen in Max' Hand, und sie nahmen ihre Sachen und verschwanden ohne ein weiteres Wort aus dem Abteil.

Max hielt Sabine den Vorhang auf und zog ihn wieder zu, sowie sie sich in das Schlafwagenabteil zurückgezogen hatten.

»Glaubst du, wir sind hier drinnen sicher?«, fragte sie und setzte sich auf den Rand eines der unteren Etagenbetten. Sie musste sich ein wenig vorbeugen, um sich nicht den Kopf an dem darüber zu stoßen.

»Es sind noch mehr Leute in diesem Waggon«, sagte Max. »Ich halte es für unwahrscheinlich, dass sie uns hier suchen werden.« Er war zwar nicht ganz sicher, dass das zutraf, aber er wollte Sabine etwas von ihrer Besorgnis nehmen.

»Sie müssen mir gefolgt sein«, sagte sie. Plötzlich riss sie entsetzt die Augen auf. »Meine Tanten! Was, wenn wieder Einbrecher in den Laden eingedrungen sind? Ich weiß, dass meine Tanten nachts bei dir zu Hause sicher sind, aber tagsüber? Daran hatte ich nicht einmal gedacht ...« Sie verstummte und ließ den Kopf in die Hände sinken.

Max setzte sich neben sie. »Ich habe ein paar Freunde gebeten, sie zu beschützen, solange wir unterwegs sind«, sagte er. »Deine Tanten werden sicher sein.«

Sie sah ihn an. »Ich weiß nicht, was ich sagen soll.«

»Ich glaube, das Übliche wäre einfach ›Danke schön‹.«

Aber sie sagte nichts, sondern beugte sich unerwartet vor und küsste ihn. Wahrscheinlich hätte er die Situation nicht ausnutzen sollen. Sabine hatte einiges durchgemacht. Aber er war nie ein großer Gentleman gewesen, und sie fühlte sich verdammt gut an, so nah neben ihm. Max schob die Hand unter ihr seidiges Haar und zog sie an sich. Als er den Kuss vertiefte, öffneten sich ihre Lippen unter seinen, und ihre Zungen berührten sich.

Pure, unverfälschte Lust durchzuckte ihn.

Ohne den Kuss zu unterbrechen, zog er sie mit sich auf das schmale Bett hinab, dessen Sprungfedern unter ihrem Gewicht ächzten. Noch immer küssten sie sich, noch heißer, eindringlicher und fordernder. Sabines Finger gruben sich in seinen Arm, und sie gab kleine, sinnliche, aufreizende Laute von sich.

Sie machte ihn wild. Ihre Berührung, ihr Geschmack, das Gefühl ihres weichen, nachgiebigen Körpers unter seinem ...

Max löste seine Lippen von den ihren und küsste ihren Nacken, küsste diese entzückende Stelle, die ihn schon in der Nacht ihrer ersten Begegnung fasziniert hatte. Ihr Puls raste unter seinen Lippen, und sie stöhnte wieder auf.

Sabine trug ein schlichtes Reisekleid aus brauner Wolle, das nichts dazu beitrug, ihre Kurven zu betonen, doch sowie Max sie berührte, war der weiche Stoff so gut wie keine Barriere zwischen seinem Körper und ihrem. Und sie trug, wie er überrascht und zu seiner Freude feststellte, kein Korsett. Als er eine ihrer Brüste umfasste, spürte er deren harte kleine Knospe zwischen seinen Fingern.

Sabine bog sich verlangend seiner Hand entgegen.

Max küsste sie wieder, während er eine Hand unter ihren Rücken schob und sie noch fester an sich presste. Sie begehrte ihn, das spürte er. Ihre Haut war heiß und seidig glatt unter seinen Fingern, als er sanft mit einer Hand an ihrem Bein hinaufglitt.

Während er mit einer Hand die empfindsame Haut an ihren Kniekehlen streichelte und spielerisch an ihrem Ohrläppchen knabberte, schob er die andere Hand unter ihre Röcke. Als er sie zwischen den Schenkeln berührte, stöhnte Sabine verlangend auf und bog sich seiner Hand entgegen. Sein eigenes sinnliches Begehren durchströmte ihn heiß und löste ein scharfes Ziehen in seinen Lenden aus.

Verdammt, aber er begehrte sie wie keine andere Frau zuvor.

Seine suchenden Finger fanden die Öffnung ihrer Unterhose. Sabine war heiß und feucht und bebte vor Verlangen, als er für einen flüchtigen Moment ihren empfindsamsten Punkt berührte. Ihr leises Stöhnen ermutigte Max, seine erotische Forschungsreise fortzusetzen.

Sanft drang er mit einem Finger in sie ein und begann, ihn in einem sinnlichen Rhythmus zu bewegen. Wonnevolle Schauer rannen durch ihren Körper, als er die pochende kleine Knospe im Zentrum ihrer Weiblichkeit fand und sie mit kreisenden Bewegungen umspielte. Sabines Lippen teilten sich, und mit geschlossenen Augen bog sie sich seiner Hand entgegen.

Immer näher führte er sie an den Gipfel und zog sich dann zurück. Sie war faszinierend zu beobachten. Zweifellos war sie die leidenschaftlichste Frau, die er je berührt hatte, und er sehnte sich danach, sie zu besitzen. Er küsste sie heiß und fordernd und lehnte sich dann zurück, um ihr Gesicht zu sehen, wenn sie den Gipfel der Ekstase erreichte.

Er hatte seine erotischen Liebkosungen kaum wiederaufgenommen, als Sabine sich aufbäumte. Max spürte ihr Pulsieren an seinem Finger, als eine Flut wonnevoller Empfindungen sie überrollte. »Ja«, flüsterte sie. »Ja.«

Bevor das lustvolle Beben in Sabine nachließ, knöpfte Max mit einer raschen Bewegung seine Hose auf und drang mit einer kraftvollen Bewegung in sie ein. Sie sog heftig den Atem ein und öffnete die Augen. Max verlor sich in deren bernsteinfarbenen Tiefen, als er noch tiefer in Sabine stieß. Gott, fühlte sie sich gut an! So heiß und feucht und eng …

Und da erreichte sie zum zweiten Mal den Höhepunkt, und während sie ekstatisch erschauerte, beschleunigte Max seinen Rhythmus, stieß noch heftiger und tiefer zu, bis seine eigene Lust ihn übermannte und er mit einem rauen Schrei auf ihr zusammenbrach.

Sabine lauschte Max' gleichmäßigen Atemzügen, als er neben ihr auf der schmalen Pritsche lag. Sie spürte immer noch die Nachwirkungen ihrer leidenschaftlichen Vereinigung. Ein Erschauern durchlief sie, wann immer sie die Augen schloss und sich die berauschenden Empfindungen ihres intimen Zusammenseins in Erinnerung rief.

Sie hatte gedacht, sie könnte sich ein kleines Abenteuer mit Max gönnen. Eine kurze Affäre mit ihm haben und dann wieder zu ihrem Leben zurückkehren, wie es gewesen war, bevor sie ihm begegnet war. Aber das hier … Sein Arm glitt unter ihre Taille und zog sie an ihn, und sie schloss die Augen und kostete das Gefühl seines warmen Atems an ihrem Nacken aus. Hier so mit ihm zu liegen, ließ sie sich unwillkürlich fragen, wie es wohl wäre, immer so zu leben. Tag für Tag in den Armen eines Mannes aufzuwachen, den man liebte …

Natürlich liebte sie Max nicht, denn sie kannte ihn ja kaum.

Und dennoch war heute etwas Machtvolles zwischen ihnen geschehen, etwas, das sie noch nie zuvor erlebt hatte. Sie konnte vielleicht so tun, als sei Max nicht die Art von Mann, in den sie sich verlieben könnte ... aber hatte der heutige Tag ihr nicht das Gegenteil bewiesen?

Und was war mit der Tatsache, dass er Engländer und sie Atlantidin war? Das spielte eine Rolle. Eine große Rolle. Natürlich hatten einige Atlantiden ihre Dörfer verlassen und sich der Lebensweise der Engländer angepasst. Aber sie war die Tochter einer Wächterin; das *müsste* eine Rolle spielen.

Oh ja, sie musste sich ihren Verstand bewahren, weil sie nicht nur ihr Herz, sondern auch die Enthüllung der Familiengeheimnisse riskierte.

Kapitel neun

Einige Stunden später trafen Sabine und Max in Cornwall ein. Für den Rest der Zugfahrt hatten sie sich erfolgreich vor ihren Verfolgern versteckt, und nun stiegen sie mit dem Strom der anderen Fahrgäste aus ihrem Waggon und hofften, dass sie zwischen ihnen nicht auffallen würden. Bislang hatten sie ihre Verfolger nicht wiedergesehen.

Max mietete eine Droschke für den Weg zu der Adresse, die Lydia ihnen aufgeschrieben hatte. Die Adresse, wo Phinneas, der Wächter, lebte. In den zurückliegenden Stunden hatte Sabine Max erzählt, dass während des Großen Kriegs drei Schiffe mit Flüchtlingen Atlantis verlassen hatten und jedes von einem Wächter begleitet worden war. In der Aufregung und dem Durcheinander des Aufbruchs waren die drei Schiffe jedoch getrennt worden, und jedes war an einem anderen Ort in Großbritannien gelandet. Es hatte viele Generationen gedauert, bis alle Atlantiden einander wiedergefunden hatten, und seitdem hielten die Ältesten die Verbindung zwischen den Gruppen aufrecht.

Die Kutschfahrt vom Bahnhof zu Phinneas' Haus dauerte nicht lange, weil er in der Nähe der Stadt lebte. Das Dorf war klein und verfügte nur über einen Schusterladen, einen Gasthof und eine Taverne sowie einige in der Hügellandschaft verstreut liegende Cottages.

Max wartete immer noch darauf, dass Sabine ansprach, was während der Zugreise geschehen war, doch bisher hatte sie ihr kleines Zwischenspiel mit keinem Wort erwähnt, was ihm eigentlich auch ganz recht war. Sie war schließlich nicht mehr als eine köstliche Zerstreuung. Er wollte nicht lügen; es war bemerkenswert schön gewesen mit ihr, und er würde einen Weg finden, sie wieder in sein Bett zu kriegen.

Als der Wagen hielt, stieg Max aus und half dann Sabine aus der Kutsche. Als sie sich dem kleinen, strohgedeckten Cottage näherten, sträubten sich ihm die Nackenhaare. Die Tür, obwohl geschlossen, hing nur noch in einer Angel. Es war ein hübsches kleines Haus mit farbenfrohen Blumen rings herum. Aber das heitere, gastfreundliche Äußere konnte nicht Max' ungutes Gefühl dämpfen. Hier stimmte etwas nicht.

Sie gingen den Pfad zur Eingangstür hinauf, und als Max anklopfte, schwang die Tür knarrend auf.

Phinneas' Haus war durchsucht worden. Umgekippte Stühle lagen vor dem Kamin, und der Inhalt der Schränke lag in Scherben auf dem Boden.

»Phinneas?«, rief Sabine mit zitternder Stimme.

Keine Antwort.

Sie tat einen unsicheren Atemzug.

»Wir müssen uns umsehen«, sagte Max, um sie zu beruhigen. »Vielleicht ist er ja draußen.«

Im Erdgeschoss war keine Spur von ihm, und deshalb stiegen sie zusammen in den ersten Stock hinauf. Auch dort fanden sie nichts als ein kleines Schlafzimmer mit einem Bett, einer Waschschüssel, einer Kommode und einem Schrank. Phinneas führte ein einfaches, aber scheinbar auch sehr einsames Leben.

»Er ist nicht hier«, sagte Sabine. »Vielleicht hat er Madigans Brief erhalten und ist geflohen.«

Vielleicht. Aber Max hatte seine Zweifel. Sie stiegen die Treppe wieder hinunter, verließen das Cottage durch die Hintertür und gingen in den Garten.

Wieder rief Sabine nach Phinneas, und wieder erhielt sie keine Antwort.

Sie begaben sich tiefer in einen Garten mit noch mehr blühenden Pflanzen, in dem aber auch Gemüse angepflanzt war. Er war sehr gepflegt und von einem ordentlichen Zaun umgeben.

Ein Stück weit vor ihnen schauten zwei abgetragene Stiefel hinter einem großen Baum hervor, und es sah so aus, als trüge ihr Besitzer sie noch an den Füßen. Max streckte einen Arm aus, um Sabine am Weitergehen zu hindern. »Warte hier«, sagte er und ging auf den Baum zu, um nachzusehen.

Natürlich ignorierte Sabine seine Anweisung und blieb dicht hinter ihm. Auf dem Boden hinter dem Baum lag in der Tat ein Mann … Der Leichnam lag in grotesk verdrehter Haltung da, als hätten alle Muskeln des Mannes sich in den letzten Momenten seines Lebens gleichzeitig verkrampft und als wäre er unter furchtbaren Qualen gestorben.

»Nach der Beschreibung, die Agnes mir gegeben hat, könnte das Phinneas sein«, sagte Sabine leise.

Sie rang nach Luft, und Max drehte sie von der Leiche weg. »Es tut mir leid, Sabine«, murmelte er und hielt sie an den Schultern fest, damit sie sich nicht zu Phinneas' Leiche umdrehen konnte.

»Zwei nun schon«, murmelte sie. »Zwei Wächter sind tot.« Trotz Max' Bemühungen löste sie sich von ihm, um sich den Toten noch einmal genauer anzusehen. »Sein Gesicht ist zu genau dem gleichen Ausdruck der Qual erstarrt wie Madigans, als er starb.« Ihre Stimme brach, und sie schluckte und hörte nicht auf, das Gesicht des toten Mannes anzustarren. »Offensichtlich ist es scheußlich, wenn ein Wächter stirbt.«

Zwei Wächter waren tot. Was bedeutete, dass nur noch einer blieb. Jemand gab sich große Mühe, es so aussehen zu lassen, als hätte die Prophezeiung begonnen. Oder vielleicht gab es jemanden da draußen, der verrückt genug war, zu glauben, dass er die Prophezeiung selbst herbeiführen konnte.

»Gift«, sagte Max, weil er kein Blut und auch keine sichtbaren Verletzungen an der Leiche sah.

»Nein«, sagte Sabine.

»Dieser Madigan ... du hast gesagt, auch er sei kurz nach der Ankunft in eurem Haus gestorben«, sagte Max.

»Ja. Aber nicht an irgendeiner Wunde.«

»Das ergibt keinen Sinn für mich, Sabine«, sagte Max. »Erklär es mir.«

Sie stieß einen tiefen Seufzer aus. »Die Wächter sind auf mystische Weise mit dem Elixier verbunden, das sie hüten. Wenn das Elixier gestohlen wird oder verloren geht, haben sie eine kurze Zeitspanne, um es wiederzubeschaffen, und wenn sie es nicht tun, sterben sie.«

»Oder der Dieb könnte sie vergiftet haben.«

Eine tiefe Falte bildete sich zwischen ihren Brauen. »Nur weil man sich etwas nicht erklären kann, heißt das noch lange nicht, dass es nicht existiert«, sagte sie.

Nun, darin konnte er ihr nicht widersprechen. Es lag nicht völlig außerhalb des Bereichs der Kuriositäten, die er in seinem Leben schon gesehen hatte. Sogar die Büchse der Pandora hatte er gesehen. Und er jagte einem verlorenen Kontinent nach, seit er ein Junge war. Und hier hielt er zwar Gift für durchaus möglich, aber er durfte auch nicht das Mystische ignorieren.

»Was ist das?«, fragte Sabine und zeigte auf die Hand des Toten.

Irgendetwas steckte in seiner Faust. Max kniete sich auf die kalte Erde und löste es vorsichtig aus Phinneas Griff. »Papier«, sagte er und strich das Blatt behutsam glatt. Die Schrift war krakelig, nahezu unleserlich, aber nach einer Weile konnte

Max sagen, was auf dem Papierfetzen stand. »›Es hat begonnen‹«, las er vor und schaute dann Sabine an. »Er muss seine letzten Momente damit verbracht haben, diese Worte zu schreiben.« Max schüttelte den Kopf. »Nichts von alledem ergibt einen Sinn. Ich habe immer angenommen, die Prophezeiung bezöge sich auf den Untergang von Atlantis.«

»Nein, das tut sie nicht. Sie ist eine Warnung. Der letzte Rest der Anleitung durch die Ältesten unserer Kultur. Ihr letzter Versuch, uns zu beschützen.« Sie sah Max an. »Und wenn ich keine Möglichkeit finde, die Sache zu beenden, wird der Auserwählte einen Weg finden, uns alle zu vernichten, Atlantider wie Engländer.«

Max hielt es für unwahrscheinlich, dass eine einzelne Person die Zerstörung einer modernen Zivilisation wie der Großbritanniens herbeiführen könnte. Andererseits hatte diese eine Person es aber geschafft, fünf der hochrangigsten und hochdekoriertesten Offiziere des Landes zu ermorden. Max wäre ein Narr, das zu unterschätzen.

Sabine schloss die Augen und wiederholte die Worte der Prophezeiung: *»Die sieben Ringe von Atlantis werden durch Feuer und Stahl fallen und den Weg für die Armee des Einen öffnen. Imperien werden zusammenbrechen und Kronen werden schmelzen. Die drei werden ihr Blut verlieren, wenn die Taube nicht die Rettung bringen kann.«*

Sie war schön. Als sie mit geschlossenen Augen dastand und leise die uralten Worte rezitierte, raubte ihr Anblick Max schier den Atem. Er wünschte, sie ließe sich für mehr als eine Minute von ihm trösten, wobei die Tatsache, dass dieser Gedanke ihm überhaupt kam, ihn stutzen ließ. Er war nicht der Typ, der Frauen tröstete, er hatte es bis jetzt immer vorgezogen, nur deren unbeschwerte, heitere Seite zu sehen. Aber er wollte verdammt sein, wenn er sich nicht endlich auf die drohende Gefahr konzentrierte statt auf die Frage, wann er wieder den Weg unter Sabines Röcke finden würde.

»Also könnten die sieben Ringe für die militärischen Führer stehen«, äußerte Sabine ihre Überlegungen.

»Oder derjenige, der sie ermordet, *glaubt* das«, sagte Max. »Und mit ›die drei‹ wären dann die Wächter gemeint, nehme ich an.«

Sabine schloss für einen Moment die Augen. »Und die Taube? Ich weiß nicht, was ich davon halten soll.«

»Du bist hergekommen, um Phinneas um Hilfe zu bitten. Vielleicht findest ein paar Antworten in seinen Sachen«, sagte Max.

»Ja«, stimmte sie ihm zu. »Das ist eine gute Idee.«

»Dann geh voraus und fang ohne mich an. Ich werde Phinneas begraben. Ich weiß, dass es keine angemessene Bestattung ist, aber wir können ihn nicht einfach hier liegen lassen.« Er sah sich in dem Garten um. »Und die Polizei zu rufen würde zu viele Fragen aufwerfen. Ich glaube, ich habe vorhin eine Schaufel an dem Cottage lehnen sehen.«

»Danke, Max. Ich weiß das wirklich sehr zu schätzen.«

Er legte ihr seine Pistole in die Hand und sah ihr beschwörend in die schönen Augen, die fragend zu ihm aufschauten. »Halt Augen und Ohren offen. Sollte irgendjemand in deine Nähe kommen, schieß auf ihn. Wer er ist, werden wir danach herausfinden.«

Fast drei Stunden waren vergangen, seit Sabine und Max Phinneas gefunden hatten. Sie hatten den letzten Zug nach London verpasst und daraufhin beschlossen, die Nacht in dem kleinen Haus zu verbringen und am nächsten Tag zurückzufahren, was ihnen auch mehr Zeit verschaffte, das Cottage zu durchsuchen. Max war im Moment in Phinneas' Schlafzimmer im ersten Stock und durchsuchte die Kommode des Toten.

Zugegebenermaßen war es ein seltsames Gefühl, die persönliche Habe eines Mannes durchzusehen, den er nie gekannt hatte.

Er hielt die Augen offen für alles, was mit Atlantis zu tun haben könnte, Prophezeiung hin oder her. Doch bisher hatte er nichts als abgetragene und zerschlissene Kleidungsstücke gefunden, Bücher über alte Philosophie, aber keine, die er noch nicht kannte, und eine große Sammlung von Bändern.

Die Bänder variierten in Länge, Breite und Farbe, waren ansonsten aber ganz normale Bänder. Max fand es seltsam, dass ein Mann so etwas sammelte, und kam zu dem Schluss, dass die Atlantiden eine mysteriöse Gruppe waren. Er dachte an Sabine und wie faszinierend er sie fand. War es nur ihre atlantidische Herkunft, die sein Interesse weckte? Oder ihre hinreißende Schönheit? Sie reizte ihn auf einer viel ursprünglicheren Ebene als jede andere Frau, die er gekannt hatte. Sie war ihm sowohl intellektuell wie auch auf körperlicher Ebene gewachsen und teilte nicht nur sein Interesse an Atlantis, sondern hatte es sogar in ihrem Blut.

Er musste noch eine Ecke des Zimmers überprüfen, dann würde er zu Sabine hinuntergehen. Sie hatte sich in der Küche umgesehen, doch da sie bisher ziemlich still gewesen war, nahm Max an, dass auch sie nichts Bemerkenswertes gefunden hatte.

Max legte die Tüte mit den Bändern in die Schublade zurück, aber dann kamen ihm Bedenken. Wieder fragte er sich, was einen Mann dazu veranlassen könnte, eine große Sammlung von etwas so Anspruchslosem wie bunten Bändern anzulegen, aber wahrscheinlich hatte eben jeder seine kleinen Ticks. Oder vielleicht hatten sie eine sentimentalere

Bedeutung. Sabines Tanten kannten Phinneas, vielleicht hatten sie ja eine Erklärung für die Sammlung. Max legte die Tüte mit den Bändern in seine Tasche und schob die Schublade wieder zu.

Der Holzboden knarrte unter seinen Schritten, als Max zu dem noch nicht überprüften Teil des Zimmers ging. Eine kleine Kommode stand in einer Ecke, darauf eine Waschschüssel und ein Wasserkrug, und im unteren Teil der Kommode befanden sich zwei Schubladen. Als Max die Kommode berührte, wackelte sie. Er bewegte sie ein paarmal, bis er schließlich feststellte, dass das rechte Vorderbein kürzer war als die anderen Beine. Er trat einen Schritt zurück, um sich vor die Kommode zu knien, und dabei entstand ein hohles Geräusch unter einem seiner Füße. Max hielt inne, trat noch einmal auf dieselbe Stelle des Bodens und hörte wieder das Geräusch. Mit dem Fuß klopfte er den Dielenboden neben der Kommode ab. Ja, hier klang das Geräusch dumpfer.

Max kniete sich hin und klopfte die Dielen mit seinen Fingerknöcheln ab. Ja, da war ein deutlicher Unterschied zwischen dem Geräusch der einen Diele und dem der anderen, die sie umgaben. Er fuhr mit den Fingern über den Rand des Bretts, bis er eine Ritze fand, in die er seinen Fingernagel schieben konnte; dort setzte er an und zog die Diele mit dem Finger in die Höhe.

Viel Platz war nicht darunter, aber die ausgehöhlte Stelle war groß genug, um eine Zigarrenkiste zu verstecken. Max zog sie heraus und fand darin ein Bündel Briefe, die alle an Phinneas adressiert waren. Schnell blätterte er sie durch und bemerkte, dass alle dieselbe Schrift aufwiesen und in Griechisch verfasst waren, aber auf keinem der Umschläge ein Absender zu finden war. Er steckte die Briefe in seine Tasche, in der sich bereits die Bänder befanden.

Als Max die leere Zigarrenkiste wieder in die Vertiefung unter dem Dielenbrett legte, passte sie merkwürdigerweise nicht mehr hinein. Er schob die Hand unter die lose Diele und tastete das Holz ab. Seine Finger berührten etwas Glattes, Weiches, und mit beträchtlicher Mühe gelang es ihm, den Gegenstand herauszuholen. Es war ein dickes, ledergebundenes Buch, geschrieben in einer Sprache, die er nicht kannte.

Er verstaute auch das Buch in seiner Tasche und legte die lose Diele an ihren Platz zurück. Dann untersuchte er den Inhalt der beiden Kommodenschubladen, fand aber nichts Interessantes.

Mit seinen Funden in der Tasche ging er zu Sabine hinunter. Sofort fragte sie ihn, ob er etwas gefunden hatte.

»Einige alte Briefe.«

»Keine aus jüngster Zeit?«, fragte sie.

»Ich habe nicht alle durchgesehen, aber ich glaube nicht. Sie scheinen jedoch alle von derselben Person zu sein. Phinneas hatte sie unter einem losen Dielenbrett versteckt.«

Es war schon lange dunkel draußen. Sabine gähnte, versuchte es aber diskret hinter ihrem Handrücken zu verbergen. Ihr Haar hatte sich aus der Spange im Nacken gelöst, und weiche Locken umrahmten ihr Gesicht.

»Oben in der Kommode habe ich saubere Bettwäsche gefunden«, bemerkte Max.

Wieder gähnte sie, und dann schenkte sie ihm ein Lächeln. »Schlafen klingt himmlisch, aber ich weiß nicht, ob ich wirklich dazu in der Lage wäre.«

»Ich habe übrigens auch ein Buch gefunden«, sagte er. »In einer Sprache, die ich nicht kenne.«

»Ein Buch? Das könnte genau das sein, was ich brauche.« Sie kam zu Max, und er zog es aus der Tasche und reichte es ihr. Ehrfürchtig strich sie mit der Hand über den abgegriffenen Ledereinband. »Das ist es. Das Buch des Sehers.«

»Des Sehers?«

»Die drei Wächter sind der Weise, der Seher und der Heiler, und jeder von ihnen verfolgt ein einzigartiges Bestreben. Der Seher war der Prophet, und in diesem Buch wurden all seine Träume, Visionen und Vorhersagen festgehalten. Nicht nur die von Phinneas, sondern auch von allen, die ihm vorangegangen sind.«

»Vielleicht finden wir darin ja etwas mehr über die Prophezeiung auf der Karte«, meinte Max.

»Nur wenn Phinneas in letzter Zeit Visionen dazu hatte. Denn dies ist das Buch, von dem ich dir erzählt habe, das früher einmal die Prophezeiung enthalten hatte, bevor diese Seiten daraus gestohlen wurden.«

»Dann können wir nur hoffen, dass Phinneas ein paar gute Träume hatte in letzter Zeit«, sagte Max und beugte sich über ihre Schulter. »Vielleicht müssen wir einen Übersetzer suchen, obwohl ich nicht weiß, wo, weil ich nicht einmal die Sprache erkenne. Sie sieht ein bisschen aus wie Griechisch, aber die Schriftzeichen sind anders.«

Sabine lächelte. »Es ist Atlantidisch.«

»Und du kannst es lesen?«

»Selbstverständlich.«

Er sah sich in der Küche um. »Hast du hier unten etwas gefunden?«, fragte er.

Sie schüttelte den Kopf. »Nichts.«

»Du hast einen langen Tag gehabt und bist offensichtlich müde. Warum legst du dich nicht hin?« Als Sabine den Kopf schüttelte, fügte er hinzu: »Du musst ja nicht schlafen, sondern kannst die Zeit nutzen, dir das Buch der Seher anzuschauen.«

Sie erlaubte ihm, sie die Treppe zu dem kleinen Schlafzimmer hinaufzuführen, wo er ihr die frische Bettwäsche gab und sich dann ein Nachtlager auf dem Boden zurechtzumachen begann. Aus der Decke, die auf einem Stuhl gelegen hatte, wurde ein flaches, wenig einladendes Bett, aber für eine Nacht würde es reichen. Und sein mehrfach gefalteter Rock ergab ein halbwegs brauchbares Kissen.

Nachdem sie ihr Bett bezogen hatte, setzte Sabine sich auf die Kante und sah sich in dem Zimmer um. »Ich wünschte, ich hätte ihn gekannt«, sagte sie wehmütig. »Mir ist, als hätte er zu meiner Familie gehört.«

Max sagte nichts. Er hatte keine Worte des Trostes, nicht einmal, wenn er es gewollt hätte. Doch dem war nicht so. Sein Wunsch von vorhin, Sabine trösten zu wollen, hatte ihn irritiert. Es fiel ihm nicht schwer, jemanden zu schockieren oder zu erheitern, und er konnte eine Frau mit wenigen Worten verführen. Aber trösten? Nein, das war nichts für ihn. Der Impuls, sie zu trösten, war ein zu heikles Gefühl. Und viel zu nahe an etwas sehr viel Tiefergehendem.

Er konnte nicht riskieren, Sabine zu nahe an sich heranzulassen, durfte ihr nicht erlauben, an jenen Teil in ihm zu rühren, den er schon vor langer Zeit begraben hatte. Er wusste nur zu gut, wie weh es tat, jemanden zu verlieren, den man liebte.

Er konnte sie verführen, das ja. Er wusste, dass sie auf seine Berührung reagieren würde, und es wäre eine Lüge zu behaupten, er begehrte sie nicht. Aber sie jetzt in den Arm zu nehmen oder zu küssen, könnte als Mitleid missverstanden werden. Nein, was er brauchte, war ein bisschen Schlaf.

Mit diesem Gedanken streifte er sein Hemd ab und warf es auf den Stuhl, zog Strümpfe und Stiefel aus und legte sich auf sein hartes Nachtlager auf dem Boden. Doch selbst hundemüde, wie er war, war er sich Sabines Nähe nur allzu gut bewusst und begann sich vorzustellen, wie sie ihn zu sich ins Bett winkte. *Verdammt!*

Er verschränkte die Arme hinter dem Kopf und starrte die Zimmerdecke an. Das Rascheln der Buchseiten, wenn Sabine eine Seite umblätterte, war das einzige Geräusch im Zimmer.

Nach etwa einer Stunde drehte Max sich auf die Seite. Sabine saß mit untergeschlagenen Beinen auf dem Bett und las im schwachen Licht der schon fast ganz heruntergebrannten Kerze neben ihr. Ihre Lippen bewegten sich beim Lesen.

»Die Kerze wird gleich verlöschen«, sagte er.

Sabine schrak zusammen, als sie seine Stimme hörte, und warf einen Blick auf die Kerze. »Du hast recht.«

»Schon was gefunden?«

»Noch nicht.« Sie legte das Buch neben die Kerze und seufzte schwer.

»Gute Nacht, Sabine«, sagte er.

»Gute Nacht.« Sie spitzte ihre Lippen und blies die Kerze aus, sodass es fast vollständig dunkel war im Zimmer. Schwaches Mondlicht fiel durch das Fenster und zeichnete Schatten auf den Boden. Max blieb auf der Seite liegen und beobachtete Sabine, als sie hinter sich griff, um ihr Kleid zu öffnen. Als sie den leichten Wollstoff abgestreift hatte, setzte sie sich wieder hin, um ihre Strümpfe auszuziehen. Obwohl Max kaum etwas sehen konnte, genügten der schlanke Umriss ihres Beins und die Silhouette ihres wohlgeformten Körpers, um sein Blut in Wallung zu bringen und eine jähe Lust in ihm zu wecken. Dieses schlichte Bild war erotischer als der splitternackte Körper jeder Frau, mit der er je zusammen gewesen war. Seine Fantasie konnte die restlichen Details hinzufügen – die warme olivfarbene Haut, die sanfte Kurve ihrer Wade bis hinab zu ihrem zarten Knöchel ... Ja, er konnte sich jeden Zentimeter von ihr vorstellen.

☆ ☆ ☆

Der Mond schien durch die verschlissenen Gardinen an dem kleinen Fenster in Phinneas' Schlafzimmer. Sabine war müde gewesen, als Max in die Küche gekommen war, wirklich müde, aber nach der Entdeckung von Phinneas' Buch war an Schlaf nicht mehr zu denken gewesen. Sie hatte gelesen, so viel sie konnte, vielem aber keinen Sinn entnehmen können. Und dann war da noch der Brief, den sie in einem der Sofakissen gefunden hatte.

Sabine lag einige Minuten reglos da und lauschte. Sie wollte sichergehen, dass Max schlief, bevor sie in die Küche hinunterschlich, um den Brief zu lesen, von dem sie Max nichts gesagt hatte. Anscheinend war Phinneas gerade dabei gewesen, ihn zu schreiben, als er gestört worden war. Vielleicht von seinem Mörder. Jedenfalls hatte Phinneas den Brief versteckt, was darauf schließen ließ, dass er heikle Informationen enthalten könnte, wie möglicherweise die Identität des dritten Wächters. Sabine musste das in Erfahrung bringen, bevor sie mit Max darüber sprach.

Sie hatte nichts an den Füßen und trug nur ihren Unterrock. Ohne die Decke, die sie im Bett gewärmt hatte, bekam sie eine Gänsehaut von der kühlen Nachtluft, die durch die offenen Fenster hereinströmte.

Sie hielt kurz inne, um ihre Augen an die Dunkelheit zu gewöhnen. Max' ruhige Atemzüge auf seinem Nachtlager auf dem Boden verrieten ihr, dass er schlief. Sie blieb einen Moment vor ihm stehen, und ihr Blick glitt bewundernd über seine nackte Brust. Dann schlich sie so leise, wie sie konnte, auf Zehenspitzen an seiner schlafenden Gestalt vorbei und stahl sich ebenso lautlos die dunkle Treppe hinunter. In der Küche zündete sie eine Kerze an, deren sanfter Schein den kleinen Raum erhellte.

Sie schickte sich gerade an, den Brief aus der Mehldose zu nehmen, in der sie ihn am Abend versteckt hatte, als sie die Treppen knarren hörte. Mitten in der Bewegung hielt Sabine inne.

»Was suchst du?«, fragte Max, dessen Stimme im Halbdunkel des Zimmers noch tiefer und verführerischer klang als sonst.

Sabines Herz pochte wie verrückt. Sie holte tief Luft, als ein starkes Schuldgefühl sie beschlich. Max hatte einen ganzen Stapel Briefe sowie Phinneas' Buch gefunden und ihr beide Funde übergeben.

Niemand durfte wissen, dass Agnes' der dritte – und letzte – Wächter war, und Sabine hatte Max schon weit mehr anvertraut, als sie es hätte dürfen. Aber *dieses* Geheimnis musste sie für sich behalten, und bis sie sicher sein konnte, dass es in dem Brief nicht erwähnt wurde, konnte sie ihn Max nicht zeigen.

Bevor sie sich zu ihm umdrehte, klopfte sie das Mehl von ihrer Hand und steckte den Brief verstohlen in das Mieder ihres Unterkleids. »Nichts«, sagte sie, um seine Frage zu beantworten.

Sabine wandte sich um und sah seinen brennenden Blick über sie gleiten. Sie wusste, dass er mehr von ihren Kurven sah, als gut für sie beide war, dass er sie abschätzte und sie begehrte. Erinnerungen an seine Hände auf ihrem Körper, seinem Mund auf ihrem überfluteten sie. Sie begehrte ihn, aber ihr war auch bewusst, dass sie, was Max anging, mit dem Feuer spielte.

Andererseits würde sein Verlangen nach ihr die perfekte Ablenkung sein und ihr eine Chance geben, aus der Küche herauszukommen, ohne dass er den Brief entdeckte. Langsam ging sie auf Max zu und rief sich alles in Erinnerung, was Agnes ihr über Männer gesagt hatte. Sie waren leicht zu manipulieren und in den Griff zu bekommen, wenn man die richtige Berührung, den perfekten Ton anwandte. Sie hatte das bei Max schon während des Pokerspiels gesehen. Als sie sich an den Tisch gesetzt hatte, war er so abgelenkt von ihr gewesen, dass er mehr als eine Runde verloren hatte. Und deshalb entspannte sie sich ganz bewusst und rief sich den Grund ihres Hierseins und ihre Verpflichtung ihrer Familie gegenüber in Erinnerung.

Mit einem Finger strich sie über seine nackte Brust und bemühte sich, nicht zu fühlen, wie fest und muskulös sein Oberkörper war. Als seine Muskeln sich unter ihrer Berührung anspannten, hätte sie am liebsten beide Hände auf seine Brust gelegt, um jeden Zentimeter dieser harten, durchtrainierten Muskeln zu erkunden.

»Ich konnte nicht schlafen und wollte sehen, ob es hier irgendetwas zu essen gibt«, sagte sie. »Ich hatte plötzlich Hunger.«

»Und?«, fragte er und sah sie mit seinen stahlblauen Augen an. »Hast du etwas … Appetitanregendes gefunden?«

Sabine erlaubte es sich, ihren Blick langsam bis zu seiner Taille hinabgleiten zu lassen. Sein Bauch war flach und so perfekt wie der einer griechischen Statue. Sie schluckte, als sie einen trockenen Mund bekam, und sah ihm wieder in die Augen. »Leider nicht.«

»Bist du sicher?« Er trat dicht vor sie und senkte seinen Kopf an ihr Ohr. Sein heißer Atem brachte ihr Herz wie wild zum Klopfen und verursachte ihr eine Gänsehaut.

Und weil sie nicht wusste, ob er nur ihre Flirtversuche erwiderte oder ob er Verdacht geschöpft hatte, tat sie das Einzige, was ihr einfiel, um ihn von weiteren Fragen abzuhalten: Sie stellte sich auf die Zehenspitzen und küsste ihn.

Seine sanften Lippen reagierten augenblicklich, als sie sich an ihn schmiegte und ihn so leidenschaftlich küsste, als hätte sie die ganze Zeit nichts anderes im Sinn gehabt. Aber ihn abzulenken war der einzige Grund für diesen Kuss, versuchte sie sich einzureden. Und es war auch der einzige Grund, aus dem sie ihre Hand in sein Haar schob, das überraschend weich war.

Nein, sie genoss es nicht, wie seine warmen Hände ihre nackten Arme umfassten. Und sie genoss es auch nicht, wie heiß sein Kuss war, als seine Zunge zwischen ihre Lippen glitt und ihre zu einem aufreizenden Spiel einlud. Und erst recht nicht genoss sie die versengende Hitze, die in ihr aufstieg und ihre Brüste seltsam schwer werden ließ und alles in ihr zum Kribbeln brachte.

Ein heißer, sinnlicher Schauer durchlief sie, als ihre Zungen sich zu einem erotischen Spiel vereinten und ihre harten kleinen Brustspitzen sich ihm vor Verlangen geradezu entgegenreckten. Sie verlor die Kontrolle über die Situation und über sich selbst. Ihn zu küssen war nicht das Ziel, sondern das Mittel, ermahnte Sabine sich. Aber ihr Körper wollte nicht hören. Ihr Körper wollte, dass sie ihre Beine um Max schlang und sich gleich hier in der Küche von ihm lieben ließ.

Seine Lippen glitten zu ihrem Ohr, dann zu ihrem Hals hinunter. Mit einer Hand umfasste er ihre Brust, und Sabine bog sich ihm entgegen.

Ja. Sie wollte das. Sie wollte ihn.

»Du bist wunderschön«, flüsterte er an ihrem Haar. »Exquisit.«

Es war nicht die erste Schmeichelei, die sie in ihrem Leben hörte, aber aus seinem Munde schienen die Worte sie mitten ins Herz zu treffen, als würde ihr zum allerersten Mal gesagt, wie hübsch sie war.

Aber es *war* nicht das erste Mal, und Max war nur ein erfahrener Charmeur, der mit ihr spielte. Doch sosehr sie das dazu hätte bringen müssen, sich von ihm zu lösen, rührte sie sich nicht vom Fleck.

Doch dann unterbrach er plötzlich seinen Kuss, legte einen Finger an ihre Lippen, um sie vom Sprechen abzuhalten, und löschte die Kerze. Als sie im Dunkeln standen, hörte auch Sabine das Geräusch, das Max' Aufmerksamkeit erregt hatte. Jemand war an der Vordertür.

Kapitel zehn

Zusammen schlichen sie zur Hintertür. »Schneller«, raunte Max. Sie hatten die Tür schon fast erreicht, als Sabine stehen blieb.

»Die Briefe«, flüsterte sie. »Sie sind noch oben.«

Max fluchte. Wieder einmal gab er ihr seine Pistole. »Geh hinaus und warte dort auf mich.«

Sabine schlüpfte aus der Hintertür, und er schloss sie hinter ihr. Dann ging er leise die Treppe hinauf und holte seine Tasche, in der sich die Briefe befanden. Schnell steckte er noch das Buch dazu und hängte sich die Tasche über die Schulter. Es war nicht zu sagen, wer an der Haustür war, aber wenn es die Männer aus dem Zug waren, würden sie bewaffnet und in der Überzahl sein.

Er hörte die Haustür aufgehen, während er noch oben war. Jetzt saß er fest, ohne Ausweg. Das Fenster im ersten Stock war viel zu schmal für einen Mann von seiner Größe. Und jetzt die Treppe hinunterzugehen wäre äußerst unklug. Max sah sich in dem Zimmer nach irgendetwas um, das ihm als Waffe dienen konnte.

Die Treppe knarrte. Max schnappte sich das Einzige, was er finden konnte, den schweren Kerzenleuchter vom Nachttisch, und verbarg sich hinter der Tür, um dort auf den Eindringling zu warten. Die Silhouette eines Mannes erschien im Zimmer, und Max schlug ihm das schwere Metall über den Kopf. Der Leuchter fiel klappernd auf den Boden, und der Mann stöhnte vor Schmerz.

Max sprang die kurze Treppe hinunter und war kaum auf dem Boden aufgekommen, als der Mann ihn von hinten ansprang. Im Haus war es so dunkel, dass Max das Gesicht seines Angreifers nicht sehen konnte, aber er wusste, dass dieser Mann größer und dünner war als die beiden anderen, die sie im Zug verfolgt hatten. Max rammte ihm seine Faust in den Rücken und steckte selbst einen harten Fausthieb auf die Schulter ein, der ihn beinahe in die Knie zwang. Aber er fing sich wieder, stieß dem Mann den Kopf in die Eingeweide und schleuderte ihn an die Wand. Der Mann schnappte nach Luft, und Max versetzte ihm einen Fausthieb ins Gesicht, schickte ihn damit zu Boden.

Höchste Zeit, sich aus dem Staub zu machen.

Max stürmte aus der Hintertür und packte Sabine an der Hand. Sie schrie auf und versuchte, sich von ihm loszureißen.

»Ich bin's«, stieß er zwischen zusammengebissenen Zähnen hervor.

Sie passte sich seinen Schritten an, und zusammen rannten sie los, so schnell sie konnten. Max drehte sich um und wollte sehen, ob der Mann ihnen folgte, aber er war nirgendwo zu sehen. Vielleicht war Max' letzter Hieb hart genug gewesen, ihn außer Gefecht zu setzen. Andererseits könnte er aber auch zur Vorderseite des Hauses gegangen sein, um sein Pferd oder seine Kutsche zu holen.

Um kein Risiko einzugehen, rannten sie weiter.

Der verdammte Mistkerl hatte ihm fast eine Rippe gebrochen! Spencer schüttelte den Kopf, während er sich mühsam aufrichtete. Er schaffte es gerade noch rechtzeitig zur Hintertür, um den Mann zu sehen, der in den Wald rannte. Und bei ihm war eine Frau. Für einen flüchtigen Moment hätte er schwören können, dass es Maxwell Barrett war.

Spencer lief zurück ins Haus, zur Vordertür wieder hinaus und sprang auf sein Pferd, um den Flüchtenden nachzujagen.

Wahrscheinlich war das Buch des Sehers, sollte es hier im Haus gewesen sein, inzwischen mit ihnen verschwunden. Die Hufe seines Pferds warfen Erde hinter ihm auf, als er auf den Wald zugaloppierte. Der Mann und die Frau waren zu Fuß, sie konnten ihm also unmöglich entkommen. Als er sie eine halbe Stunde später jedoch noch immer nicht gefunden hatte, begann Spencer etwas anderes zu befürchten. Vielleicht hatten sie Pferde in der Nähe gehabt. Oder sie kannten Verstecke in diesem finsteren Wald.

Spencer zügelte sein Pferd zu einem leichten Trab und versuchte, auf die Geräusche um sich herum zu achten. Aber die beiden waren nicht mehr da.

Falls es wirklich der Marquess gewesen war, den er gesehen hatte, würde Spencer einen Weg finden müssen, an das Buch heranzukommen. Er hatte bereits alle nötigen Informationen, um die Prophezeiung zu erfüllen, aber er wollte nicht riskieren, dass der letzte noch lebende Wächter das Buch in die Hände bekam und womöglich einen Weg fand, ihn noch aufzuhalten.

Nachdem sie die Nacht in einer feuchten Höhle verbracht hatten, auf die sie im Wald gestoßen waren, machten Max und Sabine sich auf den Weg zum Bahnhof. Max war es gelungen, ihnen von einer Wäscheleine etwas zum Anziehen zu stehlen, aber sie waren noch immer schmutzig und erschöpft. Für die Rückfahrt nach London machte er sich diesmal nicht die Mühe, einen ganzen Waggon allein für sie zu buchen. Die Ungestörtheit war angenehm, aber wenn man verfolgt wurde, war es doch besser, mit der Menge zu verschmelzen. Und so saßen sie einander nun im Speisewagen gegenüber und nahmen eine warme Mahlzeit ein. Sie hatten auch schon begonnen, die Briefe durchzusehen, die sie in Phinneas' Cottage gefunden hatten und die, wie sich herausstellte, fast alle von Sabines Tante Agnes waren.

»Es kommt mir immer noch wie eine Verletzung ihrer Privatsphäre vor«, sagte Sabine.

»Wir können sie ihr zurückgeben, sobald wir wieder in London sind. Zuerst sollten wir jedoch sehen, ob wir nicht einen wichtigen Hinweis darin finden«, meinte Max.

»Die Briefe wären nützlicher, wenn wir die Antworten darauf hätten.« Sabine trank einen Schluck Tee und blickte aus dem Fenster.

Max las halblaut vor: »*»Ich habe heute an dich gedacht, als wir Brot backten. Lydia probierte ein neues Rezept aus, zu dem Zimt gehört, und ich weiß ja, wie sehr du seinen Duft liebst. Das ganze Haus roch danach, und für einen Moment war es fast so, als wärst du da und hieltest mich in deinen Armen. Ich werde nicht davon sprechen, wie sehr ich wünschte, dass die Dinge anders lägen; wir wissen beide, dass es nicht sein kann. Aber du bist in jedem meiner Atemzüge, in jedem Schlagen meines Herzens. In Liebe, Agnes.*‹«

Max sah schweigend zu, wie Sabine sich ein paar Tränen abtupfte. Sie schwieg jedoch und blickte weiter aus dem Fenster auf die an ihnen vorbeiziehende Landschaft.

»Sie waren ein Paar«, sagte er.

Sie schüttelte den Kopf. »Das habe ich nicht gewusst.«

»Warum konnten sie nicht zusammen sein?«, fragte Max.

»Unserer Gebräuche wegen. Die drei Wächter stehen für drei verschiedene Volksgruppen, die in etwa Stämmen vergleichbar sind.« Endlich wandte sie sich Max zu und sah ihn an. »Phinneas stammt von der Linie der Seher ab, während Agnes von der Linie der Heiler ist. Sie vermischen sich untereinander nicht. Das gibt es einfach nicht. Und Phinneas war ein Wächter. Eine Verbindung zwischen ihnen war also nicht erlaubt.«

»Ist Agnes der dritte Wächter?«, fragte Max.

Sabine kaute an ihre Unterlippe, dann holte sie tief Atem. »Nein, das ist sie nicht. Ich bin es.«

»Du?«, fragte er.

Sie blickte sich im Speisewagen um, bevor sie antwortete. »Ja.«

»Dann bist du also nach London gekommen, um mich und meine Karte zu finden und Zugang zu der Prophezeiung zu erlangen?«, fragte Max.

»Nicht wirklich, obwohl wir in der Tat die Prophezeiung brauchten. Und wir wussten, dass die Karte sich in deinem Besitz befindet.«

»Aber in diesem Buch befinden sich möglicherweise noch andere Informationen, die bei der Interpretation der Prophezeiung helfen könnten«, sagte Max.

»Ja. Ich hoffe, dass Agnes helfen kann, es zu entziffern, da sie Phinneas offensichtlich sehr gut kannte.«

Sie lasen schweigend eine Zeit lang weiter. »Wenn nicht ausdrücklich der Karte wegen, warum seid ihr dann nach London umgezogen?«, wollte Max von Sabine wissen.

»Um unsere Produkte zu verkaufen.«

Von einer Familie von Atlantiden hergestellte Schönheitsmittel. Einer Familie, die eine Wächterin in ihrer Mitte hatte, was bedeutete, dass sie etwas von dem Elixier aus dem Brunnen von Atlantis hüteten. Max legte den Brief, den er gerade las, auf den Stuhl neben ihm. »Eure Produkte müssen sehr gut sein, um solches Aufsehen in London zu erregen«, sagte er. Langsam begann er, die Geheimnisse zusammenzufügen, die Sabine umgaben, auch wenn er zugegebenermaßen nie erwartet hätte, dass sie der dritte Wächter war.

»Ich denke schon«, erwiderte sie zustimmend. »Aber du weißt ja, dass etwas nur in die richtigen Hände gelangen muss, damit auch alle anderen es haben wollen.«

»Aber nicht das übliche Cremetiegelchen voller leerer Versprechungen«, sagte Max, die Arme vor der Brust verschränkend. »Nein, eure Produkte sind authentisch.«

»Was willst du damit sagen, Max?«

»Ich spreche von dem Elixier. Ihr gebt es in eure Cremes.«

Sie sagte nichts.

»Warum, Sabine? Um Geld damit zu verdienen?«, fragte er.

»Natürlich nicht.« Sie runzelte sichtlich empört die Stirn.

»Wenn das Elixier so gefährlich ist, wie du angedeutet hast, warum bringt ihr es dann in Umlauf?«

»Weil es die einzige Möglichkeit war. Wir haben es zu unserem Schutz getan.« Wieder biss sie sich auf die Lippen, bevor sie fortfuhr: »Der Auserwählte hat Mittel und Wege, Atlandider aufgrund des Elixiers zu erkennen.«

Max überlegte einen Moment. »Es in London zu verbreiten ermöglicht euch also, euch gewissermaßen zwischen uns anderen zu verbergen«, schlussfolgerte er dann.

Sabine nickte stumm.

»Sehr raffiniert«, bemerkte er und schwieg dann wieder eine Weile. Sabine nahm Phinneas' Buch und blätterte darin, konzentrierte sich auf eine Seite und drehte sie dann langsam um.

Fast eine Stunde saßen sie schweigend da, während sie das Buch und er die Briefe las. Bisher hatte er nichts wirklich

Hilfreiches in Agnes' Briefen gefunden, aber er vermutete, dass sie das Puzzle vervollständigen könnten, wenn sie Phinneas' Antwortschreiben hätten. Irgendein Aspekt daran erschien ihm wichtig, doch was genau es war, hätte er im Moment noch gar nicht sagen können.

Agnes schrieb hauptsächlich über das tägliche Leben in ihrem Dorf, von ihrer Sehnsucht nach Phinneas und der Liebe, die sie ihm entgegenbrachte. Aber hin und wieder stieß er auch auf einen Brief, von dem er das Gefühl hatte, dass es darin um etwas weitaus Wichtigeres ging als ihren Gemüsegarten oder die besonders schwere Niederkunft einer ihrer Patientinnen. Solche Briefe faltete er dann wieder zusammen und bewahrte sie getrennt von den anderen auf.

Eine Weile beobachtete er Sabine, die in das Buch vertieft war. Sie versteckte etwas vor ihm, das sie gestern offenbar gefunden hatte, denn gestern Nacht hatte er beobachtet, wie sie schnell etwas in ihrem Unterkleid verborgen hatte, bevor sie ihn geküsst hatte.

Er hätte sie schon in dem Moment darauf ansprechen können, aber es war viel interessanter gewesen, zu beobachten, wie sie versuchte, ihn hinters Licht zu führen, besonders als sie heiße Küsse einsetzte, um ihn zu täuschen ... Und wie käme er dazu, sie zu entmutigen? Sie hatte sich wunderbar angefühlt, als sie sich an ihn geschmiegt hatte.

Selbst heute, einen Tag später, konnte er ihren Mund noch auf dem seinen spüren, ihre weichen Arme unter seinen Händen und ihre anschmiegsamen Rundungen an seinem Körper fühlen.

Erinnerungen wie diese würden den Rest der Zugfahrt aber nur besonders unbequem machen, und deshalb wandte er sich lieber anderen Dingen zu.

»Ich habe über diesen Auserwählten nachgedacht«, bemerkte er. »Scotland Yard untersucht die Morde an unseren Offizieren. Ich glaube, ich habe die ganze Sache von der falschen Seite aus betrachtet.«

Sabine legte das Buch zur Seite und beugte sich vor. »Wieso?«

»Ich dachte, was ich – was wir – tun müssten, wäre, der Polizei zu helfen, den Mörder ausfindig zu machen. Dass wir so die Offiziere und den letzten Wächter beschützen –«, hier nickte er ihr zu, »und die Verwirklichung der Prophezeiung verhindern könnten. Aber nun denke ich, wir sollten die Detektivarbeit den Polizisten überlassen und unsere Energie stattdessen auf etwas völlig anderes konzentrieren. Denn was geschieht, wenn der Auserwählte den letzten Wächter findet? Was wird *dir* geschehen?«

»Er stiehlt das Elixier, der Wächter stirbt, und die Prophezeiung ist erfüllt. So, wie sich die Ereignisse bisher entfaltet haben, wird er wohl versuchen, Englands Militär zu benutzen, um zu vollenden, was die atlantidische Armee vor solch langer Zeit begonnen hat«, sagte Sabine.

»Und was war das?«, fragte er.

»Die Welt beherrschen. Er wird das Elixier dazu benutzen, euer Militär unschlagbar zu machen. Oder zumindest wird er es versuchen.« Sie schüttelte den Kopf.

»Dann sollten wir die Taube finden, statt zu versuchen, die Identität des Auserwählten herauszufinden. Der Prophezeiung nach ist die Taube die einzige Möglichkeit, ihn aufzuhalten. Die beiden anderen Wächter hat er schon gefunden. Und trotz deiner schlauen Idee, dich gewissermaßen in der Menge zu verbergen, ist anzunehmen, dass er irgendwann in Erfahrung bringen wird, wer du bist.« Max verschränkte seine Arme vor der Brust. »Und deshalb müssen wir gerüstet sein.«

»Mit der Taube«, warf Sabine ein. »Das Problem ist, dass wir nicht wissen, was die Taube ist.«

»Der Vogel ist damit ganz sicher nicht gemeint.«

Sabine verdrehte ihre Augen. »Bestimmt nicht.«

Er nutzte den Moment, um die Karte aus seiner Tasche zu nehmen und sie auf dem Tisch zu entfalten.

Sabine stockte der Atem. »Ich wusste nicht, dass du sie bei dir hattest«, flüsterte sie und legte ihre gespreizte Hand darauf, als versuchte sie, die eigentliche Insel zu berühren.

»Ich dachte, sie würde dem Seher bei der Interpretation der Prophezeiung helfen.« Max zuckte die Schultern. »Aber daraus ist ja leider nichts geworden.«

Sie lächelte ihn an. »Es war eine gute Idee. Ich bin sicher, dass Phinneas sich gefreut hätte, sie zu sehen.«

Max zeigte auf den Teil der Inschrift, in der die Taube erwähnt wurde. »Vielleicht ist sie irgendeine Waffe? Das würde Sinn ergeben. Wenn wir kämpfen müssen, werden wir auf jeden Fall eine Waffe brauchen.«

Sabine betrachtete die Karte, bevor sie den Blick wieder zu Max erhob. Ihr Ausdruck wurde weicher, als sie in ihre Tasche griff und ein gefaltetes Pergament hervorzog.

»Was ist das?«, fragte er.

»Etwas, das ich in Phinneas' Haus gefunden habe.«

»Das ist es also, was du gestern Nacht vor mir verborgen hast«, sagte Max.

Sie öffnete den Mund, schloss ihn dann aber mit einem schweren Seufzer. »Nur weil ich eine Gelegenheit wollte, ihn zuerst allein zu lesen. Ich dachte, er könnte etwas anderes sein.« Dann schüttelte sie den Kopf. »Lies ihn.«

Max senkte seinen Blick darauf. Es war ein Brief, den Phinneas vor drei Tagen an Madigan geschrieben hatte. »›*Ich glaube, ich habe die Taube gefunden, aber dann beschlossen, sie nicht aus ihrem derzeitigen Versteck zu nehmen. Sie scheint sich dort in Sicherheit zu befinden, und sie zu stören, könnte sogar noch gefährlicher sein.‹*« Max suchte Sabines Blick. »Er wusste, wo die Taube ist?«

»Ja. Es scheint, als hätte er diesen Teil der Prophezeiung entschlüsselt.«

Max las weiter und drehte dann die Seite um. »Der Brief ist unvollendet.«

»Ich glaube, dass Phinneas von dem Auserwählten überrascht wurde und gerade noch die Zeit hatte, den Brief zu verstecken.«

Max las ihn noch einmal und suchte nach einem Hinweis, wo die Taube sich befinden könnte, fand aber keinen. »Wo ist die Taube?«, fragte er.

»Ich weiß es nicht. Ich hatte gehofft, er hätte darüber etwas in das Buch geschrieben, aber bis jetzt habe ich noch nichts gefunden. Ich werde aber natürlich weiterlesen«, sagte sie.

Doch sie schlug das Buch nicht auf, sondern starrte die Karte an und nahm jede der Einzelheiten in sich auf. Max sagte sich, dass es unerheblich war, wie voller Ehrfurcht Sabines Augen waren oder wie liebevoll sie mit der Fingerspitze den Linien der Karte folgte. Denn *er* befand sich auf der Suche, nicht in erster Linie, um ihr zu helfen, sondern Justin, und weil er endlich finden wollte, wonach er in all diesen Jahren gesucht hatte. Atlantis war irgendwo da draußen unter der Meeresoberfläche und wartete darauf, entdeckt zu werden.

Er räusperte sich. »Der Brief bezieht dich nicht mit ein. Warum sollte er nur einen Wächter und nicht alle informieren?«

»Vielleicht ist er gestorben, bevor er Gelegenheit dazu hatte.«

☆ ☆ ☆

Spencer war soeben in die Stadt zurückgekehrt, als er zur Königin gerufen wurde, die ihn in ihrem Frühstückszimmer sprechen wollte. Ihre Majestät war zur Frühaufsteherin geworden, seit ihr Gemahl verstorben war, und wenn sie bereit war, sich der Arbeit zuzuwenden, erwartete sie von ihren Ratgebern, es auch zu sein. Spencer zog sein Jackett zurecht und strich glättend über seine Hose, bevor er sich ins Frühstückszimmer führen ließ.

Das Zimmer war vom Boden bis zur Decke in Rot gehalten, mit schweren Samtvorhängen, die die lange Fensterwand bedeckten. Mit der ebenfalls scharlachroten Polsterung der Möbel und dem roten Teppich sah das Zimmer wie in Blut getaucht aus, was für ein Speisezimmer völlig ungeeignet schien. Doch irgendjemand hatte Ihrer Majestät gesagt, Rot rege den Appetit an, und sie hatte sich das zu Herzen genommen und das Zimmer entsprechend herrichten lassen. Vielleicht war es das viele Blut, das Spencer in letzter Zeit gesehen hatte, das dieses Bild in ihm heraufbeschwor.

»Ihr wolltet mich sprechen, Majestät?«, sagte er nach einer Verbeugung vor Victoria und machte keine Anstalten, sich zu setzen, ehe sie es ihm anbot.

»Ja. Nehmen Sie doch Platz«, forderte sie ihn auf und deutete auf einen Sessel neben ihrem. Ihr graues Haar war wie üblich zu einem langen Zopf geflochten und zu einem dicken Knoten in ihrem Nacken aufgesteckt. Der Winter machte ihr zu schaffen, versteifte ihre Gelenke und machte ihre Bewegungen langsamer und ausgeprägter. Englands geliebte Königin wurde alt.

Spencer schwieg, während sie drei Bissen von den Wachteleiern auf dem goldgeränderten Teller vor sich aß. Auf der Anrichte hinter ihr standen Platten und Schüsseln mit zahlreichen anderen Speisen, aber sie bot Spencer nichts an.

Stattdessen beugte sie sich vor und tippte mit ihrer Fingerspitze auf den mit kostbaren Schnitzereien versehenen Mahagonitisch. »Mir wurde berichtet, dass Sie vor Kurzem von einem Ermittler von Scotland Yard Besuch erhalten haben«, sagte sie. Als Spencer nickte, fuhr sie fort: »Ist man beim Yard schon weitergekommen mit der Suche nach dem Mörder meiner Generäle?«

»Leider nicht. Sie haben noch keine Anhaltspunkte.« Spencer schlug ein Bein über das andere.

»Nun, das ist verständlich«, sagte sie. »Es ist offenbar ein raffinierter Mörder, mit dem sie es zu tun haben, schlau genug, um keine Spuren zu hinterlassen. Ich habe gehört, dass er bei jedem Opfer eine andere Waffe benutzt hat. Und dann der arme General Carrington, bei dem diese brutale Bestie ein Messer benutzt hat.« Sie kaute ein paar Momente nachdenklich, bevor sie wieder sprach. »Wie ich hörte, hat, wer auch immer es sein mag, der diese Verbrechen begeht, eine Art Nachricht für mich hinterlassen.«

»Pardon?«, fragte Spencer, vorübergehend abgelenkt, weil sie ihn eine brutale Bestie genannt hatte. Er zwang sich, ruhiger zu atmen, und umklammerte die Armlehnen seines Sessels. Eines Tages würden alle sehen, was er tat, und erkennen, dass das nichts mit Brutalität zu tun hatte.

»Ich sagte, der Mörder hat bei einer der Leichen eine Nachricht für mich hinterlassen«, wiederholte sie und schwenkte ungeduldig die Hand, in der sie die Gabel hielt.

Sie dachte also, diese Nachricht sei an sie gerichtet. Anscheinend hatten die ermittelnden Beamten von Scotland Yard sie so gedeutet, denn andernfalls hätte die Königin nie davon erfahren. Diese Dummköpfe. Spencer hatte gehofft, sie würden die Nachricht in den Zeitungen bringen, wie er es ihnen befohlen hatte. Aber sie waren Idioten und offenbar nicht einmal imstande, sich an Anweisungen zu halten.

Er wusste, dass der dritte Wächter irgendwo in London lebte. Sein Ring flimmerte zu oft, um nicht in der Nähe des Wächters zu sein. Aber allzu lange konnte der Wächter sich nicht verstecken, bevor er ihn aufspüren würde. Und dann würde er die Menge des Elixiers besitzen, die die Prophezeiung verlangte, und unsterblich werden.

»Eine Nachricht für Euch?«, fragte er.

Die Königin ließ sich weiter über die Spekulationen der ermittelnden Beamten aus. Spencer hatte gewusst, dass dieses Gespräch stattfinden würde. Von einem bestimmten Punkt an hatte er es sogar erwartet. Dass er die Königin nicht über den Besuch des Inspektors unterrichtet hatte, bedeutete nicht, dass sie nicht besorgt sein oder sich für die Ermittlungen interessieren würde. Seine eigenen Verbrechen mit ihr zu besprechen, ohne dass sie die Wahrheit kannte, empfand er als ausgesprochen anregend. Was sie wohl tun würde, wenn sie wüsste, dass ihr privilegiertester Berater eigenhändig ihre Truppen reduzierte? Wahrscheinlich würde sie ihn köpfen lassen.

Er fing sich gerade noch, bevor er lächelte. Um sich seine Schadenfreude nicht anmerken zu lassen, zwang er sich, die Stirn zu runzeln.

»Ich bitte vielmals um Entschuldigung, dass ich Eurer Majestät nicht schon früher von dem Besuch berichtet habe. Aber ich fürchte, ich wurde von hier fortgerufen, bevor ich dazu kam. Meine Tante ist erkrankt«, sagte er mit gespielt besorgter Miene. »Wir glauben nicht, dass sie noch lange leben wird.«

»Das tut mir leid, Spencer«, erwiderte die Königin mit aufrichtigem Mitgefühl.

»Als der Inspektor kam, brachte er jemanden mit«, berichtete er ihr. »Den Marquess von Lindberg. Ist Eure Majestät gut mit ihm bekannt?« Spencer hatte Nachforschungen über den Marquess angestellt, aber es war nicht viel dabei herausgekommen. Dass der Mann ein Mitglied des exklusivsten Clubs in London war, hatte er vorher schon gewusst. Vielleicht würde Ihre Majestät ihm ja noch das eine oder andere über diesen Marquess erzählen.

Die Königin hielt in ihrem Frühstück inne, legte ihre Gabel nieder und lächelte verträumt. »Maxwell Barrett; ja, den kenne ich. Er ist ein ziemlicher Charmeur mit beißendem Humor.« Sie biss in ein dick mit Butter und Marmelade bestrichenes Brötchen. »Ich nehme an, dass er seinen Freund begleitet hat, um eine Audienz bei mir zu erlangen. Ich wünschte, Sie hätten mich informiert, als sie hier waren. Es wäre unterhaltsam gewesen, den Marquess wiederzusehen.«

»Eure Majestät haben zu der Zeit geruht und ich wollte Eure Majestät nicht stören. Ihr habt unter so viel Druck gestanden in letzter Zeit«, erklärte Spencer.

Eine tiefe Furche bildete sich zwischen ihren Brauen. »Ich bin die Monarchin dieses Landes«, sagte sie in ihrem autoritärsten Ton. »Da werde ich mit dem Druck wohl umgehen können. Bisher habe ich es schließlich auch gekonnt.«

»Ja, Eure Majestät.« Spencer senkte den Kopf und hoffte, dass er ausreichend zerknirscht wirkte. »Es wird nicht wieder vorkommen.«

Sie stand auf, und sofort erschien eine Flut von Bediensteten an ihrer Seite. Sie ging zu einem hohen Lehnstuhl in der Sitzecke des Raumes. »Nun trödeln Sie nicht herum, Spencer, und kommen Sie schon her«, sagte sie und winkte ihm.

Er begab sich schnell in die Sitzecke und ließ sich in einem der Sessel nieder.

»Hmmmm. Ich bin zutiefst beunruhigt über die derzeitige Situation. Ich kann doch nicht zulassen, dass irgendein Irrer meine militärischen Führer ermordet!« Sie schlug mit der Faust auf die Armlehne. »Bald werde ich keinen mehr haben, auf den ich mich verlassen kann. Wie soll ich Afrika zivilisieren, wenn all meine Generäle tot sind?«

Spencer ärgerte sich sehr über die Bezeichnung »Irrer«. Er war kein gewöhnlicher Verrückter, der in London herumstrich und wahllos Menschen tötete. Mit dem, was er tat, folgte er seiner Bestimmung. Dies alles war ihm erklärt worden, in allen Einzelheiten, als er noch ein kleines Kind gewesen war. Sein Großvater hatte dafür gesorgt, dass Spencer als das aufwuchs, was er war – der Auserwählte. Als alle anderen ihn im Stich gelassen hatten, war sein Großvater da gewesen, um ihm den richtigen Weg zu zeigen.

»Nein, natürlich könnt Ihr das nicht.« Spencer fuhr fort, seine Rolle als treuer Berater Ihrer Majestät zu spielen. »Euer gesamtes Imperium wird die Auswirkungen des Verlusts dieser wichtigen Männer spüren«, erklärte er und schlug die Beine übereinander. »Aber wir werden diese Situation unter Kontrolle bekommen, und Eure afrikanischen Missionen werden Eurer sorgfältigen Planung entsprechend fortgesetzt werden.«

Er hatte ihre Abwehr unterwandern müssen, um sie um die Sicherheit des Landes fürchten zu lassen. Ohne einen Posten in der Regierung, ohne ihr nahe zu sein, hätten seine Morde an den Generälen keinem Zweck gedient. Genauso sorgfältig, wie er diese Morde inszeniert hatte, hatte er auch eine Beziehung zu ihr aufgebaut, in der sie sich auf ihn und seinen Rat verlassen würde. Er hoffte, dass ihre nächsten Worte die sein würden, auf die er schon gewartet hatte.

»Ich möchte, dass Sie mit den Oberstleutnants sprechen.«

Sie lehnte sich auf ihrem Stuhl zurück und umklammerte mit beiden Händen seine Armlehnen. »Stellen Sie fest, welche von ihnen der Aufgabe gewachsen sind. Ich werde auch noch Empfehlungen von anderen erhalten, aber Sie haben immer viel Talent auf diesem Gebiet bewiesen. Ich möchte, dass Sie mir helfen zu entscheiden, wer die Nachfolger der verstorbenen Generäle sein werden«, sagte sie.

Da war er, der Auftrag, auf den er hingearbeitet hatte. All seine Bemühungen zahlten sich nun endlich aus. All die Jahre, in denen er versucht hatte, sich den Weg in ihre Regierung zu erarbeiten, und als er endlich dort angekommen war, all die erschöpfenden Stunden des Einschmeichelns und Katzbuckelns vor ihr ... sie waren nicht umsonst gewesen. Spencer sagte jedoch nichts und bemühte sich, jedes Anzeichen seiner inneren Erregung aus seinen Zügen zu verbannen. Er nickte nur mit ernster Miene.

Er wusste genau, welche Männer er kontaktieren musste. Er hatte sie schon ausgewählt und ihnen das Elixier in Vorbereitung auf ebendiesen Augenblick gegeben. Und es wirkte. Das Elixier machte sie aggressiver, stärker und gerissener. Spencers Armee würde brillant und unaufhaltsam sein.

»Ich kann ja nicht gut selbst da draußen auf dem Trainingsfeld herumspazieren«, sagte die Königin abrupt und riss ihn aus seinen angenehmen Überlegungen. »Ich will, dass diese fünf ermordeten Generäle innerhalb von zwei Tagen durch die besten Männer ersetzt werden, die Sie finden können. Ich weiß, dass Offiziere auf Beförderung warten, aber ich will, dass diese fünf neuen Generäle handverlesen sind. Durch mein Dekret«, sagte sie und tippte sich an die Brust.

Spencer lächelte; er konnte jetzt gar nicht mehr anders. »Selbstverständlich, Eure Majestät. Ich werde die Sache sofort in Angriff nehmen.« Natürlich würde sie noch zwei weitere Generäle ersetzen müssen, bevor alles erledigt war, aber zunächst einmal verlief sein Plan nach Wunsch. »Ich werde die perfekten Männer finden, um uns in den Kampf zu führen«, sagte er.

Bald würden sie für sein Kommando bereit sein, und dann würde er das gesamte britische Militär beherrschen, genau wie die Prophezeiung es vorhersagte. Und er konnte die Pläne seiner Vorfahren verwirklichen. Atlantis würde vielleicht nicht wiederauferstehen, aber er konnte dafür sorgen, dass ein Atlantider über alle anderen Nationen herrschte.

»Sie dürfen sich zurückziehen«, entließ Victoria ihn.

Spencer erhob sich, um zu gehen.

»Oh, und noch etwas, Cole«, sagte sie mit erhobenem Zeigefinger, während sie ihren durchdringenden Blick auf ihn richtete. »Wenn das nächste Mal jemand kommt, um mich in dieser Angelegenheit zu sprechen, vor allem Maxwell Barrett, dürfen Sie ihn zu mir vorlassen.«

»Selbstverständlich, Euer Majestät.« Spencer nickte und zog sich rückwärtsgehend aus ihrer Gegenwart zurück. Vielleicht sollte er etwas unternehmen gegen diesen Max, um sicherzugehen, dass diese Begegnung niemals stattfinden würde ...

Kapitel elf

Sabine wusste, sie würde jetzt durch diese Tür gehen und Agnes das Herz brechen müssen. Und zu sagen, dass es ihr schwerfiel, wäre noch eine mehr als grobe Untertreibung gewesen. Doch so schwer diese Aufgabe auch zu erfüllen sein mochte, durfte Sabine ihren Tanten nicht verschweigen, was geschehen war.

Sie betrat das Schlafzimmer, das sie alle miteinander teilten. Da in diesem Zimmer mehrere Betten entlang der Wände standen, war es vermutlich als Kinderzimmer geplant gewesen. Der Marquess hatten den Tanten eigene Zimmer angeboten, doch sie hatten sich dafür entschieden, dieses hier gemeinsam zu nutzen. Sie hatten sich schon immer ein Zimmer geteilt und sahen keinen Grund, etwas daran zu ändern.

Es war schon spät am Abend, aber Sabines drei Tanten waren noch wach. Ein Buch in der Hand, saß Lydia in einem Lesesessel in der Ecke, während Agnes hinter Calliope stand und ihr das Haar flocht. Für einen Moment konnte Sabine sich vorstellen, wie sie als Mädchen gewesen sein mussten, diese drei und ihre Mutter. Vier Schwestern und die besten Freundinnen.

»Sabine«, sagte Calliope mit einem warmen Lächeln. »Schön, dass du wieder da bist.«

Agnes kam sofort zu ihr herüber. »Wie habt ihr ihn angetroffen?«, fragte sie gespannt und griff sich unwillkürlich an die Kehle. »Wie ging es Phinneas?«

Sabine spürte, wie ihr die Tränen kamen. »Oh, Agnes, es tut mir so furchtbar leid.«

Alle Farbe wich aus dem Gesicht ihrer Tante, und ihre beiden Schwestern waren augenblicklich bei ihr, als sie kraftlos auf den Boden sank. Sie klammerte sich an sie, als sie weinte, und sie weinten mit ihr. Sabine stand still dabei und sah mit tränenfeuchten Augen zu. Es war nichts Zurückhaltendes an ihrem Kummer; er war unverstellt und rückhaltlos.

Nach einer Weile erhob sich Lydia. »Dann hatte der Auserwählte ihn wohl schon gefunden?«

»Leider ja. Wir fanden Phinneas in seinem Garten. Max hat dafür gesorgt, dass er dort anständig bestattet wurde.«

Agnes schluckte und versuchte zu lächeln. »Er liebte diesen Garten.«

Calliope und Lydia halfen ihrer Schwester zu ihrem Bett, wo sie sich auf den Rand sinken ließ und Kopf und Schultern hängen ließ.

Sabine kniete sich vor sie hin und legte ihr das Päckchen Briefe und die Bändersammlung auf den Schoß, die Max gefunden hatte. »Sieh mal, was wir in seinem Haus gefunden haben. Wir dachten, du möchtest das hier vielleicht haben.«

Agnes öffnete die Augen und sog überrascht den Atem ein. »Meine Bänder! Dieser verrückte alte Narr. Warum mag er sie behalten haben?«, fragte sie, während sie fast ehrfürchtig über die Tüte mit den Bändern strich.

»Weil er dich geliebt hat«, sagte Calliope.

»Es tut mir leid, aber wir haben einige der Briefe gelesen«, entschuldigte sich Sabine. »Wir hofften, sie könnten uns eine Hilfe sein … uns vielleicht einen Hinweis liefern, um die Prophezeiung aufzuhalten.«

Agnes blickte auf und schüttelte den Kopf. »Du brauchst dich nicht zu entschuldigen. Es steht nichts in diesen Briefen, dessen ich mich schämen müsste.« Sie machte Calliope ein Zeichen. »Hole mir doch bitte meinen Kasten.«

Calliope griff unter Agnes' Bett und zog ein altes Holzkästchen darunter hervor, das Sabine schon oft gesehen hatte. Bisher hatte sie ihre Tante nie gefragt, was sie darin aufbewahrte.

Nun zog Agnes ein Päckchen Briefe heraus. »Hier sind seine Briefe an mich. Und du hast recht – vielleicht werdet ihr etwas Hilfreiches darin finden.«

Sabine nahm beide Briefpäckchen an sich. »Ich verspreche dir, dass du sie zurückbekommst.« Sie würde Max die Briefe zeigen, weil sie womöglich einen Hinweis enthielten, der ihnen bei ihrer Suche helfen konnte. Aber sie könnten Max auch Geheimnisse offenbaren, um deren Bewahrung Sabine bislang so bemüht gewesen war. Vorhin im Zug, als Max gefragt hatte, warum Agnes und Phinneas nicht zusammen sein konnten, hatte sie ihn belogen und behauptet, einem Seher und einer Heilerin sei es nicht erlaubt zu heiraten. Aber es war das Einzige, was ihr auf die Schnelle eingefallen war, um Max nicht die Wahrheit sagen zu müssen: dass Agnes der dritte Wächter war.

Agnes weinte haltlos. Sabine hätte so gern etwas gesagt oder getan, um ihre Tante zu trösten, aber sie wusste, dass es nichts gab, was helfen würde. Als Sabines Eltern gestorben waren, hatte auch sie es der Zeit überlassen müssen, ihren Schmerz zu lindern. Er lauerte noch immer unter der Oberfläche und überfiel sie hin und wieder, wenn sie ihre Eltern ganz besonders stark vermisste.

»Was ist mit dem Buch des Sehers?«, wollte Lydia wissen.

»Das haben wir auch gefunden, aber in der Nacht kam jemand zum Cottage, vermutlich um es zu holen, und wir mussten fliehen und uns im Wald verstecken.«

»Wir sind nur froh, dass dir nichts zugestoßen ist! Max hat sehr gut auf dich aufgepasst«, sagte Calliope.

»Phinneas hat all seine Visionen gewissenhaft in diesem Buch festgehalten«, meldete sich Agnes zu Wort.

»Ich dachte, du könntest es dir ansehen«, sagte Sabine und zeigte es Agnes. »Vielleicht findest du etwas über die Prophezeiung und darüber, wie Phinneas sie gedeutet hat. Ich weiß, dass er nicht im Besitz des vollständigen Wortlauts der Prophezeiung war, aber er wusste genug darüber, um die Taube zu finden.«

Die Tanten wechselten einen Blick.

»Hat er das in sein Buch geschrieben?«, wollte Lydia wissen.

»Nein, er erwähnte sie in einem unvollendeten Brief an Madigan. Er schrieb, er habe die Taube gefunden, aber vorläufig sei sie sicher, und er wolle sie nicht holen und riskieren, sie in Gefahr zu bringen«, sagte Sabine. »Max und ich haben beschlossen, uns auf die Suche nach ihr zu machen, um für den Kampf mit dem Auserwählten gerüstet zu sein.«

»Und wo wollt ihr suchen?«, fragte Calliope.

»Bei dieser Suche hatte ich mir Agnes' Hilfe erhofft.« Sie gab Agnes das Buch und legte ihre Hand dann über die ihrer Tante. »Ich will aber nicht zu viel Druck auf dich ausüben. Falls du dich nicht in der Lage dazu fühlst, werde ich es selber tun.«

Agnes straffte ihre Schultern. »Selbstverständlich bin ich dazu in der Lage.«

»Der Auserwählte wird jetzt hinter dir her sein«, sagte Lydia besorgt zu Agnes.

»Lass ihn ruhig kommen. Ich fürchte ihn nicht«, entgegnete die jüngere Schwester.

Am darauffolgenden Morgen war Sabine überrascht, dass Agnes zum Frühstück hinunterkam. Ihre geröteten und geschwollenen Augen legten stummes Zeugnis dafür ab, dass sie bis tief in die Nacht hinein geweint hatte.

»Guten Morgen«, sagte Max zu Agnes, während er sich von seinem Platz erhob.

Sabines Herz zog sich zusammen, als er ihrer Tante fürsorglich den Stuhl zurechtrückte. Sosehr er sich auch bemühte, etwas anderes zu beweisen, wusste sie doch, dass Max ein guter, anständiger Mann war.

»Guten Morgen«, erwiderte Agnes den Gruß, als sie Platz genommen hatte. »Ich bin nicht hungrig, aber ich wollte mich zu euch setzen. Ich habe vielleicht einen Hinweis gefunden.«

Sabine schob ihren Teller zur Seite, damit Agnes Platz für Phinneas' Buch hatte.

»Dies hier sind Einträge, die er irgendwann im letzten Jahr gemacht hat. Er sagt ganz eindeutig, dass man dorthin gehen muss, wo alles begonnen hat, wenn man die Taube will.« Sie sah zuerst Max und dann Sabine an. »Ich glaube, er meint damit den Ort, an dem das erste Schiff aus Atlantis gelandet ist. Lulworth Cove. Seht euch die Stelle an, an der er von der Tür des Ozeans spricht.« Agnes zeigte auf die nächste Seite. »So nennen unsere Leute die Felsformation, die wie ein Türbogen aussieht. Sie befindet sich in der Nähe der Kapelle über der kleinen Bucht.«

»Durdle Door«, sagte Max.

»Was?«, fragte Sabine.

»Das ist der offizielle Name dieser Felsformation«, erklärte er. »Durdle Door.«

Sabine las den entsprechenden Absatz in dem Buch. Es war kein großer Fortschritt, aber immerhin ein Ort, um zu beginnen.

»Das macht Sinn«, sagte Lydia. »Unsere Leute haben dort ein neues Leben begonnen, auch wenn der Ort heute schon längst wieder verlassen ist.«

»Ich habe noch mehr gefunden, Sabine«, ergriff Agnes wieder das Wort. »In anderen Abschnitten erwähnt Phinneas immer wieder dieselben Zahlen. Zuerst wusste ich nicht, was sie bedeuten, und war mir auch nicht sicher, ob *er* es wusste, aber er hat sie mehrmals niedergeschrieben.« Sie sah Sabine in die Augen. »Die Zahlen sind das Datum deines Geburtstags.«

Sabine runzelte die Stirn. »Was hat mein Geburtstag mit alledem zu tun?«

»Er steht kurz bevor«, warf Calliope ein.

»Wann?«, fragte Max.

»Nächste Woche werde ich fünfundzwanzig«, sagte Sabine. »Aber ich verstehe den Zusammenhang nicht.«

»Es könnte eine Frist sein«, meinte Agnes.

»Oder ein Stichtag«, schlug Max vor.

»Ihr denkt, die Prophezeiung stünde irgendwie mit meinem Geburtstag in Verbindung?«, fragte Sabine.

»Vielleicht ist es ja auch nur Zufall«, wandte Lydia ein. »Oder die Zahlen stehen für etwas anderes. Für eine Adresse oder einen Ort.«

»Mag sein. Aber das glaube ich nicht. Ich will, dass du sehr vorsichtig bist, Kind«, sagte Agnes und drückte Sabines Hand.

»Natürlich«, sagte sie. »Ich bin immer vorsichtig.«

Max erhob sich. »Du solltest packen gehen.«

Sabine nickte.

»Ich habe noch einiges zu tun, um die Reise vorzubereiten.« Er hob seine Teetasse wie zu einem Toast. »Wie ich hörte, soll es um diese Jahreszeit sehr schön in Lulworth Cove sein.«

Kurz nach dem Frühstück machte sich Sabine mit Calliope auf den Weg zum Laden. Da es für Agnes offensichtlich zu gefährlich war, sich hinauszuwagen, hatten sie beschlossen, sich mit dem Verpacken der Mittel für die Dörfler und der Bedienung der Kunden abzuwechseln. Sabine und Max planten, London noch an diesem Nachmittag zu verlassen, und deshalb hatte sie die Gelegenheit genutzt, ihren Tanten zu helfen. Zudem hatte sie auf diese Weise etwas von dem dringend nötigen Abstand zu Max gewonnen. Je mehr Zeit sie mit ihm verbrachte, desto mehr ersehnte sie sich seine Aufmerksamkeit. Sie befand sich auf einem gefährlich schmalen Grat, das wusste sie.

Sabine saß am Tisch im Hinterzimmer, maß die nötigen Ingredienzen ab und mischte sie – bis auf das Elixier, das Agnes später hinzufügen würde. So viel Zeit mit Max zu verbringen schwächte ihre Barrieren und verführte sie dazu, nicht nur an das zu denken, was ihr Körper wollte, sondern auch an das, wonach ihr Herz verlangte. Eine Nacht in seinen Armen war nicht genug gewesen, auch wenn sie das törichterweise angenommen hatte. Aber Max weckte eben mehr als nur Leidenschaft in ihr. Da war auch das leise Wispern ihres Herzens, das wissen wollte, was mit Liebe war …

Sabine verdrängte diese Gedanken und konzentrierte sich auf ihre Aufgabe. Heute Morgen war viel zu tun im Laden, wie die fast unaufhörlich bimmelnden kleinen Glöckchen über der Eingangstür bewiesen. Ein Glück, dass Calliope sich um die Kunden kümmerte.

Doch nun trat sie um den Vorhang herum. »Sabine, da draußen ist ein Mann, der sagt, er ginge nicht eher, bis er mit dir gesprochen hat.«

Sabine beendete die Zugabe des Rosenöls zu ihrer Mischung und verschloss das Gefäß, bevor sie vom Tisch aufstand und in den Laden hinausging.

Sie sah den Mann sofort, der sie sprechen wollte, da er der einzige männliche Besucher im Geschäft war. Sie sah, wie er jedes einzelne Produkt in der Auslage begutachtete, wie er Flaschen und Tiegel öffnete, daran schnupperte und die gläsernen Behälter dann ins Licht hielt. Der arme Kerl wirkte ein wenig hilflos, wahrscheinlich suchte er nach einem Geschenk für seine Frau oder war von ihr geschickt worden, um etwas zu besorgen. In beiden Fällen hätten ihm jedoch ihre Tanten mühelos helfen können.

»Was kann ich für Sie tun?«, sprach Sabine den Mann an.

Er war nicht sehr groß, aber auffallend schlank, fast dürr sogar, sein Haar lichtete sich bereits, und sein mausgrauer Schnurrbart zuckte, als er sie durch seine Brille musterte. »Ich möchte gern mit der Eigentümerin dieses Ladens sprechen«, sagte er mit näselnder Stimme.

»Ja, das erwähnte meine Tante schon. Suchen Sie etwas für Ihre Frau Gemahlin?«, fragte sie.

Er räusperte sich. »Sind Sie die Besitzerin?«, fragte er und drückte seine Aktentasche an die Brust.

Sabines Nacken kribbelte, aber sie holte tief Luft und ermahnte sich, vernünftig zu sein. Es bestand kein Grund zu vermuten, dass dieser Mann der Auserwählte war. Es schien ihr auch deshalb so unwahrscheinlich zu sein, weil er so hilflos wirkte. Obwohl er gegen einige Frauen vielleicht noch einen ernst zu nehmenden Gegner abgäbe, war Sabine sicher, dass sie mühelos mit ihm fertigwerden würde. Und sowohl Madigan wie auch Phinneas waren starke Männer gewesen und groß genug, um diesen dünnen kleinen Mann zu bezwingen, der jetzt vor ihr stand. Nein, er konnte unmöglich der Auserwählte sein.

»Ja, ich bin die Eigentümerin. Gibt es ein Problem?«

Er lächelte sie an. Zumindest vermutete sie, dass dieses leichte Schnurrbartzucken seine Version eines Lächelns war. Das Laszive dieses kleinen Zuckens der Lippen verursachte Sabine unerwartet eine Gänsehaut. Sie rieb sich die Arme und schlang sie fest um ihren Körper.

Der Mann nahm einen der Tiegel mit der *Miracle Creme* und hob ihn hoch. »Stellen Sie diese Creme nach einem alten Familienrezept her?«

Sie hatten das Elixier in alle ihre Produkte gegeben, sogar in die Haarwässer für Männer. Und nicht nur das. Calliope verkaufte mittlerweile sogar Brot an eine nahe Bäckerei, das Kräuter enthielt, die mit dem Elixier befeuchtet worden waren. Sie hatten es so weit wie möglich verbreitet, um sicherzustellen, dass der Auserwählte es sehr schwer haben würde, sie in ihrem kleinen Laden in Piccadilly aufzuspüren.

»So ist es«, erwiderte sie, obwohl sie in Wahrheit nicht mehr getan hatten, als aus einem alten Buch ein Rezept für eine Creme herauszusuchen und das Elixier und einige Duftöle hinzuzufügen.

»Interessant.« Er beugte sich weiter vor. Sein Atem roch unangenehm. »Ich bin selbst in dem Geschäft. Als ausgebildeter Chemiker.« Er drückte ihr seine Karte in die Hand. »Sagen Sie, verwenden Sie auch Lanolin?«

»Ich fürchte, es steht mir nicht frei, über die Rezepturen unserer Produkte zu sprechen. Das verstehen Sie doch sicher«, entgegnete Sabine entschieden. Sie musste sichergehen, dass er begriff, dass sie ihm keine Informationen geben würde.

Er blickte sich im Laden um und spielte mit den Knöpfen an seinem Mantel. Sabine fiel auf, dass zwei fehlten. Dann zog der Mann sich den Mantel fester um seinen dürren Körper. »Selbstverständlich.«

Er trat einen Schritt näher. Der Geruch von Schweiß stieg Sabine in die Nase, aber sie wich nicht zurück. Es waren noch andere Kunden da, und sie durfte nicht zu abweisend erscheinen. Sie waren darauf angewiesen, dass die Leute ihre Produkte kauften und benutzten, bis der Auserwählte gefasst war.

»Sie wirkt«, sagte er.

»Verzeihung?«, fragte Sabine.

»Die Creme. Sie wirkt. Sie lässt Frauen jünger, frischer und hübscher aussehen.« Seine wässrigen braunen Augen glitten über ihr Gesicht. »Wie ich sehe, benutzen Sie sie auch.« Er hob einen Finger, als wollte er sie berühren, ließ die Hand zum Glück aber gleich wieder sinken. »Kein Fältchen ist auf Ihrer makellosen Haut zu sehen.«

Sie unterdrückte ein Erschaudern. »Ich benutze sie nicht«, sagte sie kühl. »Sir, ich glaube, da sind noch andere Kunden, die ich bedienen muss. Wenn Sie mich also entschuldigen würden ...«

Er nickte, doch bevor sie gehen konnte, griff seine knochige Hand mit erstaunlicher Kraft nach ihrem Ellbogen. »Ich gebe Ihnen jede Summe, die Sie verlangen«, sagte er mit vor Nervosität zitternder Stimme. »Jede Summe, wenn Sie mir dieses Rezept verkaufen.«

Sabine versuchte sich loszureißen, aber er hielt sie fest. »Ich werde nichts dergleichen tun«, sagte sie und bemühte sich, ruhig zu bleiben und ihre Stimme nicht zu erheben.

»Ich habe es versucht«, flüsterte er mit rauer Stimme. »Ich habe mehrere Tiegel dieser Creme analysiert«, er zeigte auf die in seiner anderen Hand, »und kann immer noch nicht all ihre Ingredienzen bestimmen. Da ist etwas, was ich einfach nicht identifizieren kann, und ich muss wissen, was es ist.«

»Ich fürchte, damit werden Sie sich abfinden müssen, da

ich Ihnen die Liste unserer Zutaten ganz bestimmt nicht zeigen werde. Guten Tag.« Sabine riss sich von ihm los und ging zur anderen Seite des Ladens zu einer Gruppe Damen, die sich die Haarspülungen ansahen.

Der Mann trieb sich noch ein wenig länger im Geschäft herum, sah sich die Produkte an und warf ab und zu einen Blick in Sabines Richtung. Sie sorgte jedoch dafür, dass sie immer bei einer Kundin war, damit er sich ihr nicht mehr nähern konnte. Irgendwann verließ er den Laden, blieb aber noch eine Weile vor dem Schaufenster stehen, bevor er endgültig ging.

Sabine fragte sich kurz, ob sie Max von dem Mann erzählen sollte, obwohl er harmlos zu sein schien. Vermutlich war er nur ein Konkurrent, der seine eigenen Produkte zu verbessern suchte. Aber Max hatte ihr geraten, auf alles Ungewöhnliche zu achten, und dieser Chemiker war auf jeden Fall sehr merkwürdig gewesen.

Sie betrachtete die Karte in ihrer Hand – Mr Bertrand Olney. Als sie aufblickte, stand ebendieser Mr Olney auf der anderen Straßenseite und beobachtete sie.

Kapitel zwölf

Am Nachmittag desselben Tages saßen Sabine und Max in einer Kutsche auf dem Weg nach Dorset, um dort nach der »Taube« zu suchen, von der sie vermuteten, dass es sich um eine Art geheimer Waffe handelte. Sie hatten sich für eine Kutsche entschieden, weil die Reise kürzer war und sie flexibler sein wollten, falls sie einen weiteren Hinweis fanden, der sie vielleicht noch zu einem Ort führen könnte. Ganz abgesehen davon, dass das Reisen in einer Mietkutsche es ihnen leichter machte, anonym zu bleiben. Denn es war klar, dass jemand hinter ihnen her war.

Max hatte recht. Es war sinnvoller, die Taube zu suchen – das Ding, das den Auserwählten angeblich vernichten würde, statt weiterhin zu versuchen, die Identität des Auserwählten aufzudecken.

Sie hatten keinerlei Hinweis darauf, wer er war. Und Scotland Yard hatte auch kein Glück gehabt. Max hatte eine Nachricht von Justin erhalten, dass sie einer Spur zu einem unzufriedenen früheren Offizier nachgegangen waren, dieser Mann aber war soeben erst von einer Reise auf den Kontinent zurückgekehrt und hatte sich zur Zeit zweier Morde nicht in England aufgehalten.

Falls sie den Auserwählten fanden, ohne die »Taube« zu haben, würden sie ihn nicht aufhalten können. Was Sabine allerdings am meisten beunruhigte, war, dass sie bisher nicht einmal ein Gerücht über eine besondere Waffe oder irgendetwas anderes gehört hatten, was sich mit einer Taube in Verbindung bringen ließe. Die Atlantider hatten viele Jahre keinen Zugang zu der Prophezeiung gehabt, und dennoch schien es so zu sein, dass diese Art von Geheimnis von Generation zu Generation weitergegeben worden sein musste.

Wohin sollten sie sich also wenden, wenn sie in Dorset waren? Sabine wusste von der Kapelle auf den Klippen über Lulworth Cove, weil sie ihre Tanten und andere Dorfbewohner darüber hatte sprechen hören. In früheren Zeiten hatten die Atlantiden einmal jährlich eine Wallfahrt dorthin unternommen, doch da das während der Kreuzzüge zu gefährlich geworden war, hatte die Tradition geendet.

Sabine beobachtete ihren Reisegefährten, der ihr gegenübersaß. Er schien viel geschickter und erfahrener als sie zu sein, Verborgenes aufzuspüren. Ihre Leute hatten die Karte jahrhundertelang gesucht, und er hatte sie gefunden, als er kaum mehr als ein Knabe gewesen war.

»Es klingt einleuchtend, dass in Lulworth Cove etwas versteckt sein könnte«, sagte sie zu ihm.

»Wenn Phinneas die Taube ausfindig gemacht hatte, warum hat er sie dann nicht geholt oder zumindest den beiden anderen Wächtern mitgeteilt, wo sie versteckt ist?«

»Vielleicht wollte er es ihnen schreiben, wurde aber unterbrochen, bevor er Gelegenheit dazu bekam. Oder er hielt es geheim, um sie zu schützen. Er schrieb doch, dass die Tube momentan in Sicherheit wäre«, sagte Sabine.

»Was bedeutet, dass sie es irgendwann nicht mehr sein wird«, fügte Max hinzu.

Aber offensichtlich hatten weder Phinneas noch Madigan vorgehabt, Agnes davon zu erzählen. Hatten sie ohne die Heilerin gegen den Auserwählten vorgehen wollen? Hatte Phinneas die Frau, die er liebte, in Unkenntnis gelassen, um sie zu beschützen?

Als Sabine und Max ihr Ziel erreichten – ein altes Gasthaus im Tudor-Stil –, dunkelte es bereits. Einige wenige Fackeln erhellten die Einfahrt und den Weg zur Vordertür, über der schief ein altes Holzschild hing. Das Gasthaus verfügte über einen kleinen Speiseraum, an dem Sabine und Max auf dem Weg zur Rezeption vorbeikamen, wo sie erfuhren, dass nur noch ein einziges Zimmer frei war.

Max händigte dem grauhaarigen alten Wirt die verlangte Summe aus, bevor sie zu ihrem Zimmer gingen. Es zeigte sich, das es nur über ein schmales Bett verfügte, das zudem mit abgenutzter, schmuddeliger Bettwäsche bezogen war.

»Das ist ein Kinderbett«, sagte Max zu dem Mann, der ihr Gepäck brachte.

Der grunzte nur etwas statt einer Antwort und zog die Tür hinter sich zu.

»Das wird ja eine geruhsame Nacht werden«, bemerkte Max ironisch.

Sabine trat ans Fenster, zog die verschlissenen Vorhänge zurück und blickte zum dunklen Himmel hinauf. Nur eine Hand voll Sterne waren zu erkennen. »Vielleicht ist es zu dunkel, um heute Nacht noch etwas zu unternehmen«, meinte sie.

»Dafür gibt es Laternen.« Max richtete seinen stahlblauen Blick auf sie. »Wir werden diese Nacht jedenfalls nicht ungenutzt lassen.« Er trat näher zu ihr. »Es sei denn, du möchtest lieber etwas anderes tun«, murmelte er und schaute zum Bett hinüber.

Sabine schnaubte undamenhaft. »Als ob wir beide da hineinpassen würden«, sagte sie mit einem Blick auf das schmale Lager.

»Möchtest du es ausprobieren?«

»Ganz und gar nicht«, log sie. Denn wenn das Bett auch noch so schmal und unbequem war, würde es der Leidenschaft, die sie in Max Barretts Armen finden würde, gewiss keinen Abbruch tun.

Max war nicht der erste Mann, der sie berührt hatte, aber bei ihm war alles anders. Sie begehrte ihn mit jeder Faser ihres Seins, und seine Berührungen weckten ein fast schmerzhaftes Verlangen in ihr. Er war ein Mann, der in ihr den Wunsch nach mehr als nur einem erotischen Zwischenspiel im Bett hervorrief.

»Bist du nun bereit dazu oder nicht?«, fragte er.

Und ob sie bereit war!

Aber Sabine wusste, dass er von der Kapelle sprach, die sie erkunden wollten.

»Ja, natürlich.«

Sabine schob ihre begehrlichen Gedanken beiseite und konzentrierte sich stattdessen auf das »Vergnügen«, einer verlassenen Kapelle einen nächtlichen Besuch abzustatten. Wenn ihr Geburtstag eine Art von Frist darstellte, blieb ihnen nicht viel Zeit. Ganz zu schweigen davon, dass ein Mörder hinter ihnen her war – ein gnadenloser Killer, der bereits zwei Wächter und fünf von Englands führenden Militärs getötet hatte. Sie ignorierte die Furcht, die in ihr aufstieg. Jetzt war nicht der Moment, übervorsichtig zu sein. Das war sie ihr ganzes Leben lang gewesen, aber jetzt war die Zeit gekommen, um zu handeln und die Menschen zu beschützen, die sie liebte.

»Ich habe den Stallburschen gebeten, uns eine Schaufel und einige Werkzeuge zu besorgen. Meiner Erfahrung nach lässt sich eine Schaufel für viele Zwecke benutzen, notfalls auch als Waffe«, sagte Max. »Und zieh das hier an.« Er reichte ihr einen Stapel zusammengefalteter Kleidungsstücke. »Du wirst besser vorankommen, wenn du nicht einen Haufen Stoff mit dir herumschleppen musst.«

Sie sah sich die Kleidungsstücke an. »Du willst, dass ich eine *Männerhose* anziehe?«

»Sie wird dir bei unserem Vorhaben weniger hinderlich sein als ein Kleid.« Er lehnte sich an die Wand und verkreuzte die Beine an den Knöcheln. »Besonders, wenn unsere Verfolger wieder auftauchen sollten und wir wieder das Weite suchen müssen.«

Sabine beäugte die Sachen skeptisch, ging dann aber doch zu dem lächerlich kleinen Wandschirm, um sich dahinter umzuziehen. Das Zimmer musste eindeutig für ein Kind gedacht gewesen sein, denn ihr Kopf und ihre Schultern ragten beträchtlich über den Wandschirm hinaus.

Sie war drauf und dran, erneut zu protestieren, doch sie biss sich auf die Zunge und beherrschte sich. Max hatte natürlich recht. Eine Hose und ein Hemd würden viel praktischer als ihr Wollkleid sein, wenn sie sich einen Weg über dunkles, unwegsames Gelände und einen alten Friedhof bahnen mussten. Sie öffnete ihr Kleid, streifte es sich von den Schultern und ließ es auf den Boden fallen.

Max beobachtete sie unentwegt, starrte ganz ungeniert auf ihre nackten Schultern und brachte ihre Haut zum Glühen.

»Du könntest dich wenigstens wie ein Gentleman verhalten und deinen Blick abwenden«, sagte sie. Ihre Stimme klang kühl und abweisend, ganz anders als die Wärme, die unter seinem begehrlichen Blick durch ihren Körper schoss.

»Ich bin kein Gentleman, Sabine, und habe auch nie etwas anderes behauptet.« Sein Lächeln war sichtlich übermütig. »Ganz im Gegenteil. Sonst würde ich nicht hier stehen und mich fragen, warum ich diesen Wandschirm nicht beiseiteschiebe und dich dort an der Wand nehme.«

»Schäm dich, Max!« Sie schluckte heftig. »Du bist kein Gentleman, sagst du? Aber was ist mit deinem Titel?« Ihre Worte hörten sich an wie hilfloses Gestammel. »Bist du deinem Familiennamen nicht verpflichtet?«

Der Muskel an seinem Kinn zuckte, und die Hitze in seinen Augen wich einem Blick, der an blaues Eis erinnerte. »Meine Familie lebt nicht mehr. Und abgesehen davon, dass ich darauf pfeife, was andere von mir und meiner Handlungsweise denken, gibt es sowieso niemanden mehr, den es interessieren sollte.« Damit wandte er sich ab. »Ich werde gehen, um alles Nötige zu besorgen. Komm hinunter, wenn du soweit bist.«

Sabine nickte, obwohl er sie schon nicht mehr sehen konnte. Sein Eingeständnis hatte sie überrascht, und eine Zeit lang, nachdem er die Tür geschlossen hatte, stand sie einfach nur da – unfähig zu denken oder sich zu rühren. Trotz seiner Proteste war für sie offensichtlich, dass ihn sehr wohl interessierte, was andere von ihm dachten. Er war ein Mann, der sich leidenschaftlich für sehr viele Dinge engagierte. Andernfalls würde er sich nicht die Mühe machen, sich mit der Prophezeiung oder mit ihr und ihren Tanten zu befassen. Ein weniger wahrhafter Mann als er hätte auch schon vor Jahren seine Suche nach Atlantis aufgegeben.

Sabine riss sich von ihren Gedanken los und beeilte sich mit dem Ankleiden. Das Hemd und die Hose fühlten sich fremd an ihrem Körper an. Sie hatte noch nie etwas anderes als Strümpfe an ihren Beinen getragen, aber zu ihrem Erstaunen war die Hose sehr bequem. Zum Glück hatte sie robustes Schuhwerk mitgenommen, sodass sie sich zumindest die nicht von jemandem ausborgen musste. Sie zog die etwas zu langen Hosenbeine über die Stiefel und rollte sie auf, damit sie nicht über den Boden schleiften.

Sobald sie angekleidet war, setzte sie sich an die kleine Frisierkommode, steckte sich das Haar zu einem Knoten auf und zog eine Kappe darüber. Dann trat sie vor den fast blinden Spiegel, um sich zu betrachten.

Die Männerkleidung war ihr zu weit, tat aber nichts, um ihre femininen Kurven zu verbergen. Ihre Taille mochte nicht perfekt hervorgehoben sein, aber die Hose verbarg nicht ihre runden Hüften, und die Hosenträger rechts und links von ihren vollen Brüsten brachten diese noch mehr zur Geltung. Bei Tageslicht könnte sie nicht als Mann durchgehen, aber im Dunkel der Nacht würde niemand auf den ersten Blick bemerken, dass sie eine Frau war.

Sie machte sich auf den Weg in den Hof und traf Max bei den Ställen an. Als sie die Scheune betrat, wich die Farbe aus seinem Gesicht, und er schluckte sichtlich bei ihrem Anblick.

»Was ist?«, fragte Sabine, strich die Hose über ihren Hüften glatt und verschränkte dann die Arme vor der Brust.

»Es hat schon seinen Grund, dass Frauen Kleider tragen«, brummte er. Auch der Stallbursche starrte sie mit großen Augen an. Max gab ihm einen Klaps auf den Hinterkopf. »Glotz nicht so.« Dann wandte er sich ab und ging zur Tür hinaus.

Die Frau in Sabine wollte lächeln. Max war normalerweise so charmant und souverän, dass es ihr manchmal schwerfiel, hinter seine heitere Fassade zu sehen. Bis zu diesem Augenblick hatte sie das Ausmaß seines Verlangens nie richtig erkannt. Sie wusste, dass er sich für sie interessierte und zu einer Affäre nicht Nein sagen würde. Aber sie war nicht sicher gewesen, ob er sie ebenso begehrte wie sie ihn, oder ob sie nur eine kleine Abwechslung für ihn war. Doch eben hatte sie die blanke, unverhohlene Lust in seinen Augen gesehen, und ihr Körper prickelte als Reaktion auf diesen Blick.

Aber Agnes' Leben war in Gefahr. Der Auserwählte hatte das Elixier der anderen beiden Wächter gestohlen, und Agnes war im Besitz des letzten Rests, der übrig war. Sabine konnte sich jetzt keine Ablenkungen leisten und riskieren, bei ihrer Aufgabe zu versagen. Mit einem Ausdruck der Entschlossenheit wartete sie am Tor, bis Max das Werkzeug und die anderen Dinge, die sie brauchten, von dem Stallburschen erhalten hatte.

Die Kirche stand hoch auf den Klippen über Lulworth Cove. Als Sabine und Max die dunkle Straße entlanggingen, war bis auf ihre Schritte alles still. Schließlich begannen sie den Aufstieg, und Sabine war sofort froh, dass sie Männerkleidung trug. Ein Kleid hätte alles zehnmal schwieriger gemacht. Die felsige Anhöhe wäre nicht mal am helllichten Tag leicht zu bewältigen, aber der Aufstieg nur im Schein einer Laterne und dem des Monds war ausgesprochen tückisch. Hinzu kam, dass der Wind schneidender wurde, je höher sie stiegen, und Sabine ging der Gedanke durch den Sinn, dass sie ohne die wärmenden Hosen inzwischen schon steif vor Kälte gewesen wäre.

Der Weg führte immer weiter bergan und sie spürten die Nähe der Küste. Der Wind frischte plötzlich in starken Böen auf und strich heulend um sie herum. Die salzhaltige Luft benetzte Sabine das Gesicht und machte die Haut klebrig; Haarsträhnen lösten sich aus ihrem Knoten und peitschten ihr Gesicht. Das Cottage, das sie mit ihren Tanten in Essex bewohnt hatte, lag in der Nähe des Ozeans, und der Salzwassergeruch überflutete sie jetzt mit einer Welle der Erinnerungen, die ihr bewusst machten, wie sehr sie sich nach dem einfachen Leben zurücksehnte, das sie in ihrem Dorf geführt hatten.

Max trug die Laterne und ging voran, streckte aber einen Arm hinter sich, um Sabine zu helfen. Sein Griff war fest und warm, und sie war sicher, dass er sie auffangen würde, falls sie stolperte. Trotzdem konzentrierte sie sich auf ihre Schritte, um nicht zu fallen. Die Felsen und kleinen Krater unter ihren Stiefeln machten den Aufstieg mehr als schwierig.

Irgendwann erreichten sie den Gipfel und gelangten an einen Pfad, der auf die Ruine der alten Kapelle zuführte. Die Steine zu ihrer Linken türmten sich zu kleinen Haufen, als wäre die Mauer einfach in der Erde versunken. Das Gras, das seit vielen Jahren nicht mehr geschnitten worden war, stand hoch wie Schilf und klebte an ihren Hosen, als sie auf den hinteren Teil des Kirchhofs zugingen. Ein rostiges Eisengitter umgab den Friedhof und die alten Grabsteine.

»Wir sehen zuerst hier nach und gehen dann hinein, falls nötig«, sagte Max.

»Was suchen wir?«

»Sag du es mir. Du bist die Nachfahrin der Atlantiden. Wenn du etwas siehst, von dem du denkst, es könnte aus deiner Heimat stammen, dann haben wir es gefunden.«

»Wie hilfreich«, sagte sie.

Wellen schlugen krachend gegen die Felsen unter ihnen. Der Dunkelheit wegen war es schwer zu sagen, wie hoch sie sich über dem Meer befanden.

»Ihr Atlantider scheint Felsküsten zu mögen«, bemerkte Max. »Ich habe die Karte in einer Höhle am Fuß eines ähnlichen Kliffs gefunden.«

»Wahrscheinlich wollten sie so hoch wie möglich über der See leben, nachdem sie ihr Heimatland im Ozean versinken sahen«, meinte Sabine. »Aber woher wusstest du, wo du nach der Karte suchen musstest?«

»Durch Entschlossenheit und sehr viel Glück.« Max lachte. »Ich hatte einiges über die frühen Dörfer der Atlantiden erfahren, also ging ich hin und verbrachte viel Zeit in den Pubs. Ganz zu schweigen von dem vielen Geld, mit dem ich die Männer am Trinken und am Reden hielt. Eines Abends begegnete ich genau dem richtigen, und er sagte etwas so Simples, dass ihm wahrscheinlich nicht einmal bewusst war, wie wichtig diese Information war.«

Weil Max sich nicht immer so verhielt, vergaß Sabine oft, dass er ein Experte für Atlantis war, jemand, der ihr Volk und dessen Gebräuche studiert und sehr hart gearbeitet hatte, um dessen bedeutendsten Artefakte zu finden. Sein unermüdliches Engagement hatte etwas sehr Reizvolles an sich.

»Und was hat dir dieser Mann gesagt?«

»Dass niemand die Karte gefunden hat, weil die Höhle nicht mehr existierte. Lange Zeit ergaben seine Worte keinen Sinn für mich. Aber dann las ich zufällig einen alten Text und stieß auf die Erwähnung einer Höhle, die mit den Gezeiten sichtbar wird und wieder verschwindet. Also habe ich mir einen Überblick über den Gezeitenrhythmus verschafft, und das Ergebnis ist ja bekannt.«

Nachdem er über das verrostete Gitter gestiegen war, fragte Max: »Was weißt du über den Ort hier?«

»Nur, was mir als Kind erzählt wurde. Die ersten meiner Vorfahren landeten an dieser Küste und haben dieses Dorf erbaut.«

»Also waren alle, die hier liegen, Atlantiden?«, fragte er und deutete auf die Gräber.

Sabine stieg über einen abgebrochen Ast, der am Boden lag. »Ich glaube schon. Das Dorf hat sich während der Kreuzzüge sehr verändert. Aber das hier«, sagte sie und zeigte auf die verfallene Kirche zu ihrer Rechten, »war immer die Kapelle meiner Leute.«

»Ein Tempel für Poseidon?«

Sabine lächelte. »Nein. Eine ganz normale Kapelle wie jede andere in England.«

Sie setzten ihren Weg über den Friedhof fort und gaben

sich Mühe, nicht über die Gräber zu laufen. Was kein leichtes Unterfangen war, da die Grabstellen nicht von Gittern umgeben waren. Der Wind, der eben noch die Bäume gepeitscht und heulend über das Land geweht hatte, legte sich unvermittelt, und ein tiefes Schweigen senkte sich auf Sabine und Max herab. Die jähe Veränderung machte die Nacht noch dunkler und unheimlicher. Sabines Arme überzogen sich mit einer Gänsehaut, und ihr lief es kalt über den Rücken.

»Wir könnten verhaftet werden«, sagte sie, als sie an einen kürzlich in der *Times* erschienenen Artikel dachte, von dem Lydia ihr erzählt hatte.

»Und weswegen?«, fragte Max.

»Wegen des Stehlens von Leichen für die medizinische Forschung.« Sabine wandte sich um, aber in der Dunkelheit sah sie nichts als Schatten. »Erst letzte Woche stand etwas in der *Times* über zwei Männer, die genau deswegen verhaftet wurden.«

Max blieb stehen und drehte sich zu ihr um. »Ja, aber das war in London, wo es frische Leichen zu stehlen gibt. Auf diesem Friedhof hier ist seit fast siebzig Jahren niemand mehr beerdigt worden.« Er tippte mit der Schaufel auf den Grabstein vor ihnen, und das Geräusch schallte über den Hügel. »Hier gibt's nichts Wertvolles für medizinische Forschungen, außer vielleicht uns beide. Außerdem bin ich mir ziemlich sicher, dass wir die einzigen Menschen sind, die verrückt genug sind, im Dunkel hier heraufzuklettern.«

Sabine warf einen weiteren Blick zurück, um sicherzugehen, dass sie allein waren, und dann nickte sie.

»Atme tief durch, Sabine. Wir werden den Abend unbeschadet überstehen, das verspreche ich dir.«

Als sie weiter über den Kirchhof gingen, versuchte Sabine, in Max' Fußstapfen zu treten, damit sie auf dem weichen

Boden nicht ausrutschte und fiel. Im Vorbeigehen ließ sie den Blick über die Namen auf den Grabsteinen gleiten, aber keiner davon kam ihr bekannt vor oder weckte irgendeine Erinnerung in ihr.

»Warum sehen wir uns nicht in der Kapelle um?«, fragte sie.

»Weil Kirchen keine sicheren Verstecke sind.« Seine tiefe Stimme hallte durch die stille Nacht. »Politische Machtwechsel, Gruppierungen innerhalb der Kirche, die kommen und gehen ... Es braucht nur ein neugieriges Gemeindemitglied, das sich anbietet, im Pfarrhaus Staub zu wischen, und alles Mögliche kann passieren. Nein, Kirchen sind eigentlich nur geeignet, einen Schatz für kurze Zeit zu verstecken. Aber was würdest du tun, wenn du etwas auf lange Sicht und absolut sicher verstecken willst?«, fragte er.

Sabine überlegte einen Moment, bevor sie antwortete. »Wahrscheinlich würde ich es vergraben.«

»Genau.« Max nickte.

Wieder ließ sie ihren Blick über die Grabsteine wandern und suchte nach einer Schnitzerei oder einem Relief, das einer Taube ähnelte, oder irgendetwas in atlantidischer Sprache, das sich mit »Taube« übersetzen ließ. Sie erkannte einige der Familiennamen, sah aber nichts, das ihnen einen Hinweis auf die Taube lieferte.

Max ging ein kleines Stück voran, blieb aber immer nahe genug, um das Laternenlicht mit ihr zu teilen. Mit der Stiefelspitze schob er Gras beiseite, damit Sabine die Grabsteine besser sehen konnte. Sie hatten schon den gesamten Friedhof überquert, als sie zu einem Grab gelangten, das an der hinteren Umzäumung lag. Die Wellen waren hier lauter zu hören, aber Sabine konnte noch immer nicht den Rand der Klippen sehen.

Irgendetwas raschelte in den Büschen hinter ihnen. Beide

blieben stehen, und Max griff hinter sich, um Sabine an sich heranzuziehen. So dicht an ihm konnte sie das gleichmäßige Pochen seines Herzens spüren. Er hielt die Laterne vor sie hin und drehte den Docht höher, um den Lichtstrahl zu vergrößern.

»Hallo?«, rief er, während er Sabine die Schaufel reichte und mit der anderen Hand seine Pistole aus dem Hosenbund zog.

Das Rascheln wurde lauter. Max zielte schon in die Richtung, als ein großes Reh aus dem Gebüsch heraustrat. Das Tier sah ruhig kauend direkt zu ihnen hinüber. Seine Augen glühten im gelblichen Licht der Laterne.

Sabine seufzte, als Erleichterung sie überflutete wie warmes Wasser.

»Dieses verdammte Reh«, murmelte Max, als er die Pistole in seinen Hosenbund zurücksteckte.

Zusammen wandten sie sich wieder dem Grab zu, und Max hob die Laterne, damit Sabine den Namen lesen konnte. »Ich glaube, das ist das letzte«, sagte er.

Aber auch an diesem Grab war nichts Bemerkenswertes. Sabine blickte sich zu der Kapelle um.

Zusammen gingen sie zu ihr hinüber. »Wir könnten heute Nacht hineingehen«, sagte Max. »Aber ohne ausreichend Licht zwischen verrotteten Balken oder Bodenbrettern herumzulaufen …«

»Ist zu gefährlich«, beendete sie seinen Gedanken. Die Zeit drängte, aber das würde keine große Rolle spielen, wenn sie in dieser Kirchenruine stürzten und sich den Hals brachen. »Vielleicht sollten wir am Tage zurückkommen. Sie liegt ja nur ein paar Stunden entfernt.« Dann, als hätte der bloße Gedanke ans Fallen es verursacht, stolperte Sabine und verdrehte sich den Knöchel.

Max packte sie am Arm und verhinderte, dass sie stürzte. »Hast du dich verletzt?«

»Das wird schon wieder.« Sie stützte sich mit der Hand auf den kalten Boden und fühlte etwas Hartes unter ihren Fingerspitzen. »Warte mal«, sagte sie zu Max.

Er trat näher und beugte sich zu der Stelle vor, an der sie kniete. Der gelbliche Schein der Laterne beleuchtete einen alten Grabstein, der flach auf dem Boden lag und fast vollständig von Gras und Unkraut überwuchert war.

»›William Travers‹«, las Sabine laut und schüttelte den Kopf. »Auch dieser Name kommt mir nicht bekannt vor.«

»Schieb das Gras weg«, sagte Max. »Da steht noch mehr auf dem Stein.«

Sie tat, wie er sie geheißen hatte, und rupfte Gras und Unkraut aus.

Als Max das Licht noch näher heranbrachte, beleuchtete es den ganzen Stein.

»Na also! Siehst du? Da ist ein Vogel«, sagte Max und zeigte auf ein unter der Inschrift grob gemeißeltes Bild. »Vielleicht sogar eine Taube.«

Erregung durchflutete Sabine. »Ja, das ist es.«

Max reichte ihr die Laterne und griff nach der Schaufel.

Sabine legte eine Hand auf seinen Arm. »Was hast du vor?«

»Ich werde das Grab öffnen«, erwiderte er. »Was glaubst du denn, Sabine? Dass wir dem Auserwählten mit dem Grabstein über den Kopf schlagen sollten?« Er wartete ihre Antwort nicht ab. »Vergiss nicht, dass du selbst gesagt hast, du würdest etwas vergraben, um es zu verstecken. Und vielleicht gibt es ja gar keinen Mr Travers und das hier ist nur ein falscher Grabstein.«

Die Schaufel traf auf die alte Erde und drang in den Boden

ein, als wäre er weich wie warme Butter. Sabine konzentrierte sich darauf, die Laterne zu halten, um Max genügend Licht zu spenden, aber sie horchte auch auf etwaige Geräusche um sie herum. Das Reh hatte sie nervös gemacht und ihre Empfänglichkeit für Geräusche erhöht. Aber das Einzige, was sie hörte, waren der Wind, das Krachen der Wellen an die Klippen und die Geräusche des Grabens. Erde vermischte sich mit Kreide, als Max den ausgehobenen Boden Sabine gegenüber aufhäufte.

Max trat auf die Schaufel, um sie noch tiefer in den Grund hineinzutreiben, und stieß auf Holz. »Vielleicht habe ich mich geirrt und es ist doch ein Grab. Ich glaube, wir haben Mr Travers gefunden.« Max blickte grinsend zu ihr auf. »Hoffentlich ist er nicht an der Pest gestorben.«

Sabine schüttelte den Kopf. »Du bist nicht sehr amüsant, Max.« Trotzdem musste sie wider Willen lächeln.

Er schenkte ihr ein mutwilliges Grinsen. »Oh, ich denke schon, dass ich das bin. Und nur damit du es weißt – viele andere finden das auch.« Dann grub er weiter und entfernte die Erde von dem hölzernen Sarg. »Besonders die Damen.«

»Ich glaube nicht, dass es dein Sinn für Humor ist, was ihnen an dir gefällt«, konterte sie spitz.

»Mein gutes Aussehen? Meine Männlichkeit?«

Sabine verdrehte ihre Augen. »Ja, das muss es sein. Dich die Schaufel schwingen zu sehen macht mich richtig schwach«, sagte sie und tat so, als müsste sie sich Luft zufächeln.

»Du siehst auch schon ganz blass aus.«

»Mach weiter«, sagte sie.

Er brauchte weitere fünf Minuten, um den Sarg freizulegen, dann ließ er sich auf die Knie fallen. »Komm zu mir herunter, damit ich sehen kann, was ich tue.«

Zusammen knieten sie über dem Grab. Sabine hielt die

Laterne so tief wie möglich, als Max Erdreste vom Sarg abkratzte, und sie versuchte, das wilde Pochen ihres Herzens zu ignorieren. Sie hatte in den letzten zwei Tagen genug Leichen gesehen, dass es für ihr Leben reichte. Und nun sollte sie schon wieder eine sehen, und diese zudem als Skelett. Sabine erschauderte. Es schien ihr falsch zu sein, die letzte Ruhestätte eines Menschen zu entweihen, und wenn sie noch so gute Gründe für ihr Tun hatten.

Max benutzte die Schaufel, um den Deckel des Sarges aufzustemmen, und mit einigen krächzenden Geräuschen hob er sich. Von Mr Travers war nicht viel übrig geblieben. Die Insekten hatten nicht nur seine Knochen abgenagt, sondern auch gleich die meisten seiner Kleider vertilgt. Kleine Erdhäufchen um seine Überreste ließen darauf schließen, dass Würmer seine letzte Ruhestätte als neues Zuhause nutzten.

»Vielleicht war der Vogel nur Verzierung«, sagte Sabine.

»Du willst doch wohl nicht schon aufgeben.«

»Dir scheint das Ganze Spaß zu machen«, beschuldigte sie ihn.

»Aber sicher«, erwiderte er.

»Nein, ich bin noch nicht bereit, aufzugeben.« Zögernd hielt sie ihre Hand über die Leiche. Sie hatte mit genug Wunden, Verletzungen und Entzündungen zu tun gehabt, um nicht mehr zimperlich zu sein. Aber diese leblosen Knochen jagten ihr einen kalten Schauder über den Rücken. Schließlich schluckte sie ihre Furcht und griff in das Grab hinein.

Oft wurden Atlantider mit Besitzstücken aus ihrem Leben begraben, wie Schmuck und anderen von ihnen geschätzten Dingen. Sie suchte zuerst um die Füße und Beine herum, fand aber nichts.

»Hast du das schon mal getan?«, fragte Max.

Sie lehnte sich zurück und sah ihn an. »Ein Grab entweiht? Ganz sicher nicht.« Sie zögerte und betrachtete ihn nachdenklich. »Warum? Hast du es schon mal getan?«

»Sagen wir einfach, dass die hohe Kunst des Grabdurchsuchens nichts Unbekanntes für mich ist.« Und dann besaß er die Frechheit, sie auch noch anzugrinsen.

»Lass uns das hier hinter uns bringen«, sagte sie ärgerlich.

Die Knochen bewegten sich und fielen aus ihrer ursprünglichen Position, als sie um das Skelett herum den Boden absuchten. Es gab keine Taschen mehr in der wenigen Kleidung, die Mr Travers noch geblieben war. Max sah unter dem Oberkörper der Leiche nach. Wieder fand er nichts, bis er Mr Travers' Kopf bewegte. Der Schädel wandte sich Sabine zu, die leeren Augenhöhlen schienen sie direkt anzustarren, und der lebloser Blick zerriss ihr fast das Herz.

Sie schluckte, konnte den Blick aber nicht von dem Gerippe abwenden.

»Na also«, sagte Max und lehnte sich mit einem kleinen Lederbeutel in der Hand zurück. »Halt deine Hand auf.«

Sabines Hände schlossen sich instinktiv zu Fäusten. Aber sie nahm sich zusammen und zwang sich, Max eine Hand hinzustrecken. Er drehte den Beutel um und ließ sieben Steine auf ihre Hand fallen.

»Steine«, sagte er und blickte mit verwirrter Miene zu ihr auf. »Steine?«

Sabines Aufregung verflog und wich Enttäuschung. »Das kann nicht alles sein«, sagte sie.

Sie gab die Steine in den Beutel zurück und steckte ihn in ihre Hosentasche. Dann griff sie wieder in den Sarg. Diesmal vergaß sie, wie respektlos sie mit Mr Travers' Überresten umgingen, und fuhr mit der flachen Hand über den Boden des Sargs, ohne auch nur einen Gedanken an mögliche Holzsplitter zu verschwenden. Dann hielt sie inne.

»Max, ist es normal, dass ein Sarg innen so etwas wie eine hochstehende Kante hat«, fragte sie.

»Wo?« Er schob die restlichen Knochen aus dem Weg, um die Stelle um Sabines Hand freizulegen. Mit dem Finger fuhr er an der winzigen Spalte entlang, die sie gefunden hatte, und in einer Ecke entdeckte er dann einen kleinen Riegel. »Das ist eine Tür!«

Kapitel dreizehn

Cassandra St. James trat in den nur schwach erhellten Raum und hielt abrupt inne, als sie das Chaos sah. Der Mann, den sie eingestellt hatte, sollte Gerüchten zufolge ein brillanter Kopf sein, aber bisher entschädigte sein Verstand sie nicht dafür, dass er ihr mehr als widerwärtig war. Der lange Tisch, an dem er arbeitete, war mit kleinen Glasgefäßen und Fläschchen übersät. Und das Gerät, mit dem er die Bestandteile der Creme aufspaltete, wirkte eher wie ein kleines Folterwerkzeug als wie etwas, das ein Wissenschaftler benutzen würde.

Sie trat an den Arbeitstisch und blieb vor einem Bücherstapel stehen, neben dem etwas lag, das wie ein Stück verschimmeltes Brot aussah. »Nun, Mr Olney, was haben Sie herausgefunden?«

Beim Klang ihrer Stimme zuckte der Mann zusammen. »Ich habe Sie nicht eintreten gehört.« Mit großen, glasigen Augen sah er zu ihr auf. »Ich habe die Creme erneut in die Basisbestandteile aufgespalten und versuche nun, die Mixtur wiederherzustellen.«

»Sie arbeiten schon seit mehr als drei Tagen daran«, sagte sie. »Warum brauchen Sie so lange?«

Warum musste sie so lange warten? Sie suchte nach diesem geheimnisvollen Quell der ewigen Jugend, seit Max ihr vor fast zehn Jahren davon erzählt hatte. Die Verlockung ewiger Jugend und Schönheit war zu groß gewesen, um ihr zu widerstehen. Ohne Schönheit hatten Frauen keine Macht. Ihre Mutter hatte sie viele Male davor gewarnt. Cassandra war mit einem üppigen Körper gesegnet, den Männer begehrten, und mit einem Gesicht, das Frauen neidisch machte. Aber die Zeit begann ihren Tribut zu fordern. Fältchen waren um ihre Augen und ihren Mund erschienen, und ihre einst glatte, zarte Haut war jetzt an manchen Stellen fleckig und rot.

»Es ist ein sehr komplexes Verfahren«, sagte Mr Olney mit unsicherer, dünner Stimme. »Es hat einige Rückschläge gegeben.« Er schaute zu einem Tisch in der Ecke, auf dem ein Glasgefäß mit einer mysteriösen Substanz stand.

Cassandras Nasenflügel bebten. »Ich habe nicht ewig Zeit.« Neuerdings schien auch die Haut an ihren Händen dünner zu werden, und sie hatte graue Haare zwischen ihren blonden Locken entdeckt. Zum Glück war ihr Haar so hell, dass nur wenige es bemerkten, zumindest jetzt noch nicht. Trotzdem war sie besorgt. »Ich bezahle Sie sehr gut für diese kleine Aufgabe. Sie sind doch angeblich der Beste!«

»Ja«, sagte er.

Sie nahm eine Flasche mit einer grauen Flüssigkeit darin in die Hand, schnupperte daran und stellte sie wieder zurück. »Ich habe gehört, dass Sie im Laden dieser Tobias gewesen sind.« Mit ausgestrecktem Finger tippte sie Olney an die Brust. »Was haben Sie dort gewollt?«

»Ich ... ich habe noch eine Probe gekauft«, stammelte er und richtete seinen Blick dann wieder auf das seltsame Gerät vor ihm.

»Ach ja.« Sie sah sich um. »Haben Sie sie vergessen?«

Ein Falte kräuselte seine hohe Stirn. »Wie bitte?«

»Die Probe.« Cassandra strich mit einer Hand über sein Extraktionsgerät. »Sie sagten, Sie hätten eine weitere Probe gekauft, aber ich sehe keinen neuen Tiegel. Haben Sie ihn in dem Geschäft vergessen?«

»Bitte fassen Sie das nicht an.« Er beugte sich über die

Maschine wie eine Glucke über ihre Küken. Dann zeigte er auf das leere Töpfchen rechts von ihm. »Da steht es.«

Cassandra hasste Lügner, besonders solche, die sie bezahlte, damit sie für sie arbeiteten. »Ich verstehe. Und warum hat man Sie dann das Geschäft mit leeren Händen verlassen sehen?« Sie griff nach seiner Krawatte und zog ganz fest daran. »Sie belügen mich, und ich mag es gar nicht, belogen zu werden. Schon gar nicht von einem Angestellten. *Was* haben Sie also dort getan?«

Sie war fast einen Kopf größer als er, und sie konnte sehen, wie er unter ihrem starren Blick in sich zusammenfiel. Nur selten gelang es jemandem, sie zu hintergehen. Sie hatte ihre Mittel und Wege, die Menschen davon zu überzeugen, dass Ehrlichkeit eine sehr viel bessere Wahl war.

»Ich war dort, um mit Miss Tobias zu sprechen«, gestand er leise ein.

»Und?«

Er schüttelte den Kopf. »Sie wollte mir keine Informationen geben.«

Cassandra lachte. »Sie haben sie nach dem Rezept gefragt?«

»Ich habe ihr angeboten, es ihr abzukaufen«, sagte er flach.

»Sie haben ihr angeboten, es ihr abzukaufen. Glauben Sie nicht, dass ich das nicht schon längst getan hätte, wenn es möglich wäre, anstatt Sie zu engagieren?« Cassandra schwieg einen Moment, um zu sehen, ob er eine weitere Ausrede vorbringen würde, aber er sagte nichts. »Mir wurde gesagt, Sie seien unübertroffen auf Ihrem Gebiet. Aber anscheinend war das auch eine Lüge.« Wieder stieß sie ihn mit einem Finger gegen die Brust. »Sie sind ein Idiot, Olney.«

»Nein, ich *bin* der Beste. Niemand übertrifft mich.«

»Dafür müssen Sie mir erst noch den Beweis erbringen.«

»Madam St. James, ich bitte Sie. Ich kann die Formel entschlüsseln, das verspreche ich Ihnen. Ich brauche nur mehr Zeit.«

»Ich fürchte, dass es dafür vielleicht schon zu spät ist. Aber wir werden sehen. Vielleicht werde ich später ein wenig nachsichtiger sein. Im Moment möchte ich Ihnen allerdings raten, meine Geduld nicht länger zu strapazieren.«

Olney straffte die Schultern und tat sein Bestes, seine jämmerliche Gestalt ein wenig größer erscheinen zu lassen. »Nicht nur Sie können drohen, Madam, ich kann es auch«, sagte er mit unsicherer Stimme. »Zwar nicht mit körperlicher Gewalt, da ich keinen Umgang mit solchen Ganoven pflege wie jene, die Sie bezahlen. Aber ich kenne Leute, die sehr interessieren würde, was Sie hier treiben.«

»Ach ja? Tatsächlich?«, fragte sie. Aber er wusste gar nichts. Sie hatte ihm nur gesagt, sie sei an dieser Creme interessiert, weil ein Freund, der einen französischen Schönheitssalon besaß, glaubte, ihr Produkt sei gestohlen.

»Der Quell der Jugend«, sagte Olney entschieden.

Cassandra sah den Mann aus schmalen Augen an. »Falls Sie glauben ...«

»Ich weiß sehr genau, wonach Sie jahrelang gesucht haben. Ich nehme keine Stellung an, ohne meine Arbeitgeber vorher überprüft zu haben. Ich weiß von Ihrer früheren Beziehung zu dem Marquess of Lindberg, seiner Mitgliedschaft bei Solomon's und seiner Suche nach Atlantis.« Nun stieß auch Mr Olney mit einem Finger gegen ihre Brust. »Ich kann Sie ruinieren, Miss St. James.«

»Fassen Sie mich nicht noch einmal an«, sagte sie drohend. »Sie wissen gar nichts.« Doch er wusste etwas, dieser bösartige kleine Mann. Er hatte ihr Geheimnis entdeckt, und das konnte sie nicht zulassen. »Wir sprechen uns noch, Mr Olney.«

Damit verließ sie das Zimmer und knallte die Tür hinter sich zu. Er kann mir nicht schaden, sagte sie sich. Trotzdem, er schien mehr zu wissen, als er sollte. Sie musste Johns holen lassen. Nur er konnte diesen Schlamassel in Ordnung bringen.

»Nun mach schon auf«, drängte Sabine. »Worauf zum Teufel wartest du denn noch?«

Max zuckte die Schultern. »Ich dachte, du wolltest mich vielleicht warnen, was passieren könnte, wenn ich diesen Riegel öffne.«

»Wir haben keine Zeit für Warnungen«, versetzte sie.

»Also los.« Er lächelte und zog. Das Holz ächzte und knarrte, als sich ein Klappe öffnete und die Treppe freigab, die darunterlag.

Max und Sabine sahen sich an. Sabine nickte, und Max setzte einen Fuß auf die oberste Stufe.

»Sie scheint solide genug zu sein«, meinte er. »Aber es wird ziemlich eng hier unten.«

Seine Vermutung stimmte, denn er musste sich drehen, um mit den Schultern durch die Öffnung hindurchzukommen. Sabine folgte ihm hinunter. Ihre Laterne erleuchtete gerade genug von der Umgebung, dass sie sich in dem kleinen, mit Holz verkleideten Raum umsehen konnten, in dem sie sich befanden.

»Ah, perfekt«, sagte Max und ließ Sabine einen Moment in nahezu völliger Dunkelheit stehen, als er sich von ihr entfernte. Aber bald erfüllte Licht den Raum. »Wandfackeln«, sagte er lächelnd, während er eine dritte anzündete. »Die sind immer nützlich.«

Die hölzernen Wände des Gelasses waren einfach und solide gebaut, es gab keinerlei Markierungen oder weitere Zugänge. Ebenso verhielt es sich, abgesehen von dem Loch am Eingang, mit der Decke. Der Boden jedoch war mit Kacheln in unterschiedlichen Größen bedeckt, die alle mit bunten Bildern bemalt waren. Der farbenfrohe Fußboden hob sich auffallend vom Rest des Raumes ab.

»Was ist das?«, fragte Max und deutete in eine Ecke.

Sabine folgte seinem Fingerzeig und sah einen Pfosten mit einem kleinen Holzkasten darauf. Sie schaute wieder auf den Boden und griff nach dem Lederbeutel in ihrer Hosentasche. »Ein Spiel«, murmelte sie, während sie die Steine in ihre Hand fallen ließ.

»Das sieht aber gar nicht wie ein Spiel aus«, meinte Max, als er sich bückte und mit einer Hand über die bemalten Kacheln fuhr. »Sie erinnern an Glasmalereien. Dieser Raum hier sieht mehr wie eine Grabstätte oder irgendeine Art von Denkmal aus.«

»Nein, es ist Thistle. Ich kenne dieses Spiel«, sagte sie.

»Hast du es schon mal gespielt?«

Sie selbst hatte es noch nie gespielt, den anderen Kindern in ihrem Dorf aber früher stundenlang dabei zugesehen. Die Nase ans Fenster gedrückt, bis das Glas von ihrem Atem ganz beschlagen war, hatte sie dagesessen und beobachtet, wie die anderen Kinder lachten, herumhüpften und ihre Steine warfen. Sie hätte liebend gern mitgespielt, aber sie war die Tochter einer Wächterin und hatte deshalb lernen müssen. Und sie hatte vor Verletzungen und Unfällen bewahrt werden müssen, wie sie in jeder Kindheit geschahen, vor kleinen Blessuren und aufgeschürften Knien. Auch wenn sie diese

Opfer als dumm und übertrieben angesehen hatte, nachdem sie dann doch nicht zur Wächterin erwählt worden war.

Sabine atmete tief durch. »Nein, ich habe es nicht gespielt.«

»Ist es ein atlantidisches Spiel?«, fragte Max.

»Ja, und ich habe viele Male dabei zugesehen.« Sie sah Max an. »Ich kann es spielen.«

Er machte eine auffordernde Handbewegung und entfernte sich von den bemalten Kacheln.

Sabine warf noch einen Blick auf die kleinen Steine in ihrer Hand und ließ sie dann in den Kasten fallen. Sie rollten umher und zerstreuten sich, bis sie liegen blieben.

»Drei«, sagte sie und ging zu den bemalten Kacheln, um sie genauer zu betrachten. Max hatte recht. Sie ähnelten tatsächlich Glasmalereien und stellten Menschen in ihrem alltäglichen Leben dar. Auf einem Bild war eine Frau zu sehen, die Wäsche zum Trocknen aufhängte; eine andere Kachel zeigte Männer bei der Feldarbeit. »Drei«, sagte Sabine noch einmal.

Bevor sie begann, sah sie Max an. »Was auch immer geschieht, du darfst die Kacheln auf keinen Fall berühren, bis ich das Spiel beendet habe.«

Er nickte zustimmend.

Sabine trat auf eine der Kacheln. Dann bewegte sie sich zur nächsten weiter. Vor jedem Schritt studierte sie die Bilder und wählte immer eins mit Darstellungen von drei Menschen oder Dingen, um ihren nächsten Schritt zu tun.

Max stand still dabei und verfolgte jede ihrer Bewegungen.

In Gedanken konnte Sabine wieder die Mädchen und Jungen lachend und scherzend miteinander spielen sehen. Manchmal hatten sie ihr zugewinkt, wenn sie sie am Fenster sahen, aber meistens hatten sie sie ignoriert.

Vier weitere Schritte, und sie hatte das Brett schon halbwegs überquert. Hier blieb sie stehen und fasste ihre nächste Möglichkeit ins Auge.

Dann hob sie einen Fuß, um ihn auf die Kachel vor ihr zu setzen, auf der Kinder zu sehen waren, die mit drei Bällen spielten. Doch als ihr Fuß den Stein berührte, zerbrach er und fiel in ein tiefes, höhlenartiges Loch darunter. Sabine verlor das Gleichgewicht, aber Max packte sie und hielt sie fest, ohne selbst das Spielfeld zu betreten.

»Alles in Ordnung?«, fragte er.

»Das war der falsche Schritt«, erwiderte sie mit zitternder Stimme. »Ich muss etwas übersehen haben auf diesem Bild. Einen vierten Ball vielleicht.«

»Geschieht das immer, wenn man einen falschen Schritt macht?«

»Nein, normalerweise ›stirbst‹ du, was bedeutet, dass du die Runde verloren hast. Aber dieses Spiel ist offenbar ein bisschen anders als das Thistle, das die Kinder spielen. Hier scheint es nicht nur ein Tod im übertragenen Sinn zu sein.«

»Genau.« Max machte keine Anstalten, sich von ihr zu entfernen, sondern hielt sie immer noch und half ihr, das Gleichgewicht zu bewahren.

»Ich kann jetzt weitermachen«, sagte sie mit einem Nicken.

»Keine weiteren Fehler«, ermahnte er sie.

Sabine lächelte. »Ich werde mich bemühen.«

Sie wusste nicht, wie viel länger sie brauchte, um sich durch das Spiel zu arbeiten, aber irgendwann hatte sie ihren letzten Schritt vor sich. Nachdem sie für einen Moment die Augen geschlossen und sich konzentriert hatte, sah sie sich sehr genau die verbliebenen Kacheln an. »Jetzt kommt die letzte«, sagte sie.

»Bist du sicher?«, fragte Max.

»Mehr oder weniger«, erwiderte sie und tat den letzten Schritt. Die Kachel zerbrach nicht, aber der Kasten, in den sie die Steine geworfen hatte, begann zu rappeln.

Max hing hinüber. »Der Kasten hat sich geöffnet«, sagte er, während er hineingriff und etwas herauszog. »Hier ist ein Brief.«

»Was steht darin?«, fragte sie und blieb ganz ruhig stehen, weil sie noch immer Angst hatte, sich zu bewegen.

Max sah sie an. Seine Augen funkelten vor Erregung. »Es ist ein weiterer Hinweis.«

Gemeinsam machten sie sich an den Abstieg. Sabine ging jetzt schneller als vorher, weil sie es offensichtlich eilig hatte, in ihr Zimmer zu gelangen. Max fiel es nicht schwer, mit ihr Schritt zu halten, aber zweimal musste er ihren Ellbogen ergreifen, um sie zu stützen, als sie auf einem steinigen Teil des Abhangs stolperte. Schweigend betraten sie den kleinen Gasthof, und kaum hatten sie die Zimmertür geschlossen, griff Sabine schon nach seinem Arm. »Was steht noch mal in dem Brief?«

Max entfaltete das Pergament erneut und las: »›*Am Jungfrauenfelsen badet die Taube, wo die Ahnen Frieden fanden.*‹«

Sabine setzte sich auf den Rand des Betts und zog nachdenklich die Stirn kraus. »Es ist ein Rätsel«, sagte sie.

»So sieht es aus.« Max betrachtete die handgeschriebene Notiz noch einmal. Sie war auf Papyrus geschrieben, aber jeder hätte sich das altertümliche Papier besorgen können. Daher stellte sich die Frage, wie alt diese Notiz sein mochte. Die Tinte war verblasst, aber noch lesbar, und die Nachricht war in Griechisch und nicht in der Sprache der Atlantiden geschrieben worden.

Max setzte sich zu Sabine aufs Bett, das unter ihrer beider Gewicht leise ächzte.

»Falls der Auserwählte eine wie auch immer gestaltete Kopie der Prophezeiung hat, was ich stark vermute, weiß er auch von der Taube«, gab Sabine zu bedenken. »Er wird bestimmt auch nach ihr suchen. Oder hat es früher schon getan.«

Max nickte. »Und welch besseren Weg gibt es, zu verhindern, dass sie in seine Hände gelangt, als sie hinter einer Reihe von Rätseln zu verstecken.«

»Aber das erste haben wir gelöst«, meinte Sabine.

»Nein, das hast du gelöst, Sabine. Ich hätte dieses Spiel nicht spielen können. Ich hätte ja nicht einmal gewusst, dass es eins war«, sagte Max.

»Und ich hätte beinahe versagt«, erwiderte sie mit einer Stimme, die kaum mehr als ein Flüstern war.

»Hast du aber nicht.«

»Lass mich noch einmal die Nachricht sehen«, bat sie.

Max gab sie ihr und rutschte auf dem Bett zurück, um sich auf einer Seite auszustrecken – sofern man bei einem so schmalen Bett überhaupt von Seiten sprechen konnte. Seine Füße hingen weit über das Ende des Bettes. Max verschränkte die Arme hinter dem Kopf.

Sabine trug noch die Männerkleidung, die er ihr gegeben hatte, und er versuchte, nicht darauf zu achten, wie die Hosenträger ihre Brüste betonten oder dass ihre Hüften und ihr Po in dieser Hose noch runder aussahen. Ihr unter der Kappe verborgenes Haar erlaubte ihm einen guten Blick auf ihren zarten Nacken.

»Der Jungfrauenfels«, murmelte sie. »Ich weiß nicht, was

ich davon halten soll.« Sie drehte sich um, um ihm das Pergament zurückzugeben, und legte den Kopf ein wenig schief. »Und wo soll ich schlafen?«

Er deutete auf die winzige freie Stelle neben ihm. »Hier ist Platz genug.«

»Für Elfen vielleicht, aber nicht für erwachsene Menschen.«

»Nun ja, dann werden wir uns eben ein bisschen aneinanderkuscheln müssen«, sagte Max und wackelte mit seinen Augenbrauen.

Um ihre Mundwinkel zuckte es, aber sie lächelte nicht wirklich. »Du bist unverbesserlich.«

Eine lange Pause entstand, in der sie ihn argwöhnisch betrachtete. Dann schaute sie das Bett an und schien sich schließlich damit abzufinden, sich neben ihn zu legen. Er beschäftigte sich, indem er wieder und wieder das Rätsel las – oder vielmehr so tat, als läse er, während sie sich warm und verführerisch neben ihm ausstreckte.

Sowie sie aufhörte, sich zu bewegen, drehte er sich zu ihr, beugte sich über sie und stützte seine Arme zu beiden Seiten von ihr auf. Mit ihren bernsteinfarbenen Augen, die wie geschmolzenes Gold schimmerten, sah sie zu ihm hoch. Ihre Lippen teilten sich, wie um zu protestieren, aber sie sagte nichts.

Max beugte sich über sie, bis nur noch Millimeter ihre Münder trennten. Ihre Augen weiteten sich, dann wurden ihre Augenlider schwer und schlossen sich, als sie darauf wartete, dass er sie küsste. Doch er tat es nicht. Für den Moment genügte es, dass sie ihn auch begehrte. Eine Woge des Triumphs und der Zufriedenheit erfasste ihn.

»Ich habe immer wieder an die Nacht in dem Zug gedacht«, sagte er.

Sie erwiderte nichts, machte aber auch keine Anstalten, sich von ihm zurückzuziehen.

»Ich weiß, dass du auch daran gedacht hast«, erlaubte er sich zu sagen und ließ sich behutsam auf ihr nieder. Sie waren noch immer voll bekleidet, und trotzdem spürte er ihre weichen Rundungen an seinem Körper.

Und dann küsste er sie. Es war kein langsamer, sanfter, romantischer Kuss, der dazu gedacht war zu verführen, sondern ein Kuss voll der aufgestauten Leidenschaft und des Verlangens, das er empfand, seit er ihr zum ersten Mal begegnet war. Sie schrak nicht zurück, sondern schlang die Arme um ihn und erwiderte den Kuss.

Er drängte sich an sie, um sie die Größe seines Begehrens spüren zu lassen. Ihre Beine spreizten sich bereitwillig, als sie sich noch fester an ihn drückte und ihren Kuss vertiefte.

Mit einer Hand umfasste er ihre rechte Brust, deren harte Knospe sich gegen den Stoff des Hemdes presste, und streichelte sie mit seiner flachen Hand. Sabine bäumte sich unter ihm auf und bog sich ihm in einer stummen Einladung entgegen.

Verdammt, aber er begehrte sie, wie er noch keine andere Frau begehrt hatte! Er zerrte an ihrem Hemd, zog es aus ihrem Hosenbund heraus und glitt dann höher mit der Hand, um ihre nackten Brüste zu berühren. Wieder ließ er verlangend seine Hüften an ihr kreisen und kam sich wie ein Junge bei seinem ersten Zusammensein mit einem Mädchen vor und nicht wie der erwachsene Mann, der er war. Er nestelte an den Knöpfen ihres Hemdes, bis es ihm schließlich gelang, sie zu öffnen.

Ihre Brüste waren von vollkommener Schönheit. Fest und rund, mit dunklen Warzenhöfen um die harten Spitzen. Als er eine dieser köstlichen Knospen zwischen seine Lippen nahm, schrie Sabine leise auf und bohrte ihm ihre Fingernägel in die Arme. Ihre weiche, olivfarbene Haut war warm unter seinen Lippen, einfach köstlich unter seiner Zunge.

»Warte«, flüsterte sie.

Er hielt inne und wartete auf ihre nächsten Worte. Sie öffnete die Augen und sah ihn an.

»Ich kann nicht«, sagte sie und schüttelte den Kopf. »Es tut mir leid. Ich wollte nicht ...« Aber sie beendete den Satz nicht.

Max zog sich von ihr zurück. Auf der Seite liegend starrte er die Wand an. Er scheute sich nicht, eine Frau zu verführen, aber er würde sich nicht nehmen, was ihm nicht freiwillig gegeben wurde.

»Es wäre gelogen, wenn ich behaupten würde, ich wollte es nicht«, sagte sie mit einem freudlosen Lachen. »Aber ich kann es einfach nicht. Du bringst mich dazu, mehr zu wollen ...«, sagte sie leise und brach wieder ab, ohne den Satz zu beenden.

Max sagte nichts mehr. Auch er wollte mehr. Mehr Zärtlichkeiten, mehr Küsse, mehr Leidenschaft. Aber er glaubte nicht, dass es das war, was sie meinte. Und er konnte ihr nicht mehr bieten als eine Affäre.

Schließlich stand er auf und ging zu dem kleinen Fenster. Die erste Morgenröte überzog den Horizont mit ihrem sanften rotgoldenen Schein. Es gab nichts mehr zu sagen oder zu besprechen. Sabine konnte schlafen, und in der Zwischenzeit würde er versuchen, das Rätsel zu lösen, um herauszufinden, wohin sie als Nächstes gehen mussten.

Er fand einen Stuhl hinter dem Wandschirm und zog ihn an den Kamin. Sabine drehte sich um, sodass ihr Gesicht nun von ihm abgewandt war, aber sie sagte nichts. Ohne Decke und mit angezogenen Beinen brachte die Hose ihren hübschen Po noch deutlicher zur Geltung und überließ so gut wie nichts Max' Fantasie.

Über eine Stunde saß er auf dem unbequemen Holzstuhl und zerbrach sich den Kopf über das Rätsel. »*›Am Jungfrauenfelsen badet die Taube, wo die Ahnen Frieden fanden.‹*« Er las es immer wieder. Das Feuer im Kamin war bis auf eine Hand voll Glut heruntergebrannt, und es war kühl im Raum geworden. Max wusste nicht, ob Sabine eingeschlafen war oder nur still dort lag.

Er lehnte sich mit dem Stuhl an die Wand und kippte ihn, sodass die beiden Vorderbeine den Boden nicht berührten. *Jungfrauenfelsen. Badet.* Aber Waffen badeten nicht. Vielleicht war es der Schauplatz einer früheren Schlacht, ein Fluss, in dem Krieger ihre Schwerter abgewaschen hatten. Aber was hatte das mit Frieden zu tun? Und wenn dieses »Baden« nun wie in einem römischen Bad gemeint war? Doch wie passte der Jungfrauenfelsen dann dazu?

Allmächtiger!

Max ließ den Stuhl abrupt nach vorne fallen. Könnte es so einfach sein? Wenn er richtiglag, hatten sie eine lange Fahrt vor sich. Ein Blick aus dem Fenster zeigte ihm, dass die Sonne inzwischen aufgegangen war. Sie mussten los.

Sanft berührte er Sabine an der Schulter. »Sabine?«

Sie öffnete die Augen und setzte sich auf. »Was ist?«

»Ich glaube, ich habe das Rätsel gelöst. Aber wir müssen unverzüglich aufbrechen.«

Sie nickte und stand auf. Schnell knöpfte sie ihr Hemd zu und steckte es wieder in ihre Hose. Max sah ihr dabei ganz unverhohlen zu, sagte aber nichts und machte auch keinen Versuch, sie zu berühren.

»Wo müssen wir hin?«, fragte sie.

»Nach Maidstone in Kent.«

Kapitel vierzehn

Max und Sabine erreichten Maidstone nach einer mehrstündigen Kutschfahrt, während der sie nur wenig miteinander gesprochen hatten. Und wenn sie hin und wieder einige Worte gewechselt hatten, war es einzig um die Frage gegangen, wer die Hinweise hinterlegt hatte, die zur Taube führen sollten.

Max wusste nicht genau, was Sabine veranlasst hatte, sich von ihm zurückzuziehen. Aber vermutlich wollten die meisten Frauen mehr von einer Beziehung als eine leidenschaftliche Nacht in einem schäbigen Hotel. Nachdem seine Familie gestorben war, hatte er den Entschluss gefasst, nie wieder zu viel Nähe zu jemandem zuzulassen. Und er war auch nie versucht gewesen, von diesem Vorsatz abzuweichen – *bis jetzt*, flüsterte ihm eine innere Stimme zu. Doch Max sagte sich, dass es nur ihre Küsse und ihre Leidenschaft waren, die ihn reizten.

Es war später Nachmittag, als sie durch die Straßen der Stadt gingen. Die Ladenbesitzer würden bald ihre Läden schließen, und die Menge der Passanten hatte sich bereits deutlich gelichtet.

»Wenn sich der Hinweis auf ein römisches Badehaus bezieht«, bemerkte Sabine, »wäre es vernünftiger gewesen, nach Bath zu fahren. Ich erinnere mich nicht, je von einem Badehaus in Kent gehört zu haben.«

»Ich auch nicht«, gab Max zu. »Aber Bath wäre zu offensichtlich gewesen. Außerdem würde Bath nicht die Erwähnung des Jungfrauenfelsens erklären, die eindeutig auf Maidstone weist. Sollte ich mich irren und wir nichts finden, fahren wir nach Bath. Und du hast meine Erlaubnis, mir eins hinter die Ohren zu geben. Fühlst du dich jetzt besser?«

Sie schwieg eine Zeit lang, als dächte sie darüber nach. »Vielleicht. Ich muss zugeben, dass ich das hin und wieder schon ganz gern getan hätte.«

Er lachte, sagte aber nichts mehr zu dem Thema. »Wir suchen etwas, das mit Baden, Jungfrauen, Frieden oder Ahnen zu tun hat.«

Sie erreichten das Ende der kopfsteingepflasterten Straße und bogen in eine andere ein. Hier waren weniger Menschen und weniger Kutschen unterwegs, und irgendwann endete die Straße in einer Gasse.

»Hier geht's nicht weiter. Was machen wir jetzt?«, fragte Sabine.

Max blickte die Gasse hinunter. Weiter vorn zur Rechten stand ein altes zweistöckiges Haus aus rotem Ziegelstein, das einen runden Turm mit vielen Fenstern hatte. Etwas an der Architektur des Hauses, die anders war als die der im Tudorstil erbauten Gebäude, erregte seine Aufmerksamkeit. Und plötzlich spürte er auch dieses Kribbeln in seinem Bauch – Instinkt, hatten die Männer von Solomon's es genannt. Max hatte oft die Erfahrung gemacht, dass Dinge, die sich von der Masse abhoben und gewissermaßen die Ausnahme von der Regel waren, ein genaueres Hinsehen lohnten.

»Wir sollten diesem Gebäude dort einen Besuch abstatten.« Er zeigte auf das Haus, und Sabine nickte und folgte ihm die Gasse hinunter.

Das Kopfsteinpflaster war unregelmäßig und uneben und machte das Gehen mühsam. Max bot Sabine seinen Arm an, und zu seiner Überraschung nahm sie das Angebot an und schob ihren Arm unter seinen. Es war eine leichte, harmlose Berührung, die in Max dennoch heißes Begehren weckte.

In dem Gebäude befand sich ein Laden, vor dessen Treppenaufgang einige Stühle aufgestellt worden waren. Max glaubte, ein Licht in einem der oberen Fenster zu sehen, ansonsten wirkte das Haus wie ausgestorben. Über der Ladentür hing ein Schild mit der Aufschrift: *Altes und Einzigartiges*.

»Altes. Das könnte es sein«, sagte Max.

Sabine war stehen geblieben und betrachtete das zweistöckige Gebäude skeptisch. »Es sieht jedenfalls nicht wie die Badehäuser aus, die ich bisher gesehen habe.«

Max zeigte auf das Schild. »Das Rätsel sprach von einem Ort, an den die Alten gehen.«

»›Altes‹ ist eine geläufige Bezeichnung für Antiquitäten«, sagte sie und folgte ihm die Stufen hinauf, obwohl sie nicht sehr überzeugt aussah. »Aber ich denke, es kann nicht schaden, einen Blick hinein zu tun. Obwohl ich nicht glaube, dass sich der Hinweis auf dieses Haus bezieht, weil es dafür nicht alt genug ist.«

»Wir wissen doch gar nicht, wann diese Jagd begonnen hat«, wandte Max ein.

»Ja, das ist richtig. Vermutlich könnte jeder meiner Vorfahren die Taube versteckt haben. So, wie sie es auch mit der Karte getan haben.« Sie hatten die Ladentür erreicht, und Sabine spähte durch das Fenster.

Im Laden brannte kein Licht, soviel Max sehen konnte, und die Eingangstür war abgeschlossen. Da er jedoch nie ohne seine speziellen Werkzeuge verreiste, sollte das kein Problem sein. Er griff in seine Tasche und holte sie heraus.

»Bist du so auf diese Weise auch in meinen Laden gekommen?«, fragte Sabine, als er den ersten Dietrich in das Schloss steckte.

»Ganz genau so«, gestand er lächelnd.

»Du bist ein Krimineller, Maxwell Barrett.« Wie um ihre

Worte zu unterstreichen, verschränkte sie die Arme vor ihrer Brust.

Er lachte leise, hörte aber nicht auf, an dem Schloss herumzuhantieren. »Hast du eine bessere Idee?«

»Nein, hab ich nicht. Aber glaubst du nicht, es könnte uns jemand sehen?«

»Das bezweifle ich. Diese Gasse liegt sehr abgelegen, und die meisten Läden sind bereits geschlossen.«

»Wahrscheinlich«, murmelte sie. »Wie beruhigend.« Sie ging nervös auf und ab und blickte die Gasse hinauf und hinunter, ob wirklich niemand kam.

Das Schloss gab nach, und Max öffnete die Eingangstür, wenn auch nicht sehr weit. Irgendetwas blockierte sie auf der anderen Seite. Max und Sabine quetschten sich mit Mühe durch den schmalen Spalt. Ein Vitrinenschrank verstellte teilweise die Tür.

»Anscheinend sind Kunden hier nicht erwünscht«, sagte Sabine.

Max schloss die Tür hinter ihnen. »Bleib dicht bei mir«, mahnte er.

Altes und Einzigartiges ist ein passender Name für das Geschäft, sagte Max sich, als sie durch den Laden gingen. Die merkwürdigsten Dinge, die man sich vorstellen konnte, füllten jeden verfügbaren Platz. An einer Wand befand sich ein Regal mit verschiedenen Arten von Tränken, Mixturen oder ähnlichem Unsinn, und in einer Ecke entdeckten sie ein Sammelsurium von seltsamen Musikinstrumenten. Ein weiteres Regal beherbergte Werkzeuge und auch mehrere verschieden große Kompasse. Kupfertöpfe und Tonwaren füllten das unterste Fach des Regals.

Durch den Laden gingen sie auf den hinteren Teil des Hauses zu. Die Zimmer ähnelten einander, alle waren vollgestopft mit Merkwürdigkeiten. Schließlich gelangten sie zu einer Treppe, die nach unten führte. Zwei der hölzernen Stufen fehlten.

»Glaubst du, dass sie zu einem Lager führt?«, fragte Sabine. »Sollten wir nicht besser die Gegenstände im Laden in Augenschein nehmen, um zu sehen, ob wir dort etwas finden?«

»Ich denke, wir durchsuchen zunächst das Gebäude und sehen, ob wir einen geheimen Raum darunter finden«, sagte Max. »Wenn nichts dabei herauskommt, können wir uns immer noch den Trödel im Laden ansehen. Obwohl ich ziemlich sicher bin, dass wir dort nichts uns Nützliches entdecken werden. Es ist nichts dabei, was mit Baden zu tun hat, soweit ich sehen konnte.«

»Vielleicht finden wir ja eine Badewanne«, meinte Sabine. »Ich wüsste zwar nicht, wie die uns weiterhelfen sollte – aber vielleicht könnten wir den Auserwählten ja darin ertränken.«

Max blieb stehen. »Hast du etwa gerade einen Scherz gemacht, Sabine?«

»Halt den Mund.« Sie stieß ihn in die Rippen und ging dann weiter.

Schließlich erreichten sie den Lagerraum, der jedoch ganz anders als erwartet war. Erstens war er vollkommen aus Stein erbaut, und zweitens wurde überhaupt nichts darin aufbewahrt. Alle anderen Räume waren vollgepackt bis unter die Decke, doch dieser, eigens zur Vorratshaltung erbaute Raum, war völlig leer.

Die vom Boden aufsteigende Feuchtigkeit machte ihn kalt und verbreitete einen modrigen Geruch. Die Wände waren leer bis auf ein altes Plakat, das eine Shakespeare-Aufführung ankündigte. Max ging an den Wänden entlang und ließ seine Hand darübergleiten.

»Was machst du?«, fragte Sabine.

»Ich suche nach einem Hebel oder einem verborgenen Knopf, mit dem sich vielleicht eine unterirdische Kammer öffnen lässt«, erklärte er im Weitergehen. Die Steine unter seinen Fingern waren glatt und kalt, aber er fand nichts Ungewöhnliches.

Doch dann kam er in die letzte Ecke, und als er mit der Hand über den Stein strich, merkte er, dass er einen Spalt gefunden hatte. »Eine optische Täuschung!«, sagte er zu Sabine. »Sieh mal, die Wand ist so bemalt, dass es wie eine weitere Ecke aussieht, damit der Raum quadratisch erscheint.«

Sie ging zu Max und beugte sich vor, um etwas zu sehen. »Das ist ein Gang. Sehr lang und schmal, aber trotzdem ein Gang«, sagte sie mit einem erfreuten Lächeln.

»Sollen wir?«, fragte Max. Er streckte Sabine seine Hand hin, und sie folgte ihm.

Schweigend gingen sie durch den unterirdischen Tunnel, ohne zu wissen, wohin er führte. Max hoffte, dass er das Rätsel richtig aufgelöst hatte und sie nicht einfach nur in einem sehr sonderbaren Haus gelandet waren.

Sie erreichten eine weitere Treppe, die noch tiefer hinunterführte, aber diese war aus Stein. Über diese nicht sehr lange, aber in einem Bogen nach rechts verlaufende Treppe gelangten sie in einen großen, rechteckigen Raum. Von Säulen getragene Bogengänge wie die in Bath säumten ein nicht sehr tiefes, aber geräumiges Bassin.

»Du hattest recht«, flüsterte Sabine erstaunt.

»Offensichtlich ja. Aber du brauchst gar nicht so überrascht zu tun.«

Das im Boden eingelassene Becken war leer, die Quelle, die es einst gefüllt hatte, schon seit langer Zeit versiegt. Einige Statuen waren intakt geblieben, andere hatten schon begonnen zu zerfallen. An einer Seite des Beckens befanden sich Marmorstatuen von vier von der Taille aufwärts nackten Frauen, die ein wenig vorbeugt dastanden und aus großen Amphoren Wasser in das Becken gossen. Zur Blütezeit dieses römischen Bades musste es sehr luxuriös und dekadent gewesen sein, auf diese Weise Wasser in das Becken einzuspeisen. Und technisch sehr geschickt gestaltet.

»Wie schön«, sagte Sabine. Sie ging an Max vorbei und durch einen der Bögen bis zum Rand des Beckens. »Und die Taube? Wo könnte man sie hier versteckt haben?«, flüsterte sie und ging zu den Stufen, die in das leere Becken hinunterführten.

»Such überall«, riet Max. »Wie es aussieht, müssen wir ein sehr großflächiges Gebiet absuchen.« Seine Stimme hallte von den steinernen Wänden wider.

Sabine nickte und stieg in das leere Becken hinunter.

Max blickte sich um und beschloss, mit seiner Suche bei den vier Frauenstatuen zu beginnen. Er trat hinter die erste und suchte sie nach Anhaltspunkten ab. Der Faltenwurf des knöchellangen Hüfttuches, das die Frau trug, war meisterhaft in Marmor gemeißelt worden. Es war eine exquisite Skulptur mit sehr realistischen Details, von den Zehennägeln bis zu den sanft gewölbten Wangenknochen. Die Frau trug eine kleine Harfe, die von einem Band um die Taille gehalten wurde. Ihr Haar war lockig und umrahmte ihr Gesicht, einige der Locken fielen bis auf die runden Brüste. Ihr leichtes Lächeln war für immer in dem Stein verewigt worden. Als Max keinen Hinweis auf die Taube oder einen anderen Vogel fand, ging er zu der nächsten Statue.

Sie wies nur wenige Unterschiede zur ersten auf. Trotzdem nahm Max die Statue sehr genau in Augenschein – man konnte nie wissen, wo man das Unerwartete entdecken würde. Nach einer Weile hörte er ein ärgerliches kleines Schnauben. Es kam von Sabine, und als er sich umdrehte, sah er, dass sie ihn mit bösen Blicken maß.

»Was ist?«, fragte er.

Sie kam auf ihn zu, blieb aber im Becken stehen und sah verärgert zu ihm hoch. »Wir suchen nach einem Hinweis, und das Einzige, was du tust, ist nackte Frauen zu begaffen?« Sie zeigte auf die Statuen.

Max blickte sich zu der um, die er betrachtet hatte. »Ich suche lediglich nach einem Anhaltspunkt.«

»Indem du ihre Brüste anstarrst?« Sabine nickte wissend. »Ja, da findest du die Taube ganz gewiss.«

»Ist es dir peinlich?«, fragte er und legte, wie um seine Worte noch zu unterstreichen, seine Hände um die Brüste der Statue.

»Was? Dein kindisches Benehmen?«, versetzte sie und stemmte ihre Hände in die Hüften.

Er sprang in das leere Becken hinunter. Es gab ein dumpfes Poltern, als er auf dem Boden aufkam. »Ich kann dir versichern, dass ich in meinem Leben schon genug Brüste gesehen habe. Und damit meine ich echte und nicht welche aus Marmor. Und sollte ich in nächster Zeit das Bedürfnis haben, wieder welche zu sehen«, erklärte er mit einem vielsagenden Blick auf Sabines Brüste, »dürfte das nicht schwierig sein.« Er war zu Sabine gegangen und stand nun kaum einen Atemzug von ihr entfernt. Wie ein Wolf seine Beute hatte er sie in die Enge getrieben.

Sie schluckte sichtlich. »Soll das eine Drohung sein?«, fragte sie mit einer Stimme, die kaum mehr als ein Flüstern war.

»Aber nein. Ich würde nie die Tugend einer Frau bedrohen«, erwiderte er mit einem breiten Grinsen.

Sie zog sich einige Schritte weit von ihm zurück. »Meine Tugend ist wohl kaum ein Thema. Auch wenn ich *nie* behauptet habe, ich sei noch Jungfrau.« Damit wandte sie sich ab, um das andere Ende des Beckens zu untersuchen. Gebückt folgte sie den Gravuren, die den Innenrand des Beckens säumten.

Max hatte sich schon gefragt, ob Sabine andere Männer gehabt hatte, aber es gab Grenzen, die nicht einmal er überschreiten würde, und deshalb hatte er ihr die Frage nie gestellt. Für ihn spielte es auch keine Rolle. Er fand die Sachlichkeit, mit der sie ihm ein solches Eingeständnis machte, sehr bewundernswert. Sie war eine aparte Mischung, diese Frau. Aufreizende Widerspenstigkeit gepaart mit grimmiger Entschlossenheit. »Du gibst also zu, dass du schon Geliebte hattest«, sagte er.

»Ich gebe gar nichts zu. Mein Privatleben ist nicht deine Sache«, gab sie scharf zurück. »Was genau der Punkt ist. Du solltest mit deinen Unterstellungen aufhören.«

»Und du? Hast du mir noch nie etwas unterstellt?«, fragte er und zog die Augenbraue hoch. »Wie gerade eben, als du dachtest, ich stünde hier oben und verschwendete Zeit damit, die Statuen anzugaffen?« Sabine erwiderte nichts, besaß aber wenigstens den Anstand, schuldbewusst zu wirken. »Deine ausweichende Antwort verrät mir allerdings mehr als genug«, sagte er. »Eines Tages wirst du mir vielleicht von diesen früheren Liebhabern erzählen.«

Sie schwieg.

»Wir sollten unsere Suche jetzt fortsetzen«, schlug Max vor.

Er stieg aus dem Becken und kehrte zu den Statuen zurück. Ihm war bewusst, dass Sabine ihm nachsah, aber er gab vor, es nicht zu bemerken. Er hatte sie nervös gemacht, und das freute ihn. Mehr, als er bereit war zuzugeben.

Aber er brauchte auch Distanz zu ihr. Ein Blick auf ihre Brüste genügte, um in ihm Fantasien zu wecken, die ihm nicht mehr aus dem Kopf gehen wollten. Bilder von Sabine, die sich nackt und in leidenschaftlicher Verzückung unter ihm wand oder die ihn in ein Becken winkte, ähnlich dem, in dem sie stand – nur dass es mit Wasser gefüllt war, das um ihre nackten Brüste spielte. Max spürte, wie heiß und hart er vor Erregung wurde. Verflucht noch mal, aber er benahm sich wie ein lüsterner kleiner Schuljunge!

Er wandte sich um und sah sich der vierten Frau aus Marmor gegenüber. Diese trug eine Laute an ihrer Taille, und wie ihre drei Schwestern war auch sie ein wahres Meisterwerk. Doch wieder fand Max keinen Hinweis auf die Taube oder einen anderen Vogel.

Vom Rand des Bassins beobachtete er Sabine, die weiter die Gravuren am Innenrand des Beckens untersuchte. Sie ging langsam an der Beckenkante entlang, bis sie wieder an den Punkt gelangte, an dem sie begonnen hatte. »Nichts«, sagte sie. »Von einer Taube ist hier nirgendwo etwas zu sehen.«

»Aber sie muss hier irgendwo sein«, beharrte Max.

Sabine stieg aus dem leeren Becken und ging zur gegenüberliegenden Seite des Raums. »Es sei denn, du hättest dich geirrt.« Sie warf ihm ein zuckersüßes Lächeln über ihre Schulter zu, von dem er wusste, dass es das genaue Gegenteil bedeutete.

»Ich hatte recht damit, dass hier ein Badehaus sein musste. Und ich habe Erfahrung darin, Dinge zu finden, die andere Leute vergeblich gesucht haben.« Er zwinkerte ihr zu. »Das hast du selbst gesagt.«

Sie bedachte ihn mit einem unfreundlichen Blick und ging dann durch einen der Bögen in den angrenzenden Raum. Max folgte ihr und sah, dass sie sich in einem Gelass befanden, das offenbar dazu gedient hatte, Wasser für Dampfbäder zu erhitzen. Der Raum wurde von einer weiteren Marmorstatue beherrscht, die auffallend größer war als die vier am Becken. Sie stellte eine Frau dar, die Max bekannt vorkam. Auch sie trug ein Tuch, das verführerisch tief um ihre Hüften geschlungen war, während der Rest ihres Körpers unbekleidet war. In den Händen hielt sie eine Waage.

Die Steinwände des Raumes waren von Gravuren bedeckt, auf denen den Gottheiten gehuldigt wurde: Zeus – der von den Römern Jupiter genannt worden war – auf einem von geflügelten Pferden gezogenen Streitwagen; Venus in verführerischer Pose und umringt von Männern, die ihr Luft zufächelten und sie mit Trauben fütterten; Diana, die mit Pfeil und Bogen auf einen wilden Eber zielte. Die Wände waren vom Fußboden bis zur Decke mit solchen Darstellungen bedeckt.

Sabine und Max gingen in entgegengesetzten Richtungen durch den Raum und sahen sich die Wandgemälde genauer an. Max betrachtete den durch einen Speer im Knöchel gefällten Achilles, als er Sabine rufen hörte.

»Max, ich glaube, ich habe etwas gefunden!«

Er ging zu ihr hinüber. Sie beugte sich zu der Steinwand vor und zeigte auf eine Stelle. Dort, auf einem Bild, das den Gott der Unterwelt und Zerberus, seinen dreiköpfigen Hund, darstellte, befand sich auch die grobe Wiedergabe einer Taube – und sie glich jener, die sie auf dem Grabstein entdeckt hatten.

»Das ist es«, sagte Max. »Sie wurde eindeutig später zu der

Gravur hinzugefügt. Sie ist weder so ausdrucksstark noch so detailliert wie die anderen Darstellungen.«

»Ich habe aber nichts Geschriebenes gefunden. Vielleicht gibt es keinen weiteren Hinweis, und wir haben den letzten tatsächlich gefunden?«, sagte Sabine. »Hast du irgendwas, womit wir den Stein zerbrechen können?« Sie suchte mit ihren Blicken den Boden nach irgendetwas ab, das sie benutzen könnten.

Max lächelte sie an. »Wir sollten vorsichtig sein, bevor wir hier die Wand durchbrechen. Schließlich wollen wir ja nicht für immer hier unten gefangen sein. Eine falsche Bewegung könnte das ganze Gebäude über uns zum Einstürzen bringen.«

Sabine schaute zur steinernen Decke hinauf, und eine steile Falte bildete sich zwischen ihren Brauen. »Gutes Argument.«

Max befühlte die Wand um die Gravur der Taube und drückte auf den Stein, aber nichts bewegte sich unter seinen Händen. »Es muss hier irgendwo eine Vertiefung oder so etwas geben«, murmelte er.

Sabine folgte seinem Beispiel und begann vorsichtig die Steine zu abzutasten. Ihre schlanken Finger bewegten sich suchend über die Wände, und Max konnte gar nicht anders, als sich vorzustellen, wie dieselben Hände mit der gleichen Aufmerksamkeit über seinen Körper glitten. Oder sich daran zu erinnern, wie sie mit ihren Fingern über seine Brust gefahren war, wie ihre Nägel sich in seine Arme gebohrt hatten, wie sie ihn geküsst hatte.

Herrgott noch mal!

Er trat vor und drückte direkt auf die Taube. Nichts. Dann lehnte er sich dagegen und spürte plötzlich, wie sich der Boden unter seinem rechten Fuß bewegte. Der Stein, auf dem die Taube saß, glitt hinunter und gab ein dahinterliegendes Fach frei.

»Max!«, sagte Sabine.

In dem Fach standen sechs Flaschen von verschiedener Form und Größe.

»Interessant«, sagte Max.

»Was denkst du, was wir damit tun sollen?«

»Ich bin mir nicht sicher.« Er beugte sich vor, um die Flaschen genauer zu betrachten. »Vielleicht Gift?«, murmelte er. »Nein, eher nicht. Es muss etwas anderes sein.«

»Der letzte Hinweis hatte mit einem atlantidischen Spiel zu tun.« Sabine drehte sich einmal um die eigene Achse. »Aber hier ist nichts, was mir bekannt vorkommt.«

Max tat es ihr nach und sah sich ebenfalls genauer um. Die Statue und die Flaschen ... Er sah keine Verbindung zwischen ihnen, und deshalb widmete er seine ganze Aufmerksamkeit nun der Waage. Er hatte diese Wage schon einmal gesehen – *sie* war es, was ihm an dieser Statue so bekannt vorkam. Schnell ging er zu ihr hinüber. »Ich kenne diese Waage.«

»Für mich sieht sie wie jede andere aus«, meinte Sabine.

»Nein, sieh dir diese Symbole hier an.« Er zeigte auf die Gravuren zwischen den beiden Waagschalen. »Die habe ich schon mal gesehen. In einem Buch?« Nein, das war es nicht. Er schaute sich zu den Flaschen in dem Geheimfach um und richtete den Blick dann wieder auf die Waage. »*Das* ist es!«

»Was ist was?«, fragte Sabine.

Er nahm die Flaschen eine nach der anderen heraus. »Dieses Bild von einer Waage mit Flaschen darauf.« Er erwiderte Sabines Blick und lächelte sie an. »Es befindet sich auf meiner Karte.«

Sabine zeigte auf seine Tasche. »Na, dann hol sie heraus, damit wir die Waage mit der Illustration vergleichen können.«

Er schüttelte den Kopf. »Bei all den Leuten, die uns verfolgt haben, hielt ich es für zu riskant, sie mitzunehmen. Sie ist bei mir zu Hause.«

»Erinnerst du dich denn daran? An die genaue Stelle, wo die Flaschen standen?«

»Es geht nicht allein um die Flaschen. Wir müssen sie mit Wasser füllen. Das Gewicht muss gleichmäßig verteilt sein.«

»Dann müssen wir Wasser finden«, sagte Sabine. »Ob die Pumpe in dem Hauptraum wohl noch funktioniert ...?« Sie drehte sich um und eilte in den großen Raum mit dem Bassin zurück, wo sie hinter den vier Statuen eine alte Pumpe gesehen hatte.

»Lass mich das machen. Du hältst derweil die Flaschen«, sagte Max und gab sie ihr. Es erforderte Kraft und sehr viel Kurbeln, die Pumpe in Bewegung zu setzen. Aber irgendwann ächzte und stöhnte das Wasser in den Rohren unter dem Boden, und dann schoss es aus der Pumpe.

Sabine hielt eine nach der anderen die Flaschen unter den Strahl, bis alle gefüllt waren.

Sowie das erledigt war, gingen Sabine und Max in den anderen Raum zurück und blieben vor der Statue mit der Waage stehen. Max schloss die Augen und versuchte sich das Bild von der Waage mit den Flaschen vorzustellen. Obwohl diese Flaschen hier auch alle verschiedene Größen hatten und daher unterschiedliche Mengen Wasser enthielten, waren sie keine exakten Nachbildungen der anderen. Die Flaschen auf der Karte hatten alle verschiedene Farben. Mit geschlossenen Augen konnte er sie sich ins Gedächtnis rufen:

eine kleine rote, eine hohe lilafarbene und eine schmale grüne. Aber die Flaschen hier waren alle aus dem gleichen gelben Glas.

»Wo gehören sie hin?«, fragte Sabine.

»Diese hier«, sagte er, als er die größte nahm, »steht hier.« Er stellte sie auf die linke Waagschale. Die Waage selbst bewegte sich natürlich nicht, da sie aus Marmor war, aber als er die zweite Flasche platzierte, ertönte hinter der Statue das Rasseln von durch Metall gleitenden Ketten.

Sabine nickte. »So weit, so gut. Glaubst du, dass der Boden einstürzt wie bei meinem Thistle-Spiel, falls du eine Flasche falsch hinstellst?«

»Das wollen wir lieber nicht herausfinden.« Er hob eine weitere Flasche hoch und betrachtete beide Seiten der Waage, bevor er die Flasche wieder wegstellte und eine andere nahm.

Mit größer Vorsicht platzierte er die Flaschen, und jedes Mal hörten sie die Ketten rasseln. Schließlich war nur noch eine Flasche übrig. Max beugte sich vor, und Sabine legte eine Hand auf seinen Arm. »Warte. Bevor du sie abstellst, sieh sie dir alle noch einmal genau an, um sicherzugehen, dass du dich nicht geirrt hast.«

Er befolgte ihren Rat und überprüfte alle Flaschen, die er schon auf den Waagschalen platziert hatte. Die in seiner Hand war klein, aber sehr bauchig. Wieder betrachtete er die Waage und wurde dabei auf die längste Flasche aufmerksam. Er nahm sie von der Waagschale herunter und versuchte, auf seinen Handflächen das Gewicht der beiden Flaschen abzuschätzen.

»Ich glaube, so ist es richtig. Vier auf dieser Seite«, sagte er und stellte die bauchige Flasche an den Platz, wo die hohe gestanden hatte, »und zwei auf dieser.« Nachdem er auch die letzte Flasche an ihren Platz gestellt hatte, warteten er und Sabine schweigend ab, was geschehen würde.

Die Ketten rasselten, und ein weiteres Geheimfach öffnete sich in der Wand. Darin lag ein kleiner Lederbeutel, ähnlich dem, den sie in Mr Travers' Grab gefunden hatten.

Max griff in das Fach, um ihn herauszunehmen, und reichte ihn Sabine. »Lies du das«, sagte er.

Sabine griff im selben Moment danach, als der Stein wieder an seinen Platz glitt – und dann geriet die Decke in Bewegung und begann herabzusinken.

»Ich glaube, wir sind in eine Falle geraten«, sagte Max.

Die Decke senkte sich so schnell herab, dass Max sich schon ducken musste, als er nach Sabines Hand griff und sie mit sich in den großen Raum mit dem Wasserbecken zog. Aber auch hier fielen Steine von den Säulen, und die Amphoren lösten sich alle gleichzeitig aus den marmornen Händen der vier Statuen und zerbrachen in dem leeren Wasserbecken unter ihnen. Das Becken selbst brach in der Mitte auf, als wartete die Erde nur darauf, den Raum mit allem, was darin war, zu verschlingen.

»Wir müssen hier raus!«, sagte Max.

»Schnell«, flüsterte Sabine, der das Herz so wild bis zum Hals schlug, dass sie überzeugt war, daran zu ersticken. So schnell sie konnte folgte sie Max, der sie mit sich zog.

Ein großer Stein fiel direkt neben ihr zu Boden. Sie schrie auf, aber sie rannten weiter.

Der Boden begann zu beben, und beide stürzten. Max schnitt sich an einem zerbrochenen Stück Marmor den Arm auf, und sofort erschien ein großer Blutfleck auf seinem zerrissenen Ärmel.

»Du blutest, Max!«, rief Sabine erschrocken und streckte die Hand nach seinem Arm aus.

»Wir haben keine Zeit.« Er zog sie auf die Beine und brachte sie gerade noch rechtzeitig aus dem Bereich mit den Bögen heraus, als drei Säulen auf den Boden krachten. »Das ganze Haus stürzt ein. Schnell! Bevor wir lebendig begraben werden!«

Sie erreichten den Tunnel, dessen Wände auch schon wankten. Alles um sie herum bebte und jagte Sabine Angst und Entsetzen ein.

»Los, Sabine! Lauf!«, schrie Max.

Und sie rannte los. Hinter ihr schien der gesamte Tunnel im Boden zu versinken. Sie rannte weiter, obwohl ihr Herz so heftig gegen die Rippen pochte, dass sie glaubte, es könnte jeden Augenblick bersten.

Endlich erreichten sie die Treppe, die zum Laden hinaufführte. Max lief voraus, Sabine war direkt hinter ihm, aber als sie den zweiten Treppenabsatz erreichte, bewegte sich etwas unter ihren Füßen. Sie fiel auf den Boden, der unter ihr wegglitt. Aber starke Arme packten sie an den Handgelenken.

»Halt dich an mir fest«, befahl er ihr.

Heiße Tränen stiegen Sabine in die Augen, als ihre Beine keinen Halt mehr fanden und sie hilflos in der Luft hing. Der Boden unter ihr war vollkommen verschwunden, an seiner Stelle gähnte ein schwarzes, in völliger Dunkelheit liegendes Loch. »Max!«

»Ich lass dich nicht fallen. Halt dich nur an mir fest.« Er kniete auf dem Boden über der Stelle, wo die Treppe gewesen war, und zog Sabine langsam hoch. Sie schürfte sich die Haut auf, als sie ihre Beine anzog und darum kämpfte, irgendwo mit den Füßen Halt zu finden.

Als es ihr gelang, zog sie sich hoch auf den Boden und fiel gegen Max. Ihre schweren Atemzüge vermischten sich mit den seinen.

»Danke«, sagte sie.

»Jederzeit. Und nun lass uns schnellstens von hier verschwinden.«

Kapitel fünfzehn

Hand in Hand rannten Max und Sabine aus dem einstürzenden Haus. Als sie die letzten Eingangsstufen heruntersprangen, ächzte und knarrte es im Gebälk, und die roten Mauersteine begannen zu zerbröckeln und herabzustürzen. In sicherem Abstand blieben sie stehen und beobachteten, wie sich das Gebäude nach rechts neigte und dann in sich zusammenbrach, bis es nur noch ein Haufen Holz und Ziegelsteine war.

Sabine fluchte.

»Ich beginne mich zu fragen, ob diese Suche nicht eher dazu gedacht war, uns umzubringen, statt uns etwas in die Hand zu geben, um uns zu retten«, sagte Max. Dann holte er tief Luft. »Wo ist der letzte Hinweis?«, fragte er.

Zum Glück hatte Sabine den Beutel eingesteckt, bevor sie die Flucht hatten ergreifen müssen. Sie öffnete ihn und fand eine weitere Papyrusrolle, die mit derselben Schrift beschrieben war. »›*In Blut gebadet, regiert die Taube mit der Klinge*‹«, las Sabine vor. »Vielleicht müssen wir ihn mit irgendeiner Art von Messer oder Schwert umbringen.«

Max nickte. »Ich glaube, das bestätigt, dass die Taube eine Waffe ist. Wir sollten zu unserer Kutsche gehen, bevor es noch dunkler wird. Hoffentlich wartet unser Fahrer noch auf uns.«

»Du hast ihn gut genug bezahlt, um ein ganzes Jahr zu warten«, bemerkte Sabine.

Schweigend gingen sie ein paar Schritte, bevor Max wieder sprach. »›In Blut gebadet‹?«

»Tja, das ist für mich kein Hinweis. Wo sollen wir denn

nach einer Waffe suchen?«, fragte sie ungeduldig. »Es gibt Millionen davon auf der Welt.«

»Ja, Waffen gibt es überall. Aber da dies alles von deinen nach England geflohenen Vorfahren inszeniert worden ist, glaube ich, dass es sich nur um eine Waffe handeln kann, die sich hier in diesem Land befindet. Und wir können davon ausgehen, dass es eine alte Waffe ist. Dem Alter dieses Hauses nach zu urteilen, würde ich schätzen, dass diese Hinweise etwa dreihundert Jahre alt sind.«

Sabine fühlte sich ernüchtert. Max hatte recht. Sie würden weitermachen. Sie musste erreichen, was sie sich vorgenommen hatte. Und bisher war es ihnen gelungen, alle Aufgaben zu meistern. So ungern Sabine es auch zugab, aber sie beide waren ein hervorragendes Team.

»Wir könnten im Britischen Museum beginnen«, schlug Max vor. »Dort gibt es eine recht große Waffensammlung.«

Ohne weitere Zwischenfälle gelangten sie zu ihrer Kutsche und machten sich auf den Rückweg nach London. Sie hatten ein paar Stunden Fahrt vor sich, und es war schon spät. Noch immer klopfte Sabine das Herz bis zum Hals und dröhnte in ihren Ohren.

Max saß ihr gegenüber und nahm mit seinen langen Beinen den größten Teil des Platzes zwischen ihnen in Anspruch. »Wie fühlst du dich?«, fragte er.

»Meine Nerven haben gelitten, aber zumindest bin ich noch heil und ganz.«

»Ja, wir haben großes Glück gehabt.«

Aus seiner Wunde sickerte noch Blut, und Sabine beugte sich über seinen Arm, um ihn zu untersuchen.

»Das ist halb so wild«, wehrte Max ab und versuchte, ihn ihr zu entziehen.

Aber die Wunde sah tief genug aus, um Besorgnis zu erregen. »Halt still«, befahl Sabine ihm. Sie packte sein Hemd an Schulternaht und Manschette und zog kräftig daran. Die Naht riss und Sabine hielt den Ärmel in der Hand.

»Das war mein Lieblingshemd«, beschwerte er sich.

Sabine verdrehte die Augen. »Du kannst dir ein neues kaufen«, beschied sie und begann mit der Innenseite des Ärmels das frische Blut von der Wunde abzutupfen. »Das sieht nicht gut aus.« Sie kramte in ihrer Tasche, fand aber nichts, womit sie die Wunde hätte nähen können. »Wenn wir sie nicht gleich versorgen, wird sie sich entzünden.«

»Ach was. Das wird schon wieder. Ich habe schon schlimmere Verletzungen gehabt«, sagte er, aber der Ausdruck in seinen Augen verriet Sabine, dass er Schmerzen litt.

Es widerstrebte ihr, das Elixier zu benutzen, und eigentlich war sie dazu auch nur befugt, wenn sie der Heilerin assistierte. Aber ihr blieb keine andere Wahl. Wenn sie nichts tat, riskierten sie, dass die Wunde eiterte und die Infektion sein Blut vergiftete. Deshalb griff sie in ihr Mieder und zog die goldene Kette mit der kleinen Phiole daran heraus, schraubte den winzigen Deckel ab und verdrehte Max' Arm ein wenig, um besser sehen zu können.

»Was ist das?«, fragte er.

Sie erwiderte seinen Blick, schwieg aber, während sie einen Tropfen auf die Wunde gab.

Er riss seinen Arm zurück. »Verdammt, das brennt!«

»Halt still«, befahl sie und ließ einen weiteren kleinen Tropfen auf die Wunde fallen. Diesmal rührte Max sich nicht.

»Das ist Elixier«, sagte er, während er sich vorbeugte und sich fast den Hals verrenkte, um die Phiole in ihrer Hand zu sehen.

Sabine schraubte das Fläschchen schnell zu und ließ die Kette wieder in ihr Mieder fallen.

»Hast du das Elixier immer bei dir?«

»Wir haben immer welches für Notfälle dabei«, erwiderte sie so ruhig wie möglich.

Cassandra lag auf ihrer Chaiselongue und nippte an einem Brandy. Das vom Balkon ihres Schlafzimmers hereinfallende Mondlicht gab ihrer Haut etwas Leuchtendes, und sie trug nicht mehr als ein fast durchsichtiges Negligé.

Johns klopfte einmal an, bevor er das Schlafzimmer betrat.

Sie lächelte ihn an, weil sie es liebte, wie seine Augen sich verdunkelten, als er ihre aufreizende Bekleidung sah. »Hast du dich um Mr Olney gekümmert?«

»Ja. Er hat sich gewehrt oder es zumindest versucht, deshalb wurde es ein wenig laut«, antwortete Johns. »Die Polizei müsste ihn morgen finden.«

»Und was ist mit dir? Hat dich jemand gesehen?«, fragte sie.

Er schüttelte den Kopf. »Ganz sicher nicht.«

»Ausgezeichnet. Und nun erzähl mir von deinem anderen Auftrag.« Sie veränderte ihre Haltung und ließ ihr Negligé ein wenig auseinanderklaffen, um ihm einen noch besseren Blick auf ihre Brüste zu erlauben.

Er starrte in ihren Ausschnitt und schluckte. »Wir kommen an das Mädchen nicht heran.«

»Du bist in ihrem Geschäft gewesen.« Cassandra stand auf und ging mit flatterndem Negligé zu ihrem bodenlangen Spiegel. »Du weißt, wo sie ist. Wieso sagst du dann, dass ihr nicht an sie herankommt?« Cassandra strich sich übers Haar und wandte sich wieder von dem Spiegel ab.

Er nickte. »Sie scheint sich in letzter Zeit nicht oft in ihrem

Laden aufzuhalten. Wir sind ihr mehrmals gefolgt, aber sie ist nie allein.«

»Ja, ja, ihre Tanten, ich weiß. Aber warum findet ihr keinen Weg, drei ältere Frauen loszuwerden, um an das Mädchen heranzukommen?« Cassandra war ein ungeduldiger Mensch, das war ihr selbst nur allzu gut bewusst. Sie war nie gut darin gewesen, auf das zu warten, was sie haben wollte. Aber das hier entwickelte sich langsam zur Farce. Dieser idiotische Chemiker hatte sich als totaler Versager erwiesen und hatte lediglich ihre Zeit und ihr Geld verschwendet. Und dann hatte er auch noch den Nerv gehabt, sich einzubilden, er könnte ihr drohen.

»Es ist nicht wegen der Tanten«, sagte Johns. »Die verlassen den Laden jeden Abend, weil sie offenbar nicht mehr im Haus wohnen.«

»Jeden Abend? Wo gehen sie denn hin?« Cassandra sah Johns an und war wieder einmal sehr beeindruckt von der puren, unverfälschten Männlichkeit, die er ausstrahlte. Es faszinierte und ärgerte Cassandra, dass sie ihn nach all den Jahren immer noch begehrte.

»Zu diesem Mann, den Sie kennen. Diesem blonden Mann.«

»Max«, flüsterte Cassandra. Er hatte dieses kleine Flittchen mit nach Hause genommen! »Du meinst, sie gehen alle in seine Stadtwohnung?«

»Nur die Tanten. Das Mädchen und Max sind tagelang nicht in der Stadt gewesen. Ich hatte ihnen Beaver und Platt hinterhergeschickt, die sie aber leider in einem Zug verloren haben. Inzwischen sind Max und das Mädchen aber wieder in der Stadt.«

Platt und Beaver waren Idioten; sie würden niemals in der Lage sein, allein etwas zustande zu bringen. »Morgen werde ich dich begleiten, um sie zu beobachten. Ich will wissen, was diese Frauen im Schilde führen.« Cassandra ging zu Johns und ließ ihre Hand an seiner Brust hinab zu seiner Hose gleiten. Er war bereit für sie, konnte sie spüren.

»Perfekt«, sagte sie und streifte ihr Negligé ab.

Spencer machte sich auf den Weg zum Arbeitszimmer des Mannes. Jennings war von der ehrgeizigen Sorte, war aber weder raffiniert genug noch mit den nötigen Beziehungen versehen, um es sehr weit zu bringen. Er war eine leichte erste Wahl für einen Oberstleutnant gewesen, und seine Beförderung stand jetzt kurz bevor.

»Mr Cole«, sagte erfreut, als er seinen Schreibtisch verließ, um Spencer zu begrüßen und die Tür hinter ihm zu schließen. »Schön, Sie wiederzusehen.« Jennings hatte schütteres, mausbraunes Haar, das er in einem vergeblichen Versuch, seine vorzeitige Kahlheit zu verbergen, dicht am Kopf anliegend trug. Außerdem war er mindestens zehn Jahre älter als Spencer, aber weder so gerissen noch so begabt, auch wenn er zugegebenermaßen einen brillanten militärischen Verstand besaß.

Spencer ließ sich auf dem großen Ledersofa nieder, bevor er dazu aufgefordert wurde, und schlug lässig die Beine übereinander. »Wie kommen Sie mit den Plänen weiter?«

Jennings kehrte zu seinem Schreibtisch zurück und holte einige Kartenrollen aus der Schublade. »Ich habe hier einige Karten«, sagte er und reichte sie Spencer. »Wir haben mehrere Antworten auf die Frage, wo wir in Afrika landen und über welches Land wir wann die Kontrolle übernehmen werden. Sobald wir die einheimischen Soldaten ausgebildet haben, dürfte es kein Problem mehr sein, den Kontinent zu besetzen. Wir werden ihnen zahlenmäßig weit überlegen sein.«

»Und im Besitz des Elixiers sein«, warf Spencer ein.

Jennings Augen glitzerten, als er die Phiole anstarrte, die Spencer hochhielt. »Oh ja«, sagte der Offizier. »Damit ist alles möglich.« Mit funkelnden Augen ging er auf Spencer zu. »Darf ich?«

»Nur einen kleinen Tropfen«, sagte Spencer.

Max und Sabine blieb nichts anderes übrig, als zu baden und sich umzuziehen, bevor sie zum Britischen Museum gingen. Während sie in Max' Stadthaus waren, berichtete sein Sicherheitschef ihm, dass vor dem Haus Männer gesehen worden waren. Und sie waren auch vor Sabines Geschäft gesichtet worden. Die Beschreibung passte auf die Ganoven, mit denen Max nachts im Laden gekämpft hatte, sowie auf einen der Männer, denen sie im Zug entkommen waren. Wer auch immer diese Kerle angeheuert hatte, hatte seine Suche noch nicht aufgegeben.

Als Max und Sabine das Museum betraten, sahen sie, dass es heute voller Besucher war – vor Kurzem war eine neue Mumienausstellung eröffnet worden, und die Leute strömten in Scharen herbei, um sie zu sehen.

»Max«, rief jemand. Max erkannte die Stimme, denn es gab nur einen Schotten, der ihn mit seinem Vornamen rufen würde.

Max drehte sich um und sah Graeme Langford, Duke of Rothmore, auf sich zukommen. Graeme war ein langjähriges Mitglied von Solomon's und einer der wenigen Menschen, denen Max blind vertraute. Sie schüttelten sich die Hände und begrüßten sich.

Sabine war auch stehen geblieben und wartete einige Schritte von den Männern entfernt.

»Was führt dich ins Museum?«, fragte Graeme. »Ich dachte, hier wäre nichts von Wert für deine Arbeit.«

Max nickte zu Sabine hinüber. »Ich helfe einer Freundin. Wir versuchen, ein bestimmtes Schwert zu finden.«

»Oder Messer«, setzte Sabine hinzu. »Irgendeine Art von Klinge.«

Graeme pfiff leise durch die Zähne. »Das ist ja wirklich *sehr* spezifisch«, sagte er mit seinem gedehnten schottischen Akzent und drehte sich zu den Museumstüren um. »Die Waffensammlung hier ist gut, aber nichts im Vergleich zu der von Mortimer Flynn.«

»Flynn!«, sagte Max. »Den hatte ich ganz vergessen. Das ist ein interessanter Hinweis, Graeme.«

Der Schotte trat einen Schritt näher und senkte seine Stimme. »Er lebt nicht allzu weit außerhalb Londons. Du könntest ihm einen Besuch abstatten ... In aller Stille«, schloss er nach einem Blick auf Sabine.

Max wusste, was der Schotte meinte. Mortimer Flynn war ein ehemaliges Mitglied von Solomon's, das des Clubs verwiesen worden war. Deshalb war anzunehmen, dass er auf einen Besucher aus dem Club nicht allzu freundlich reagieren würde. Sie würden eine andere Möglichkeit finden müssen, sich Zugang zu verschaffen. Was nichts Ungewöhnliches für Max war.

»Danke«, sagte er.

»Du bist schon ein paar Tage nicht mehr im Club gewesen«, bemerkte Graeme und sah wieder Sabine an. »Zu beschäftigt?«

»Im Allgemeinen ja. Ich werde schon bald genug wieder vorbeikommen«, sagte Max.

»Ist das die junge Dame, die dich angeschossen hat?«, wollte Graeme wissen.

Sabine lachte auf, kommentierte die Bemerkung aber nicht.

Graeme hob die Hand. »Das ist Antwort genug. Ich hörte im Club, dass Marcus' Konstruktion fast fertig ist. Willst du wirklich in diesem Unterwasserdingsda fahren?«

Max sah Sabine an, bevor er antwortete. »Wenn ich ihn dazu überreden kann, wäre es die Sache wert.«

»Na, dann viel Glück, Max«, sagte Graeme. »Oh, und falls mich jemand brauchen sollte – ich werde für eine Weile in Schottland sein«, erklärte er, bevor er ging.

»Graeme hat mich an eine bessere Sammlung erinnert, mit der wir beginnen sollten – zumal es mit der heutigen Besuchermenge hier sowieso sehr schwierig wäre, sich so genau umzusehen, wie es sein müsste«, sagte Max zu Sabine. Als sie nickte, gingen sie zu ihrer Kutsche zurück, die auf der anderen Straßenseite wartete.

»Von was für einem Club sprach er?«, wollte Sabine wissen, nachdem er ihr in den Wagen geholfen hatte.

»Es gibt hier in London einen Club für Leute wie mich, die Studien betreiben und alte oder legendäre Artefakte zu finden versuchen.« Die Kutsche rumpelte die Straße hinunter auf sein Stadthaus zu, da Max noch etwas in Erfahrung bringen musste, bevor sie zu Flynns Landsitz hinausfahren konnten.

»Ist dieser Schotte auch in deinem Club?«, fragte Sabine.

»Ja. Und viele andere.«

Sie saß ihm gegenüber, die Augen groß vor Neugierde und Interesse. »Gibt es noch andere, die sich mit Atlantis befassen?«, fragte sie.

»Nein, da bin ich der Einzige.«

»Und was ist ein *Unterwasserdingsda?*«, fragte sie.

»Du solltest die Gespräche anderer nicht belauschen«, rügte er.

»Und du solltest deinen Freunden raten, nicht so laut zu sprechen. Was ist es also, Max?«, fragte sie mit einem honigsüßen Lächeln.

»Ein Boot. Ein Unterseeboot.«

Sabine stockte der Atem. »Und du könntest es benutzen, um zu versuchen, die Überreste von Atlantis zu finden?«

»So ungefähr.«

Ein Buckel in der Straße brachte die Kutsche ins Schwanken, und Sabine fiel nach vorn – aber Max fing sie auf, zog sie an sich und presste seinen Mund auf ihren. Sie hatte ihn einmal geküsst, um ihn abzulenken, da durfte er jetzt verdammt noch mal das Gleiche tun. Er wollte nicht mit ihr über das Tauchboot sprechen. Und als er sie küsste, verwandelte sich seine eigentliche Absicht in etwas weitaus Ursprünglicheres und Angenehmeres.

Ihre Hände umklammerten seine Schultern, als sie sich dem Kuss hingab. Ihre unverhohlene Leidenschaft und ihr Eifer schürten sein Begehren, und er zog sie auf seinen Schoß und küsste sie so glutvoll, dass er spüren konnte, wie ihr der Atem stockte.

Während er mit langsamen, sinnlichen Bewegungen seine Zunge um die ihre kreisen ließ, schob er eine Hand unter das Oberteil ihres Kleids und umfasste ihre Brust. Sie bog sich ihm entgegen, und ihre zarte Brustspitze verhärtete sich unter seiner Hand. Heißes, schon fast schmerzhaftes Verlangen erfasste ihn, und prickelnde Hitzewellen durchströmten seinen Unterleib. Seine Erektion presste sich an seine Hose, die plötzlich viel zu eng war, und er stöhnte an Sabines Mund.

Und dann kam die Kutsche rumpelnd zum Halten, aber Sabine rührte sich nicht, und so fuhr er fort, sie zu küssen, zu streicheln und in Erregung zu versetzen. Bis der Kutscher an die Tür klopfte …

Da straffte Sabine sich abrupt, glitt von seinem Schoß herab und fuhr sich mit der Hand über den Mund. Aber bei all dem vermied sie es, ihn anzusehen.

»Sabine …«, begann Max.

Doch sie sprang schon aus der Kutsche und lief die Eingangsstufen zu seinem Haus hinauf, bevor er seinen Satz beenden konnte. Was vielleicht auch besser war, weil er zum ersten Mal in seinem Leben keine Ahnung hatte, was er sagen sollte.

Johns stieg in die Kutsche, die Cassandra einen Block entfernt vom Britischen Museum hatte warten lassen.

»Hast du etwas herausgefunden?«, fragte sie.

»Sie werden heute Abend einen Mann aufsuchen«, sagte Johns. »Er heißt Mortimer Flynn. Das ist alles, was ich gehört habe. Dieser Schotte blickte einmal zu oft zu mir herüber. Ich wollte nicht hoppgenommen werden.«

»Sie wollen zu Mr Flynn?«, fragte Cassandra, die ihr Glück kaum glauben konnte. »Der gute Mann lebt nur vier Meilen entfernt von meinem Gut. Ich denke, dass es an der Zeit ist, fern der Hektik Londons ein bisschen frische Luft zu schnappen.«

Kapitel sechzehn

Graemes Vorschlag war gut gewesen. Es ging das Gerücht, dass Mortimer Flynn, ein früheres Mitglied von Solomon's, eine der größten und umfangreichsten Sammlungen einzigartiger Waffen in Großbritannien besaß. Es könnte eine weitere nutzlose Suche sein, doch vielleicht war das Glück ja auch auf ihrer Seite, überlegte Max. Flynns Landsitz lag zwei Stunden von London entfernt, und die Erschöpfung übermannte Sabine während der Fahrt dorthin. Sie hatten in den letzten Tagen nicht viel Schlaf bekommen, und wahrscheinlich war es das, was ihr zu schaffen machte. Erst als die Kutsche unsanft zum Halten kam, erwachte sie wieder.

Sie sah abgespannt aus, ihr Haar war zerzaust und an der Wange hatte sie einen Handabdruck von ihrem Schläfchen, trotzdem war sie so schön, dass Max' Blut in Wallung geriet.

»Wo sind wir?«, fragte sie und schaute aus dem kleinen Kutschenfenster.

Er stieg aus und reichte ihr seine Hand. »In Kent, auf dem Besitz des Waffensammlers«, erinnerte er sie. Anscheinend hatte sie so fest geschlafen, dass sie ihr Ziel vergessen hatte.

»Oh ja, natürlich. Und kennt ihr diesen Mann, dein schottischer Freund und du?«

Max erwiderte ihren Blick nicht. »Das kann man so nicht sagen.«

»›Das kann man so nicht sagen‹?«, wiederholte sie. »Was soll das denn heißen?« Sie schaute sich um und ließ ihren Blick über die Bäume gleiten, die die kleine Straße säumten. »Warum sind wir nicht in seine Einfahrt eingebogen?«

Max wählte genau diesen Moment, um seine Pistole zu überprüfen.

Sabines Augen weiteten sich, als sie die Waffe sah.

»Er war früher einmal ein Mitglied meines Clubs«, antwortete er.

»Aber du bist ihm nie begegnet.«

»Nein, er war schon lange weg, bevor ich Mitglied wurde.« Er zuckte mit den Schultern. »Aber ich habe von ihm gehört.«

»Und du glaubst, dass diese kleine Gemeinsamkeit uns eine Einladung in sein Haus verschaffen wird?« Ihre Stimme wurde schriller.

»Natürlich nicht.« Max trat näher an einen Baum heran. »Wir brauchen keine Einladung.«

Sabine folgte ihm. »Und wieso nicht?«

»Weil wir unangemeldet hineingehen und uns dort umsehen werden.« Er spähte durch eine lichtere Stelle zwischen den Bäumen. Flynns Haus lag direkt vor ihnen. Sie mussten lediglich über eine Mauer klettern, um auf den Besitz zu gelangen. Danach brauchten sie dann nur noch die richtige Tür zu finden.

»Betrittst du eigentlich jedes Haus durch die Hintertür und ohne Einladung?«, zischte Sabine. »Ich hätte wissen müssen, dass du so etwas vorhast, als wir London noch so spät am Tag verließen.«

»Unsere Suche nach der Waffe soll doch Erfolg haben, oder nicht? Nur keine Bange, Flynn wird gar nicht merken, dass wir hier gewesen sind«, sagte Max.

Sie schlichen an dem Gesträuch vorbei und achteten darauf, sich in der Dunkelheit zu halten. Der großartige Besitz vor ihnen erstreckte sich über einen Hang und schien auch das gesamte darunterliegende Land miteinzuschließen. Vor dem Nachthimmel sah das aus grauem Stein erbaute Herrenhaus dunkel und bedrohlich aus. Eine ganze Seite des Gebäudes war mit Efeu überwachsen.

Bald gelangten sie an die Steinmauer, die sich um das Anwesen zog.

»Wir sollten versuchen, eine Hintertür zu finden«, flüsterte Max.

Sie gingen leise an der Mauer entlang, bis Max stehen blieb und auf die einzige Tür an der Westseite des Hauses zeigte. »Ein Dienstboteneingang! Das ist sogar noch besser. So wird er überhaupt nichts merken.«

»Und falls wir die Waffe finden, werden wir sie uns einfach ausleihen, schätze ich mal«, bemerkte Sabine spitz.

Max dachte kurz nach und nickte dann. »Genau.«

»Ist das Einbrechen in anderer Leute Häuser für dich eine Art fehlgeleitetes Hobby?«, fragte sie.

»Durchaus – wenn die Aufgabe einfallsreiche Maßnahmen erfordert. Komm jetzt.« Er zog sich auf die Mauer hinauf, doch als er sich umdrehte, um Sabine zu helfen, war sie schon halbwegs oben. Den Rest des Weges zog er sie hinauf, dann sprang er auf der anderen Seite hinunter und half ihr, auf den Füßen aufzukommen. Sie machten sich ein kleines Gehölz zunutze, um ungesehen näher an das Haus heranzukommen.

»Wieso verrottest du dann inzwischen noch nicht in einer Gefängniszelle?«, flüsterte sie. Aber Max konnte den Anflug eines Lächelns um ihre Lippen sehen.

»Weil ich der Marquess of Lindberg bin«, erwiderte er schlicht. Deswegen und weil er es hervorragend verstand, unangenehme Situationen zu bereinigen. Ein Lächeln hier, ein Geldschein da, und die Leute neigten dazu, ihre Probleme zu vergessen.

Vorsichtig bewegte er sich in Richtung Tür. Um diese Zeit

würden die Dienstboten schon alle zu Bett gegangen sein. Mit dem Dietrich gelang es ihm, das Schloss der Hintertür zu öffnen, ohne Spuren zu hinterlassen. Er sah, dass Sabine sich noch immer hinter einem Baum versteckte. »Kommst du mit, oder gedenkst du, dich hier draußen zu verstecken?«, zischte er.

Ihre Lippen wurden schmal, aber sie sagte nichts, als sie an ihm vorbeiging und das Haus betrat.

Max lächelte und folgte ihr.

Für einige Sekunden verharrten sie reglos und warteten, bis sich ihre Augen an die Dunkelheit gewöhnt hatten. Sie schienen in der Küche zu sein, denn der Geruch nach frisch gebackenem Brot erfüllte die Luft. Sabines warmer Atem fächelte Max' Nacken. Sie trat noch näher, und die gleiche Wärme streifte nun sein Ohr.

»Woher wissen wir, wo wir suchen müssen?«, wisperte sie.

Gott, wie er sie begehrte! Selbst hier in der Küche dieses Fremden hätte er Sabine am liebsten auf der Stelle genommen. Auf dem Tisch, vor dem Schrank oder wo auch immer. Heiß und schnell oder quälend langsam. Wie, war ihm egal. Oder am besten sogar alles …

Doch dazu waren sie nicht hier. Leise schlichen sie durch die Küche in die Vorratskammer, wo Max schnell einen Arm ausstreckte, um Sabine am Weitergehen zu hindern. Stumm deutete er auf den Boden – auf Strohsäcken lagen dort zwei Küchenmägde und schliefen tief und fest. Sabines Augen weiteten sich vor Schreck, aber Max nickte ihr beruhigend zu und hielt ihre Hand, als sie über die schlafenden Mädchen hinwegstiegen. Eine der beiden bewegte sich, und Max und Sabine erstarrten. Aber sie drehte sich nur um und schlief weiter.

Aus der Vorratskammer gelangten sie auf einen Flur mit einer Treppe. »Die meisten seiner Waffen sind im großen Saal ausgestellt«, flüsterte Max, als sie den Aufstieg begannen.

Sabine zupfte an seinem Hemd, um ihn aufzuhalten. »Warum konnten wir ihn dann nicht einfach fragen, ob wir seine Waffen sehen dürften?«

»Weil er sie *für sich* ausstellt und jemand ist, der nicht gern teilt.«

»Verstehe.«

»Hier entlang.« Max nahm ihre Hand und bemühte sich zu ignorieren, wie perfekt sie in die seine passte.

Durch einen dunklen Salon führte er sie in eine Eingangshalle mit einem spiegelglatten Marmorboden. Sie gingen langsam, um Geräusche zu vermeiden, schlichen eine weitere Treppe hinauf und bewegten sich über einen Gang zu ihrer Rechten zu dem Zimmer, das Max für den großen Salon des Hauses hielt.

Durch zwei hohe Fenster fiel ausreichend Mondlicht herein, um ihnen einen einigermaßen klaren Blick auf den Raum zu verschaffen. Außerdem flankierten zwei brennende Öllampen den riesigen Kamin. In den Lampen befand sich noch genügend Brennstoff für zwei weitere Stunden, obwohl Max annahm, dass bis dahin ohnehin ein Dienstbote erscheinen würde, um das Licht zu löschen. Sie würden sich beeilen müssen. Alte Rüstungen standen in allen vier Ecken, und in Glaskästen waren Waffen aus allen Epochen und Ländern ausgestellt. Schwerter, Messer, Pistolen und Gewehre bedeckten so gut wie alle Oberflächen, und die größeren von ihnen hingen an der Wand.

»Ach, du meine Güte!«, sagte Sabine. »Ich hasse den Gedanken, mir diesen Gentleman zum Feind zu machen.«

Falls die Gerüchte stimmten, die Max über Flynns aufbrausendes Naturell gehört hatte, sollten sie den Mann tatsächlich besser nicht wütend machen, aber davon sagte er Sabine nichts. »Dann lass es uns schnell hinter uns bringen. Du beginnst dort drüben.« Er zeigte auf die rechte Seite.

»Es könnte drei Tage dauern, uns durch all das durchzuarbeiten«, meinte Sabine. »Es gibt so viele einfallsreiche Mittel und Wege, einen Menschen umzubringen.«

»Wir wissen, dass wir Schilde und Rüstungen vergessen und uns nur auf Messer, Dolche und Schwerter konzentrieren müssen«, sagte er.

»Auf alles, was eine Klinge hat.«

»Genau.«

Max ging vorbei an Samurairüstungen, Pferderüstungen und Musketen für ein ganzes Regiment, so schien es, bevor er einen Glaskasten mit Schwertern fand. Sie hatten die verschiedensten Längen und Größen, waren aus Gold und Silber, Bronze und Eisen, aber keins von ihnen war in irgendeiner Form mit einer Taube gekennzeichnet.

»Meiner Meinung nach müsste die Waffe griechischen Ursprungs sein«, flüsterte Sabine. »Oder zumindest so erscheinen. Weil diese der atlantidischen Kultur am ähnlichsten ist.« Sie griff in ihre Tasche und holte ein Vergrößerungsglas hervor.

»Altgriechisch oder älter«, stimmte er ihr zu. Dann runzelte er die Stirn und deutete auf ihre Hand. »Woher hast du das?«

»Von Calliope. Ich dachte, es würde uns die Suche erleichtern. Bisher haben wir die Taubengravur auf einem Grabstein und an der Wand in dem Badehaus gefunden, aber beides war ziemlich groß im Vergleich zu einem Schwertgriff.« Sie zuckte die Schultern. »Ich wollte vorbereitet sein.«

Max lächelte.

»Was ist? Möchtest du es dir ausleihen?«, fragte sie und hielt es ihm hin.

»Danke, aber ich kann sehr gut ohne sehen. Ich brauche dein Damenwerkzeug nicht.«

Sie stemmte die Hände in die Hüften. »Dann lass es mich wissen, falls du es dir anders überlegst. Du könntest einer weiteren Statue begegnen und das hier –«, sie schwenkte das Vergrößerungsglas –, »für eine genauere Betrachtung ihrer Brüste brauchen.«

Max lachte leise. »Mach weiter«, sagte er.

Nach mehr als einer Stunde hatten sie den Saal erst zur Hälfte durchsucht. Max hatte Stücke gesehen, die seiner Ansicht nach aus dem byzantinischen Reich und vielleicht sogar aus frühen chinesischen Dynastien stammen mussten. Doch so faszinierend die Sammlung auch war, konnte er jetzt doch sehr gut verstehen, warum die Mitglieder von Solomon's beschlossen hatten, Mr Flynn die Mitgliedschaft aufzukündigen. Er war nicht an einer Legende oder einem Mythos im Besonderen interessiert, sondern einfach nur ein Sammler aller Arten von Waffen. Ein nettes Hobby, aber nichts für die Legendenjäger, wie einige Außenstehende die Männer von Solomon's gern nannten. Außerdem war Flynn dafür bekannt, dass er seine Sammlung regelmäßig benutzte. Seine Gewaltbereitschaft war mehr als Grund genug gewesen, diesen Mann aus dem Club auszuschließen. Nachdem er aufgefordert worden war, Solomon's zu verlassen, hatte er auch London den Rücken gekehrt und war, soweit Max wusste, nie zurückgekommen.

»Max«, flüsterte Sabine. »Ich glaube, ich habe etwas gefunden.«

Er ging zu dem Fenster hinüber, an dem sie vor einer kleinen Glasvitrine stand. Darin befand sich ein einzelner Dolch mit der grob geschnitzten Darstellung eines Vogels auf dem Griff. Auf der Klinge war eine griechische Inschrift zu erkennen: *Die Große Armee wird angeführt, nachdem die zehn erschaffen wurden.*

»Das muss es sein«, sagte Sabine.

Max betrachtete den Dolch eine Weile aufmerksam, dann machte er sich mit seinem Messer daran, das Schloss der Vitrine aufzubrechen.

»Was zum Teufel tun Sie da?«, rief eine barsche Stimme hinter ihnen.

»Wir sind in großer Gefahr, Sir«, begann Sabine. »Und wir brauchen diese Waffe.« Sie zeigte auf den Dolch in der Vitrine. »Wir werden ihn selbstverständlich zurückgeben, wenn wir ihn nicht mehr brauchen.« Es war vermutlich sinnlos zu versuchen, mit dem Mann zu handeln; er wirkte alles andere als sympathisch.

»Das schert mich absolut nicht – und wenn Sie die Königin persönlich wären, Sie kriegen meinen Dolch nicht«, knurrte er. Er war groß, größer als Max, aber nicht so breitschultrig. Sein langes, braunes Haar hing ihm in wirren Strähnen bis auf die Schultern; sein grauer Vollbart bedeckte welke, faltige Haut, die zu viel der Sonne ausgesetzt gewesen war. Wie grobe Wolle auf abgenutztem Leder. »Ich selbst habe ihn entdeckt und unter einer Burg in Gloucester ausgegraben. Fast hätte ich dabei mein Bein verloren.« Dann, als würde ihm bewusst, dass er sich mit ihnen unterhielt, schüttelte er sein Gewehr.

Max trat einen Schritt vor. »Mr Flynn, ich kann Ihnen versichern …«

Flynn zielte mit seinem Gewehr geradewegs auf Max. Seine schmalen Augen verengten sich, bis sie nur noch schmale Schlitze waren. »Sie sind einer von denen, was?«, fragte er erbost.

»Ich weiß nicht, was Sie meinen«, antwortete Max.

Sabine beobachtete, wie Max' Verhalten wechselte. Verschwunden war der verführerisch charmante Mann, den sie kannte, und an seine Stelle war ein tödlich ruhiger Beschützer getreten, der bereit war zu verhandeln, um ihnen irgendwie den Ausweg aus dieser bedrohlichen Situation zu erkaufen.

»Von den Typen von Solomon's.« Flynns Augen wurden noch schmaler, sofern das möglich war, und er fauchte wie ein gereiztes Tier. »Die sind schon immer hinter mir her gewesen. Haben die Sie geschickt, um nur den Dolch zu holen, oder wollten Sie mitnehmen, so viel Sie beide tragen konnten?«

Max nickte langsam. »Ich bin Mitglied von Solomon's, aber das ist der einzige Grund, warum ich Ihren Namen kenne und von Ihrer Sammlung weiß. Wir waren auf der Suche nach einem seltenen Stück, aber Sie scheinen es nicht zu haben.« Max griff nach Sabines Hand und zog sie näher zu sich heran. »Es tut uns schrecklich leid, dass wir Sie zu einer so späten Zeit gestört haben.« Er zog Sabine an der Hand ein Stückchen auf die Tür zu. »Wir werden dann jetzt gehen.« Seine souveräne, ruhige kleine Rede schien Flynn beinahe überzeugt zu haben, so schien es jedenfalls. Max hatte es sogar geschafft, Sabine noch ein paar Schritte näher an die Tür zu bringen.

Aber dann schüttelte Flynn den Kopf. »Das glaube ich nicht«, sagte er und zielte mit ruhiger Hand mit seiner Waffe auf sie beide. »Hier entlang. Sie gehen schön langsam und versuchen nichts, oder ich erschieße zuerst Sie«, sagte er zu Max, »und nehme mir dann für das Mädchen Zeit, bevor ich sie auch erschieße.«

Sabine schluckte, drückte ganz fest Max' Hand und zog ihn dicht an ihre Seite. Die Wärme seines Körpers bot ihr zwar keinen wirklichen Schutz, aber sie tröstete sie immerhin ein wenig. Ihr war klar, dass sie so gut wie keine Chance haben würden, sollte dieser bewaffnete Mann seine Drohung wahrmachen.

»Gehen Sie weiter«, sagte er. Er war jetzt dicht genug hinter ihnen, um den Lauf seines Gewehrs abwechselnd Max und Sabine in den Rücken zu drücken.

Er trieb sie die Treppe hinauf zu einem Schlafzimmer, in das er sie mit der Waffe hineinstieß. »Ich habe schon den hiesigen Richter holen lassen. Ich sah Sie über den Rasen schleichen und wusste gleich, dass Sie nichts Gutes vorhatten. Aber ich habe abgewartet, um zu sehen, was Sie stehlen würden. Der Richter ist schon unterwegs, um Sie beide ins Gefängnis abführen zu lassen. Da ich ihn habe rufen lassen, kann ich Sie jetzt leider nicht umbringen«, schloss er und knallte die Tür hinter sich zu. Der Schlüssel drehte sich im Schloss, dann hörten sie etwas Schweres über den Boden scharren und gegen die Tür prallen.

»Er hat vermutlich ein Möbelstück vor die Tür geschoben. Mich wundert, dass er uns nicht gleich in ein Verlies geworfen hat«, sagte Sabine.

Max wandte den Blick von der Tür ab, deren Schloss er aufzubrechen versuchte, und lächelte sie an. »Das wäre ein Abenteuer gewesen, was?«

»Keins, das ich genießen könnte, das kann ich dir versichern«, sagte sie.

»Überprüf die Fenster.«

Sabine ging zu der gegenüberliegenden Wand mit den vier Fenstern. »Sie haben alle Gitter.«

»Dann sieh nach, ob wir eins entfernen können.«

»Wenn du diesen Dolch doch nur schon gehabt hättest, bevor er uns entdeckte«, sagte sie.

»Das hätte nichts geändert«, meinte Max und machte sich wieder an dem Schloss zu schaffen.

Sabine rüttelte an dem ersten Fenstergitter, aber es rührte sich nicht. »Wieso nicht?«, fragte sie. »Die Prophezeiung besagt, dass die Taube das einzige Mittel ist, ihn aufzuhalten. Wie sollen wir das bewerkstelligen, wenn wir hier oben eingesperrt sind und der Dolch unten im Saal liegt?« Sie durfte über all dem nicht vergessen, dass sie Agnes retten musste.

»Das war nicht die richtige Waffe«, erwiderte Max. »Ich habe Flynn nicht angelogen.«

»Natürlich war es die richtige! In dem Griff des Messers war ein Vogel eingeschnitzt. Der gleiche Vogel, den wir auf dem Friedhof und in dem Badehaus gesehen haben.« Sie überprüfte das nächste Fenster und musste auch hier feststellen, dass sich das Gitter nicht bewegen ließ.

Max verließ die Tür und kam zu ihr. »Ich weiß, dass es so aussah, aber es war nur ein weiterer Hinweis. Glaub mir, Sabine, wenn ich dir sage, dass es nicht die richtige Waffe war.«

»Wie kannst du dir so sicher sein?«

»Weil sie aus der falschen Zeit stammt. Dieser Dolch da unten war ein türkischer aus dem Ottomanischen Reich und damit viel zu jung, um in Atlantis oder zu Atlantis' Zeit hergestellt worden zu sein.« Max legte eine Hand unter Sabines Kinn und hob es an. »Was allerdings nicht bedeutet, dass es nicht der richtige Hinweis war.«

Für einen Moment vergaß sie sich, und ihre Augen füllten

sich mit Tränen. Mehr als alles andere wollte sie sich an ihn lehnen, wollte sie dieser Anziehung zwischen ihnen nachgeben und die Prophezeiung für die Dauer einer Nacht vergessen. Aber sie hatte Angst, dass sie ihn nicht mehr würde aufgeben können, wenn sie der Versuchung, und sei es auch nur ein einziges Mal noch, nachgab. Deshalb ging stumm zum nächsten Fenster.

Die Fenster gingen zur Vorderfront des Hauses hinaus, sodass man die Einfahrt in der Ferne sehen konnte. Der Mond erhellte das bewaldete Gebiet am Rand des weitläufigen Besitzes, und die Gärten waren üppig grün und schön gestaltet. Als Sabine das letzte Fenster öffnete, rüttelte sie an dem Gitter, wie sie es bei den anderen getan hatte – und dieses Mal bewegte es sich!

»Max!«, flüsterte sie aufgeregt, als sie sich straffte. »Diese Gitterstäbe bewegen sich. Vielleicht können wir sie irgendwie entfernen.«

Sofort kam er zu ihr und stieß gegen das Gitter, das sich noch ein wenig mehr bewegte. »Geh ein Stück zurück«, befahl er Sabine, bevor er nach den Gitterstäben trat. Und tatsächlich lösten sich einige aus der Mauer und fielen in das Gras. »Wir sind im zweiten Stock«, sagte Max, als er sich aus dem Fenster lehnte und versuchte, die Entfernung abzuschätzen. »Es ist ein ziemlicher Sprung von hier.«

Sabine machte sich selbst ein Bild von der Distanz. »Das Gras sieht weich und üppig aus. Und diese gestutzten Büsche sind ja auch noch da.«

Er zog eine Augenbraue hoch.

»Ich könnte es schaffen, aber du wirst dich vermutlich verletzen«, sagte er, nachdem er noch einmal aus dem Fenster gesehen hatte. »Oder dir sogar gleich mehrere Knochen brechen.«

»Ach was«, sagte sie. »Wenn du den Sprung schaffen kannst, kann ich es auch. Du wirst mich hier jedenfalls nicht allein lassen.«

»Na ja, ich glaube, uns bleibt auch gar nichts anderes übrig. Es sei denn, wir wollten hier auf die Polizei warten und hoffen, uns aus einer Gefängnisstrafe herausreden zu können.«

»Aber wir *haben* gegen das Gesetz verstoßen, Max. Sie werden uns nicht so einfach gehen lassen. Egal, wer du bist und wie du heißt.« Sie schüttelte den Kopf. »Ich denke, wir sollten springen.«

»Also gut. Aber ich springe als Erster, dann kann ich deinen Aufprall vielleicht ein wenig mildern«, sagte er.

Es waren solche Momente, die sie am meisten ärgerten. Gerade wenn sie schon nahezu überzeugt davon war, dass er ein kompletter Schuft war, tat oder sagte er etwas, das ihr bewies, dass er tief in seinem Innersten ein guter Mensch war, egal, wie schuftig er sich manchmal auch verhielt.

»Na schön«, sagte sie.

Er kniete sich in das Fenster, mit dem Gesicht zu ihr, und ließ sich dann vorsichtig herab, bis er sich nur noch mit den Händen an dem Fenstersims festhielt. Dann streckte er sich, so weit es ging, damit der eigentliche Sprung so kurz wie möglich war, und ließ sich fallen.

Sabine sah noch gerade rechtzeitig aus dem Fenster, um ihn auf seinen Füßen aufkommen zu sehen. Er blickte zu ihr auf und lächelte sie an, und dieses übermütige Lächeln raubte ihr den Atem. Irgendwie hatte sie das Gefühl, dass Maxwell Barrett wie eine Katze immer auf den Füßen landen würde.

»Komm«, rief er leise. »Ich fang dich auf.«

Die Entfernung zwischen seinen ausgestreckten Armen

und dem Fenster erschien ihr groß genug, um sich den Hals brechen zu können. Was, wenn sie sich nicht dazu überwinden konnte? Was, wenn sie es nicht über sich brachte, zu springen?

Die Antwort kam in Form von Schritten auf dem Gang, gefolgt von Männerstimmen.

»Ich habe sie in meinem Ausstellungssaal erwischt«, sagte Flynn.

Das Möbel draußen vor der Tür scharrte wieder über den Boden. Sabine blickte hinter sich, sah, wie sich der Schlüssel im Schloss drehte, und schloss die Augen und sprang.

Max fing Sabine auf, auch wenn sie durch die Kraft ihres Aufpralls beide auf dem Boden landeten.

»Sehen Sie – da unten!«, brüllte Flynn.

Ein Mann, vermutlich der Richter, beugte sich neben ihm aus dem Fenster. »Sie bleiben, wo Sie sind«, befahl er Sabine und Max mit einer herrischen Handbewegung und verschwand dann wieder vom Fenster.

»Lauf!«, sagte Max, als er Sabines Hand ergriff und sie auf die Beine zog.

Dank ihrer langen Beine und zum Glück gelang es Sabine, mit Max Schritt zu halten, als sie durch den Garten zur Hauptstraße rannten. Max stieg als Erster über die Mauer und half Sabine dann hinüber. Hand in Hand flüchteten sie sich in den Wald, der an den Besitz stieß.

Max hörte Stimmen hinter ihnen, aber sie hatten einen guten Vorsprung, vorausgesetzt natürlich, dass die beiden Männer sie nicht zu Pferd oder in einer Kutsche verfolgten. Vielleicht würden sie es ja tatsächlich bis zur Straße und zu ihrer eigenen Kutsche zurück schaffen.

»Kommen sie?«, fragte Sabine, deren Stimme vor Anstrengung heiser klang.

»Ja. Hier entlang.« Er zog sie mit, und sie beklagte sich nicht, obwohl sie kaum noch Luft bekam. »Unsere Kutsche müsste direkt hinter diesem Hang dort stehen.«

Die Stimmen hinter ihnen wurden lauter, sie schrien und fluchten, und Max erkannte, dass die Männer tatsächlich in eine Kutsche gesprungen waren, um sie zu verfolgen.

Er zog Sabine durch die Bäume auf die Hauptstraße, aber deren unbefestigter, steiniger Untergrund würde zu Fuß auch nicht leichter zu bewältigen sein als der Wald. Und ihre Kutsche wartete keineswegs auf sie. Max fragte sich, ob er bei ihrer wilden Flucht die Orientierung verloren hatte und in die falsche Richtung gelaufen war. Aber ihm blieb keine Zeit, darüber nachzudenken. Vielleicht hatte er die Entfernung nicht richtig eingeschätzt und ihre Kutsche wartete ein Stück weiter die Straße hinunter.

»Sie kommen näher«, keuchte Sabine.

Sie flohen, so schnell sie konnten, aber das Geräusch der Kutschenräder und Pferdehufe wurde lauter, als sie über die Straße hetzten. Schließlich holte die Kutsche sie ein und hielt neben ihnen. Doch statt der Stimme eines ihrer Verfolger sprach eine vertraute Stimme Max an.

»Max, was für eine nette Überraschung! Du und deine Freundin ...«, die Stimme stolperte über das letzte Wort, »ihr scheint in Schwierigkeiten zu sein. Kann ich euch behilflich sein?«

»Cassandra! Du kommst im rechten Augenblick, wie immer.« Max half Sabine in die Kutsche, die sogleich losfuhr, hinein in die Dunkelheit und fort von den Verfolgern.

»Mein Landgut befindet sich nicht weit von hier, und ich gewähre euch gern eine sichere Zuflucht für die Nacht.« Sie lächelte. »Ich nehme an, du hattest Reibereien?«, fragte sie und zog eine ihrer perfekt gezupften Augenbrauen hoch.

»Könnte man so sagen«, gab Max zu.

»Du hattest schon immer das Talent, dir Ärger einzuhandeln.« Cassandras kühler Blick fiel auf Sabine. »Sind Sie nicht dieses Mädchen aus dem Laden in Piccadilly? Müssen Sie mit Ihren Waren nun schon auf dem Land hausieren gehen?«, fragte sie und tat nichts, um ihren scharfen Tonfall zu verbergen. Cassandra zögerte nie, ihre Krallen auszufahren, wenn sie in der Stimmung dazu war.

Aber Sabine ließ sich von ihrer beleidigenden Art nicht aus der Fassung bringen. Hocherhobenen Kopfes wandte sie sich Cassandra zu und schenkte ihr ein süffisantes Lächeln. »So ist es. Und ich glaube, es wird höchste Zeit für Sie, sich mit einigen weiteren meiner Mittel einzudecken.« Sabine berührte ihre eigene glatte Stirn und nickte dann vielsagend in Cassandras Richtung.

Cassandra griff sich automatisch an die Stirn, um über ihre Haut zu streichen.

»Ich schicke Ihnen gern ein paar Tiegelchen an jedwede Adresse«, erbot sich Sabine.

Max hätte am liebsten gelacht, aber das wagte er nicht. Es würde ihre Lage nicht verbessern, wenn Cassandra nun auch noch Sabine die schönen Augen auskratzte.

Kapitel siebzehn

Cassandra hatte sie freundlicherweise über Nacht aufgenommen und ihnen angeboten, dass eine Kutsche sie am nächsten Morgen nach London brachte. Max hoffte, dass sein eigener Kutscher vernünftig genug gewesen war, vor dem Richter zu fliehen. Im Moment stand Max mit einem Glas Scotch in der Hand am Fenster seines dunklen Zimmers und starrte in die Nacht hinaus. Er hatte das nächste Rätsel noch nicht entschlüsselt, aber die Worte gingen ihm immer wieder durch den Kopf. Er wusste nicht, ob Sabine ihm glaubte, dass der Dolch nicht der war, den sie suchten, aber *er* war sich dessen ganz sicher. Wer auch immer die Taube versteckt hatte, hatte alles nur Erdenkliche getan, um sie verborgen zu halten, und dafür gesorgt, dass nur ernsthaft Suchende sie fanden. Und trotzdem hatte diese ganze Tortur etwas an sich, das sich für ihn nicht gut anfühlte. Vielleicht wussten Sabines Tanten mehr darüber, wer sich diese Sache ausgedacht hatte.

Ein leises Klopfen ertönte an seiner Tür, dann öffnete sie sich knarrend.

»Ich hatte mich schon gefragt, ob ich dich heute Nacht noch sehen würde«, murmelte er, als er sich umdrehte. Doch es war nicht Sabine, die in der Tür stand.

»Cassandra«, sagte Max, außerstande, seine Überraschung zu verbergen.

»Hattest du jemand anderen erwartet?«, fragte sie mit honigsüßer Stimme.

Er gab ihr keine Antwort.

Sie war von Kopf bis Fuß in ein blutrotes Seidenneglige

gehüllt, das kaum etwas seiner Vorstellungskraft überließ. Aber die brauchte er bei Cassandra auch nicht. Er kannte ihren Körper, jede ihrer Rundungen, auch wenn ihre gemeinsame Zeit schon lange zurücklag. Seit ihrer Affäre, die ungefähr acht Monate gedauert hatte, waren fast zehn Jahre vergangen. Max hatte fast schon geglaubt, in die blonde Schönheit verliebt zu sein, bis er sie eines Tages mit einem anderen Mann im Bett ertappt hatte. Mit einem Mann, von dem sie behauptet hatte, er sei ein Diener. Es war für längere Zeit das letzte Mal gewesen, dass Max das Bett mit einer Frau geteilt hatte.

»Wie gut, dass ich euch beiden heute Abend begegnet bin«, sagte sie und zog seine Schlafzimmertür hinter sich zu.

»Allerdings. Und wir sind dir auch sehr dankbar für deine Hilfe.« Cassandra war genau im richtigen Moment aufgetaucht, auch wenn Max nicht daran zweifelte, dass es ihm auch ohne diese Hilfe gelungen wäre, sich und Sabine in Sicherheit zu bringen. Trotzdem war es beruhigend zu wissen, dass Sabine wohlbehütet war und sie ein bequemes Nachtlager hatten.

Cassandra ging auf Max zu, nahm ihm das Glas aus der Hand und trank langsam einen Schluck daraus, ohne den Blick ihrer kühlen blauen Augen von ihm abzuwenden. »Was ist zwischen dir und dieser Frau? Ist sie deine neue Geliebte?« Sie gab sich die größte Mühe, gleichmütig zu klingen, aber Max kannte sie zu gut, um sie nicht zu durchschauen. Es waren keine Gefühle im Spiel, doch wenn es nach Cassandra ginge, würde ihn keine andere Frau bekommen. So war sie eben. Besitzergreifend, auch wenn ihr etwas längst nicht mehr gehörte.

Für einen Moment war er versucht zu lügen und ihr zu sagen, dass Sabine seine Geliebte war, aber damit würde er Cassandra nur verärgern. Es war nicht nötig, auch noch Öl ins

Feuer zu gießen. »Nein. Sie hat mich engagiert, um ihr bei einer gewissen Angelegenheit zu helfen.«

»Ach, so ist das.« Sie stellte das Glas ab und begann dann mit geschickten Fingern die Knöpfe seines Hemds zu öffnen. »Du bist jetzt also ein Mann, den man mieten kann?«

»Cassandra«, protestierte er.

»Entspann dich. Niemand braucht etwas davon zu wissen.« Sie beugte sich vor und bedeckte seine Brust mit feuchten Küssen. »Erinnerst du dich, wie es mit uns war, Max?«, murmelte sie. »Wie heiß und leidenschaftlich wir uns geliebt haben?«

Es war schwer zu vergessen. Nicht die Leidenschaft an sich, sondern Cassandra überhaupt. Sie war kein schüchternes Ding, das sich im Schatten hielt und hoffte, von einem Mann bemerkt zu werden. Nein, sie forderte Aufmerksamkeit und bekam sie auch. Jede Menge. Max erinnerte sich vor allem daran, wie schamlos sie mit anderen Männern geflirtet und dann behauptet hatte, sie bedeuteten ihr nichts. Damals war er jung und dumm gewesen, aber diesen Fehler würde er nie mehr machen.

»Noch eine Nacht, Max. Zur Erinnerung daran, wie es mit uns gewesen ist«, lockte sie ihn.

Nicht gerade sanft griff er nach ihren Handgelenken, um sie daran zu hindern, auch noch seine Hose zu öffnen.

Ihre Augen funkelten, ihre Lippen verzogen sich zu einem mutwilligen Lächeln. »Oh ... du möchtest heute Nacht ein bisschen rauer spielen?«

»Nein«, sagte er geradeheraus.

»Ich verstehe dich nicht«, sagte sie und presste ihren geschmeidigen Körper an ihn, um ihn ihre verführerischen Rundungen spüren zu lassen. Er wollte nicht darauf reagieren, aber er hätte ein Mönch sein müssen, um von ihrer eindeutigen Einladung nicht erregt zu werden. Doch ob sein Körper auf sie reagierte, spielte keine Rolle, solange *er* sie nicht begehrte. Und das tat er nicht.

»Cassandra, hast du unsere Vergangenheit vergessen?« Noch immer hielt er ihre Handgelenke fest. »Ich habe dir gesagt, nie wieder.«

Sie schürzte die perfekt geschminkten Lippen und sah ihn schmollend unter halb gesenkten Lidern an. »Hast du mir diese eine kleine Indiskretion noch immer nicht verziehen?«

Er lachte. »Ich vermute, dass er nicht der Einzige war, sondern nur der Einzige, mit dem ich dich erwischt habe«, sagte er. »Und es hat nichts mit Verzeihen zu tun.«

Sie zuckte die Schultern, aber ihr Gleichmut war nur gespielt. Sie ertrug es nicht, wenn ihr etwas abgeschlagen wurde. »Mag sein. Aber ich bin nun mal eine Frau mit großem sexuellem Appetit«, sagte sie in scharfem Ton. »Was kann ich dafür, wenn ein Mann allein mich nicht befriedigen kann?«

»Wie typisch für dich, Cassandra«, entgegnete Max lächelnd. »Wenn du deinen Willen nicht bekommst, beleidigst du lieber dein Gegenüber, als die Niederlage gnädig hinzunehmen.«

Sie zog eine ihrer schön geschwungenen Brauen hoch. »Was für eine Niederlage? Ich brauche dich nicht, Max. Ich habe Männer in ganz London, die nur auf die Einladung in mein Bett warten. Ich dachte nur, du würdest dich vielleicht daran erinnern wollen, wie es mit einer richtigen Frau war. Anders als mit diesem kleinen Ding, mit dem du jetzt zusammen bist. Sie ist doch wirklich ziemlich unscheinbar, nicht wahr?« Sie inspizierte ihre Fingernägel, aber Max konnte sehen, wie ihr die Röte in die blassen Wangen stieg. Cassandra war wütend.

»Ganz und gar nicht. Ich finde Sabine sehr schön, ja, sogar exotisch«, sagte Max. Er hätte das auch nur sagen können, um Cassandra zu ärgern, aber es war ihm völlig ernst mit dieser Antwort. Für ihn gab es keine schönere Frau als Sabine. Und Cassandra konnte es auch sehen. Jeder konnte das. Sabine war ... faszinierend. Die zum Leben erwachte Mona Lisa, mit ihrer olivfarbenen Haut und einem Gesicht, das nur die Götter selbst ihr geschenkt haben konnten.

»Das Alter hat deinen Geschmack in Bezug auf Frauen nicht gerade verfeinert, Max«, sagte Cassandra bitter. »Du hättest *mich* heute Nacht haben können.« Sie sah ihn vielsagend an und ließ langsam den Blick über seinen Körper gleiten. »Deine Kutsche wird morgen in aller Frühe bereitstehen. Noch vor dem Frühstück«, fügte sie dann kühl hinzu.

»Vielen Dank, Cassandra.«

Sabine blieb abrupt stehen, als Cassandra, nur mit einem fast durchsichtigen roten Negligé bekleidet, aus Max' Zimmer kam. Sie schenkte Sabine ein boshaftes Lächeln und wischte sich dann demonstrativ über die Mund.

»Er gehört ganz Ihnen«, säuselte sie, als sie vorbeiging.

Sabine wollte auf dem Absatz kehrtmachen, aber Max musste Cassandra gehört haben, denn er kam aus seinem Zimmer. »Warte«, sagte er zu Sabine. »Es war nicht so, wie es vielleicht aussieht.«

Sabine wandte sich um und sah Cassandra nach, die hinter einer Ecke des Korridors verschwand. »Es interessiert mich nicht, mit wem du Beziehungen hast. Ich habe nichts von dir verlangt und will auch nichts von dir.« Sie wusste, dass ihr Ton sehr ruppig klang, aber sie tat nichts, um ihn zu mäßigen.

Eine Zeile aus Shakespeares Hamlet kam ihr in den Sinn: »Die Lady protestiert zu viel.«

Max seufzte, und für einen kurzen Moment schlich sich Müdigkeit in seine Augen, aber genauso schnell verschwand sie wieder. »Was wolltest du? Brauchst du etwas?«, fragte er.

»Ich wollte nur noch einmal mit dir über den Dolch reden.«

»Das dachte ich mir. Komm herein«, forderte er sie auf.

Sie versuchte, nicht darauf zu achten, dass sein Hemd offen war und den Blick auf seine muskulöse Brust freigab. Sie sah sie nicht zum ersten Mal, bekam aber immer noch einen trockenen Mund und einen leeren Kopf beim Anblick dieser beeindruckenden Muskeln. Als sie in Max' Zimmer waren und er die Tür hinter ihnen geschlossen hatte, sagte sie zunächst mal nichts.

Aber sie drehte sich um und ertappte sich dabei, dass ihr Blick geradewegs zu dem großen Himmelbett im Zimmer ging. Es war unberührt, nicht einmal ein Kissen war von seinem Platz verrutscht. Es lagen auch keine in der Hitze der Leidenschaft vergessenen Kleider auf dem Boden. Vielleicht hatte Max die Wahrheit gesagt. Aber Sabine hatte auch genug gesehen, um zu wissen, dass Cassandra eine Frau war, die gewohnt war zu bekommen, was sie wollte. Und seit Neuestem schien es so, als wolle sie Max Barrett. Wobei Sabine ihr ganz sicher nicht im Wege stehen würde.

»Sabine«, sagte er, und sie spürte seinen heißen Atem an ihrem Nacken, als er dicht hinter sie trat, »ich habe sie nicht angefasst.«

»Ich habe dir doch gesagt, dass mich das nicht interessiert«, fauchte sie. Aber sie konnte nicht verleugnen, dass ihr Herz bei seinen Worten schneller schlug.

Sanft drehte er sie zu sich herum. »Mich interessiert es

aber. Ich will verdammt sein, wenn ich weiß, warum, aber so ist es. Ich werde nicht lügen und behaupten, ich hätte nie etwas mit Cassandra gehabt, aber das ist lange her, und sie bedeutet mir nichts mehr. Schon lange nicht mehr.«

Hieß das, dass *sie* ihm etwas bedeutete?, fragte sich Sabine. »Max, wir beide sind kein Paar«, erinnerte sie ihn noch einmal.

»Von dem Moment an, als ich dich zum ersten Mal gesehen habe, wollte ich dich nackt in meinen Armen halten und Stunden damit verbringen, deine zarte Haut mit Küssen zu bedecken.« Seine blauen Augen hielten Sabine gefangen. »In jener Nacht im Zug ging alles viel zu schnell. Und in dem Gasthof hast du mir Einhalt geboten, aber ich weiß, dass du das eigentlich gar nicht wolltest.«

Warum begehrte sie ihn so sehr? Was hatte er nur an sich, was sie derart faszinierte?

»Was du da redest, ist äußerst ungehörig«, sagte sie und wünschte, sie hätte einen Umhang, um sich darin einzuhüllen. So blieb ihr nur, die Arme schützend um sich zu schlingen. Sie war schwach, was Max anging. Eine kleine Kostprobe, und schon wollte sie alles haben. Sie wollte ihn nicht begehren. Sie wollte überhaupt keinen Mann begehren oder *brauchen*, aber es wäre eine Lüge zu behaupten, dass dieser Mann sie nicht anzog wie der Mond die Gezeiten.

»Ich weiß, dass du mich auch willst«, sagte er mit einer Stimme, die kaum mehr als ein Flüstern war.

»Du weißt gar nichts«, versetzte sie ärgerlich. Anscheinend war es ihr nicht so gut gelungen, wie sie geglaubt hatte, ihr Verlangen zu verbergen.

»Du kannst es abstreiten, so viel du willst, aber ich kenne die Wahrheit.« Sein Atem fächelte ihr Haar, als er wieder hinter sie trat. »Du willst mich auch, Sabine.«

»Hör auf damit!« Sie schlug nach ihm, als sie sich abwandte und Abstand zwischen sie brachte.

»Du wirst nicht ewig dagegen ankämpfen können. Ein Verlangen wie dieses –«, er unterbrach sich und ließ seinen Blick langsam über ihren Körper gleiten –, »verbrennt dich irgendwann.«

»Offensichtlich hast du mehr Erfahrung in diesen Dingen als ich, aber ich kann dir versichern, dass ich nicht das Gefühl habe zu verbrennen. Ganz im Gegenteil.«

»Wenn ich dich jetzt in die Arme nehme und an mich ziehe ...«, sagte er und ließ seinen Worten Taten folgen, »spürst du nichts?«

Sie schluckte heftig. »Gar nichts.«

»Und dir wird nicht heiß, wenn ich das tue?«, beharrte er, während er seine Hände um ihren Po legte und sie ein wenig anhob, um das Gesicht in ihre Halsbeuge drücken zu können. Seine Bartstoppeln kitzelten sie, als er mit den Lippen über ihre zarte Haut strich und sie spielerisch biss.

»Absolut nichts«, log sie.

»Verstehe.« Er legte beide Hände um ihr Gesicht und beugte sich vor, um sie zu küssen. Aber es war nicht einfach nur ein Kuss, es war ein Kuss, der dazu gedacht war, die Seele eines Menschen zu berühren, so liebevoll und voller Sehnsucht, dass Sabine gar nicht anders konnte, als leise aufzustöhnen. Der Laut wurde jedoch von seinem Mund gedämpft, als seine Zunge über ihre Lippen glitt und sie sie öffnete, ihren Protest vergaß und sich in seinem Kuss verlor.

Gott, aber so wie von diesem Mann war sie noch geküsst worden!

Seine Arme hielten sie umfangen, und sie hatte keine Eile mehr, sich von ihm zu lösen. Noch nicht. Ein bisschen mehr ertrug sie noch ...

Doch er beendete den Kuss und trat zurück, aber nicht, ohne zuvor einige kleine, fast schmerzhaft süße Küsse auf ihre Lippen zu hauchen.

»Und jetzt?«, murmelte er.

Sabine schluckte und hielt die Augen geschlossen, aber irgendwie gelang es ihr zu sagen: »Nichts.«

»Genau, wie ich erwartet hatte«, sagte er.

Sie öffnete die Augen und sah, dass er sie unbarmherzig angrinste. Dann zog er eine Braue hoch. »Nichts?«, wiederholte er.

Schweigend musterte Sabine ihn, wie er da vor ihr stand, mit offenem Hemd und diesem *wölfischen* Grinsen in seinem Gesicht. Was sollte sie auf seine Frage antworten? Wenn er sie berührte, blieb die Welt stehen, und nichts anderes zählte mehr als die elektrisierenden Empfindungen, die sie durchströmten.

Sie wollte alles. Und sie wollte es von ihm.

Ohne weiter darüber nachzudenken, ging sie zu ihm und küsste ihn. Sie streifte ihm das Hemd über die Arme und ließ ihre Hände über seinen Oberkörper gleiten, über jede harte, kraftvolle Linie seiner Brust. Sie konnte ihr Verlangen nach ihm nicht länger verleugnen. Konnte und wollte es nicht mehr verleugnen.

Ungeduldig öffnete sie seine Hose. Ihr Körper prickelte vor Lust. Überall, wo Max sie berührte, entfachte er kleine Feuer unter ihrer Haut und durchflutete sie mit Hitze. Ihre Brustspitzen richteten sich auf. Sie war bereit für ihn, heiß und feucht, und sehnte sich danach, von ihm berührt zu werden. Mit ihm eins zu werden …

Aber er ergriff ihre Hand und sah ihr in die Augen. »Sabine, du weißt, dass ich dir nicht mehr bieten kann als das«, sagte er mit rauer Stimme.

Seine Worte versetzten ihr einen Stich ins Herz, aber das ignorierte sie. Wenn Max ihr nicht mehr bieten konnte, dann würde sie auch nicht mehr verlangen. »Ich brauche nicht mehr.«

Dann fuhr sie fort, ihn zu entkleiden, bis er vor ihr stand, wie der Herrgott ihn geschaffen hatte. So schön, so kraftvoll, so perfekt. Sie wollte ihn berühren, überall. Sie trat zurück von ihm, nur ein kleines Stück, und schlüpfte schnell aus ihren Kleidern. Max' Blick glitt über ihren nackten Körper, und seine blauen Augen verdunkelten sich, bis sie schimmerten wie heißer Stahl.

»Du bist so schön«, sagte er mit vor Verlangen rauer Stimme, während er ihre Hand ergriff und sie wieder an sich zog, bis ihre Körper sich endlich Haut an Haut berührten.

Seine großen, warmen Hände legten sich um ihren Po und pressten sie an ihn, an die heiße Härte zwischen seinen Schenkeln, die ihr bewies, wie sehr es ihn nach ihr verlangte.

Sabine küsste ihn wieder, und diesmal hob er sie hoch, trug sie zu dem großen Bett und legte sie darauf nieder. Sabine schlang ihre Beine um seine Taille, in einer stummen Einladung, Besitz von ihr zu ergreifen, sich in ihr zu verlieren.

Mehr Ermutigung brauchte er nicht. Mit einer langsamen, kraftvollen Bewegung drang er in sie ein. Lustvoll stöhnte sie auf. Es fühlte sich so gut, so richtig an, so mit ihm vereint zu sein; es war genau das, was sie brauchte, wonach sie fieberte und sich verzehrte.

Seine Bewegungen waren tief und sinnlich, und fast augenblicklich fühlte sie die Lust wie eine heiße Welle in sich aufsteigen. Immer schneller trug sie sie auf den Höhepunkt zu, bis sie es nicht länger zurückhalten konnte und die Welt in Millionen kleiner Stücke zersprang, als die ersten wohligen

Schauer ihres Orgasmus sie durchzuckten. Von ihren lustvollen Empfindungen überwältigt, klammerte sie sich an ihn und nahm nur wie aus weiter Ferne wahr, dass ein Beben ihn durchlief und auch er mit einem kraftvollen letzten Stoß zum Höhepunkt gelangte.

Mit gleichmäßigen, ruhigen Atemzügen lag Sabine schlafend in Max' Armen. Sie war eine leidenschaftliche Frau. Das erotische kleine Zwischenspiel mit ihr im Zug war prickelnd gewesen, aber ihr Zusammensein heute Nacht ... das war machtvoll und ungeheuer explosiv gewesen.

Und er hatte einen Blick auf die kleine Phiole werfen können, die glitzernd zwischen ihren Brüsten lag ...

Sabine hatte den Beweis für die Existenz von Atlantis, und Max hatte dessen Wirkung sehen können. Zwei Mal nun schon. Der Beweis befand sich an dieser Kette, die sie um den Hals trug.

Seine Schusswunde war schneller verheilt als so manche kleine Schnittwunde, die er beim Rasieren davongetragen hatte, und nach seiner Verletzung in dem Badehaus hatte sie das Elixier direkt auf die Wunde geträufelt, die sofort verheilt war.

Marcus würde erkennen können, dass es etwas Einzigartiges war. Das Elixier würde der Beweis sein, den Max brauchte, um sich Marcus' Tauchboot auszuleihen. Damit würde er den verlorenen Kontinent entdecken können und ihn mit eigenen Augen sehen.

Max' Familie war seit Langem tot und begraben. Das war eine Realität, mit der er sich abgefunden hatte. Nur in seinen sentimentalsten Momenten erlaubte er sich, voll Trauer und Bedauern an seine Familie zurückzudenken. Sie würden nie erfahren, was er erreicht hatte, sich nie über seinen Erfolg freuen oder seine Leistungen anerkennen können. Das war die bitterste Erinnerung daran, wie einsam er in dieser Welt war. Natürlich würde er immer die Männer von Solomon's haben, die als intellektuell Gleichgestellte seinen Erfolg zu würdigen wissen würden.

Und in seinem Bett würde er Sabine haben. Das musste ihr und ihm genügen, denn mehr als das konnte er ihr nicht geben.

Am Morgen, als sie nach London zurückfuhren, wollte Sabine sichergehen, dass sie sich beide auf ihre Aufgabe konzentrierten und sich nicht von ihrer Liebesnacht ablenken ließen. Max hatte sie ein zweites Mal geliebt, bevor sie gestern in einen tiefen Schlaf gesunken waren, und beim Erwachen stellten sie fest, dass ihre Gastgeberin das Haus bereits verlassen hatte, aber wie versprochen eine Kutsche für sie hatte vorbereiten lassen.

Weder Max noch Sabine hatten bisher über die Nacht zuvor gesprochen. Es war keinesfalls so, als erwartete sie, dass er vor ihr auf die Knie fallen und ein Gedicht vortragen oder ihr seine Liebe gestehen würde. Und selbst wenn er es täte, würde es nichts ändern. Sie konnten nicht zusammen sein.

Sie war Atlantidin und er Engländer. Sie konnte hier sitzen und viele Gründe nennen, warum sie mit Max zusammen sein wollte, aber sich für ihn zu entscheiden wäre das Gleiche, wie sich von ihren Leuten abzuwenden, und das könnte sie nie tun. So wie Agnes ihre Pflicht über die Wünsche ihres Herzens gestellt hatte, würde auch sie es tun. Nicht, dass sie Max liebte, denn das tat sie nicht, aber sie begehrte ihn.

Außerdem hatte er ihr klar und deutlich zu verstehen gegeben, dass er nicht auf der Suche nach einer Ehefrau war. Und nachdem Sabine ihre Mutter um ihren Vater und jetzt Agnes um Phinneas hatte trauern sehen, wusste sie, dass Liebe ohnehin nur Leid und Kummer brachte.

Doch diese Gedankengänge würden sie nicht weiterbringen. Sie mussten eine Waffe finden, und wenn ihre Tanten recht hatten und ihr Geburtstag etwas mit dem Ablauf der Prophezeiung zu tun hatte, blieben ihnen gerade noch vier Tage.

Max saß ihr gegenüber, die Beine lang ausgestreckt, aber ansonsten bemüht, jeglichen Kontakt mit ihr zu vermeiden. Bereute er ihre Liebesnacht?

Die Kutsche holperte, und dabei rutschte Sabines Tasche von ihrem Sitz und fiel zu Boden.

Sie kniete sich hin, um ihre Sachen aufzuheben.

Max beugte sich vor, um ihr zu helfen.

»Hier, das hast du übersehen.« Er reichte ihr eine Visitenkarte, doch bevor sie sie nehmen konnte, zog er sie zurück. Es war die Karte des Chemikers, der vor ein paar Tagen in ihr Geschäft gekommen war.

Max blickte auf die Karte in seiner Hand. »Bertrand Olney. Warum kommt mir dieser Name so bekannt vor?« Fragend blickte er zu ihr auf. »Woher hast du sie?«

Sie runzelte die Stirn. »Der Mann kam vor ein paar Tagen in den Laden. Er gab mir die Karte, und ich muss sie wohl in meine Tasche gesteckt haben. Ich hatte ihn schon ganz vergessen.«

»Was wollte er?«, fragte Max in misstrauischem Ton.

»Er ist nicht derjenige, den wir suchen«, beruhigte sie ihn. »Er war nicht stark genug.«

»Ich habe seinen Namen schon mal irgendwo gesehen.«

Er schüttelte den Kopf. »Ich kann ihn nur nicht unterbringen.«

»Es war nichts Wichtiges. Er ist Chemiker und bot mir an, das Rezept für eines meiner Produkte zu erwerben.«

»Ein Chemiker? Dann weiß ich, woher ich den Namen kenne. Aus der *Times*«, sagte Max. »Darin stand ein Artikel über einen Chemiker namens Bertrand Olney, der in seinem Haus ermordet worden ist. Es schien kein Einbruch gewesen zu sein.«

»Was?«, fragte Sabine.

»Der Mann wurde ermordet.«

Sie wusste nicht, was sie davon halten sollte. Sollte sie Bedauern oder Mitgefühl empfinden, obwohl Olney auf sie den Eindruck eines unredlichen Mannes gemacht hatte? Vermutlich ja, aber sie verspürte nichts dergleichen und wechselte deshalb das Thema.

»Wie kannst du so sicher sein, dass der Dolch, den wir gefunden haben, nicht die Taube war?«, fragte sie.

»Ich habe dir doch schon gesagt, dass er aus der falschen Zeit stammt. Er ist viel zu spät entstanden, um aus Atlantis oder einer auch nur annähernd gleichen Epoche zu stammen. Und die Gravur auf der Klinge hat uns einen weiteren Hinweis geliefert.«

»Ja, das sagtest du gestern Nacht, aber ich habe nichts dergleichen gesehen.«

»Die große Armee wird angeführt, nachdem die zehn erschaffen wurden«, sagte er.

»Die große Armee ... das könnte sich auf die Armeen des Großen Kriegs beziehen.«

»Du hast den Großen Krieg schon mal erwähnt. Erzähl mir mehr darüber«, bat er.

Sabine schwieg einen Moment, um sich zu sammeln. »Atlantis ist in viele Länder eingefallen und hat die meisten von ihnen zerstört«, begann sie dann. »Die Armee missbrauchte das Elixier, das sie nahezu unbesiegbar machte. Das war die Zeit, in der die Wächter und ihre Familien flohen. Sie nahmen das Elixier mit, und irgendwann wurde die Armee schwächer. Poseidon bestrafte sie für ihre Gier und befahl dem Ozean, die Insel zu verschlingen«, sagte sie.

»Niemand wurde bestraft, Sabine. Die Insel wurde durch ein Erdbeben oder einen Vulkanausbruch vernichtet.«

»Das ist nicht das, was meine Leute glauben. Das Elixier war ein Geschenk an uns, aber wir gehorchten nicht, und dafür wurden wir gestraft.«

»Wie von einer biblischen Plage«, sagte er.

»Wenn du es so sehen willst.«

»Nun, das mit den Soldaten aus dem Großen Krieg ist jedenfalls eine gute Theorie. Worauf ich mich konzentriert habe, war die Stelle ›*nachdem die zehn erschaffen wurden*‹. Ich glaube, sie bezieht sich auf die Zehn Gebote.«

»Du sollst nicht töten«, sagte sie. »Sag das mal dem Auserwählten.«

»Ich glaube nicht, dass es sich auf eines der Gebote im Besonderen bezieht, sondern mehr darauf, wie sie den Menschen präsentiert wurden«, sagte Max.

»Von einem Berg aus?«

»Nein, auf Steintafeln. Ich glaube, unsere nächste Aufgabe besteht darin, eine bestimmte Tafel zu finden.«

Sie dachte einen Moment darüber nach. »Der Stein von Rosette«, sagte sie, aber dann schüttelte sie den Kopf. »Was würde uns eine Tafel nützen?«

»Uns einen weiteren Hinweis geben?«

»Wenn das so weitergeht, könnten wir für die nächsten hundert Jahre Anhaltspunkte suchen«, erwiderte sie seufzend.

»Betrachte es als ein Abenteuer, Sabine.«

»Vielleicht haben wir aber keine Zeit für Abenteuer. Es stehen Menschenleben auf dem Spiel«, sagte sie. *Einschließlich des ihren.*

»Das ist wahr. Nicht nur das Leben des letzten Wächters, sondern auch das der restlichen militärischen Führer, die uns andere beschützen.« Max nickte. »Ja, es steht wirklich sehr viel auf dem Spiel.«

»Warum kümmert dich das Ganze eigentlich so?«, fragte sie, außerstande, ihre Neugierde noch länger zu verbergen.

»Es hat mit meinem Club zu tun«, erwiderte er prompt. »Es ist zwar nicht unsere Absicht oder unser Hauptanliegen, die Krone zu behüten, aber Solomon's hat doch hin und wieder Gelegenheit gehabt, unsere Monarchin und unser großartiges Land zu beschützen.«

Das glaubte Sabine keine Sekunde lang, aber Max hatte immer auf alles eine Antwort. »Also tust du es aus Patriotismus?«

»Und vielleicht auch noch aus anderen, persönlicheren Gründen.« Er zuckte die Schultern. »Ich interessiere mich für alles, was mit Atlantis zusammenhängt. Dich mit eingeschlossen.«

Sabines Herzschlag stockte. Sie sah in seine klaren blauen Augen und erkannte in ihnen Intelligenz, Humor und Leidenschaft.

Er hatte ihre Karte gefunden. Phinneas hatte einmal eine Vision dazu gehabt, »eine wunderbare«, hatte er gesagt. Max würde sich jedoch nicht mit diesem einen Artefakt zufriedengeben.

»Aber wenn man dir Gelegenheit böte, den Beweis zu finden«, sagte sie, »würdest du es tun?«

»Das würde ich«, erwiderte Max ohne Zögern.

Sie wusste, dass das für sich allein genommen ihr schon Angst einjagen müsste. Die Wächter arbeiteten unermüdlich daran, das Elixier zu verbergen und zu beschützen, um zu verhindern, dass es ausgebeutet und verdorben wurde. Max wusste von dem Elixier und hatte mit eigenen Augen dessen Macht gesehen. Er konnte sie alle ruinieren, wenn er wollte.

Kapitel achtzehn

Sabine und Max stiegen die breite Treppe hinauf, die zum von Säulen flankierten Eingang des Britischen Museums führte. Sie waren hier, um der Königlichen Bibliothek einen Besuch zu machen, und dieses Mal kehrten sie nicht wieder auf halbem Wege um.

»Bist du sicher, dass der nächste Hinweis uns zu Alexander dem Großen führt?«, fragte Sabine.

»Nein, aber sollte ich recht haben, werden wir der Wahrheit gleich gegenüberstehen«, sagte Max.

»Jetzt sprichst du auch schon in Rätseln«, bemerkte sie mit einem Lächeln. Sie hatte in letzter Zeit überhaupt viel mehr gelächelt. Was eigentlich seltsam war, wenn sie bedachte, wie viel komplizierter und gefährlicher ihr Leben in den letzten beiden Wochen geworden war. Aber Max brachte sie zum Lachen.

»Die ›Große Armee‹ könnte auch die ›Armee des Großen‹ bedeuten. Es war großgeschrieben. Kurz bevor er starb, hat Alexander der Große noch einen letzten Erlass herausgegeben«, sagte Max.

»Auf einer Steintafel?«, wandte Sabine ein. »Das war nicht mehr das Kommunikationsmittel in jener Zeit.«

»Im Gegenteil. Offizielle Bekanntmachungen wurden immer noch auf Steintafeln herausgegeben.«

Sie gingen durch einen stillen Korridor, und Sabine beeilte sich, mit Max Schritt zu halten, um neben ihm zu gehen. »Na ja, wahrscheinlich bin ich mehr mit der Geschichte meines eigenen Volks vertraut. War unsere Zivilisation wirklich so viel fortschrittlicher als die der Mazedonier, dass wir schon

Pergament hatten, während der Rest der Welt noch Steintafeln benutzte?«

»Vielleicht würden wir heute noch auf Steintafeln herumkratzen, wenn die Atlantiden nicht gekommen wären, um uns arme Engländer zu zivilisieren«, scherzte Max.

»Ha, ha. Du bist wirklich sehr witzig, Max.«

»Danke schön.«

Sie kamen am Leseraum und einigen Ausstellungssälen vorbei, bevor sie die Bibliothek erreichten. Sie war nur von sehr wenigen Lampen erhellt und wirkte düster. Die unter der Decke liegenden Fenster zogen sich um den oberen Teil des Raumes wie ein Band aus Licht, aber da der Himmel heute bewölkt war, trugen auch sie nicht unbedingt dazu bei, den Raum heller zu machen.

Abgesehen davon war die Bibliothek fantastisch. Bücher, Pergamente und andere Artefakte, wie die Magna Charta König Johns und die Rosettentafel umgaben sie. Und vielleicht befand sich hier zwischen Großbritanniens wertvollsten Schätzen auch ein Stück der Geschichte ihres eigenen Volkes. Sabine wurde ganz warm ums Herz vor Stolz. Falls sie diese Prophezeiung überlebte, musste sie eines Tages noch einmal hierherkommen, um sich all diese wundervollen Artefakte anzusehen.

Sie blieb stehen und blickte sich nach dem Rosettenstein um. »Nur um sicherzugehen«, sagte sie, als sie zu ihm hinüberging.

»Wusstest du, dass er sogar noch ein wenig jünger ist als Alexanders letzter Erlass?«, fragte Max.

»Du bist eine wahre Informationsquelle.«

»Ein Mitglied von Solomon's hat ihn gefunden«, sagte er.

Sabine ging um den Schaukasten herum und hielt nach irgendeinem Anzeichen der Taube Ausschau. »Ich dachte, ein Franzose hätte ihn entdeckt.«

Max zuckte die Schultern. »Das behauptete er. Aber in wessen Museum ist er?«

Auf dem Stein waren keine Symbole, die ihrer Taube ähnelten. »Nichts. Also weiter, ja?«

Sie gingen in einen kleineren Raum, und dort, auf einem Podest, befand sich eine große Steintafel.

»So manch einer vertritt die Theorie, dass Alexander der Große sich auf eine Stufe mit Gott stellen wollte und deshalb auch das gleiche Medium wählte, um seine eigenen Gebote zu verkünden«, sagte Max mit gedämpfter Stimme.

Als sie näher traten, konnte Sabine die in den Granit gemeißelte griechische Inschrift sehen. Sie las den Erlass, in dem tatsächlich von einem Krieg die Rede war. Die Inschrift las sich wie ein wortreicher Schlachtruf, mit dem Alexander gleichzeitig das Versprechen gab, Herrscher über die ganze Welt zu sein.

»Hier steht aber nichts von einer Taube oder einer ganz bestimmten Waffe«, sagte Sabine.

»Nein, das nicht. Aber ...« Max warf einen Blick über die Schulter, um sicherzugehen, dass sie allein waren, bevor er die schwere Tafel aufhob und sie umdrehte. Der Stein war an einigen Stellen angeschlagen und nicht ganz glatt, aber auf dem größten Teil seiner Oberfläche waren weder bedeutsame Symbole noch Markierungen zu sehen. »Da«, sagte Max und zeigte auf eine Stelle.

An der rechten Ecke befand sich eine weitere Inschrift, direkt unter einer ihnen schon vertrauten Abbildung des Vogels. Auch die Schriftzeichen kamen ihnen bekannt vor, aber sie hatten etwas Sonderbares. Und ohne gutes Licht waren sie kaum zu entziffern. Sabine griff in ihre Tasche und nahm ihr Notizbuch und einen Stift heraus. Mit einem Ruck löste sie ein paar leere Seiten daraus und gab sie Max.

Er nickte ihr anerkennend zu und legte eins der Blätter über die Schriftzeichen. Als er den Stift darüberbewegte, sah Sabine das Geschriebene auf dem Papier erscheinen.

Ein gelehrt aussehender Herr mit Brille betrat den Raum und musterte sie missbilligend. Als er sich räusperte, ließ Sabine verführerisch ihre Hand über Max' Rücken gleiten und beugte sich zu ihm vor, um ihm etwas zuzuflüstern.

Max hörte auf, die Inschrift zu kopieren.

Sabine zwinkerte dem älteren Herrn schamlos zu.

Die Augen des Gelehrten wurden groß und rund, eine dunkle Röte stieg von seinem Nacken in seine Wangen, und prompt wandte er sich ab und ging.

»Entschuldige«, sagte Sabine zu Max, als sie wieder allein waren. »Es war das Einzige, was mir einfiel, um ihn hier herauszukriegen. Und es hat ja auch funktioniert.«

»Denk dir das nächste Mal etwas aus, wozu du mich nicht anfassen musst«, brummte er, während er sich umdrehte, um sie anzusehen. »Jedenfalls nicht, wenn du nicht beenden willst, was du begonnen hast.«

Sie begann zu lachen, aber dann sah sie seinen Gesichtsausdruck, der bitterernst geworden war.

Sabine schluckte und schwieg. Während Max einen Abdruck von der gesamten Inschrift nahm, stand sie aufmerksam bei ihm und lächelte Vorübergehenden, die zufällig den Raum betraten, freundlich zu.

»Fertig«, flüsterte Max und übergab ihr die beiden Blätter, die sie sorgfältig in ihrer Tasche unterbrachte.

»Lass uns von hier verschwinden, bevor wir noch mehr Aufsehen erregen«, sagte sie.

Er nickte, als er die Steintafel in ihre ursprüngliche Position zurücklegte. »Schönes Stück«, sagte er zu einer Dame und ihren beiden jungen Söhnen, die den Raum betraten. Dann machten er und Sabine, dass sie aus der Bibliothek herauskamen.

Ihre wartende Kutsche brachte sie zu Max' Haus, wo sie sich unverzüglich in sein Arbeitszimmer begaben. Es war später Nachmittag, und Agnes war wahrscheinlich oben, während Lydia und Calliope sich noch im Laden aufhielten. Für einen Moment bekam Sabine Gewissensbisse bei dem Gedanken, dass sie ihnen die ganze Arbeit überließ, obwohl der Laden ihre Idee gewesen war. Aber nachdem sie von Madigan darauf angesetzt worden war, hielt sie es für ihre Pflicht, die Erfüllung der Prophezeiung abzuwenden und Agnes zu beschützen.

Max legte die Blätter mit den Kopien auf seinen Schreibtisch und begann, sie laut vorzulesen. »Täuschung täuscht«, begann er und las die Inschrift bis zum Ende, obwohl sie nicht sehr schlüssig war.

»Das ergibt kaum einen Sinn. Bist du sicher, dass du das richtig übersetzt hast?«, fragte Sabine und trat um den Schreibtisch herum, um sich selbst ein Bild zu machen.

»Es ist die erste Zeile«, sagte er.

Eine Weile blickte sie von einer Seite zur nächsten und war wieder verblüfft darüber, wie vertraut ihr die Schriftzeichen vorkamen. »Warte einen Moment.« Sie nahm das erste Blatt und hielt es verkehrt herum. Dann lächelte sie. »Hast du einen Spiegel, Max?«

»Einen *Spiegel?*«

»Vertrau zur Abwechslung mal mir«, sagte Sabine.

Max nickte. »Komm mit.« Dann führte er sie aus dem Arbeitszimmer und die Treppe hinauf, über einen Gang und einen weiteren, bis sie zu dessen Ende kamen und er einen Raum betrat.

»Ist das dein Schlafzimmer?«, fragte Sabine, die noch auf dem Gang stand.

»Du hast nach einem Spiegel gefragt, und der hier war der erste, der mir in den Sinn kam«, erwiderte er und zeigte auf einen sehr schön gerahmten, der in einer Zimmerecke hing.

Das Zimmer war sehr groß, aber es war das mächtige Bett, das Sabines Aufmerksamkeit gefangen nahm. Mit der exquisitesten blauen Seide bedeckt, schien es ihr einladend zuzuwinken, als sie die Schwelle überschritt. Schnell wandte sie sich ab und ging auf den Spiegel zu. Dicht davor hielt sie das Stück Papier in ihrer Hand verkehrt herum in die Höhe, bis sein Spiegelbild zu sehen war. »Das ist es«, sagte sie und lächelte zufrieden.

Max blickte in den Spiegel und sah etwas, das wie auf den Kopf gestellte griechische Schriftzeichen aussah. »Das ist was?«

»Atlantidisch. Es ist in Atlantidisch geschrieben«, sagte sie. »Ich weiß nicht, wie mir das vorhin entgehen konnte. Gib mir mal das andere Blatt.«

Er hielt die Blätter vor den Spiegel, während Sabine die Übersetzung in ihr Notizbuch schrieb.

»Was bedeutet es?«, fragte er.

»Deine Aufgabe ist nahezu erfüllt und die Belohnung nahe. Die Taube hast du vor dir, wenn du das richtige Auge hast, um sie zu sehen.«

»Was zu Teufel soll das heißen?«, fragte er.

»Ich habe keine Ahnung.«

Spencer stand bei den gläsernen Terrassentüren und genoss die abendliche Brise, während die Musik spielte und zahlreiche Paare im Ballsaal dazu tanzten. Andere Gäste standen in Gruppen zusammen und scherzten und lachten, amüsierten sich über andere Parlamentsmitglieder oder den neuesten Skandal. Gelegentlich nickte Spencer und lächelte, um sie daran zu erinnern, dass er dazugehörte und einer von ihnen war, auch wenn er wusste, dass das nicht stimmte.

Er war besser als sie alle und sehr viel wichtiger. Es spielte keine Rolle, dass sein Titel bescheidener und seine Geldtruhen vielleicht nicht ganz so gut gefüllt waren. Wenn es auf Bedeutsamkeit ankam, befand er sich ganz an der Spitze, und ob sie das jetzt erkannten oder nicht, war belanglos für den wahren Sachverhalt. Denn die Wahrheit würde sich bald zeigen, und dann würden es alle wissen.

Sein Siegelring wog schwer an seiner Hand und erinnerte ihn an sein Vorhaben heute Nacht. Er hatte bei der Suche nach dem dritten und letzten Wächter keine Fortschritte gemacht und war deshalb heute Abend ausgegangen, um so vielleicht etwas über die Identität dieser Person herauszufinden. Er hatte sehr wenige Anhaltspunkte, wusste aber, dass London der richtige Ort war und dass der letzte Wächter sich hier aufhielt.

Spencers Geburtstag nahte schnell, in drei Tagen war es so weit, und bis dahin musste er die Prophezeiung in die Tat umsetzen, oder er würde scheitern. Zwei weitere Generäle und der letzte Wächter noch, dann wären alle erforderlichen Vorbereitungen abgeschlossen.

»Wenn Sie mich bitte entschuldigen«, sagte er zu seinen Begleitern. »Ich glaube, ich werde mir etwas zu trinken holen.« Es war nur ein Vorwand, um durch den überfüllten Ballsaal zu schlendern und so vielen Leuten wie möglich so nahe wie möglich zu kommen. Die Frauen waren nicht das Problem. Er könnte mit jeder Frau in diesem Saal hier tanzen. Sie reagierten auf ihn, das wusste er. Er war ein gut aussehender Mann, und die Frauen drängten nach seiner Aufmerksamkeit. Das und der Umstand, dass er der engste Berater Ihrer Majestät war, sorgte gewöhnlich dafür, dass er ein beliebter Tanzpartner war. Aber Spencer zog die Situationen vor, in denen er nicht den charmanten Lebemann spielen musste, sondern sich auf seine Arbeit konzentrieren konnte.

Je näher er dem Tisch und der Schar von Frauen zu seiner Linken kam, desto stärker glühte der rote Stein an seinem Ring. Der Wächter war hier. Nur das Elixier brachte den Stein zum Glühen. Spencer schenkte sich noch ein Glas Limonade ein – ein widerliches Zeug, aber das einzige verfügbare Getränk an diesem Tisch. Er zwang sich, das Glas zu leeren, und schenkte sich noch einmal nach, bevor er langsam auf eine Gruppe Frauen zuging.

Die Röte des Steins verstärkte sich noch. Dass der Wächter weiblich sein könnte, hatte er bisher nicht bedacht. Spencer ertappte sich dabei, dass er die Gesichter der Frauen genau musterte. Die Wächterin – wenn es denn eine gab – würde zweifellos sehr schön sein. Zumindest stellte er sie sich so vor, und als er die lächelnden Gesichter der dicht zusammenstehenden jungen Frauen sah – und ihren unverkennbaren Eifer, von ihm zum Tanzen aufgefordert zu werden –, erschien ihm keine von ihnen besonders schön.

Der Stein an seinem Ring glühte zwar, aber nicht annähernd so intensiv, wie er es getan hatte, als er die beiden anderen Wächter gefunden hatte. Spencer würdigte die Frauen nicht einmal eines Lächelns, als er weiterging. In einer Ecke gegenüber der Kapelle fand er eine Gruppe dicht zusammensitzender Damen. Auch sie sahen alle ganz nett aus, aber die rubinrote Farbe, die der Stein des Ringes in der Gegenwart der anderen Wächter angenommen hatte, zeigte sich nicht.

Langsam schlenderte Spencer zu der offenen Terrasse, auf

der er aber nur die Paare entdeckte, die sich in die dunklen Ecken zurückgezogen hatten. Auf dem Weg zurück in den Ballsaal blieb er stehen, weil ihm eine Frau mit einer ungewöhnlichen Haarfarbe auffiel. Es war eine Frau von exquisiter Schönheit, deren blondes Haar fast weiß war. Sie tanzte mit einem älteren Herrn, den Spencer flüchtig kannte. Die Frau lachte über etwas, was der Mann gesagt hatte, und der kehlige Laut durchrieselte Spencer wie eine wohltuende Berührung.

»Benimm dich«, sagte sie zu ihrem Tanzpartner. »Du wirst doch nicht wollen, dass mein Geliebter eifersüchtig wird.«

»Und wer ist dein Geliebter?«, fragte der Mann.

»Der Marquess of Lindberg. Maxwell und ich sind schon seit Jahren zusammen.«

Sie gehörte also zum Marquess. Vielleicht war sie die Frau, die Spencer mit Max in Phinneas' Cottage gesehen hatte.

Er wartete, bis der Tanz zu Ende war, und ging dann, ein Glas Champagner in der Hand, zu ihr hinüber. Je näher er ihr kam, desto strahlender leuchtete das Rot des Steins an seinem Ring. Sie war es. Diese Frau musste der dritte und letzte Wächter sein.

»Champagner?«, fragte er und bot ihr das Glas an.

Sie blickte unter langen, mit Khol geschwärzten Wimpern zu ihm auf. »Danke. Ich glaube nicht, dass ich schon einmal das Vergnügen hatte.« Sie reichte ihm ihre Hand und wartete darauf, dass er sie an seine Lippen hob und küsste. Sie trug keine Handschuhe – was in der feinen Gesellschaft als Ungehörigkeit galt. »Cassandra St. James«, stellte sie sich vor.

»Ein schöner Name«, sagte er und berührte mit den Lippen ihre Hand

»Und Sie? Haben Sie auch einen?«, fragte sie. »Einen Namen, meine ich?«

»Ja. Gehen Sie ein paar Schritte mit mir.« Es war keine Bitte. Doch obwohl Spencer spürte, dass Cassandra keine Frau war, die sich etwas befehlen ließ, gewann ihre Neugierde die Oberhand, und deshalb nahm sie seinen Arm und ließ sich von ihm aus dem Ballsaal führen.

Max sagte nichts mehr, sondern wandte sich ab, um Sabine und sich einen Brandy einzuschenken. Er reichte ihr das Glas mit der bernsteinfarbenen Flüssigkeit und trank seines in einem Zug leer. »Im Moment würde ich deine Vorfahren am liebsten erwürgen. All diese verdammten Rätsel, Hinweise und Sackgassen«, murmelte er.

»Du hast ja recht. Es muss einen anderen Weg geben, den Auserwählten aufzuhalten, als im halben Land herumzureisen, in Häuser einzubrechen und Gräber zu schänden.«

Max schenkte sich noch ein wenig Brandy nach, und als er sich wieder umdrehte, sah er, dass Sabine ihn anstarrte.

»Was ist?«

Wortlos kam sie zu ihm, nahm ihm das Glas aus der Hand und stellte es auf das Beistelltischchen hinter ihm. Er sagte nichts, hielt nur unverwandt den Blick auf sie gerichtet, als sie geschickt die Knöpfe an seinem Hemd öffnete.

»Du hast gesagt, ich solle nichts beginnen, was ich nicht beenden will. Nun, jetzt beginne ich etwas«, sagte sie.

Eine noch deutlichere Einladung wartete Max nicht ab. Er legte den Arm um ihre Taille und drückte sie an sich, bevor er seinen Mund auf ihren senkte.

Während sie sich küssten, ließ Sabine ihre Hände über seinen Oberkörper gleiten und strich quälend langsam jeden Muskel seiner Brust nach. Du darfst die Kontrolle verlieren, ermahnte er sich. Heute Nacht würde er sich alle Zeit der Welt nehmen, um jeden ihrer Wünsche zu erfüllen.

»Sabine«, sagte Max mit vor Verlangen rauer Stimme.

»Ich will das alles vergessen«, flüsterte sie. »Und wenn auch nur für kurze Zeit.«

Die Sackgasse, in der sie bei ihrer Suche angelangt waren, deprimierte sie. Sie hatte sehr viel durchgemacht in den letzten Tagen, und ihr Leben war wiederholt bedroht gewesen. Es würde gut für sie sein, diese Gefahr, die immer noch hinter der nächsten Ecke lauerte, für eine Weile zu vergessen.

Max trat hinter sie, und während sie ihr Haar hochhielt, knöpfte er ihr Kleid auf. Obwohl es nur zwölf Knöpfe waren, ließ er sich Zeit und küsste jedes neue Stückchen Haut, das er enthüllte. Dann streifte er ihr langsam das Oberteil von den Schultern und über ihre Arme.

An ihren Handgelenken hielt er inne und knabberte spielerisch an ihrem Nacken und an ihren Schultern. Ihr leises Stöhnen machte ihn rasend vor Erregung, und er hätte nichts lieber getan, als sie vornüberzubeugen und sie hart und schnell zu nehmen. Aber sie verdiente, dass er zärtlich und geduldig war.

Und so legte er seine Hände auf den dünnen Stoff ihres Hemds und umfasste ihre Brüste, deren Spitzen sich augenblicklich aufrichteten und gegen den Baumwollstoff drängten. Sabine rieb sich an seinen Händen, als er heiße Küsse auf ihren Nacken hauchte. Er spürte, wie sehr es sie nach ihm verlangte, als ihr Atem schneller wurde.

Sie beugte den Kopf zurück und ließ ihn an seine Schulter sinken; es war eine so vertrauensvolle Geste, dass sie Max zutiefst berührte. Er ließ die Arme sinken, und sofort griff sie hinter sich und ließ ihre Hände über seine Schenkel gleiten.

Max ließ sie seine heiße Härte spüren und genoss das Gefühl, ihren Po an seiner Erektion zu spüren.

Zärtlich ließ er eine Hand über ihre Wange gleiten, als er sich vorbeugte, um einen sanften Kuss auf ihren Mund zu hauchen. Verlangen vermischte sich mit Erwartung, als er den Kuss vertiefte. Er brauchte Sabine heute Nacht ebenso sehr, wie sie ihn zu brauchen schien.

Mit einer geschmeidigen Bewegung streifte er ihr das Hemd und den Rest ihrer Unterwäsche ab, bis sie nur noch ihre Strümpfe und Schuhe trug. Der Anblick ihrer langen Beine in den feinen Strümpfen raubte ihm fast die Beherrschung.

»Wie schön du bist«, murmelte er und strich mit dem Daumen an der zarten Unterseite ihrer Brust entlang und über die aufgerichtete Spitze, bis Sabine die Augen schloss und wie benommen war vor Lust. Aufreizend ließ er seine Zunge um ihre Knospe kreisen, nahm sie zwischen seine Lippen und sog an ihr.

»Max, bitte.« Sabine krallte ihre Finger in sein Haar.

»Willst du mich?« Er hob den Kopf und sah ihr in die Augen, als er ihr diese Frage stellte.

Sie schluckte. »Ja.«

»Dann sag es.« Aus Gründen, die er weder verstand noch verstehen wollte, musste er es von ihr hören.

»Ich will dich.«

»Noch einmal«, verlangte er und lauschte mit geschlossenen Augen ihrer leisen, sinnlich rauen Stimme.

»Ich will dich, Max.«

Er ging zu seinem Bett und schlug die Überdecke zurück. Die cremefarbenen Laken sahen glatt und einladend aus wie immer. Aber die heutige Nacht war keine Nacht zum Schlafen, sondern eine Nacht der Liebe.

Sabine war schon mit anderen Männern intim gewesen, das hatte sie praktisch zugegeben. Aber das machte ihm nichts aus. Heute Nacht würde er sie vergessen lassen, dass sie je von einem anderen berührt worden war. Nach dieser Nacht würde sie nur noch seine Hände, seinen Mund, seinen Körper in Erinnerung behalten.

Er zog seine Kleider aus und ging dann zu Sabine. Er hob sie auf seine Arme und legte sie auf das Bett. Als er eine Hand an ihrem Schenkel hinaufgleiten ließ, sog sie scharf den Atem ein. Am Rand ihres Strumpfes hielt Max inne und rollte ihn vorsichtig herunter, zog Sabine den Schuh aus und streifte ihr den Strumpf ab. Dann folgten der andere Schuh und der andere Strumpf.

Das Haar zwischen ihren Schenkeln schimmerte feucht, als er deren Innenseiten mit heißen Küssen überzog. Dann senkte er seinen Mund auf ihre empfindsamste Stelle. Sie war heiß und feucht, und ihr unglaublich femininer Duft betörte und berauschte ihn. Ihre Finger glitten wie im Fieber durch sein Haar, krallten sich darin fest.

Max liebkoste ihren empfindsamsten Punkt auf so aufreizende Weise, dass sie sich aufbäumte und er sie an den Hüften festhalten musste, um sie mit seinen Liebkosungen bis zur Ekstase bringen zu können. Mit sinnlicher Aufmerksamkeit widmete er sich dem empfindsamen kleinen Kern ihrer Lust, und Sabines heiseres Stöhnen verriet ihm, dass sie dem Gipfel der Ekstase nahe war.

Und dann erreichte sie den Höhepunkt. Das erotische Spiel seiner Zunge bescherte ihr ein überwältigendes Gefühl erfüllter Lust, und sie rief wieder und wieder seinen Namen, während sie wild erbebte. Ihre Hände lösten sich von seinem Kopf, und sie sank auf das Bett zurück, befriedigt und erschöpft. Aber Max war noch nicht mit ihr fertig.

Er beugte sich über sie und küsste ihre Brüste und ihren Nacken.

Sie atmete schwer und lächelte ihn an.

»Fass mich an«, bat er sie flüsternd und führte ihre Hand zu der pulsierenden Härte zwischen seinen Schenkeln.

Sabine umfasste ihn, und während sie ihn streichelte und liebkoste, ließ er seine Hand an ihrem Bauch hinunter zu dem dunklen Dreieck zwischen ihren Schenkeln gleiten. Er schob seine Finger unter das weiche Haar, bis er die empfindliche kleine Knospe fand. Langsam strich er mit einem Finger darüber, und in einer unverkennbaren Einladung, seine Liebkosung zu vertiefen, spreizte Sabine ihre Beine weit auseinander.

Eine Gänsehaut überzog ihren Körper, und sie hatte das Gefühl, dass ihre Brustspitzen noch härter wurden. Von wilder Lust erfasst, schloss sie ihre Hand noch fester um Max' Erektion, und er warf aufstöhnend den Kopf zurück.

»Jetzt«, sagte er entschieden und beugte sich über den warmen, einladenden Körper unter ihm.

Er verschränkte seine Finger mit den ihren und drückte ihre Hände auf das Bett, bevor er langsam in sie eindrang. Sabine zog die Knie an und schlang die Beine um seine Taille, um ihn tiefer in sich aufzunehmen. Noch immer hielt er ihre Hände fest, und langsam wurden seine Stöße härter und tiefer, auch wenn er mitunter innehielt und seine Hüften an ihr kreisen ließ.

Er spürte ihre Fingernägel an seinem Rücken, und ihre Atemzüge wurden immer schneller, immer flacher. Sie war dem Höhepunkt schon sehr nahe, und deshalb stieß er schneller in sie, bewegte sich drängender und fordernder, bis ein heftiges Erschauern sie durchlief und sie einen heiseren Aufschrei nicht mehr unterdrücken konnte.

Sekunden später erreichte auch Max den Höhepunkt. Alles in ihm zog sich zusammen, als Woge um Woge unbeschreiblicher Lust ihn durchströmte, bis er ermattet auf sie sank.

In einträchtigem Schweigen blieben sie eine Weile so liegen, und zum ersten Mal seit langer Zeit empfand Sabine wirklich Frieden. Frieden, der in schroffem Gegensatz zur Realität stand – der Prophezeiung, ihrer Suche, dem Auserwählten –, aber in diesem Moment, als sie in Max' Armen lag, kam es ihr so vor, als würde doch noch alles gut werden. Sie wusste, dass es die schlimmste Art von Täuschung war, sich selbst etwas vorzumachen. Ihre Mutter hatte das getan und die Wahrheit um sich herum ignorierte, und am Ende hatte sie den höchsten Preis dafür gezahlt.

Sabine kuschelte sich noch enger an Max, weil ihr nur zu gut bewusst war, dass morgen ein anderer Tag war und dass die Intimität, die sie jetzt miteinander erlebten, von der Wirklichkeit zerstört werden würde. Sie konnte keinen Geliebten haben, schon gar nicht einen, dem ihre Seele sich zu öffnen schien. Sie könnte sich mühelos in Max verlieben, und das machte ihr Angst, weil sie wusste, dass Liebe am Ende doch nur Unglück brachte. Der Gedanke schien ihr Herz zu lähmen, und für eine flüchtige Sekunde hätte sie schwören können, es sei stehen geblieben.

»Warum hast du nicht geheiratet?«, fragte sie Max. Sie brauchte eine Ablenkung, um von diesen deprimierenden Gedanken loszukommen.

»Ich bin kein Mann zum Heiraten«, sagte er.

»Dann hast du dich also dafür entschieden, Junggeselle zu bleiben?«

»So ähnlich.«

Nachdenklich strich sie mit den Fingerspitzen über das Haar auf seiner Brust. »Aber was ist mit deiner Verpflichtung, einen Erben zu zeugen?«, fragte sie. »Ohne einen Erben wird dein Name aussterben.«

»Es gibt genug Bastarde auf der Welt, legitime und andere, ohne dass ich noch weitere hinzufüge.« Er zuckte die Schultern. »Wenn der Name ausstirbt, stirbt er eben aus. Es ist nichts Magisches oder Bedeutsames an meinem Familiennamen.«

»Und wenn deine Eltern auch so gedacht hätten? Dann gäbe es dich nicht. Müsste das nicht etwas gelten?« Sie konnte nicht verstehen, dass ein Mann sich so leidenschaftlich für die Suche nach Atlantis einsetzte, aber absolut keinen Sinn für familiäre Verpflichtungen hatte. Sie wusste nur, dass ihr ganzes Leben sich um solche Verpflichtungen gedreht hatte. Wie konnte sie sich zu einem Mann hingezogen fühlen, dem alles fremd war, woran sie glaubte?

»Das müsste es, tut es aber nicht.« Er drehte sich auf die Seite, um sie anzusehen, und sein Gesichtsausdruck war beinahe streng, aber dann legte er seine Hand auf ihre Hüfte, und seine Berührung war ganz sanft. »Meine Eltern haben jung geheiratet und gleich drei Kinder hintereinander bekommen. Ein Mädchen nach dem anderen. Nicht gerade das, was ein Marquess für seinen Familiennamen will. Aber andererseits bot sich dadurch die Gelegenheit, der Familie noch mehr Geld und Prestige zu verschaffen – indem meine Schwestern entsprechend verheiratet wurden.«

Sabine schwieg und hörte Max zu. Wenn er seine charmante Fassade ablegte, kam ein anderer Mann zum Vorschein – ein Mann mit Emotionen und Narben, auf die sie gerade eben einen Blick erhielt. Wie ein Jäger auf der Fährte eines scheuen Rehs wagte sie nicht, sich zu rühren und zu riskieren, ihn zu verschrecken.

»Fünf Jahre nach meiner jüngsten Schwester kam mein Bruder zu Welt. Endlich der Erbe«, sagte er mit großer Sachlichkeit. »Die Familie war komplett.« Seine Augen verdunkelten sich, und seine Hand an Sabines Hüfte hörte auf, sie zu streicheln. »Drei Jahre später wurde ich dann geboren. Das überflüssige Kind – ihren Erben hatten sie ja schon –, und ich würde ihnen ja auch nie Geld einbringen wie meine Schwestern, sondern sie stattdessen welches kosten. Sie mussten mich zur Schule schicken. Eine Heirat finanzieren.«

Danach schwieg er eine ganze Weile. »Du hast mir einmal erzählt, du wärst allein und hättest keine Familie. Was ist aus ihnen geworden?«, fragte Sabine schließlich.

»Unser Familienbesitz in Devonshire ist bei einem Brand zerstört worden. Es geschah nachts, als alle schliefen. Sie waren alle im Haus«, sagte er.

»Und wo warst du?«, fragte Sabine.

»Weit weg in einer Höhle, wo ich nach einer alten Karte suchte.« Er lächelte reuevoll. »Ich versuchte etwas zu tun, irgendetwas, das mir ihre Aufmerksamkeit einbringen würde …« Er verstummte.

»Wie alt warst du da?«, fragte sie leise.

»Siebzehn. Damals haben wir alles verloren.« Er lachte, aber es lag kein Humor darin. »Alles bis auf diesen verkohlten Speer, den ich in meinem Arbeitszimmer aufbewahre. Alles andere habe ich mir selber aufgebaut.«

Ein Junge, noch nicht ganz ein Mann, der mit solch großen Hoffnungen heimgekehrt war, nur um zu entdecken, dass seine ganze Familie umgekommen war. Und darüber hinaus hatte er auch noch einen Titel und Verpflichtungen geerbt, um die er nie gebeten hatte. Doch anstatt weiterzumachen und seine Pflichten anzunehmen, hatte er die entgegengesetzte Richtung eingeschlagen und versucht, alle noch vorhandenen Verbindungen abzubrechen, damit dieses Kind, das er gewesen war, nie wieder Schmerz und Verlust erfahren würde.

Von diesen Dingen verstand Sabine etwas.

Kapitel neunzehn

Max hatte diese Geschichte bisher nicht vielen Menschen erzählt, und er wusste, dass er wahrscheinlich mehr verraten hatte, als er wollte. Aber er hatte gar nicht anders gekonnt, als sie Sabine anzuvertrauen. Meist lächelte er nur oder wechselte brüsk das Thema, wenn es um die unangenehmen Seiten seines Lebens ging. Aber sie hatte gefragt, als kümmerte es sie wirklich, als wollte sie den Mann kennenlernen, der er unter der Fassade des Legendenjägers war.

Und jetzt sah sie ihn an, als hätte sie noch eine Frage.

Max bereute zwar nicht, dass er ihr von seiner Familie erzählt hatte, aber für heute waren genug alte Wunden aufgerissen worden. Zudem auch Sabine ihre Geheimnisse hatte, die sie ihm noch offenbaren musste. Sie hatte ihm nie wirklich vertraut, und es wäre gelogen, würde er behaupten, dass ihn das nicht wurmte.

»Deine Mutter war eine Wächterin«, sagte er daher, bevor Sabine ihre Frage stellen konnte.

Sie setzte sich auf, drückte das Laken an ihre Brust und sah ihn mit einem Ausdruck größter Überraschung an. »Woher weißt du …«

»Aus den Briefen, die wir in Phinneas' Haus gefunden haben. Ich habe sie alle gelesen. Seine Briefe fand ich am hilfreichsten, aber einige von Agnes waren auch ganz nützlich«, sagte er.

Sabine runzelte die Stirn. »Aber das waren doch nur Liebesbriefe«, meinte sie. »Ich habe die meisten auch gelesen, und obwohl ich ihre Liebesgeschichte interessant fand, konnte ich doch nichts Hilfreiches entdecken. Und ich erinnere mich nicht, etwas gelesen zu haben, das darauf schließen ließ, dass meine Mutter eine Wächterin gewesen war.«

Max stützte sich auf einen Ellbogen. »Das stimmt, aber Agnes und Phinneas sprachen auch von anderen Dingen. Mithilfe versteckter Mitteilungen in ihren Briefen. Ich habe ihren Kode entschlüsselt. In mehr als einem spricht deine Tante von ihrer ältesten Schwester und wie schockiert das Dorf war, als sie zur Wächterin erwählt wurde.«

»Sie war der erste weibliche Wächter, den mein Volk je hatte«, sagte Sabine, die sich offenbar damit abgefunden hatte, die Wahrheit nicht mehr verbergen zu können.

»Zuerst dachte ich, sie meinte Lydia, aber in einem anderen Brief benutzte sie den Namen deiner Mutter«, sagte Max.

»Isadora«, setzte Sabine hinzu. »Aber von was für einem Kode sprichst du?« Sie runzelte die Stirn. »Agnes hat nie etwas von einem geheimen Kode erwähnt. Für mich waren es einfach nur Liebesbriefe.«

»Oh, das waren sie auch«, stimmte Max ihr zu. »Aber ich beginne langsam zu erkennen, dass die Dinge, wenn es um Atlantis geht, nicht immer das sind, was sie zu sein scheinen. Da war noch mehr in diesen Briefen, gewissermaßen gut versteckt zwischen den Zeilen.«

»Sie hat es mir nie gesagt«, wiederholte Sabine.

»Wahrscheinlich versuchte sie, dich zu beschützen.« Er strich Sabine eine Locke hinters Ohr. »Was ist mit deiner Mutter geschehen? Warum lebt sie nicht mehr?«, fragte er leise.

»Sie war schwach und eine komplette Närrin.« Sabines Zorn war nicht zu überhören. »Sie hat ihre Pflichten als Wächterin nicht ernst genommen. Es ist die Aufgabe der Wächter, ihre

Gebräuche und ihr Wissen an ihre Nachfolger weiterzugeben. Bei meiner Mutter war ich das, da ich ihr einziges Kind war. Traditionsgemäß wird die Wächterschaft durch die Blutlinien weitergegeben, auch wenn es eine Zeremonie gibt, um einen neuen zu ernennen. Als ihr Vater starb, baten die Leute in unserem Dorf die Ältesten, die Zeremonie zu ändern. Noch nie war eine Frau zu einem Wächter ernannt worden. Aber meine Mutter meldete sich zu Wort und vertrat ihre Sache, versprach, ihre Pflichten zu erfüllen, wie es ein Mann tun würde, und die Zeremonie bestätigte sie in ihrem Amt.

Anfänglich hielt sie sich an ihr Versprechen. Sie heiratete, ich wurde geboren und sie war die beste Heilerin, die unser Dorf je gesehen hatte. Sie unterrichtete mich auch jeden Tag. Aber dann wurde mein Vater krank.« Sie schüttelte den Kopf. »Das änderte alles. Meine Mutter vergötterte ihren Mann, wie auch er sie vergötterte, und seine Krankheit erschütterte sie bis ins Innerste. Sie bereitete die Mittel für seine Behandlung zu, und dabei unterlief ihr ein Fehler. Ein furchtbarer Fehler. Einen Tag später war mein Vater tot. Nicht einmal ein Jahr später ist auch sie gestorben. Ich war damals dreizehn.«

Die Verbitterung und Wut in ihrer Stimme erinnerten an das verletzte Kind, das sie einmal gewesen war. Max bereute jetzt fast, dass er das Thema angesprochen hatte. Aber auch er hatte ihr Dinge über seine Familie anvertraut, die er noch nie jemandem erzählt hatte. Und bisher war Sabine auch nicht aufgestanden, um zu gehen. »Wie ist sie gestorben?«, fragte er.

»Ein Wächter muss täglich eine kleine Menge des Elixiers einnehmen. Das gehört zu den Pflichten eines Wächters, denn es stärkt die Verbindung mit dem Elixier, mit unserem

Heimatland.« Sabine schüttelte den Kopf. Sie sah Max nicht an, sondern starrte auf das Laken, in das sie sich gehüllt hatte. »Meine Mutter hat einfach damit aufgehört. Von einem Tag auf den anderen wollte sie keinen Tropfen mehr zu sich nehmen. Irgendwann gab ihr Körper auf, und sie starb.«

»Und seitdem lebst du bei deinen Tanten?«

»Ja. Sie waren immer für uns da und haben versucht, meiner Mutter zu helfen, als es schlimmer mit ihr wurde, aber sie war fest entschlossen, sich zu zerstören.«

»Was ist mit anderen Leuten? Können sie das Elixier einnehmen? Oder kann es nur äußerlich wie bei Verletzungen verwendet werden?«

»Es ist zu gefährlich für andere, es einzunehmen, außer in extrem geringen Mengen und nur in wirklich schlimmen Notfällen. Es ist sehr gefährlich.« Sie unterbrach sich für einen Moment. »Unsere Leute gehen sehr vorsichtig mit dem Elixier um, weil wir nicht wollen, dass sich die Geschichte wiederholt.«

Max dachte, dass er Marcus all diese Warnungen würde übermitteln müssen, wenn er ihm die Probe brachte. Marcus würde die Grenzen respektieren, aber Max wollte auch nicht, dass etwas über das Elixier bekannt wurde. Diese Art von Macht wäre zu verlockend für sehr viele Kriminelle.

Er schwieg und dachte über alles nach, was Sabine ihm gesagt hatte. Auch darüber, dass sie beide so jung ihre Familien verloren hatten. Er konnte die Wut verstehen, die sie auf ihre Mutter hatte. Sabine betrachtete deren Tod noch immer durch die Augen eines Kindes. Kummer konnte die Wirklichkeit verzerren. Doch vieles von dem, was sie heute Nacht und in den letzten Tagen gesagt hatte, ergab jetzt einen Sinn. Sie sagte nie »wir« oder »ich«, sondern immer »sie«, wenn sie von den Wächtern sprach, als gehörte sie nicht zu ihnen.

»Du hast mir gesagt, du wärst der dritte Wächter«, erinnerte er sie leise.

Sabine zog das Laken bis unters Kinn und schwieg. Trotzdem konnte er in ihrem Gesicht die Wahrheit erkennen. Den Moment der Überraschung, bevor sie ihre Emotionen sorgfältig verbarg. Er hatte richtig geraten.

Dennoch zögerte sie noch. »Leg die Karten auf den Tisch«, sagte er. »Du hast die Runde verloren. Warum sagst du mir also nicht einfach die Wahrheit? Das zumindest schuldest du mir, glaube ich.«

»Warum?« Ihre bernsteinfarbenen Augen funkelten vor Empörung. »Wieso bin ich dir etwas schuldig?«

Ihre Worten schmerzten. Wie konnte sie so etwas fragen? Nach allem, was sie zusammen durchgemacht hatten. Nachdem sie mit ihm geschlafen hatte. Nicht nur einmal, sondern mehrmals. Aber sie *tat* es und behandelte ihn, als wäre er nicht mehr als eine bezahlte Hilfskraft.

Er schüttelte frustriert den Kopf. »Ohne mich hättest du keinen Zugang zu der vollen Prophezeiung gehabt. Ganz zu schweigen davon, dass ich dir und deinen Tanten Schutz geboten habe. Und ich habe dir geholfen, die Hinweise zu entziffern.« Er fuhr sich mit den Händen durch das Haar.

»Natürlich. Ich wollte auch nicht undankbar erscheinen«, sagte sie.

»Das hat nichts mit Dankbarkeit zu tun.« Er schwang die Beine über den Rand des Betts und griff nach der Hose. »Du vertraust mir nicht. Und hast es nie getan.«

»Das ist es nicht«, widersprach sie.

»Doch, das ist es«, gab er mit unüberhörbarem Ärger zurück. Aber das kümmerte ihn nicht. Er *war* verärgert. Er hatte alles richtig gemacht, um ihr Vertrauen zu verdienen, und trotzdem hatte sie ihn belogen.

Verdrossen steckte er seine Füße in die Hosenbeine. Er hätte sich den Henker um ihr verdammtes Geheimnis scheren sollen! Sie war ein Zeitvertreib, mehr nicht. Er würde nicht noch einmal den Fehler machen, das zu vergessen.

Er wollte nicht, dass ihr etwas zustieß, Gott bewahre, aber das bedeutete noch lange nicht, dass er seine eigenen Ambitionen nur wegen eines Geheimnisses, das sie bewahren wollte, aufgeben würde.

»Sag mir einfach die Wahrheit, Sabine. Ich kenne sie schon, aber ich will sie von dir hören«, versuchte er es noch einmal. Seine Stimme klang selbst in seinen eigenen Ohren müde. Vorhin war er drauf und dran gewesen, sie erneut zu nehmen, weil ihre Nähe ihn erregte, aber jetzt floss Eis durch seine Adern, das sein Verlangen schnell vergehen ließ.

Warum war es ihm so wichtig, ob sie ehrlich zu ihm war?

Weil er Unaufrichtigkeit nicht ausstehen konnte. Das war alles. Er brauchte alle Fakten, wenn er sich mitten in einer heiklen Situation befand.

»Nein!«, sagte sie heftig. »Ich bin nicht die Wächterin. Bist du jetzt zufrieden?«

»Es ist Agnes, habe ich recht?«

Sabine tat einen unsicheren Atemzug und nickte dann.

»Aber du bist doch die Erbin deiner Mutter? Müsstest du dann nicht als Nächste an der Reihe sein?«, fragte er.

»Ja, aber bei der Zeremonie wurde Agnes zur Wächterin ernannt.«

»Weil du damals noch ein Kind warst?«

»Das würde keine Rolle spielen. Manche sind in viel jüngerem Alter zu Wächtern ernannt worden. Es geht darum, dass ich nicht auserwählt wurde. Ob das wegen des Scheiterns meiner Mutter war oder irgendwelcher Unzulänglichkeiten in mir selbst, das weiß ich nicht. Ich weiß nur, dass ich den Verantwortungen eines Wächters nicht würdig war.«

Max war anderer Meinung, verstand aber, warum sie das tatsächlich glaubte. Er hatte einen Titel geerbt, auf den er kein Anrecht gehabt hatte. Sein Bruder Phillip war der Erbe gewesen. Aber er war gestorben, sie alle waren gestorben, und jetzt war Max der Marquess, während Sabine die rechtmäßige Erbin gewesen war, sie dieser Ehre aber beraubt worden war.

»Warum trägst du denn dann diese Phiole mit dem Elixier?«, fragte er.

»Agnes hat sie mir vor einigen Monaten gegeben. Ich glaube, sie versuchen mich auszubilden, mich vorzubereiten, damit ich, wenn die Zeit für den nächsten Wächter kommt, vielleicht doch noch erwählt werde. Sie machen sich nur etwas vor, aber ich hasse es, sie zu enttäuschen«, sagte sie leise. »Deshalb trage ich die Kette mit der Phiole.«

In Max' Brust zog sich etwas zusammen, aber er schüttelte es ab. Er hatte keine zärtlichen Gefühle. Schon lange nicht mehr. Dennoch konnte er nicht umhin, eine gewisse Erleichterung darüber zu verspüren, dass der Auserwählte nicht hinter Sabine her sein würde.

Trotzdem war es wichtig für ihn, die Wahrheit zu erfahren, und deshalb setzte er sich wieder auf die Bettkante. »Ich muss die Wahrheit wissen, wenn ich dich und deine Tanten beschützen soll«, sagte er.

»Du kannst wütend auf mich sein, weil ich sie dir vorenthalten habe, aber es ist ja auch nicht so, als würdest du mir vertrauen, Max.« Sie rutschte von ihm weg, bis sie fast am Bettrand lag. »Du warst auch nicht gerade sehr mitteilsam, was deine Motive angeht. Du kannst mir unmöglich nur aus reiner Herzensgüte helfen oder weil du ein Patriot bist.

Du bist ein Experte für Atlantis, und allein durch dein Angebot, uns zu helfen, hast du momentan vier Atlantiden unter deinem Dach. Das ist doch ziemlich praktisch für dich, nicht?«

Sie hatte recht. Es gab etwas, was er wollte, und das befand sich augenblicklich unter seinem Dach. *Sie* hatte genau das, was er brauchte. Das Einzige, das die Existenz von Atlantis beweisen würde. Das Elixier. Er wusste, dass er Agnes das ihre nicht wegnehmen konnte, weil sie dann sterben würde. Aber er konnte sich Sabines Kette nehmen.

Sie stieg aus dem Bett und bückte sich, um ihre Kleider aufzuheben. Schnell zog sie ihr langes Hemd über und drehte sich, die Schuhe unter ihren Armen, zu ihm um. »Ist das der einzige Grund, warum du die Wahrheit wissen wolltest?«, flüsterte sie. »Der Prophezeiung wegen?«

Er betrachtete sie einen Moment, suchte ihr Gesicht nach etwas ab, das sie nicht aussprach. Nach irgendeinem Hinweis, was sie von ihm wollte. Was erwartete sie? »Was für einen anderen Grund könnte ich denn haben?«

Er hielt fast den Atem an, als er auf ihre Antwort wartete.

Sie schien sein Gesicht fast ebenso gründlich zu studieren wie er das ihre. Was immer sie auch darin sah, schien ihr kein Trost zu sein.

»Du hast recht«, sagte sie scharf. »Da ist nichts anderes.« Sie wandte sich zum Gehen.

»Sabine?«

Sie sah ihn an.

»Morgen werden wir diese verdammte Suche beenden und die Taube finden.«

Sie nickte, sagte aber nichts, als sie aus seinem Zimmer schlüpfte.

Das Einzige, was zwischen ihm und dem Beweis für Atlantis' Existenz stand, war Sabine. Aber um den Beweis erbringen zu können, würde er sie hintergehen müssen. Das wusste er. Und das war es, was ihn hatte zögern lassen. Normalerweise hatte sie die Kette immer getragen, doch seit einigen Tagen bewahrte sie sie in ihrer Tasche auf.

Jetzt würde sie ihm vertrauen. Ihr blieb gar nichts anders übrig, nachdem er ihre Geheimnisse erfahren hatte. Er hatte sie bedrängt und bedrängt, bis sie keine andere Wahl gehabt hatte, als ihm alles zu erzählen. Und irgendwann würde er dieses Vertrauen missbrauchen müssen.

Er war ein Schuft.

Sabine und ihre Tanten nahmen am nächsten Morgen zusammen das Frühstück ein, und ihnen gegenüber saß schweigend Max und las die Zeitung, während er seinen Tee trank. Bis auf den »Guten Morgen«, den er allen wünschte, hatte er bisher kein Wort gesagt.

Es gab ja auch nichts mehr zu besprechen, sagte sich Sabine. Ihr Streit von gestern Nacht hing noch in der Luft wie schal gewordenes Parfüm. Mehr als an den Streit jedoch dachte sie daran, wie er sie berührt hatte, sanft und dennoch voller Leidenschaft. Wie er im Dunkeln ihren Namen geflüstert hatte. An das Gefühl, so intim mit ihm vereint zu sein, an seine nackte Haut an ihrer.

Er hob den Kopf, und seine eisblauen Augen suchten ihren Blick. Er hatte gemerkt, dass sie ihn beobachtete. Der intensive Blick dieser blauen Augen schien bis in ihr Innerstes zu dringen.

Sie biss in ihren Toast, ohne die geschmolzene Butter auch nur zu schmecken, aber sie wollte etwas anderes tun, als Max anzustarren.

»Was hast du gestern Abend gemacht, Sabine?«, wollte Lydia wissen.

Sabine erstickte fast an ihrem Brot. Sie hustete und trank rasch einen Schluck Tee.

Max legte seine Zeitung auf den Tisch. »Wir waren in der Königlichen Bibliothek, wo wir ein weiteres Rätsel fanden, das gelöst werden muss«, sagte er.

»So, so«, sagte Agnes. »Und habt ihr es gelöst?«

»Fast«, sagte Max.

Sabine, die inzwischen wieder sprechen konnte, sagte: »Das Rätsel besagt, wir müssten uns ansehen, was wir direkt vor uns haben. Oder so ähnlich.« Sie warf Max einen Blick zu. »Vielleicht müssen wir noch einmal in die Bibliothek und uns die Tafel ansehen. Vielleicht finden wir dann heraus, was es bedeuten könnte.«

»Euch ansehen, was ihr direkt vor euch habt?«, fragte Agnes.

»Irgend so etwas in der Art«, sagte Max. »Aber in der Bibliothek?«, fragte er stirnrunzelnd. »Das wird nichts bringen.«

»Vermutlich nicht«, sagte Sabine, die inzwischen zur gleichen Einsicht gekommen war. »Die Tafel wurde schließlich ganz woanders gefunden. Wie dumm von mir.« Sie schüttelte den Kopf über sich selbst.

»Dieses Rätselraten ist nicht einfach«, sagte Calliope tröstend. »Das ist eher eine Aufgabe für den Seher«, erklärte sie und riss dann erschrocken die Augen auf, weil sie sich an Max' Präsenz erinnerte.

Sabine schüttelte den Kopf. »Das macht nichts, Calliope. Er weiß sowieso schon alles«, beruhigte sie ihre Tante.

Lydias Lippen wurden schmal. Sabine wusste, dass ihre älteste Tante verärgert war, aber das ließ sich nicht ändern.

Tatsache war, dass Max ihnen beigestanden, ja, sie eigentlich sogar gerettet hatte und sie nun beschützte. Sie hatte ihm viel zu verdanken. Und nicht nur sie, auch ihre Tanten.

»Es sind nur noch zwei Tage bis zu deinem Geburtstag«, mahnte Agnes.

Die Zeit lief ihnen davon.

»Es war während der Kreuzzüge. Damals wurde die Tafel auf der Insel Rhodos entdeckt«, sagte Max, um das Gespräch zu dem neuen Anhaltspunkt zurückzubringen. Dann erhob er sich. »Und mir fällt nur ein wichtiges Stück ein, das bei der Tafel gefunden wurde.« Er lächelte Sabine an. »Das Schwert des Achilles.«

Das imposante Herrenhaus lag mitten im Hydepark. Mit seiner erst kürzlich erneuerten Kalksteinfassade sah das zweistöckige Haus pompös und glanzvoll aus.

»Wer wohnt hier?«, flüsterte Sabine und raffte ihre Röcke, als sie die Eingangsstufen hinaufstiegen. Vor ein paar Stunden war Max mit einem Ballkleid für sie nach Hause gekommen, einem traumhaft schönen Kleid, das er persönlich für sie ausgesucht hatte. Dieses zauberhafte Kleid war aus schimmernder Seide in einem wundervollen klaren Blauton gearbeitet. Es war mit Paspeln aus dunklerem blauen Samt abgesetzt und passte ihr wie angegossen.

»Die Witwe des verstorbenen Duke of Camden«, beantwortete Max ihre Frage. »Und vielleicht sollte ich dich warnen«, flüsterte er an ihrem Ohr, »dass dies hier kein gewöhnlicher Ball ist.«

Sabine war nicht sicher, was er meinte, da sie ohnehin noch nie auf einem Ball gewesen war. Sie wollte ihn fragen, was er damit sagen wollte, doch bevor sie dazu kam, wurden sie zusammen mit einigen anderen Gästen an der Eingangstür von einem Diener in Empfang genommen. »Der Marquess of Lindberg und sein Gast«, sagte Max zu dem Mann, der ihr Eintreten dann der gesamten Gästeschar ankündigte. Die mit Kerzen und Moosröschen geschmückte Empfangshalle war riesig, und die Decke schien bis in den Himmel zu reichen.

»Maxwell, was für eine Überraschung! Ich wusste gar nicht, dass du heute teilnimmst«, begrüßte ihn eine Frau mittleren Alters, deren dichtes rotes Haar zu einer aufwendigen Lockenfrisur aufgesteckt war. Ihr tief ausgeschnittenes Kleid offenbarte einen mehr als üppigen Busen, und direkt über der tiefen Mulde zwischen ihren Brüsten hing ein breites, pinkfarbenes Diamantkollier.

Max beugte sich in einer galanten Geste über ihre Hand. »Mein Antwortschreiben muss wohl in der Post verloren gegangen sein«, sagte er mit einem verschmitzten Lächeln.

»Zweifellos«, erwiderte die Frau, deren Lächeln auch viel Witz und Charme verriet.

»Darf ich dir Miss Sabine Tobias vorstellen?«, sagte Max. »Sie und ihre Tanten sind relativ neu in London, und wir sind erst seit Kurzem miteinander befreundet.« Eine versteckte Anspielung schien in seinen letzten beiden Worten zu liegen. Dann wandte er sich Sabine zu. »Die Duchess of Camden.«

Sabine überlegte, ob sie ihn korrigieren und richtigstellen sollte, in welcher Beziehung sie zueinander standen, aber wie viele Leute fänden es weniger anstößig – wenn nicht sogar unglaublich –, dass eine uralte Prophezeiung sie verband und keine Liaison? Deshalb sagte sie nichts und beschränkte sich auf ein paar höfliche Worte zu der Herzogin.

»Willkommen in meinem Haus. Ich wünsche euch einen

schönen Abend«, sagte die Frau und wandte sich ab, um weitere Gäste zu begrüßen.

Als Max Sabine weiterführte, zog er sie dicht an seine Seite. »Ihr verstorbener Mann war ein begeisterter Antiquitätensammler. Er hat sich oft damit gebrüstet, wie gut er Achilles' Schwert gesichert hat. Jetzt müssen wir es nur noch finden.«

Arm in Arm spazierten sie durch das Foyer. Auf halbem Weg zum Ballsaal waren sie bereits an zwei hoch an einer Wand hängenden Schwertern vorbeigekommen. »Woher sollen wir wissen, welches Schwert es ist?«, fragte Sabine.

Max nickte einem vorübergehenden Paar zu, wartete aber, bis sie außer Hörweite waren, bevor er antwortete. »Den Gerüchten nach soll es ziemlich groß und reich verziert sein. ›Von den Göttern geschmiedet‹, heißt es«, bemerkte er lächelnd.

»Aber sicher.« Eigentlich dürfte sie sich nicht darüber mokieren. Glaubte sie nicht selbst daran, dass das Elixier, das sie beschützte, den Atlantiden von Poseidon höchstpersönlich übergeben worden war? Aber in Wahrheit hatte sie sich noch nie Gedanken darüber gemacht.

Der Ballsaal war leer, nicht an Menschen, aber an jeglicher Art von Waffen. Was wohl auch das Beste war, wenn man bedachte, wie reichlich der Champagner floss. Es wäre eine Katastrophe, wenn zwei erzürnte Herren an Waffen herankämen, um ihren Disput gleich hier im Ballsaal auszutragen.

»Möchtest du tanzen, bevor wir uns woanders umsehen?«, fragte Max.

Seine einfache und vielleicht nicht ganz ernst gemeinte Frage ließ sie zögern und ihr Herz gleich schneller schlagen. Sabine war nicht sicher, ob sie tanzen konnte, oder jedenfalls nicht so, wie es in der feinen englischen Gesellschaft üblich war. Aber dies war ohnehin nicht der Moment, um sich mit solchen Oberflächlichkeiten aufzuhalten. Sie hatten eine Aufgabe zu erfüllen, und die Uhr tickte.

»Nein, danke«, sagte sie.

Über eine breite Treppe begaben sie sich in den ersten Stock, von dessen Balustrade der ganze Ballsaal zu überblicken war. Elegant gekleidete Paare glitten im Rhythmus der Musik über die Tanzfläche. Die Kapelle spielte gerade einen Walzer, und die Paare hielten sich nicht nur sehr eng in den Armen, sondern einige der Herren streichelten sogar ganz unverhohlen ihre Partnerin oder knabberten an ihrem Nacken oder ihren Ohrläppchen. Sabine war jetzt ganz froh, dass sie Max' Angebot zu tanzen abgelehnt hatte.

Die Gäste hier gehörten eindeutig zu etwas anderen Kreisen der Londoner Gesellschaft als jene, die in ihrem Geschäft einkauften. Sie waren ein bisschen älter, nicht unbedingt an Jahren, aber an Erfahrung – vielleicht wäre aufgeschlossener oder weltoffener eine treffendere Beschreibung für sie. Die Frauen bewegten sich auf eine sinnlich-provokante Art und Weise, als wären sie es gewöhnt, dass Liebhaber jede ihrer Bewegungen verfolgten. Schüchterne Jungfrauen gab es keine unter ihnen.

Auch die Männer musterten die Frauen mit unverhohlenem Interesse, nicht verstohlen oder heimlich, sondern völlig ungeniert. Dies war ein anderes London als das, das ihr bislang begegnet war. Max hatte sie gewarnt, und es war überaus faszinierend, diese Leute zu beobachten. Denn alles, was Sabine von der englischen Gesellschaft gesehen und über sie gehört hatte, legte nahe, dass sie Schicklichkeit und Anstand über alles andere stellte.

»Sabine«, flüsterte Max, der so dicht hinter sie getreten

war, dass sie seine Wärme spürte. Sie müsste nicht einmal einen ganzen Schritt machen, um sich an seine muskulöse Brust zu lehnen.

»Entschuldige. Ich …« Sie unterbrach sich. Was konnte sie auch sagen? Dass sie von der sinnlichen Atmosphäre angesteckt worden war? Dass sie selbst ein erotisches Bewusstsein zu spüren begann, das ein Prickeln in ihr auslöste und ihre Nerven zum Flattern brachte?

»Es ist eine ›Lover's Party‹«, flüsterte Max ihr zu.

Sabine fuhr herum. »Was?«

Er lachte leise. »Ich glaube nicht, dass das der offizielle Name ist, aber das ist, was es ist.« Er ließ seine Hand an ihrem Arm hinuntergleiten. »Seit die Herzogin verwitwet ist, gönnt sie sich ein ziemlich unkonventionelles Leben.«

»Und jetzt glaubt jeder hier, wir hätten ein Verhältnis?«, fragte Sabine.

»Definitiv.« Er gab sich keine Mühe, das Lächeln zu verbergen, das seine Mundwinkel umspielte.

»Na großartig.« Aber im Grunde war es ja auch so. Und kümmerte es sie wirklich, was diese Leute von ihr dachten? Nein, das tat es nicht. Trotzdem war ihr, als müsste sie verärgert sein. Auch wenn das Hiersein mit Max sie eher mit Stolz als mit Verlegenheit erfüllte. »Dir macht das alles großen Spaß, nicht wahr?«, fragte sie.

Er zwang sich, die Stirn zu runzeln. »Aber ganz und gar nicht.«

»Sollen wir jetzt das Schwert suchen?« Sie griff nach seiner Hand und zog ihn mit.

»Natürlich. Gehen wir.«

Sie fanden ein Arbeitszimmer mit anderen Sammlerstücken, die meisten davon Vasen und andere Porzellan- oder Tonwaren, aber keine Waffen. In den anderen Räumen des ersten Stocks fanden sie mehr oder weniger Ähnliches, aber nichts, das einem Schwert ähnelte oder gar ein Hinweis auf die Taube hätte sein können.

»Es schien dir nichts ausgemacht zu haben, meine Geliebte zu spielen, als wir in der Königlichen Bibliothek waren«, bemerkte Max. »Du hast diesen armen Mann ganz schön schockiert.«

Zuerst hatte Sabine gedacht, Max würde von der vergangenen Nacht anfangen, in der sie so schamlos, frivol und hemmungslos gewesen war, dass sie nicht einmal darüber nachdenken wollte, warum. Sie sagte sich, es habe an ihrer Müdigkeit gelegen, an ihrer Frustration über die nutzlose Suche nach der Taube. Aber es hatte auch noch andere Gründe. Sie hatte begonnen, sich auf Max zu verlassen, und gestern Nacht, als sie so dringend Trost gebraucht hatte, hatte sie den in seinen Armen gefunden.

Aber Max hatte kein Wort über die vergangene Nacht verloren, er hatte von der Bibliothek gesprochen. »Ich wollte nur vermeiden, dass man dich verhaftet. Hätte dieser Mann Alarm geschlagen, wärst du in ernsten Schwierigkeiten gewesen, so wie du mit der Tafel umgegangen bist. Ich habe nur geschauspielert, mehr nicht.«

Max blieb abrupt stehen und sah sie an. Sabine erwiderte seinen Blick und versuchte, einen Hinweis auf die Ursache für seinen merkwürdigen Gesichtsausdruck zu finden, aber er gab ihr keinen.

»Nur geschauspielert. So, so«, sagte er. »Komm jetzt, lass uns weitergehen zum nächsten Stock.«

Sabine nickte.

Seite an Seite stiegen sie die Treppe zum zweiten Stock hinauf, wo sie am Ende eines dunklen Gangs an einem Paar vorbeikamen, das sich völlig hemmungslos liebte. Die Frau saß vor dem Mann auf einem kleinen Tisch und hatte ihre Beine um ihn geschlungen.

Sabine und Max gingen weiter, als hätten sie nichts gesehen. Eine nach der anderen öffneten sie die Türen und warfen einen Blick in die Zimmer, bis sie schließlich zu einem prunkvollen Schlafzimmer gelangten. Dieser große, elegant möblierte Raum musste das Privatgemach des verstorbenen Herzogs gewesen sein, denn über dem Bett hing ein prächtiges Schwert. Die vom Heft bis zu der Spitze vergoldete Waffe war mit wundervollen Verzierungen versehen und, wie Max vorausgesagt hatte, auch ziemlich lang.

»Das ist es«, flüsterte Sabine. Endlich hatten sie »die Taube« gefunden. Nachdem sie auf der Suche danach durch halb England gereist waren, hatten sie den Lohn für ihre Mühen gefunden.

Max stieg auf das Bett und streckte eine Hand nach Sabine aus. »Komm.«

Sie legte ihre Hand in seine, und er zog sie zu sich hoch. Er hielt auch ihre Hand, als er sie zum Kopfteil führte.

Das Gold der Klinge schimmerte im Kerzenlicht. Die Klammern, die das Schwert an Ort und Stelle hielten, waren mit der Wand verbunden und so tief darin verkeilt, dass das Schwert sich nicht bewegen ließ. Es würde schwieriger als gedacht werden, die Waffe unbemerkt aus dem Haus zu bringen. Zuerst musste es ihnen gelingen, es aus seiner Haltung zu lösen.

Max zog an einem der Halter, strich mit der Hand über das Metall und suchte nach einer Vorrichtung. »Interessant. Ich kann keinen Verschließmechanismus finden.« Er sah sich in dem Zimmer um. »Ich brauche etwas, um die Halter abzubrechen.«

Er sprang vom Bett und streckte die Hände nach Sabine

aus. Sie hielt sich an seinen Schultern fest, als er sie auf den Boden hob. Seine Bewegungen waren überlegt und absichtsvoll, als er Sabine zwischen seinen Armen hinuntergleiten ließ und sie dabei an seine Brust drückte.

Mit einem übermütigen Grinsen beugte er sich vor und senkte seinen Mund auf ihren. Sein Kuss war heiß und hungrig.

Sie versuchte, ihn wegzuschieben. »Das sollten wir nicht tun, Max«, sagte sie.

»Ich habe noch nie viel darauf gegeben, was man tun sollte oder nicht«, versetzte er.

Sie sah ihn noch einen Moment lang an, weil ihr nur zu gut bewusst war, dass sie jetzt nichts lieber täte, als sich in seine Arme zu schmiegen und sich in seinen Küssen und Liebkosungen zu verlieren. Aber das konnte sie nicht tun. Mit Max herumzuturteln änderte nichts an der Prophezeiung. Und es ließ sie auch nichts vergessen. Im Gegenteil. Sich mit ihm einzulassen erfüllte ihre Gedanken und ihr Herz mit Träumen und Wünschen nach sehr viel mehr. Nach einer Familie und Liebe, die er ihr nicht geben konnte und wollte. Zumindest hatte er ihr das gestern Nacht gesagt.

»Der Schürhaken«, sagte er plötzlich.

»Glaubst du, du kannst damit die Klammern lösen?«

Er nickte und stieg wieder auf das Bett, nachdem er sich den Schürhaken geholt hatte. Es brauchte mehrere Versuche, doch schließlich gelang es Max, eine der Klammern aus der Wand herauszubrechen. Aber es gab noch vier weitere. Max hatte den Schürhaken gerade unter die zweite geschoben, als sie hörten, wie sich der Türknauf drehte.

»Versteck dich«, flüsterte Max.

Kapitel zwanzig

Max sprang vom Bett und rannte zum Schrank, dessen Tür Sabine geöffnet hatte. Er schaffte es, sich hinter ihr in den Kleiderschrank zu zwängen und die Tür zu schließen, bevor jemand das Schlafzimmer betrat.

Mit einem unterdrückten Seufzer lehnte er sich an die geschlossene Tür und legte leise den Schürhaken auf den Boden. Die Stimme eines Mannes, gefolgt von dem kehligen Lachen einer Frau, erfüllten den Raum und drangen bis in Max' und Sabines Versteck.

Er öffnete die Kleiderschranktür einen schmalen Spalt breit, um einen Blick in das Schlafzimmer zu werfen. Die Frau stieß den Mann lachend auf das Bett und zog ihr Mieder herunter, um ihre vollen Brüste zu entblößen. Max zog die Tür wieder zu. Das würde interessant werden.

»Wer ist es?«, wisperte Sabine.

»Ein Mann und eine Frau.«

»Was wollen sie?«

»Einander«, erwiderte er schlicht.

Ein Ausdruck des Verstehens erschien in Sabines Augen, und ihre Gesichtszüge entspannten sich. »Oh«, hauchte sie lautlos.

Wie um Max' Verdacht zu bestätigen, begannen nun Laute hemmungsloser Leidenschaft in den Schrank zu dringen. Sabines Lippen öffneten sich, und ein dunkles Rot stieg ihr vom Nacken in die Wangen. Die Geräusche brachten auch Max' Blut in Wallung und ließen seine körperliche Erregung zu einem solchen Ausmaß anwachsen, dass es fast schon schmerzte.

»Oh ja!«, schrie die Frau. Ein weiteres Stöhnen war zu hören und dann ein trillerndes Lachen. »Du Schlimmer«, sagte sie und kicherte erneut.

Vor wenigen Stunden noch hatte Sabine in Max' Armen gelegen und seinen Kuss erwidert. Er wusste, dass sie ihn begehrte, aber dennoch hatte sie ihn weggeschoben. Ihre Suche war fast zu Ende. Er hatte ihr geholfen, die Taube zu finden, und es war nur noch eine Frage der Zeit, bis sie den Auserwählten unschädlich machen konnten. Danach würde Sabine ihn nicht mehr brauchen. Und hatte sie nicht gerade eben gesagt, sie habe nur geschauspielert, als sie seine Verführerin gespielt hatte?

Bei anderen Frauen war immer Max es gewesen, der nach einer leidenschaftlichen Nacht das Bett verlassen hatte. Gestern aber war es anders gewesen. Und es hatte ihn gewurmt, als Sabine die Tür hinter sich zugezogen hatte und gegangen war. Sicher, sie hatten sich gestritten, und er war wütend gewesen. Aber trotzdem – dass sie so einfach gegangen war!

Verdammt, aber er begehrte sie schon wieder. Und es half auch ganz und gar nicht, dass die Geräusche des anderen Paares immer lauter und heftiger wurden. Das hölzerne Kopfteil des Betts schlug in einem schnellen, harten Rhythmus an die Wand. Der Mann stöhnte, und die Frau rief in einem fort ihr »Ja, ja, ja«.

Sabine hatte die Augen geschlossen. Max wusste nicht, ob sie versuchte, sich von der für sie wahrscheinlich peinlichen Situation zurückzuziehen, oder ob sie lauschte und alles andere ausschloss, um sich ganz auf die erotischen Geräusche hinter der Tür zu konzentrieren. Vielleicht war sie auch erregt und fragte sich, warum er sie nicht küsste, nicht berührte.

Max trat näher zu ihr, und noch immer öffnete sie nicht die Augen. Als die Frau einen kehligen Schrei ausstieß, zog Sabine scharf den Atem ein. *Ich will verdammt sein!*, dachte Max. Sie lauschte tatsächlich jedem aufreizenden Stöhnen. Ihre Lippen waren leicht geöffnet, und sie strich mit ihrer Zungenspitze über ihre Unterlippe und biss sich dann darauf. Eine sinnliche Röte stieg von ihrem Nacken auf und breitete sich verführerisch über ihr Dekolleté und ihre Wangen aus.

Sie sah überhaupt sehr reizvoll aus in dem Kleid, das er ihr gekauft hatte. Er hatte gleich gewusst, dass es fantastisch an ihr aussehen würde.

Das Klopfen des Kopfteils wurde schneller, das Stöhnen des Mannes anhaltender. Max' Erektion presste sich schmerzhaft gegen seine Hose. Sabine stand noch immer völlig reglos da, nur ihre Hände ballten sich zu Fäusten um den Stoff des Kleids.

Er musste sie haben. Auf der Stelle.

Max riss Sabine an sich und presste seinen Mund auf ihren. Sie schnappte überrascht nach Luft, aber sie erwiderte den Kuss mit fiebriger Erwartung und voller Leidenschaft. Sie schlang ihm die Hände um den Nacken, schob ihre Finger in sein Haar und zog seinen Kopf zu sich herunter. Sie begehrte ihn, daran bestand kein Zweifel.

Wieder stöhnte die Frau draußen lauter und lauter, und diesmal gab sie sogar eine Reihe von Flüchen von sich, als das Bett im Rhythmus ihrer Bewegungen knarrte. Max schob seine Hand in Sabines Dekolleté und merkte, dass ihre Brustspitzen sich verhärtet hatten. Sie stöhnte an seinem Mund, als er sie noch härter, tiefer küsste. Er zog ihr das Kleid so weit herunter, wie er konnte, und entblößte ihre Brüste. Langsam ließ er seine Lippen von ihrem Nacken zu ihrer

Schulter und dann zu ihren Brüsten wandern, wo er eine ihrer hinreißenden kleinen Brustspitzen zwischen seine Lippen nahm.

Mit seiner freien Hand griff er unter ihre Röcke und tastete sich an ihrem langen, schlanken Bein entlang, bis er den Schlitz in ihrer Hose fand. Sabine war heiß und feucht vor Verlangen nach ihm, das fühlte er selbst durch den Stoff hindurch. Ihre Bereitschaft machte Max wild vor sinnlicher Begierde. Wieder sog sie scharf den Atem ein, als er mit einem Finger in sie eindrang, aber dann bog sie sich seiner Hand entgegen, als er den Finger zurückzog und wieder in sie hineinglitt. Mit der anderen Hand öffnete er seine Hose und befreite sich von dem beengenden Stoff.

Mit einer geschickten Bewegung zog er Sabines Röcke hoch und glitt in sie hinein. Sie schlang ihre Beine um ihn, und er spürte ihre Fingernägel an seinem Rücken, selbst durch das Hemd und das Jackett. Ihn mit Armen und Beinen fest umschlingend, lehnte sie an der Wand und klammerte sich in wilder Lust an ihn, als er sie nahm.

Da war keine Kontrolle mehr, keine Geduld, nur noch Verlangen und Begierde, als er seine Hüften in schnellen, rhythmischen Stößen bewegte. Aber sie reagierte mit einer Leidenschaft, die seiner um nichts nachstand, und er spürte, wie die ersten Schauer ihres Orgasmus sie durchzuckten, als sie den Kopf zurückwarf und einen Schrei ausstieß. In einer gewaltigen Flut brachen sich auch seine Gefühle Bahn, und es war ein so überwältigendes Gefühl, dass er nahezu auf die Knie fiel. Aber er hielt sich aufrecht und stützte Sabine mit seinen Armen und mit seinem Körper.

Für einen Moment blieben sie so stehen und rangen nach Atem. Dann ließ sie langsam ihre Beine sinken, um wieder allein zu stehen. Sie hatten keinen Gedanken daran verschwendet, dass sie entdeckt werden könnten. Aber er bezweifelte, dass ein Paar, das sich in einem Kleiderschrank liebte, in diesem Haus auch nur das kleinste Aufsehen erregen würde.

Das Einzige, woran er denken konnte, war, dass er noch nie so sehr die Kontrolle bei einer Frau verloren hatte. Nicht einmal bei seinem ersten Mal; er war immer in der Lage gewesen, sich im Zaum zu halten. Es wäre ein Leichtes, so zu tun, als wäre das so, weil er ein großzügiger, geduldiger Geliebter war. Aber das wäre gelogen. Er konzentrierte sich auf die Bedürfnisse einer Frau, weil es so leichter für ihn war, sein Herz aus dem Spiel zu lassen. Aber nicht heute Nacht. Heute Nacht hatte er alles andere bis auf die Tatsache vergessen, wie sehr er sie begehrte. Sabine. Nur Sabine.

Sie öffnete die Schranktür einen Spalt, um einen Blick ins Schlafzimmer zu werfen. »Ich glaube, sie sind weg«, flüsterte sie.

Er sah ihr Retikül auf dem Boden liegen und hob es auf. Fast hätte er es ihr gegeben, aber dann erinnerte er sich, was er sie einmal daraus hatte herausnehmen sehen. Und so steckte er seine Hand in die Tasche und tastete darin herum. Nicht lange, und seine Finger berührten die gläserne Phiole. Er zog sie schnell heraus und steckte sie in seine Tasche.

»Sabine, vergiss dein Retikül nicht«, sagte er und gab es ihr.

Schnell beendeten sie die Arbeit an der Aufhängung des Schwerts, und Max musste seine ganze Kraft einsetzen, um es aus den Verankerungen zu lösen. Sich mit dem Schwert, das fast so lang war wie Max' Beine, aus dem Haus zu schleichen, war eine heikle Sache, aber es gelang ihnen, ungesehen ihre Kutsche zu erreichen.

Endlich hatten sie die Taube.

Nur noch zwei, dann hätte er das Militär endlich unter seine Führung gebracht. Die heutige Nacht würde die schwierigste sein. Denn Spencer kannte den Mann, um den es heute ging. Einige der anderen hatten ihn wegen der Position, die er innehatte, zwar *er*kannt, aber nie wirklich *ge*kannt. Dieser Mann jedoch war ein Freund. Zumindest so weit, wie er überhaupt jemanden als Freund bezeichnen konnte.

Dieser Mann hatte Spencer schon viele Male zu sich eingeladen, sodass es ein Leichtes gewesen war, in dieses Haus einzudringen und sich zu orientieren. Spencer hatte dafür gesorgt, dass keiner der Bediensteten ihn beim Betreten des Arbeitszimmers gesehen hatte. Fast zwei Stunden wartete Spencer nun schon in der Dunkelheit und hatte in dieser Zeit einige Male an dem teuren Portwein genippt, den er sich eingeschenkt hatte.

Das Zimmer verfügte über Elektrizität, was der Mann sich durch den Reichtum seiner Familie und die Gratifikationen Ihrer Majestät erlauben konnte. Als der Mann jetzt das Zimmer betrat und den Schalter umlegte, knisterte der Strom leise. Es dauerte einen Moment, bis das Licht den Raum erhellte, und Spencer wartete im Schatten, bis der Mann den Raum betreten und die Tür hinter sich zugezogen hatte.

Zu Spencers Bedauern war dieser Mann der perfekte Offizier. Es war wirklich eine Schande, dass er sich nicht leisten konnte, ihn in seiner Nähe zu behalten. Aber Spencer wusste, dass gerade dieser Offizier ein solches Angebot nicht annehmen würde. Was seine Loyalität der Krone gegenüber anging, konnte man ihn weder in Versuchung führen noch kaufen. Deshalb blieb Spencer keine andere Wahl, als ihn zu töten.

Der Offizier ging an seinen Schreibtisch, gerade als Spencer aus dem Schatten trat. »Spencer«, sagte der Mann überrascht. »Waren wir verabredet?«

»Nein.« Spencer wartete, dass sich Furcht auf dem Gesicht des Mannes zeigte. Aber die leicht erhobenen Augenbrauen zeugten nur von Vorsicht. »Ich wollte etwas mit dir besprechen. Oder besser gesagt, dir einen Vorschlag machen.« Er wusste, dass die Furcht irgendwann kommen würde.

Der Offizier nickte. »Nimm Platz.« Dann lächelte er. »Wie ich sehe, hast du dich schon am Portwein bedient.«

»So ist es.« Spencer erlaubte sich ein leises Lachen. »Ich hoffe, es stört dich nicht.« Er genoss den kleinen Austausch, weil er wusste, dass er in wenigen Momenten zusehen würde, wie der Mann seinen letzten Atem aushauchte.

Max stand am Fenster seines Arbeitszimmers und beobachtete den Mann, der sich gegen die Mauer des Backsteinhauses an der Straßenecke gelehnt hatte und versuchte, in eine andere Richtung zu schauen. Max hatte denselben Mann schon des Öfteren gesehen – als er ihm und Sabine gefolgt war. Und schlagartig wurde Max jetzt klar, woher er ihn kannte. Es war der Mann, den Max vor so vielen Jahren in Cassandras Bett erwischt hatte. Ihr Diener Johns – kein Mann mit Titel und Reichtum, aber einer, dessen Gesicht und dessen Körper Frauen veranlasste, sich nach ihm umzudrehen. Natürlich würde sich Cassandra niemals in der Öffentlichkeit mit ihm zeigen, aber hinter verschlossenen Türen war er ihr Liebhaber – oder war es jedenfalls gewesen.

Wie es schien, erledigte er nun auch noch andere Aufgaben für sie, nämlich Max und Sabine bei ihrer Suche nach der Taube zu verfolgen. Aber Johns gab einen miserablen Spion ab, weil er zu sehr auffiel: Er war mindestens einen Kopf größer und sehr viel breiter als die meisten Männer.

Was für ein Interesse könnte Cassandra an einer uralten

Waffe haben? Wenn es ihr überhaupt um die Waffe ging. Und Eifersucht auf Sabine konnte es auch nicht sein. Er hatte seit über zehn Jahren keine Beziehung mehr mit Cassandra.

Nein, es musste etwas anderes sein.

Dann erinnerte sich Max an Sabines Creme, die sich so schnell verkaufte, und dass er Cassandra in ihrem Laden getroffen hatte, als sie welche kaufte. Sie war schon immer eitel gewesen; jeder, der sie kannte, wusste das. Er war zweiundzwanzig gewesen, als sie ein Liebespaar gewesen waren, und war damals ganz und gar in seinen Nachforschungen über Atlantis aufgegangen. Vage erinnerte er sich, mit ihr über Atlantis gesprochen zu haben. Vielleicht hatte er ihr vom Quell der Jugend erzählt.

Aber war es möglich, dass Cassandra etwas mit den Morden an den Offizieren zu tun hatte? Johns war zweifellos stark genug, um diese Männer umzubringen. Aber was könnte Cassandra mit solchen Taten bezwecken?

Hatte sie eine Kopie der Prophezeiung gefunden und versucht, ihr Wissen auszuspielen, in der Hoffnung, an das Elixier heranzukommen? Max bezweifelte, dass sie schlau genug war, um sich einen solchen Plan einfallen zu lassen. Aber es würde erklären, wie der Mörder so leicht an die Offiziere herangekommen war. Jeder Mann würde Cassandra seine Tür öffnen, wenn sie darum bat.

Vielleicht war es an der Zeit, seiner früheren Geliebten einen Besuch zu machen und herauszufinden, welche Informationen sie für ihn hatte.

Cassandra war es leid, auf Beweise zu warten. Sie hatte nicht mehr die Geduld, sich darauf zu verlassen, dass andere die

Aufgaben erledigten, für die sie angeheuert worden waren. Sie hatte es satt, immer wieder nur vertröstet zu werden. Es war höchste Zeit, dass sie die Sache in die Hand nahm und selbst nach dem Quell der Jugend suchte. Sie war überzeugt, dass diese Sabine im Besitz des Quells war. Doch bald würde er ihr, Cassandra, gehören, und mit ihm all die Magie, die er bewirkte.

Cassandra öffnete die Ladentür, und das Glöckchen über ihrem Kopf bimmelte vernehmlich.

»Es tut mir leid, wir schließen gleich«, sagte eine Stimme aus dem Hintergrund des Ladens.

Cassandra ignorierte den Hinweis und ging weiter.

Eine ältere Frau schaute um die Ecke. »Es tut mir leid, Madam, aber wir schließen jetzt. Wir werden morgen in der Frühe wieder öffnen.«

Cassandra tat, was sie am besten konnte, und schenkte der Frau ihr wärmstes Lächeln. »Ich bin eine Freundin von Sabine und nur zu einem kurzen Gespräch mit ihr gekommen.«

»Eine Freundin von Sabine?«, wiederholte die ältere Frau. Dann nickte sie, obwohl Cassandras Worte sie nicht zu überzeugen schienen. »Ich werde ihr sagen, dass Sie hier sind.«

»Ich erwarte niemanden, Calliope«, sagte Sabine, als sie um den Vorhang herum in den Laden kam. Dann fiel ihr Blick auf Cassandra. »Oh, Miss St. James. Was für ein unerwarteter Besuch. Haben Sie die Lieferung nicht erhalten, die ich Ihnen geschickt habe?«

Diesem verflixten Frauenzimmer entgeht auch nichts, dachte Cassandra ärgerlich. Miss Tobias' Lächeln und ihr Ton waren zuvorkommend, wie sie es bei jeder Kundin wären, aber Cassandra konnte nichts von dieser Freundlichkeit in ihren Augen sehen.

»Doch, natürlich«, sagte sie. »Aber warum ersparen wir beide uns nicht die Artigkeiten? Ich kann Ihnen ansehen, dass Sie mich genauso wenig mögen wie ich Sie.«

»Na schön«, sagte Sabine. »Was wollen Sie?«

»Den Quell der Jugend.« Cassandra lächelte und hob die Hand, bevor Sabine bestreiten konnte, dass sie ihn besaß. »Tun Sie nicht so, als wüssten Sie nicht, wovon ich spreche. Er ist ein geheimer Inhaltsstoff Ihrer Gesichtscreme, nicht wahr?«

»*Sie* haben den Chemiker zu mir geschickt«, sagte Sabine.

Cassandra schüttelte den Kopf. »Eine unnütze Kreatur, die zudem auch noch die Dreistigkeit besaß, mir drohen zu wollen.«

»Und Sie haben ihn umgebracht«, stellte Sabine klar.

Cassandra ignorierte die Bemerkung. »Er mag zwar nichts herausgefunden haben, aber ich bin nicht dumm. Ich weiß, dass Sie den Quell der Jugend haben. Und ich will ihn.« Den letzten Satz unterstrich sie, indem sie eine Pistole aus ihrer Tasche nahm und sie auf Sabine richtete.

Sabine schluckte sichtlich, aber das war das einzige Anzeichen von Furcht, das sie erkennen ließ. »Verstehe«, sagte sie ruhig.

»Was wollte sie?«, fragte Calliope, als sie aus dem Hinterzimmer zurückkam. Sie blieb wie angewurzelt stehen, als sie die Waffe sah. »Ach du meine Güte.«

»Calliope!«, fuhr Sabine sie unwirsch an. »Warum bist du nicht hinten geblieben?«

»Das macht nichts«, warf Cassandra ein. »Wir gehen jetzt alle sowieso nach hinten. Kommen Sie, meine Damen, aber bitte schön langsam.«

Zusammen begaben sich Sabine und ihre Tante ins Hinterzimmer. Cassandra folgte ihnen dicht auf den Fersen. Dabei konnte sie nicht umhin, Sabines Kleid und ihre abgetragenen Schuhe zu bemerken. Sie war eine schöne Frau, das ließ sich nicht bestreiten, aber ihre Kleidung trug nichts dazu bei, ihr gutes Aussehen hervorzuheben. Und auch ihr Haar trug sie nicht, wie es sich gehörte. Statt es aufzustecken, wie es die meisten Frauen aus gutem Hause taten, ließ sie ihre rötlich braunen Locken in einer dichten Mähne offen auf ihre Schultern fallen. Was ausgesprochen unfein war. Doch obwohl das figurbetonte grüne Kleid nicht der neuesten Mode entsprach, stand es der Frau ausgezeichnet und betonte ihre Kurven.

»Man sollte meinen, Sie verdienten hier genug, um sich ein Paar anständige Schuhe und Kleider zu kaufen«, bemerkte Cassandra herablassend.

Sabine senkte den Blick auf ihre Füße. »Ich bin zu sehr damit beschäftigt, den bedauernswerten Frauen zu helfen, ihren schlechten Teint loszuwerden, um einkaufen zu gehen.«

»Sie haben ein freches Mundwerk«, fauchte Cassandra. »Das steht Ihnen nicht, Sabine.«

»Sind Sie hergekommen, um mir Unterricht zu geben? Darüber, wie man Kurtisane wird?«

Die ältere Frau unterdrückte ein Kichern, was Cassandra noch mehr aufbrachte. »Halten Sie den Mund«, fuhr sie Calliope an, bevor sie sich Sabine wieder zuwandte. »Können Sie Max im Bett nicht zufriedenstellen? Oder gelingt es Ihnen nicht einmal, ihn überhaupt ins Bett zu locken?« Sie lächelte. »Ich denke, dazu könnte ich Ihnen ein paar Tipps geben.«

Sabines Brauen zogen sich zusammen. »Vielen Dank, aber Max ist sogar sehr zufrieden mit mir im Bett.«

Cassandra war fast nicht mehr in der Lage, sich zu mäßigen. Sie spürte, dass sie heiße Ohren bekam, und ihre Hände kribbelten. Sie zwang sich jedoch, sich nicht provozieren zu lassen. Diese kleine Hexe log, und Max war *nicht* der Grund, weshalb Cassandra hier war.

»Ich will Sie nicht töten, aber ich werde es tun, wenn Sie mich zwingen. Also, wo ist der Quell?«

»Was für ein Quell?«, fragte Calliope.

»Sie will das Elixier«, sagte Sabine ruhig und sah Cassandra an. »Es ist nicht hier.«

»Was soll das heißen, es ist nicht hier? Wo ist es dann?«

»Ich habe es nicht«, sagte Sabine.

Cassandra war nicht dumm; sie merkte es, wenn jemand sie belog. Kalt lächelnd ging sie zu der älteren Frau und drückte ihre Waffe an deren runzeligen Nacken. »Wo ist es, Sabine? Sagen Sie es mir, wenn Sie nicht wollen, dass ihre Tante eine Kugel in den Kopf bekommt.«

Sabines Blick huschte zu ihrer Tante, dann zu ihrer Linken und danach schnell wieder zu Cassandra. Sabine war sich dessen nicht einmal bewusst, aber sie hatte Cassandra gerade sehr genau gezeigt, wo sich das Elixier befand.

Max sah Cassandras Londoner Haus in Sicht kommen, als seine Kutsche die Einfahrt hinauffuhr. Sabine war heute in den Laden gegangen, um Calliope dort zu helfen, deshalb wollte Max die Gelegenheit nutzen, um Cassandra einen Besuch abzustatten. Er war seit Jahren nicht mehr hier gewesen, aber das Haus sah noch genauso aus wie damals – noch immer groß, überladen und pompös. Vor zehn Jahren hätte er einfach schon an ihrem Haus erkennen müssen, dass sie nicht die richtige Art von Frau für ihn war.

Aber es gab keine richtige Art von Frau für ihn. Er war nur hin und wieder an ein paar Nächten sinnlichen Vergnügens interessiert, denn er wollte nichts Dauerhaftes oder Ernstes.

Auch wenn er das Gefühl hatte, als würde er Sabines niemals überdrüssig werden. Aber das war irrelevant, da er sich schon vor langer Zeit geschworen hatte, nie wieder eine Familie zu haben.

Er klopfte an die massive Eingangstür und wartete. Wenig später wurde ihm von Johns geöffnet. Seine Augen weiteten sich, als er Max erkannte. »Was wollen Sie?«, fragte er.

»Wo ist Cassandra?« Max drängte sich an Johns vorbei in das Foyer und ging zur Treppe weiter.

»Sie ist ausgegangen.« Johns' Stimme schallte durch die hohe Eingangshalle.

Max drehte sich zu ihm um. »Und hat Sie hier allein gelassen?«

»Ich weiß nicht, wohin sie wollte.«

Max wollte schon Einwände erheben, aber aus irgendeinem Grund hatte er das Gefühl, dass Johns die Wahrheit sagte. Vielleicht, weil er nicht sicher war, ob der Mann intelligent genug war, eine Lüge zu erfinden, oder vielleicht auch nur wegen des aufrichtigen Ausdrucks in seinen Augen.

Max ging zur Eingangstür zurück. »Wenn ich herausfinde, dass Sie und Cassandra hinter all diesen Morden stecken ...« Er machte eine bedeutungsschwere Pause und atmete tief ein. »Lassen Sie Sabine und ihre Tanten in Ruhe«, warnte er Johns, bevor er das Haus verließ.

Kapitel einundzwanzig

»Dummes Ding«, fauchte Cassandra, als sie zu dem Schrank hinüberging.

Sie hat recht, dachte Sabine; sie *war* ein dummes Ding. Natürlich bewahrten sie etwas von dem Elixier hier im Geschäft auf, weil sie es brauchten, um ihre Mittel herzustellen. Ein Wächter konnte jederzeit etwas von dem Elixier entnehmen, aber die Amphore mit dem Hauptvorrat musste sicher aufbewahrt werden. Sabine war froh, dass sie sich gut versteckt in Max' Haus befand. Leider sah es jedoch ganz so aus, als würde ihnen die kleine Menge im Laden gestohlen werden.

»Ich weiß nicht, wovon Sie reden«, log Sabine, obwohl sie wusste, dass es zu spät war, Cassandra etwas vorzumachen.

Sabine hatte nie bedacht, dass der Auserwählte eine Frau sein könnte. Was ungeheuer töricht von ihr war, wenn sie bedachte, dass ihre Mutter Wächterin gewesen war und ihre Tante es nun auch war. Cassandra würde eine Weile brauchen, um die Flasche zu finden; dennoch schien es äußerst unwahrscheinlich, dass der heutige Abend ein gutes Ende nehmen würde.

Offenbar hatte Cassandra Sabines Verbindung zu Atlantis herausgefunden und glaubte daher, sie sei die letzte Wächterin. Anscheinend dachte sie, Sabine bewahrte das gesamte Elixier hier auf. Sobald ihr klar wurde, dass der Rest woanders war, würde sie zweifelsohne wiederkommen.

Oder vielleicht würde sie Sabine und ihre Tante auch einfach erschießen, und damit wäre die Angelegenheit für sie erledigt. Zum Glück waren Agnes und Lydia heute in Max'

Haus geblieben, wo seine Wachen sie beschützten. So waren zumindest sie in Sicherheit.

Cassandra untersuchte die Körbe mit Duftölen, Kräutern und anderen Ingredienzen für die Schönheitsmittel, die Sabine verkaufte. Mit einem Korb in der Hand ging sie zu dem Tisch, der Sabine und Calliope am nächsten stand, und setzte sich. Sie nahm ein paar Flaschen, roch an ihrem Inhalt und stellte sie wieder zurück.

»Wie können Sie wissen, was worin ist?«, fragte sie verstimmt. »Keine der Flaschen ist beschriftet.«

»Es ist nicht schwer, den Unterschied zwischen Rosmarin- und Rosenöl zu erkennen«, sagte Sabine.

Cassandra betrachtete sie einen Moment lang prüfend, und dann erschien ein Ausdruck des Begreifens in ihren kalten blauen Augen. »Die Düfte!« Sie erhob sich und ging zurück zu Calliope und Sabine. »Aber vorher müssen wir dafür sorgen, dass ihr beide euch still verhaltet. Ich kann nicht riskieren, dass ihr irgendetwas versucht, während ich abgelenkt bin. Wo finde ich hier ein Seil?«, fragte sie.

»Warum sollten wir Ihnen helfen, uns zu fesseln?«, fragte Calliope und verschränkte ihre Arme vor der Brust. Ihre zierliche Gestalt machte allerdings ihren Versuch, bedrohlich zu wirken, sofort wieder zunichte.

»Weil ich Sie erschießen werde, alte Frau, wenn ihr es nicht tut, und dann wird das Mädchen sich ganz sicher still verhalten. Wäre Ihnen das lieber?« Wieder drückte sie den Lauf ihrer Waffe an Calliopes Kehle.

»Nein, bitte nicht«, sagte Sabine schnell. »Unter diesem Regal dort finden Sie ein Seil.« Sie zeigte auf das zu ihrer Rechten. »Es liegt ganz unten. Ich fürchte nur, es ist ziemlich dünn, da wir es für Pakete benutzen. Die Stricke, um Leute zu fesseln, sind uns vorübergehend ausgegangen.«

»Hüten Sie Ihre Zunge und rühren Sie sich nicht«, sagte Cassandra. Sie ging zu dem Regal, das Sabine ihr gezeigt hatte, und bückte sich, um nach dem Seil zu suchen.

Sabine verschwendete keine Zeit und nutzte den Moment, um Cassandra einen Stuhl über den Rücken zu schlagen. Die kreischte auf und ließ die Waffe fallen. Sabine stürzte sich darauf, schlug mit dem Körper auf den harten Boden auf und streckte die Hand nach der Pistole aus.

»Miststück!«, schrie Cassandra und hielt Sabine am Knöchel fest, um zu verhindern, dass sie noch näher an die Waffe herankam. Calliope sprang auf Cassandras Rücken und gab sich alle Mühe, sie zu erwürgen. Aber Cassandra rappelte sich auf und packte Calliope an den Armen. Die ältere Frau war Cassandras Kraft nicht gewachsen und wurde von ihr gegen ein Eckregal geschleudert. Sabine hatte die Waffe schon fast in der Hand, als sie Calliopes Aufschrei hörte.

Als sie herumfuhr, sah sie, wie Cassandra sich über ihre geliebte Tante beugte und ihr einen kleinen Dolch an die Wange drückte. Dort, wo Cassandra sie geschnitten hatte, lief Blut über ihr Gesicht.

»Lassen Sie die Pistole liegen, Sabine.« Cassandras kalte Stimme erfüllte den kleinen Raum.

Sabine rührte sich nicht mehr. Es war zu riskant, die Waffe zu ergreifen, herumzufahren und zu schießen. Außerdem konnte sie nicht sicher sein, ihr Ziel zu treffen, da sie noch nie zuvor eine Waffe abgefeuert hatte.

»Holen Sie das Seil«, befahl Cassandra.

Sabine gehorchte und blieb mit der Schnur in der Hand stehen.

»So, wenn ihr zwei nun damit einverstanden seid, keine Dummheiten zu machen, würde ich mir meine Hände heute lieber nicht mit Blut beflecken. Was nicht heißt, dass ich es nicht tun würde.« Sie zog Calliope auf die Beine und führte sie zu einem Stuhl. »Aber ich ziehe es vor, diese Dinge erledigen zu lassen, statt sie selbst zu tun. Wenn ihr euch nach meinen Wünschen richtet, werde ich niemanden hierher schicken, um die Sache zu Ende zu führen. Haben wir also ein Abkommen oder nicht?«

Sabine suchte den Blick ihrer Tante und sah blanke Angst in ihren blauen Augen. »Ja, Sie haben unser Wort«, erwiderte sie entschieden. Sie versuchte, Calliope beruhigend zuzulächeln, glaubte aber nicht, dass sie viel Zuversicht ausstrahlte.

Ohne ein weiteres Wort zu sagen, fesselte Cassandra sie beide mit dem Rücken zueinander an Stühle.

»Wo war ich stehen geblieben?«, fragte sie, als sie damit fertig war, und ging wieder zu den Flaschen hinüber. »Ah ja, die Düfte. Ich will mich nicht darauf verlassen, dass ihr mir die richtige Flasche nennt, denn vielleicht würdet ihr ja dann versuchen, mich zu vergiften.«

»Das wäre möglich«, gab Sabine ehrlich zu.

»Ich kann immer noch meine Hunde rufen«, drohte Cassandra. Dann begann sie, die Korken aus den Flaschen zu ziehen und an einer nach der anderen zu schnuppern. »Lavendel, Thymian, Zitrone, Rose …«

Sabine konnte die Flasche mit dem Elixier sehen. Es war eine kleine Flasche aus blauem Glas, die zwischen den Duftölen stand.

Cassandra hob auch sie auf, entkorkte sie und hielt sie an ihre Nase.

Sabine hielt den Atem an.

Aber Cassandra steckte den Korken wieder in die Flasche und stellte sie zu den anderen zurück.

Sabine entspannte sich.

Cassandra hielt inne, griff wieder nach der blauen Flasche und schnupperte erneut daran. »Diese hier riecht nach nichts.« Dann wandte sie sich Sabine zu. »Du kannst dir gar nicht vorstellen, was mich die Suche nach dem Elixier gekostet hat. Zahllose Stunden und mehr Geld, als ich mir eingestehen möchte. Aber das hier ist es, nicht?«

Sabine sagte nichts.

»Ich weiß, dass es das ist. Ich kann es spüren.« Cassandras hämisches Lächeln war dem irren Grinsen einer Wahnsinnigen gewichen. »Hast du auch nur eine Vorstellung davon, wie lange ich danach gesucht habe? Und nun werde ich es mir weder von dir noch irgendjemand anderem stehlen lassen.«

Wieder antwortete Sabine nicht. Es bestand kein Grund, sich auf ein Gespräch mit dieser Frau einzulassen. Das Beste war, sich ruhig zu verhalten, und vielleicht würde sie ihnen dann nichts antun, wie sie versprochen hatte. Auch wenn Sabine bezweifelte, dass man sich auf Cassandras Wort verlassen konnte.

»Seit Max mir von dem Quell der Jugend erzählt hatte, der mitten durch Atlantis verlief, wollte ich ihn besitzen. Ich wusste, dass er ihn irgendwann finden würde. Und so war es ja auch. Er hat mich geradewegs zu euch geführt.«

Sabines Herz zog sich bei Cassandras Worten zusammen. Hatte er dieser Frau von dem Elixier erzählt und ihr gesagt, wo es zu finden war? Hatten sie gemeinsame Sache gemacht und ihr eine Falle gestellt, in die sie blind hineingetappt war? Bei dem Gedanken wurde Sabine übel. Sie hatte sich Max hingegeben, ihm fast sogar ihr Herz geschenkt.

Cassandra legte den Korken auf den Tisch und setzte die Flasche an ihre Lippen.

»Nein! Trinken Sie das nicht!«, sagte Sabine.

»Warum denn nicht?«, erwiderte Cassandra. »Es wird mich für immer jung und schön machen. Überall werden sich Frauen fragen, was mein Geheimnis ist.« Sie schnalzte mit der Zunge. »Schade nur für sie, dass ich nicht daran interessiert bin, es zu teilen.«

»Zu viel Elixier wird Sie umbringen.«

Cassandra grinste. »Guter Versuch, aber darauf werde ich nicht hereinfallen.« Und damit legte sie auch schon den Kopf zurück und leerte auf einen Zug die ganze Flasche.

Max hatte drei Mal an die Hintertür von Sabines Laden geklopft, ohne eine Antwort zu erhalten. Aber er wusste, dass sie und Calliope drinnen waren, denn er konnte ihre gedämpften Stimmen durch die schwere Holztür hören. Wenn Sabine die Tür also nicht öffnete, war irgendetwas nicht in Ordnung. Ein einziger harter Tritt von Max genügte, um die Tür aufzubrechen. Vom Hinterzimmer aus, das als Lager diente, sah er als Erstes Cassandra, die bei den Schränken stand und eine Flasche an ihre Lippen hielt.

Schnell blickte er sich nach Sabine um und entdeckte sie und Calliope, die mit dem Rücken zueinander an zwei Stühle gefesselt waren.

»Was zum Teufel geht hier vor?«, schrie er.

»Max, mein Lieber«, säuselte Cassandra. »Kommst du, um dein Betthäschen zu retten?«

Er sah die Pistole in ihrer Hand und dass sie den Arm ausstreckte, um auf ihn zu zielen.

Sein Magen verkrampfte sich. »Was tust du hier, Cassandra?«

»Mir nehmen, was mir zusteht. Ich habe jahrelang danach gesucht, und jetzt werde ich ewige Schönheit haben.« Ihre

Lippen verzogen sich zu einem breiten Lächeln, als sie mit glasigen Augen die blaue Flasche in ihrer Hand ansah.

»Sabine, ist eine von euch verletzt?«, fragte Max, ohne den Blick von Cassandra abzuwenden.

»Nein«, sagte Sabine schnell. »Aber Cassandra hätte nicht das ganze Elixier trinken dürfen.«

»Was wird mit ihr geschehen?«, fragte er.

»Sie wird sterben«, sagte Calliope. »Diese Menge wird sie zweifelsohne umbringen.«

»Falls ihr versucht, mir Angst zu machen, könnt ihr euch das sparen.« Cassandra stellte die Flasche auf den Tisch und ging auf die gefesselten Frauen zu. »Es könnte mir nicht besser gehen.« Sie richtete den Blick auf ihre Hände. »Seht doch nur, wie glatt und schön meine Hände sind. Wo finde ich hier einen Spiegel?«, fragte sie Sabine.

»In der Schublade des Schreibtischs dort ist ein Handspiegel«, sagte Sabine und zeigte auf eine Ecke.

Max nutzte die Gelegenheit, um näher an Sabine heranzutreten, als Cassandra den Spiegel holte. »Wie lange wird es dauern?«, fragte er leise.

»Das weiß ich nicht genau. Ich habe nur eine Hand voll Leute gekannt, die es direkt eingenommen haben, weil sie schwer verletzt oder krank waren. Und auch sie haben es nur in sehr geringen Mengen genommen, höchstens einen Tropfen oder zwei. Aber eine ganze Flasche, selbst eine kleine, wird ...« Sie verstummte und schüttelte den Kopf.

»Es wird nicht mehr lange dauern«, warf Calliope ein.

»Oh, es wirkt!«, rief Cassandra. »Seht euch mein Gesicht an. Seht ihr, wie frisch und gesund meine Haut aussieht?« Sie starrte sich im Spiegel an, fasziniert von ihrem eigenen Bild.

»Können wir irgendetwas tun, um zu verhindern, dass sie stirbt?«, fragte Max.

Calliope schüttelte den Kopf. »Nein. Und es wird sehr schmerzhaft für sie sein. An Eitelkeit zu sterben ist kein schöner Tod.«

Als hätten ihre Worte die Wirkung des Elixiers beeinflusst, schrie Cassandra plötzlich vor Schmerz auf hielt sich das Gesicht. Ihre Haut hatte sich zusammenzogen und warf Blasen.

»Was geschieht mit mir?«, rief sie verzweifelt.

»Wir haben versucht, Sie zu warnen«, erwiderte Sabine. »Das Elixier ist gefährlich.«

Cassandras Hände verformten sich, und ihr Gesicht verzerrte sich vor Schmerzen, als sie auf die Knie fiel. Dann schrie sie, so laut und voller Qual, dass es Max in den Ohren wehtat. Er ging zu Sabine, stellte sich vor sie und drückte ihr Gesicht an seine Seite, um ihr den Anblick von Cassandras qualvollem Ende zu ersparen.

»Du hast getan, was du konntest«, sagte er zu Sabine.

»Max! Tu etwas!«, schrie Cassandra.

»Ich habe sie verhöhnt«, wisperte Sabine.

»Aber du hast sie gewarnt. Du hättest das hier nicht verhindern können.«

Und dann verstummten die Schreie, und Max wusste, dass Cassandra tot war.

Spencer war Cassandra St. James' Kutsche gefolgt, als sie nach Piccadilly gefahren war, wo sie einen kleinen Laden aufsuchte. Inzwischen waren zwei Stunden vergangen, und sie war noch nicht wieder herausgekommen. Spencer wusste, dass seine schöne Lady nicht die Wächterin war. Neulich abends hatte er einige Stunden in ihrer Gesellschaft verbracht, und nach einer Weile war die rote Färbung seines

Rings verblasst. Und dass der Marquess auch nicht der Wächter war, hatte er an dem Tag von dessen Besuch in seinem Büro herausgefunden: Sein Ring hatte keine Veränderung gezeigt.

Dass der Ring in Cassandras Nähe zu glühen begonnen hatte, ließ sich daher nur so erklären: Sie musste irgendwie mit dem Elixier in Berührung gekommen sein. Deshalb hatte Spencer beschlossen, ihr zu folgen, und gehofft, dass sie ihn geradewegs zu seinem Ziel führte. Es war schon lange nach Ladenschlusszeit für diese Art von Geschäft. Nachdem er eine Stunde gewartet hatte, war Spencer in die Gasse gegangen, wo er jetzt im Dunkeln auf der anderen Straßenseite stand und sich im Eingang eines Miederwarengeschäfts verbarg.

Vor etwas mehr als einer halben Stunde hatte ein Mann die Hintertür aufgebrochen und war in den Laden gegangen, und nun betraten zwei weitere Männer, von denen einer ein Polizist war, das Geschäft. Irgendetwas ging da drinnen vor sich, etwas, von dem er sicher war, dass es mit der Prophezeiung zu tun hatte. Er konnte es spüren. Sie war in der Nähe. Die Wächterin war in diesem Laden.

Leise überquerte Spencer die Gasse und hielt sich dann dicht an der Hauswand, um nicht gesehen zu werden. Als er auf seine Hand blickte, schimmerte der Stein an seinem Ring wie frisches rotes Blut, genauso, wie er es getan hatte, als er die anderen beiden Wächter gefunden hatte. Ja, er war am richtigen Ort.

Sein Großvater würde sehr stolz auf ihn sein. Endlich konnte er vollenden, was seine Vorfahren begonnen hatten. Atlantis war einst nur eine Hand voll Kriege davon entfernt gewesen, die weltbeherrschende Nation zu werden, und seine Vorfahren hatten dazugehört. Aber dann waren die Wächter geflohen und hatten ihr Elixier mitgenommen. Und das Militär hatte gelitten. Ohne die zusätzliche Kraft und Geschicklichkeit, die ihnen das Elixier verliehen hatte, waren sie gescheitert und letztendlich geschlagen und vernichtet worden.

Aber er war dazu auserwählt, ihre Pläne weiterzuführen, und jetzt stand er kurz vor deren Vollendung. Erregung und ein Gefühl der Genugtuung erfassten ihn. Jetzt musste er nur noch abwarten, die Wächterin allein anzutreffen. Oder vielleicht brauchte er sie nicht einmal, sondern musste nur in diesen Laden gehen und die Amphore finden. Aber wenn die Wächterin nicht über Nacht hierblieb, bewahrte sie das Elixier vielleicht woanders auf. Nein, das Beste war, ihr zu folgen, bis er ein paar Minuten mit ihr allein sein konnte.

Er hatte den dritten Wächter gefunden, und endlich würde die Prophezeiung in Erfüllung gehen.

Einige Stunden nach den Geschehnissen im Laden kehrte Sabine mit Max in dessen Haus zurück. Die Polizei war gekommen und hatte Cassandras Leichnam fortgebracht. Zum Glück hatte Max seinen Freund Justin verständigen lassen. Sabine mochte sich gar nicht vorstellen, wie schwierig es sonst gewesen wäre, einem Inspektor Cassandras Tod erklären zu wollen. Mit Sicherheit wären Sabine und Calliope beschuldigt worden, die Frau vergiftet zu haben. Aber Max hatte seine Aussage gemacht und geschworen, dass sowohl Sabine wie auch Calliope bei seinem Eintreffen gefesselt gewesen waren und dass Cassandra die Flüssigkeit aus eigenem Willen getrunken hatte.

Justin hatte den Inhalt der blauen Flasche im offiziellen Bericht als Gift bezeichnet, weil er das für einfacher hielt, als zu versuchen, die Existenz eines geheimnisvollen Elixier aus dem versunkenen Atlantis zu erklären.

Die Erschöpfung lastete wie ein dicker Mantel auf Sabines Schultern, schwer und hinderlich, als sie Max die Stufen zu seinem Stadthaus hinauf folgte.

Hinter ihnen hielt rumpelnd eine Kutsche an. »Max«, rief ein Mann, und als sie sich umdrehten, sahen sie Justin aussteigen.

»Was ist?«, fragte Max. »Du bist doch wohl nicht hier, um Sabine festzunehmen?«

»Nein, natürlich nicht.« Justin kam die Treppe herauf und folgte ihnen in die Eingangshalle. »Ich wollte euch nur wissen lassen, dass wir Johns gefasst haben, Cassandras Mann fürs Grobe. *Einen* Mord hat er bereits gestanden.«

Erleichterung durchströmte Sabine so jäh und heftig, dass sie fast zusammenbrach. »Wirklich?«, fragte sie. Könnte es möglicherweise auch ohne die Taube schon vorbei sein? Hatte die Auserwählte sich durch ihre eigene Eitelkeit zerstört? Vielleicht war es die ganze Zeit schon so gewesen – die Taube war das Elixier.

»Einen der Morde an den Generälen?«, fragte Max.

Justin schüttelte den Kopf. »Er hat uns keine Einzelheiten gegeben, aber ich glaube, es ist nur eine Frage der Zeit, bis alles ans Licht kommt.«

»Viel Sinn ergibt das aber immer noch nicht«, meinte Max. »Ich wüsste nicht, warum Cassandra Offiziere unserer Armee umbringen lassen sollte.«

»Die Prophezeiung«, warf Sabine ein. »Wenn sie die Auserwählte war, war es ihr befohlen worden.«

Max nickte. »Einem Geständnis kann ich nichts entgegensetzen. Und was Cassandra angeht ... ich habe sie eigentlich nie so recht verstanden.«

»Ich dachte, ihr würdet das gern heute noch erfahren«, sagte Justin.

»Ja, und vielen Dank. Oh, und falls Johns etwas über die Prophezeiung sagen sollte, lass es uns wissen, Justin. Vielleicht ist es ja genau umgekehrt: Er ist der Auserwählte und Cassandra hat ihm nur geholfen. Ich möchte ganz sicher sein.«

»Selbstverständlich«, versprach Justin. »Und euch beiden noch einen schönen Abend«, wünschte er ihnen lächelnd und zwinkerte Sabine zu, bevor er zur Tür hinausging.

Zusammen machten sie und Max sich auf den Weg ins Arbeitszimmer.

»Glaubst du wirklich, dass es endlich vorbei ist?«, fragte Sabine. »Mit der Prophezeiung, dem Auserwählten und allem anderen?«

Max schloss die Tür hinter ihnen. »Ja, ich glaube, es ist vorbei. Möchtest du einen Brandy?«

»Einen kleinen vielleicht.« Sie blieb in der Mitte des Zimmers stehen. »Sollten wir dieses Schwert dann nicht zurückgeben?« Sie zeigte auf die beeindruckende Klinge, die an seinem Schreibtisch lehnte.

Er lächelte. »Vielleicht behalten wir es noch ein Weilchen.«

Max reichte ihr das Glas, und sie nahm einen kleinen Schluck daraus, ließ den Brandy langsam ihre Kehle hinunterlaufen und sie wärmen, bevor sie einen weiteren nahm.

»Ich weiß nicht, wie Cassandra von der Prophezeiung erfahren hat«, sagte Max. »Vielleicht habe ich ihr mal davon erzählt.« Er drehte sich zu der Karte um. »Ich kann mir nicht vorstellen, dass Cassandra sie erkannt hat, obwohl sie sehr oft in diesem Zimmer war. Verdammt, aber ich glaube nicht mal, dass sie Griechisch lesen kann.« Er fuhr sich mit der Hand über den Nacken. »Ich weiß, dass wir damals viel über Atlantis gesprochen haben; ich habe ja von fast nichts anderem geredet. Ich war damals jung und dumm und nicht sehr diskret.«

»Das ist nicht deine Schuld«, sagte Sabine, die irgendwie gewusst hatte, dass er sich die Schuld geben würde.

Er suchte ihren Blick, und jetzt war keine Spur von Humor oder Charme in seinen Augen. Dieser Max sah sehr ernst aus. »Doch, das ist es. Sie hätte dich nie gefunden, wenn ich nicht gewesen wäre.« Er fluchte lautstark. »Sie hätte dich umbringen können.«

»Aber sie hat es nicht getan.« Sabine berührte ihn am Arm. Er schob sie nicht weg, wandte sich ihr aber auch nicht zu, um die Berührung zu erwidern.

»Sie kam zum ersten Mal am selben Tag in meinen Laden wie du auch. Am Tag nach der Pokerrunde. Ich glaube aber nicht, dass sie dir gefolgt ist. Eitelkeit stellt grausame und schreckliche Dinge mit den Menschen an«, sagte Sabine. Aber sie wusste, dass Max ihr nicht zuhörte. Oder zumindest glaubte er ihr nicht.

Es hatte keinen Sinn, mit ihm zu streiten. Im Augenblick gab es keinen Trost für ihn. Und im Grunde konnte sie es ihm auch nicht verübeln. Aber Agnes war in Sicherheit, das Elixier war sicher, und Sabine hätte eigentlich enorme Erleichterung verspüren müssen. Aber immer noch beherrschte eine nervöse Unruhe sie.

Sabine stellte ihr Glas ab und ging zu Max. Schnell, bevor sie den Mut verlieren konnte, schlang sie die Arme um ihn und drückte ihn. »Ich wollte dir nur danken. Du hast so viel für meine Tanten und für mich getan, was du gar nicht nötig hattest.« Es war eine Sache, einen Mann zu verführen, ihn so zu berühren, wie es eine Geliebte tat – ihn jedoch mit keiner anderen Absicht zu umarmen, als ihn zu trösten, war etwas völlig anderes.

Auch er schlang seine Arme um sie und zog sie an sich. Seine Lippen strichen über ihren Nacken, und bevor Sabine wusste, wie es dazu gekommen war, küssten sie sich. Langsam und zärtlich zunächst nur, wie Liebende nach einer langen Trennung. Dann nahm ihr Verlangen zu, und die Küsse wurden heißer, verlangender, intensiver.

Eine jähe Hitze durchströmte sie und löste ein erregendes Kribbeln an ihrer intimsten Körperstelle aus. Sie spürte, wie heiß und feucht sie wurde.

Mit ungeduldigen Fingern griff sie nach Max' Hemd und riss es auf. Knöpfe sprangen in alle Richtungen, aber das war ihr egal; sie musste ihn berühren, seine Kraft und Stärke spüren. Als Nächstes kam seine Hose. Als sie ihn neulich nackt gesehen hatte, war sie viel zu sehr auf ihre eigenen Gefühle und Empfindungen konzentriert gewesen. Doch nun betrachtete sie ihn ausgiebig und nahm das Bild seines hochgewachsenen, muskulösen Körpers in sich auf.

Sie konnte nicht warten, der Weg ins Schlafzimmer wäre ihr viel zu lang gewesen, und so drückte sie Max stattdessen auf sein Sofa. Er setzte sich, und als er lächelnd zu ihr aufschaute, stand ihm unverhohlenes Verlangen ins Gesicht geschrieben. Und sie hätte schwören können, dass da noch etwas anderes war, so etwas wie Zärtlichkeit, aber sie verdrängte den Gedanken. Mehr von Max zu erwarten, würde nur zu einem gebrochenen Herzen führen. Sie wusste nur, dass sie ihm nicht länger widerstehen wollte. Ihre Affäre würde kurz sein, weil er ihrer schon bald müde werden würde, aber zumindest würde sie eine Leidenschaft erfahren, die nur er ihr geben konnte.

Mit gespreizten Beinen hockte sie sich über seine Schenkel und spürte, wie deren harte Muskeln sich zusammenzogen. Ohne ihren Blick von seinen Augen abzuwenden, griff sie unter ihren Rock, zog den Stoff an der Öffnung ihrer Hose beiseite und ließ sich langsam auf seine Erektion sinken.

Seine Hände legten sich um ihre Taille, als sie sich zu bewegen begann, und dann umfasste er ihr Gesicht und küsste sie. Küsste sie, als liebte er sie. Ihr Herz schlug höher. Sie versuchte sich in Erinnerung zu rufen, dass solche Dinge täuschen konnten und dass Max sie nicht liebte, egal, wie sie es in diesem Augenblick auch sah. Aber mit einer jähen, überwältigenden Sicherheit erkannte sie, dass *sie* ihn liebte.

Er muss mich nicht lieben, sagte sie sich im Stillen immer wieder und versuchte, sich die Worte in ihrem Herzen einzuprägen. Trotzdem kamen ihr die Tränen, während sie einander liebten. Als sie zusammen den Gipfel der Ekstase erreichten, schien die Welt in Frieden, in perfekter Harmonie zu sein. Sabine hielt ihre Augen geschlossen und legte ihren Kopf an seine Schulter.

Dies war ein einzigartiger Moment für beide. Für ihn lediglich ein Abenteuer, und für sie das letzte Mal, dass sie ganz und gar glücklich war.

Denn sosehr sie auch versuchte, es zu vermeiden, wollte sie doch mehr. Sie wollte Max. Mit seinem Witz und seinem Charme war er alles, wovon sie nie geglaubt hätte, es sich bei einem Mann zu wünschen. Er brachte sie zum Lachen und gab ihr ein Gefühl der Sicherheit.

Aber sie würde die Fehler ihrer Mutter nicht wiederholen. Max zu lieben bedeutete nicht, dass sie ein gemeinsames Leben mit ihm aufbauen würde.

Kapitel zweiundzwanzig

Sabine Tobias.

Sie war der dritte und letzte Wächter. Spencer war ihr und dem Marquess zu dessen Stadthaus in Mayfield gefolgt. Jetzt wusste er, wo er sie finden würde und wie er an sie herankam. Sie war die ganze Zeit dort gewesen, sicher und behütet bei ihrem Geliebten Maxwell Barrett. Hätte er doch nur besser aufgepasst, als Max und der Inspektor zu ihm ins Büro gekommen waren, um Fragen zu stellen. Er hatte gewusst, dass der Marquess in irgendeiner Form in die Angelegenheit verwickelt war, er hatte dummerweise nur die falsche Frau erwischt.

Aber der Zeitpunkt war perfekt. Er musste noch einen weiteren General beseitigen, dann konnte er Miss Tobias einen Besuch abstatten. Und er würde dafür sorgen, dass Max dann nicht anwesend wäre.

Zunächst allerdings war es an der Zeit, den armen General Radcliffe in den Ruhestand zu schicken. Spencer hatte stundenlang auf den Moment für diesen letzten Mord gewartet. Der Offizier war schon vor Stunden daheim zurückerwartet worden, war aber erst jetzt, um fünf Uhr morgens, nach Hause gekommen. Spencer kannte diesen Mann nicht, war ihm noch nie zuvor begegnet, aber er wusste, dass er jünger war als die meisten anderen Offiziere seines Ranges und ausgesprochen starrsinnig.

An dem schwankenden Gang des Mannes konnte Spencer erkennen, dass er betrunken war. Vielleicht würde das die Sache leichter machen als gedacht, eine unverhoffte Wiedergutmachung dafür, dass er so lange hier im Dunkeln herumgesessen hatte. Jetzt stand Spencer auf und zog sich in eine dunkle Ecke zurück, als der betrunkene Offizier auf sein Arbeitszimmer zukam.

Diese Männer waren ja so vorhersehbar. Er würde hereinkommen, sich noch einen Drink einschenken und dann wahrscheinlich irgendwann auf dem Sofa einschlafen. Und Stunden später würde seine Frau ihn finden und annehmen, er sei den ganzen Abend hier gewesen und habe an einer höchst geheimen militärischen Angelegenheit gearbeitet. Was für Narren sie doch alle waren.

Anders als nach all den vorherigen »durcharbeiteten« Nächten würde seine Frau ihn diesmal tot vorfinden, wenn sie morgen früh erschien.

Der Offizier betrat das Zimmer, und sowie er die Lampe auf seinem Schreibtisch angeschaltet hatte, ging er zu einem Beistelltisch und schenkte sich einen großzügig bemessenen Whisky ein. Er trank einen Schluck, und als er sich dann umdrehte, stand er Spencer gegenüber.

»Wer zum Teufel sind Sie?«, fragte er mit fester Stimme, der man den Alkohol nicht anmerkte.

»Wer ich bin, spielt keine Rolle. Nur wer ich sein werde.«

Der Mann blinzelte ihn an. »Was wollen Sie, Sie gottverdammter Irrer?«

Spencer ließ sich die Bezeichnung einen Moment lang durch den Kopf gehen, dann holte er aus und versetzte dem Mann einen Faustschlag ins Gesicht. Blut spritzte aus Radcliffes Nase, und er taumelte zurück. Da es Spencers letzter Mord sein würde, würde er sich vielleicht ausnahmsweise einmal erlauben, sich die Hände zu beschmutzen.

Aber der Offizier erholte sich schneller, als Spencer erwartet hatte. Seine glasigen Augen wurden klarer, und innerhalb von Sekunden schien es so, als wäre er plötzlich wieder völlig nüchtern. »Mistkerl«, fauchte er und stieß seine Faust in Spencers Magen, um ihm gleich darauf einen Schlag in den Nacken zu versetzen, als Spencer sich vor Schmerzen krümmte.

So viel zu der Illusion, dass dies ein leichter Mord sein würde. Selbst betrunken war dieser Mann ein guter Kämpfer. Kein Wunder, dass er so schnell in einen so hohen Rang befördert worden war. Spencer nutzte seine kämpferischen Fähigkeiten, um den Mann schnell in die Knie zu zwingen. Aber sein Vorteil hielt nicht lange an. Denn Spencer wurde von den Beinen gerissen und fand sich schwer nach Atem ringend auf dem Rücken wieder.

Der Offizier setzte sich auf ihn und begann, ihm mit den Fäusten ins Gesicht zu schlagen. Spencers Nase brach mit einem scheußlichen Knacken, während ihn ein grauenhafter Schmerz durchzuckte und Blut wie eine Fontäne aus seiner Nase spritzte. *Nein*, schrie es in seinem Kopf. Er hatte nicht so hart gearbeitet, um jetzt durch bloße brutale Kraft bezwungen zu werden. Sein Körper heulte protestierend auf, und irgendwie fand Spencer die Kraft, die Hände zu heben und den Mann am Hals zu packen. Dann drückte er so fest zu, dass der Offizier aufhörte, ihn mit Schlägen zu traktieren. Das stärkte Spencers Position genug, um seinen Gegner auf den Rücken zu werfen, wo er ihm beide Hände um die Kehle legte.

»Es ist mein Schicksal«, beschied er den Offizier. »Weder Sie noch sonst jemand wird mich aufhalten.« Dann beugte er sich vor und begann den Mann zu würgen. Spencer sah unzählige Emotionen in den Augen seines Opfers aufblitzen: Furcht, Schmerz, Kummer, Panik. Und dann erstarb das Leben in den Augen des Mannes, und sie starrten blicklos zu ihm auf.

Endlich war es vollbracht. Ein Gefühl der Macht durchströmte Spencer. Er war der Auserwählte; das war sein Schicksal. Unter Generationen von Männern war er auserwählt worden, um derjenige zu sein, der die Ehre seines Volkes wiederherstellte. Nun musste er nur noch das Elixier dieser Tobias finden. Dann würde sich die Prophezeiung erfüllen. Und die ganze Welt würde erfahren, dass er der Auserwählte war.

☆ ☆ ☆

Irgendwann nach dem Frühstück stürmte Justin in Max' Arbeitszimmer. »Wir haben noch einen gefunden.«

»Wovon sprichst du?«, fragte Max, während er aufstand.

»Dass wir eine weitere Leiche gefunden haben. Diesmal die General Radcliffes.« Justin sah aus, als hätte er die ganze Nacht beim Yard verbracht; die dunklen Ringe unter seinen Augen waren stumme Zeugen dafür, dass er nicht geschlafen hatte. Er trug kein Jackett, und seine Hemdärmel waren bis zu den Ellbogen aufgerollt.

»Könnte er getötet worden sein, bevor ihr Johns verhaftet habt?«, fragte Max.

Justin schüttelte den Kopf. »Es sieht nicht so aus. Seine Frau hat ihn vor etwa drei Stunden gefunden. Sie sagte, er sei noch warm gewesen. Der Gerichtsmediziner ist auch der Meinung, dass er erst seit Kurzem tot ist.«

»Ihr habt Johns doch noch?«, fragte Max.

»Wir hatten ihn die ganze Nacht in Gewahrsam«, antwortete Justin. »Und während er den einen Mord an einem Chemiker gestanden hat, behauptet er steif und fest, von den Offizieren nichts zu wissen.«

»So ein Mist, verdammter!«, fluchte Max. »Dieser Bastard läuft also doch noch irgendwo da draußen rum.«

»Was ist passiert?«, erklang Sabines Stimme an der Tür. Sie sah Max prüfend an, als sie ins Zimmer kam.

Er antwortete nicht, sondern erwiderte ihren Blick und versuchte, sie mit purer Willenskraft dazu zu bringen, zu verstehen. Es war noch nicht vorbei, und Agnes war keineswegs in Sicherheit. Und gestern in Sabines Laden, als er sie gefesselt und Cassandra mit einer Waffe in der Hand gesehen hatte … Er dachte daran, dass er sie fast verloren hätte und welch furchtbare Angst er um sie ausgestanden hatte.

»Es ist noch nicht vorbei«, sagte sie.

»Nein.« Justin schüttelte den Kopf. »Wir haben heute Morgen einen weiteren toten Offizier gefunden. Diesmal war die beiliegende Botschaft direkt an Sie gerichtet.«

»An mich?«, fragte Sabine.

Max ging um den Schreibtisch herum und auf Sabine zu, doch bevor er sie erreichte, blieb er stehen. Was wollte er? Sie trösten? Er hatte doch keine Ahnung, wie man Frauen tröstete. »Warum zum Teufel hast du mir das nicht gesagt, bevor sie hereinkam?«

»So weit war ich noch nicht gekommen«, erklärte Justin.

»Was steht in der Botschaft?«, fragte Sabine mit ernster Miene.

Justin seufzte. »Nur, dass er weiß, wer Sie sind, und Sie die Nächste sind.«

»Er hält mich für die Wächterin«, bemerkte Sabine, nachdem Justin gegangen war.

»Ja, aber er weiß nicht, wo du bist«, sagte Max.

»Das können wir nicht wissen«, widersprach Sabine. »Ich will, dass meine Tanten sicher sind. Kannst du mir garantieren, dass ihnen hier nichts geschehen wird?« Zum ersten Mal, seit sie das Arbeitszimmer betreten hatte, schwankte ihre Stimme. Aber sie würde nicht weinen, auf keinen Fall.

Wenn dieser Bastard glaubte, sie sei die Wächterin, dann sollte er ihr doch nachstellen. Es waren Agnes' Sicherheit und die des Elixiers, die wirklich wichtig waren.

»Ich kann dir schwören, dass ihr hier sicher seid«, sagte Max. »Ich werde noch mehr Wachen um das Haus postieren.«

»Ich will das jetzt zu Ende bringen. Zumindest haben wir noch dieses verdammte Schwert«, sagte Sabine.

Er ging zu ihr hinüber und ergriff sie an den Oberarmen. »Was hast du vor, Sabine?«

»Ihn zu suchen. Oder ich werde mich in meinen Laden setzen und auf ihn warten«, sagte sie entschlossen. »Und ich muss jetzt allein sein, Max. Ich muss nachdenken.«

Er hielt sie an den Armen fest und versuchte, sie zurückzuhalten. »Sabine, bitte.«

»Herrgott noch mal, Max, du kannst nicht alles regeln, und du kannst mich auch nicht vor etwas beschützen, das größer ist als du und deine Wachen.« Sie seufzte schwer. »Und glaub mir, ich will bestimmt nicht undankbar erscheinen«, fügte sie hinzu und ging.

Als sie ihr Zimmer betrat, fiel ihr Blick auf den halb gefüllten Koffer mit ihren Sachen, der am Fußende ihres Betts stand. Sie war beim Packen gewesen, als sie hinuntergegangen war und Justin in Max' Arbeitszimmer angetroffen hatte. Jetzt schien es sinnlos, weiterzumachen. Sie würden nicht von hier fortgehen, noch nicht.

Am liebsten hätte sie etwas gegen die Wand geworfen, aber das würde auch nichts ändern. Also ging sie zu den Sachen, die sie auf das Bett gelegt hatte, und räumte sie langsam wieder ein. Ihre Haarbürste, ihre Kämme und ein paar Schmuckstücke legte sie wieder auf die Frisierkommode.

Aus ihrem Retikül nahm sie etwas Geld heraus und die

Ohrringe, die sie zu dem Ball getragen hatte. Aber irgendetwas fehlte. Sie betastete den Boden des Täschchens – die Kette mit der Phiole war nicht mehr darin.

Aufgeregt durchsuchte sie die Frisierkommode und nahm jeden einzelnen Gegenstand heraus, um sicherzugehen, dass die Kette nicht dazwischengerutscht war. Aber auch hier fand sie sie nicht. Schließlich durchsuchte sie den Rest des Zimmers.

Im Bett war auch nichts, also sah sie auf dem Boden nach, aber es war wie verhext. Das Elixier war verschwunden. Die Kette und die kleine Phiole, die Agnes ihr gegeben hatte. Aus der sie ein paar Tropfen auf Max' Wunde gegeben hatte, als er sich in dem Badehaus verletzt hatte.

Betroffen ließ sie sich auf den Bettrand sinken. Ihr Blick fiel auf die Ohrringe, die sie auf die Frisierkommode gelegt hatte. Sie erinnerte sich, dass Max ihr in der Nacht des Balls, nachdem sie sich geliebt hatten, das Retikül gereicht hatte. Da musste es passiert sein.

Hol ihn der Teufel! *Er* hatte ihr das Elixier gestohlen.

Er hatte sie nicht begehrt, erkannte Sabine nun. Er war die ganze Zeit nur hinter dem Elixier her gewesen und hatte sie zur Ablenkung verführt! Sie hatte gewusst, dass sie nicht mehr als ein Abenteuer, ein Techtelmechtel für ihn war, aber sie hatte nie bezweifelt, dass er sie begehrte. Wie hatte sie sich nur derart irren können?

Sie hatte ihm jede Gelegenheit gegeben, ihr zu sagen, dass ihm mehr an ihr lag als an seiner Suche nach Atlantis. Er war ärgerlich auf sie gewesen, weil sie ihm vorgemacht hatte, sie sei die Wächterin. Und für einen Moment hatte sie gedacht, ja, gehofft, dass sein Ärger tieferen Gefühlen für sie entsprang. Dass sie ihn mit ihrer Lüge verletzt hatte, weil er sich etwas aus ihr machte. Aber das war nur das gewesen, was sie hören wollte, und nicht die Wahrheit.

Gedachte Max auch noch den Rest zu stehlen und hatte Agnes' Amphore bisher nur nicht finden können? Würde er sie nehmen und dann einfach zusehen, wie ihre Tante starb? Er hatte immer Zweifel daran geäußert, dass die Sterblichkeit des Wächters auf geheimnisvolle Weise mit dem Elixier verbunden war. Er hatte gemeint, der Auserwählte habe die anderen Wächter getötet. Aber Sabine wusste es besser.

Was am meisten wehtat, war, dass sie ihn trotz allem liebte. Sie wollte immer noch, dass er zu ihr kam, sie in seine Arme nahm und ihr sagte, alles würde gut, dass der Auserwählte nicht gewinnen konnte und sie und ihre Tanten all das überleben würden. Sie wollte von ihm hören, dass er sie liebte und nie erlauben würde, dass ihr etwas zustieß. Und dass sie es irgendwie schaffen würden, ihrer Geschichte ein Ende wie im Märchen zu verleihen, wenn dies alles erst einmal vorüber war.

Aber all das war gelogen. Er konnte sie nicht mehr beschützen. Es wurde Zeit für sie, die Dinge selbst in die Hand zu nehmen und den Auserwählten zu bekämpfen. Sie konnte nicht zulassen, dass Agnes ihr Leben riskierte, und deshalb war es ihre Aufgabe, diesen Wahnsinnigen unschädlich zu machen.

Wenn sie nur wüsste, wie sie ihn finden könnte.

Sie wischte sich gerade eine Träne ab, als ihre Tanten zu ihr hereinkamen. Sie versuchte zu lächeln, aber es misslang.

»Was ist, Sabine?«, fragte Calliope besorgt, die zu ihr kam und sie umarmte.

»Ich bin nur müde, das ist alles«, log Sabine.

»Wir haben den Inspektor fortgehen sehen, als wir herunterkamen«, sagte Lydia. »Was ist passiert?«

Sabine ließ die Schultern hängen. »Der Mann, den sie festgenommen haben, ist nicht der Auserwählte, und die

Frau war es auch nicht. Er ist immer noch irgendwo da draußen.«

Ihre anderen beiden Tanten waren auch sogleich bei ihr, umarmten sie und versuchten sie zu trösten.

»Mir ist, als hätte ich jämmerlich versagt«, gestand Sabine leise. »Wir haben versucht, die Taube zu finden, und das ist uns gelungen. Wir haben sogar dieses verdammte Schwert. Aber wie soll ich den Auserwählten finden und ihn vernichten?«

»Niemand erwartet das von dir«, sagte Lydia.

»Das Schwert mag hilfreich sein, aber du hast auch so schon alles in dir, was brauchst, um ihn zu schlagen«, sagte Agnes.

Sabine schüttelte frustriert den Kopf. »Ich weiß die Ermutigung zu schätzen, aber dies ist nicht der richtige Moment für Plattitüden.«

»Nein, Sabine, versteh Agnes nicht falsch«, sagte Calliope. »Sie hat in Phinneas' Buch etwas gefunden.«

»Die Hinweise«, sagte Lydia, »waren nicht für dich und Max bestimmt, sondern für den Auserwählten. Ein von unseren Vorfahren entwickeltes Ablenkungsmanöver gewissermaßen. Aber ihr seid durch einen Irrtum darübergestolpert.«

»Wovon redest du?«, fragte Sabine verständnislos.

Agnes stand auf und holte Phinneas' Buch von dem Stuhl, auf den sie es gelegt hatte. »Deshalb war der erste Hinweis, der euch nach Lulworth Cove schickte, so einfach zu verstehen. Er musste offensichtlich sein, für den Fall, dass Phinneas' Buch dem Auserwählten in die Hände fiele. Es war ein falscher Hinweis, um den Auserwählten auf einen potenziell tödlichen Weg zu schicken. Die wirkliche Botschaft, die Wahrheit, war viel schwieriger zu entdecken. Es ist ein alter

Geheimkode, den er und ich in unseren Briefen benutzten«, sagte sie. »Sowie ich das Buch unter Verwendung seines Kodes entschlüsselt hatte, konnte ich sehen, was er uns wirklich zu sagen versuchte.«

Sabine blickte von einer Tante zur anderen, sah aber keine Anzeichen dafür, dass sie sich einen Scherz mit ihr erlaubten. »Ich verstehe nicht«, gab sie zu. »Wir sollen also unser Leben riskiert und unsere Zeit verschwendet haben für nichts und wieder nichts?«

»Ich vermute, dass du viel gelernt hast auf dem Weg. Aber trotzdem möchte ich mich dafür entschuldigen, dass ich dir den ersten Hinweis gegeben habe. Ich hatte die Wahrheit übersehen«, sagte Agnes. »Phinneas versuchte mir etwas zu sagen, und ich hörte nur, was ich hören wollte. Deine Tanten und ich wollten so unbedingt, dass du zur Wächterin erwählt wurdest, dass ich glaubte, Phinneas hätte eine Vision gehabt, dass du die nächste werden würdest, als er mir sagte, ich sollte dir die Phiole mit dem Elixier geben.«

»Alles drehte sich um dich«, sagte Lydia. »Deshalb gab dir Madigan den Auftrag, die Karte zu finden. Und deshalb wies er Agnes an, dir das Elixier zu geben.«

»Um dich und Max«, korrigierte Agnes. »Er hat eine große Rolle in all dem gespielt.«

»Und dein Geburtstag muss auch eine Rolle spielen«, sagte Calliope.

Sabines Geburtstag war morgen. Sie schaute eine nach der anderen ihre Tanten an. Sie sprachen so schnell, dass sie ihnen kaum folgen konnte, und gaben ihr das Gefühl, etwas Entscheidendes zu übersehen. »Ich verstehe immer noch nicht. Was redet ihr da? Ist Max ein Teil der Prophezeiung? Und ist die Karte auch irgendwie wichtig? Ist die Karte die Taube?«

Ihre Tanten wechselten besorgte Blicke.

»Nein, meine Liebe«, sagte Agnes. »Nicht die Karte ist die Taube, sondern du bist es.«

Sabine registrierte ihre Worte, verstand sie aber kaum. »Ich ... ich verstehe wirklich nicht. Die Taube ist eine Waffe.«

»Wir *nahmen an*, dass die Taube eine Waffe ist«, erklärte Agnes. »Aber wir irrten uns. Hier in Phinneas' Buch steht: ›Sabine ist die Taube, nur sie kann ihn aufhalten.‹ Das ist es, was Phinneas in seiner Vision gesehen hat. Nicht, dass du die nächste Wächterin sein würdest, sondern dass du die Taube bist.«

Ihre Tanten sprachen weiter, aber für Sabine war es, als flögen ihre Worte an ihr vorbei. Sie versuchte sich zu konzentrieren und einen Sinn zu erkennen in dem, was sie ihr offenbart hatten.

Sie stand auf und ging vom Bett zum Fenster. Ein leichter Nieselregen fiel, der lautlos gegen die Scheibe schlug. *Sie* war die Taube? Aber auf welche Weise sollte oder könnte sie als Waffe dienen? Die Zeit lief ihr davon, während sie sich den Kopf darüber zerbrach. Wenn sie den Auserwählten nicht bis zu ihrem Geburtstag morgen aufhielt, würde Agnes umgebracht werden.

Als sie sich umdrehte, stellte sie fest, dass nur noch Agnes bei ihr war.

»Ich wollte mit dir allein sein«, sagte sie. »Ich hoffe, es stört dich nicht.«

»Natürlich nicht«, sagte Sabine und holte tief Luft, als sie spürte, wie ihr die Schamröte in die Wangen stieg. Wenn ihr nicht einmal eine kleine Menge Elixier anvertraut werden konnte, wie könnte sie dann die Taube sein? »Agnes, ich habe meine Phiole mit dem Elixier verloren. Nein, das ist so nicht ganz richtig ... Max hat sie mir weggenommen.«

»Komm und setz dich zu mir.« Agnes klopfte auf den Stuhl neben ihr.

»Ich verstehe immer noch nicht, wie ich die Taube sein könnte«, sagte Sabine, als sie sich setzte.

»Das ist deine Rolle in der Prophezeiung«, sagte Agnes. »Du wurdest dazu auserwählt, mein Kind.«

Sabine schüttelte den Kopf. »Nichts von alledem ergibt einen Sinn für mich.«

»Natürlich tut es das, wenn du es aus dem richtigen Blickwinkel betrachtest. Das Datum deines Geburtstages ist an die Prophezeiung gebunden. Und deine Beziehung zu Max – er war der einzige Mensch, der imstande war, unsere Karte ausfindig zu machen. Der letzte Hinweis, der besagte, du müsstest nur das richtige Auge haben, um zu sehen, was vor dir war. Du hast selbst gesagt, du hättest diesen Hinweis spiegelverkehrt lesen müssen«, sagte Agnes.

»Aber wenn die ganze Suche nur als Ablenkung für den Auserwählten gedacht war, wie würde sie sich dann bei ihm ausgewirkt haben?«, fragte Sabine.

»Gar nicht. Der Hinweis über das richtige Auge besagt alles.« Agnes legte eine warme Hand auf Sabines Arm. »Unsere Vorfahren haben diese Schnitzeljagd erfunden, um den Auserwählten abzulenken, aber sie müssen gewusst haben, dass die Möglichkeit bestand, dass jemand anderer die Hinweise finden würde.«

»Aber es ist doch völlig unlogisch, dass ich die Taube sein soll«, beharrte Sabine. »Ich habe weder besondere Anlagen noch eine Ausbildung, die mich zu einem körperlichen Kampf mit einem Mann befähigen würden. Wie soll ich jemanden besiegen, der schon Generäle und Wächter umgebracht hat, Männer, die weitaus besser in der Lage waren, sich zu verteidigen, als ich?«

Agnes schüttelte nur den Kopf mit einem Ausdruck, der eine seltsame Mischung aus Resignation und Reue war. »Das kann ich dir nicht sagen. Das Einzige, was ich dir sagen kann, ist, dass du ihn bezwingen *wirst*. Wenn Phinneas es so gesehen hat, wird es auch so kommen.«

Sabine wusste, dass Agnes' Vertrauen auf Phinneas mehr ihrer Liebe zu dem Mann als ihrem Glauben an den Seher in ihm entsprang. Sabine wusste jedoch nicht, ob *sie* diese Art Vertrauen aufbringen konnte. »Ich werde ihn töten müssen, um ihn aufzuhalten«, sagte sie und schluckte hart.

»Wenn die Zeit kommt, wirst du die Kraft finden zu tun, was immer dir bestimmt ist. Vertrau deinem Instinkt«, riet Agnes.

Sabine sagte nichts. Ihr Verstand suchte fieberhaft nach einer Antwort, nach dem Schlüssel, um den Auserwählten aufzuhalten. Aber es kam nichts. Sie konnte also nur hoffen, dass Agnes recht hatte, aber es stand zu viel auf dem Spiel, um sich nur auf ihren Instinkt zu verlassen.

»Ich sehe mehr als nur Erschöpfung oder Furcht in deinen Augen, Kind. Ich weiß, wie der Schmerz eines gebrochenen Herzens aussieht«, sagte Agnes.

»Er hat mich hintergangen«, flüsterte sie. »Ach, Agnes, ich schäme mich ja so. Ich habe ihm vertraut, ihm meinen Körper und mein Herz geschenkt.« Sie zog scharf den Atem ein, als eine Welle des Schmerzes über sie hinwegrollte. Zum Teufel mit ihm!

»Vielleicht hatte er gute Gründe, um diese Phiole an sich zu nehmen«, gab Agnes zu bedenken.

»Das bezweifle ich.«

Agnes erwiderte nichts; sie hielt nur Sabines Hand und streichelte sie sanft.

»Ich bin ebenso eine Versagerin, wie meine Mutter es war.

Wenn es um Herzensangelegenheiten geht, kann man sich nicht auf uns verlassen.«

»Deine Mutter war keine Versagerin, Sabine«, sagte Agnes streng.

»Sie hat sich umgebracht«, beharrte Sabine.

Agnes seufzte schwer. »Ja, sie war krank. Aber selbst wenn ... du bist nicht deine Mutter.«

»Nein, aber anscheinend bin ich auch nicht stärker. Ich habe mich in Max verliebt, obwohl ich alles getan habe, um es zu vermeiden, und sieh nur, was geschehen ist! Ich hätte stark sein müssen wie du und mein Herz ignorieren sollen.«

Agnes ließ Sabines Hand los. »Phinneas und ich haben uns von unserer ersten Begegnung an geliebt, und er hat nicht ein einziges Mal seine Pflichten als Wächter vernachlässigt, um seinem Herzen zu folgen.«

»Das ist Stärke«, sagte Sabine.

»Nein, Sturheit«, widersprach Agnes.

»Er hat ein großes Opfer gebracht.«

»Er war ein Narr, und dieses Opfer hat ihn umgebracht. Wäre irgendetwas anders gekommen, wenn er sich für mich entschieden hätte?« Sie zuckte die Schultern. »Vielleicht nicht. Aber vielleicht eben doch. Ich wäre bei ihm gewesen und hätte ihm helfen können, sich gegen den Auserwählten zu verteidigen.« Ihre Augen füllten sich mit Tränen.

»Und wärst dabei vielleicht auch getötet worden«, gab Sabine zu bedenken.

»Aber ich wäre zusammen mit meiner großen Liebe in den Tod gegangen. Gestorben nach einem Leben voller Liebe. Ich hätte nicht nur ein Herz voller Liebe gehabt, sondern jeden Tag *geliebt*. Wir hatten unsere Briefe und sahen uns hin und wieder, aber das kam so furchtbar selten vor.«

Tränen strömten über ihre Wangen. »Ich würde gerne denken, dass er, würde er noch einmal vor die Wahl gestellt, eine andere Entscheidung treffen würde. Dann würde er vielleicht mich wählen statt seiner Pflicht – aber wenn, dann wäre ich nicht verfügbar gewesen, um zur Wächterin gewählt zu werden.

»Am Ende hat ihn seine Pflicht getötet, und jetzt bin ich allein. Er hätte beides haben können, aber das Risiko wollte er nicht eingehen.« Sie legte eine Hand an Sabines Wange. »Mach nicht den gleichen Fehler wie Phinneas und ich.«

»Aber unsere Familie, unser atlantidisches Erbe, sie sind mein Schicksal«, sagte Sabine.

»Nein, Kind«, entgegnete Agnes entschieden. »Dein Schicksal ist Max.«

Kapitel dreiundzwanzig

Spencer wartete vor dem Haus des Marquess und beobachtete Sabines drei Tanten, die in eine Kutsche stiegen. Eine zweite, ein offener Zweispänner mit zwei Wachen, um die älteren Damen zu beschützen, folgte ihnen. Dann erhielt Max eine halbe Stunde später eine Nachricht, sich unverzüglich in seinen Club zu begeben, und verließ das Haus.

Er hatte Sabine natürlich nicht ungeschützt zurückgelassen. Auch im Haus waren Wachen, mit denen sich Spencer würde befassen müssen. Aber Max' Abwesenheit gab ihm die Gelegenheit, die er brauchte.

Es wurde Zeit, höchste Zeit, dass er und Sabine sich kennenlernten.

Sabine durchwühlte eine weitere Schreibtischschublade in Max' Arbeitszimmer, fand aber keine Spur von der verschwundenen Phiole mit dem Elixier. Höchstwahrscheinlich trug dieser Schuft das Elixier bei sich. Vielleicht traf er sich sogar in ebendiesem Augenblick mit Wissenschaftlern oder einem Reporter von der *Times*, um endlich den Beweis für die Existenz von Atlantis anzutreten. Wenn das geschah, würden sie und ihre Tanten keinen Frieden mehr finden, und keine ihre Bemühungen, das Elixier zu beschützen, würde je wieder ausreichend sein. Nicht gegen die ganze Welt. Sie ließ die Schublade auf den Boden fallen und bemühte sich nicht einmal, sie wieder in Max' Schreibtisch einzusetzen. Er war vor fast einer halben Stunde ausgegangen, und sie hatte inzwischen einen Großteil seines Arbeitszimmers durchsucht, wenn auch ohne Erfolg.

Sie drehte sich um, und dabei fiel ihr Blick auf die Karte von Atlantis. Er hatte sie noch nicht wieder gerahmt, sondern sie auf seiner Schreibtischplatte ausgebreitet. Liebevoll strich Sabine mit dem Zeigefinger die Illustrationen nach. Sie sollte sie an sich nehmen. Gehörte sie nicht ihrem Volk? Hatte er sie nicht aus dem Versteck entwendet, das sie ausgewählt hatten, um sie sicher aufzubewahren?

Er hatte lange und hart gearbeitet, um sie zu finden, während andere Männer, erwachsene Männer, daran gescheitert waren. In Phinneas' Vision war der Finder der Karte als »Großer Mann«, bezeichnet worden. Aber auch ein Seher konnte sich irren, oder etwa nicht? Max hatte sich nur auf die Suche nach der Karte gemacht, um die Anerkennung seiner Familie zu gewinnen.

Die er aber nie von ihnen bekommen hat. Weil sie gestorben waren, bevor sie Gelegenheit bekamen, sie ihm zu zeigen.

Sabine strich die Linie eines der Wasserringe nach. Sie wollte Max nicht lieben, vor allem jetzt nicht mehr. Aber sie wollte verdammt sein, wenn sie es nicht tat. Und sie hatte recht gehabt – jemanden so sehr zu lieben schmerzte.

»Miss Tobias«, hörte sie eine Stimme vom Eingang hinter sich. »Endlich lernen wir uns kennen.«

Das Blut gefror ihr in den Adern. Er war hier, der Auserwählte. Und sie war ganz allein. Langsam drehte sie sich zu ihm um, wobei ihr schmerzlich bewusst wurde, dass sie nichts hatte, womit sie ihm eine auch nur halbwegs erwähnenswerte Verletzung zufügen konnte.

Aber dann rief sie sich in Erinnerung, dass sie die Taube war und Agnes ihr gesagt hatte, sie habe alles Nötige in sich, um ihn zu vernichten.

Er war jünger, als sie vermutet hatte. Viel jünger, da er etwa in ihrem Alter zu sein schien. Aus welchem Grund auch immer hatte sie ihn sich als älteren Herrn vorgestellt. Und er war ein attraktiver Mann, ein auffallend gut aussehender sogar, mit rabenschwarzem Haar und kalten blauen Augen. Doch das Wissen, wie böse er war, machte seine Attraktivität zunichte.

»Sie kennen meinen Namen«, sagte sie vorsichtig. »Vielleicht darf ich Ihren dann auch erfahren?«

»Sie haben mich erwartet?«, fragte er und trat noch weiter in den Raum hinein. Erst jetzt bemerkte Sabine die Pistole in seiner linken Hand.

Sie atmete tief ein. »Ich wusste, dass wir uns auf die eine oder andere Art begegnen würden.«

»Spencer Cole, Sonderberater der Königin, zu Ihren Diensten.« Er machte eine spöttische Verbeugung, ohne auch nur für den Bruchteil einer Sekunde seinen Blick von ihr zu nehmen.

Er arbeitete für Königin Victoria! Und hatte deren Generäle praktisch direkt unter ihren Augen ermordet. »Ist das der Grund, warum Sie es tun konnten?«, fragte sie. »Wie Sie an diese Generäle herangekommen sind, um sie zu töten?«

Er zuckte mit den Schultern. »Eng mit Ihrer Majestät zusammenzuarbeiten hat seine Vorteile.«

Sabine wollte ihn am Reden halten, nicht nur, weil sie neugierig auf ihn war, sondern vor allem auch, um Zeit zu gewinnen. Sie hatte keine Ahnung, wie sie ihn aufhalten sollte. Aber dann fiel ihr Blick auf das Schwert des Achilles, das rechts neben ihr am Schreibtisch lehnte. »Weiß sie es?«, fragte Sabine.

»Noch nicht. Aber ich denke, bevor der Tag zu Ende geht, wird sie es erfahren.« Wieder zuckte er die Schultern, gleichmütig wie jemand, der über das Wetter spricht.

»Sie sind jünger, als ich erwartet hatte.« Millimeterweise

bewegte sie sich nach rechts, um in Reichweite des Schwerts zu kommen.

Er schenkte ihr ein grausames Lächeln. »Morgen habe ich Geburtstag. Ich werde …«

»Fünfundzwanzig«, schätzte sie. Sie hatten also am selben Geburtstag – der Auserwählte und die Taube. Welche andere Verbindung gab es zwischen ihr und diesem Mann?

»Woher wussten Sie das?«

»Weil morgen auch der meine ist.«

Für einen Moment war es fast so, als wären sie Fremde, die sich zum ersten Mal begegneten und Höflichkeitsfloskeln austauschten, aber natürlich war dem nicht so. Vom Ausgang dieser Begegnung hingen Menschenleben ab. Leben, die ihr lieb und teuer waren.

»In der Prophezeiung steht nichts davon, dass mein Geburtstag mit dem einer Wächterin zusammenfällt.« Mit unverhohlener Neugier legte er den Kopf ein wenig schief. »Und in den Anweisungen meines Großvaters auch nicht«, sagte er.

Sabines Hand schloss sich um den Griff des Schwerts. Bisher schien er nicht bemerkt zu haben, dass sie direkt neben einer Waffe stand. Sie tat ihr Bestes, um das Schwert zu heben, aber es rührte sich nicht von der Stelle. Die schwere goldene Waffe lehnte unverrückbar an Max' Schreibtisch. Als Sabine hochschaute, bemerkte sie den amüsierten Blick des Auserwählten.

»Selbst wenn Sie es heben könnten, könnten Sie mir nichts antun«, sagte er.

»Ich habe nie gesagt, dass ich die Wächterin bin.« Wieder versuchte sie, das Schwert zu heben, konnte es jedoch nicht einmal bewegen.

»Wenn Sie nicht die Wächterin sind, wer ist es dann?« Er

kam auf sie zu, aber nicht in entspannter Haltung, sondern mit dem langsamen, entschlossenen Schritt eines seine Beute einkreisenden Raubtieres.

Sabine lief es eiskalt über den Rücken, und sie wünschte, Phinneas' Vision hätte klarere Anleitungen enthalten, wie sie diesen Mann vernichten konnte.

»Sie sind also nicht die Wächterin.« Er blickte auf seine Hand und hob sie hoch, um Sabine seinen Ring zu zeigen. »Sie sagen die Wahrheit. Wären Sie die Wächterin, würde dieser Stein rot glühen. Aber es besteht offensichtlich eine Verbindung zwischen uns. Ein gemeinsames Schicksal«, sagte er. »Und ich weiß, dass Sie wissen, wer dieser dritte Wächter ist. Eine Ihrer Tanten, aber welche?«

»Mir scheint, mein Schicksal ist es, Sie zu vernichten«, sagte sie, obwohl sie wusste, dass ihre Worte keinerlei Bedrohung für ihn waren.

»Sie?« Er lachte. »Dann bilden Sie sich wohl ein, Sie wären die Taube, was?« Mit ein paar Schritten überwand er die Entfernung zwischen ihnen und schenkte ihr ein Lächeln, das seine kalten Augen nicht erreichte. Seine rechte Hand schloss sich um ihr Handgelenk und hielt sie fest. »Haben Sie sich eine Taube schon mal richtig angesehen? Es sind zarte, schutzlose Wesen. Regelrecht zerbrechlich sind sie.«

Mit der anderen Hand ließ er das kalte Metall seiner Pistole an ihrer Wange hinuntergleiten, und Sabine zwang sich, reglos zu verharren, um ihn nicht die Angst sehen zu lassen, die Besitz von ihr ergriff.

»Ich war schon immer fasziniert von Tauben«, fuhr er fort. »Angesichts der Prophezeiung verstehen Sie auch sicherlich, warum. Als Junge habe ich sie studiert. Sie in Käfige gesperrt und einfach nur beobachtet.« Sein kalter Blick bohrte sich in den ihren. »Es gibt Hunderte von Wegen, eine Taube zu töten, sobald man eine gefangen hat. Ich kann ihre Knochen mit einer einzigen Bewegung meiner Hand zermalmen. Ich habe ihnen die Flügel ausgerissen, ihnen den Hals gebrochen …«

Sabine riss sich von ihm los und floh auf die andere Seite des Zimmers. Er war noch schlimmer, als sie gedacht hatte. Sie hatte erwartet, dass der Auserwählte schlau sein würde, doch obwohl er zweifellos ein Mörder war, hatte sie geglaubt, es ginge ihm um die Erfüllung der Prophezeiung. Sie hatte nicht vermutet, dass er ein so durch und durch bösartiger Mensch war, dem das Quälen anderer Geschöpfe offensichtlich Freude machte. Sie konnte die Galle schmecken, die in ihrer Kehle hochstieg.

Er breitete die Arme aus und kam wieder auf sie zu. »Tu, was du kannst, Taube«, sagte er und brach in ein schauerliches Gelächter aus.

Wäre sie imstande, dieses Schwert zu heben, hätte sie jetzt die perfekte Möglichkeit, es ihm ins Herz zu stoßen. Aber sie hatte gar nichts, um diesen Bastard anzugreifen. »Was geschieht jetzt?«, fragte sie. »Sie haben sieben Generäle ermordet, und hinzu kommen Madigan und Phinneas, was insgesamt neun Menschen sind. Und sicher werde ich die Nächste sein. Was werden Sie tun, wenn ich tot bin?«, fragte sie. Sie hatte sich noch nicht mit dem Sterben abgefunden, aber sie wusste, dass er raffiniert und böse war und dass sie, selbst unter günstigeren Umständen, sich extrem im Nachteil ihm gegenüber befand.

Er lehnte sich mit der Hüfte an Max' Schreibtisch. »Ich bin aufrichtig erfreut über Ihre Frage, Sabine«, sagte er. »Ich hatte mir sehr gewünscht, mit jemandem darüber reden zu können. Dank des Elixiers der beiden anderen Wächter konnte ich beginnen, es den neuen militärischen Führern zu verabreichen, die ich durch einen glücklichen Zufall selbst auswählen konnte.«

Sabine lauschte seinen Worten, ließ aber unauffällig ihren Blick durch den Raum schweifen und suchte nach irgendetwas, das ihr als Waffe dienen könnte. Max hielt offenbar nicht viel von überflüssigem Schnickschnack, und abgesehen von seinen Büchern und den nötigen Möbelstücken wie Sessel, Schreibtisch, Sofa, gab es nicht viel mehr in diesem Raum. Doch dann fiel ihr der Speer ein. Er war alt und verrostet, doch bemerkenswerterweise war er hier in diesem Zimmer ausgestellt. Max hatte den Schaukasten zerbrochen und das Glas noch nicht ersetzt. Sie wusste, dass der Speer gleich hinter Spencer lag, auf der anderen Seite von Max' Schreibtisch.

»Bei der Königin ein offenes Ohr zu finden war von entscheidender Bedeutung bei all dem«, fuhr Spencer fort. »Aber es ist nicht leicht gewesen, versichere ich Ihnen.«

Mit einer Schnelligkeit, auf die Sabine nicht gefasst gewesen war, stieß er sich vom Schreibtisch ab und überbrückte die Entfernung zwischen ihnen. Sie dagegen entfernte sich von ihm. Es war ein Tanz auf Leben und Tod, den sie hier aufführten.

»Die Königin ist heute eine alte Frau«, sagte er. »Aber sie ist nicht dumm und vertraut niemandem so leicht. Ich habe bei ihr ausgeharrt, habe geduldig abgewartet, und jetzt vertraut sie mir gewissermaßen blind.«

»Warum geben Sie den Offizieren das Elixier?«, fragte Sabine. Sie musste ihn dazu bringen, ihr auf die andere Seite des Schreibtischs zu folgen. Aber wie?

»Kennen Sie unsere eigene Geschichte nicht?« Missbilligend schnalzte er mit der Zunge. »Sie sollten sich schämen«, sagte er seufzend und verdrehte die Augen, als strapazierte es seine Geduld, etwas so Grundsätzliches erklären zu müssen. »Damals in Atlantis machte das Elixier unsere Armee unzerstörbar. Und wir waren so nahe daran; die Armee hatte schon mehrere Länder erobert, und wir hatten die Kontrolle über ihre Regierungen übernommen ... Nun wird meine neue Armee das Gleiche tun«, sagte er.

»Sie sind Atlantide?«, fragte Sabine. Das war eigentlich nur logisch, aber trotzdem überraschte es sie. Sie hatte es für selbstverständlich gehalten, dass ihr Volk, die Menschen, die vor der Zerstörung von Atlantis geflohen waren, aus ihren Fehlern gelernt hatten.

Sie trat einen Schritt zurück, und er verengte die Augen und folgte ihr. »Natürlich. Einige meiner Vorfahren sind mit den Ihren auf Schiffen hierher geflohen. Einer von ihnen allerdings nur widerstrebend. Aber er war klug und wusste, dass sich eines Tages einer aus seinem Geschlecht erheben und beenden würde, was zu seiner Zeit begonnen worden war. Er stahl die Prophezeiung aus dem Buch des Sehers. Seit Generationen waren diese Aufzeichnungen für meine Familie verloren gewesen, bis mein Großvater sie wiederfand. Er lehrte mich die Gebräuche unseres Volkes, der wahren Atlantiden, die von Tapferkeit und Mut erfüllt waren, nicht von Schwäche und Furcht. Die Prophezeiung ist mein Schicksal.« Er legte bei diesen Worten theatralisch eine Hand an seine Brust. »Ich muss sie erfüllen, muss unser Atlantis zu seiner einstige Größe zurückführen und die Arbeit unserer Armee vollenden. Und der alleinige Besitzer aller drei Elixiere zu sein wird mir Unsterblichkeit verleihen.«

Unsterblichkeit. Sie war der Grund, warum die Wächter so sorgfältig ausgewählt wurden und warum ihnen nicht gestattet war, mit anderen Wächtern zusammen zu sein. Die Versuchung, niemals alt zu werden, war zu groß. Nun wusste Sabine, wo das Gerücht über den Quell der Jugend seinen Anfang genommen hatte. »Ihnen ist doch wohl klar, dass Atlantis nie wiederhergestellt werden kann«, wandte Sabine ein. »Es ist vor einer Ewigkeit im Ozean versunken. Aller Wahrscheinlichkeit nach ist nichts mehr davon übrig.« Sie verspürte einen Hauch von Traurigkeit bei dem Gedanken. Aber sie wollte absolut nichts mit diesem Mann gemeinsam haben. Wieder bewegte sie sich und versuchte sich so hinzustellen, dass sie den Speer ergreifen konnte.

Der Auserwählte runzelte die Stirn. »Nicht das ursprüngliche Atlantis; ich bin schließlich kein Narr. Aber die Lebensweise der Atlantiden. Wir waren kurz davor, die Welt zu beherrschen. So nahe daran, jeden Regenten, jeden König, jeden Kaiser vor den unsrigen niederknien zu sehen. *Das* werde ich wiederherstellen.«

»Und das gedenken Sie mit Englands Armee zu tun?«, warf Sabine ein.

»Ja. Ich bin der Auserwählte. Überlegen Sie doch nur, wie es sein wird, eine ganze Armee mit dem Elixier zu versorgen! Ich werde Soldaten haben, die nichts und niemand töten kann. Eine Armee unter meiner Kontrolle, die durch nichts besiegt werden kann.«

Er war wahnsinnig. Vollkommen und unverzeihlich wahnsinnig. »Glauben Sie wirklich, dass andere Nationen das zulassen werden?«, fragte sie.

»Andere Armeen haben keine Chance gegen die meine. England hat bereits das stärkste Militär der Welt. Nun werde ich die Soldaten auch noch unzerstörbar machen.«

»Andere Länder werden sich zusammenschließen, um Sie aufzuhalten. Sie werden nur einen permanenten Kriegszustand erzeugen, und England wird zerstört werden«, sagte Sabine.

Ein verächtliches Grinsen entstellte sein Gesicht. »England interessiert mich nicht. Vielleicht werde ich anderswo regieren. Griechenland ist wahrscheinlich unserem Heimatland am ähnlichsten.« Er zuckte die Schultern. »Ich werde meine Armee dorthin verlegen.«

Arroganz war nie eine angenehme Eigenschaft, aber sie war es sogar noch weniger, wenn der fragliche Mensch sich einbildete, er würde eines Tages die Welt beherrschen. Ihr Volk hatte genau das vorgehabt, und diese Ambitionen hatten buchstäblich ihren Kontinent verschlungen. Hatte denn niemand aus dieser Erfahrung gelernt?

»Schluss mit dem Geplauder.« Er hob die Hand, um Sabine zum Schweigen zu bringen. »Sie wissen, warum ich hergekommen bin.«

»Ich habe Ihnen doch schon gesagt, dass ich nicht die Wächterin bin; ich habe das Elixier nicht«, sagte sie achselzuckend.

Sie war dem Speer jetzt schon sehr nahe, stand direkt hinter Max' Schreibtisch, und der Speer war hinter ihr. Nicht nahe genug jedoch, um ihn zu ergreifen. Wenn sie einfach danach griff, würde der Auserwählte sie umbringen. Und irgendwann würde er ihre Tante Agnes finden, ob sie selbst noch am Leben wäre oder nicht. Es wäre einfach nur praktischer für ihn, wenn sie kooperierte.

»Aber Sie wissen, wo sie ist. Ihre Tante, meine ich. Welche ist es?« Er leckte sich die Lippen. »Ich habe sie vorhin in einer Kutsche wegfahren sehen. Sind sie zu dem Laden gefahren, Sabine? Oder vielleicht zurück in ihr Dorf?«

Während er redete, wich sie zwei Schritte zurück in Richtung Speer.

»Ich werde sie finden. Und mein Ring wird mir verraten, welche von ihnen das restliche Elixier versteckt.« Er lächelte –

ein grausames, herzloses Grinsen, das Sabine einen kalten Schauder über den Rücken jagte. »Ich werde Sie umbringen, wenn es sein muss.« Und das war völlig ernst gemeint, das wusste sie. »Genau wie ich die getötet habe, die vor Ihnen an der Reihe waren.«

»Vielleicht. Aber Sie haben doch sicher nicht den Teil der Prophezeiung übersehen, der sich auf *Ihre* Vernichtung bezieht.«

Max hatte über eine Stunde geduldig in der Solomon'schen Bibliothek gewartet. Nun, *geduldig* war vielleicht übertrieben, aber zumindest hatte er bisher noch niemanden erwürgt. Er hatte eine Nachricht von jemandem aus dem Club erhalten und angenommen, dass sie von Marcus war. Max hatte Sabine nicht allein lassen wollen, aber andererseits hatte er genügend Männer, die das Haus bewachten, um beruhigt sein zu können, dass sie sicher war.

Marcus war jedoch nirgendwo zu finden, und niemand im Club hatte ihn heute schon gesehen.

Max steckte eine Hand in die Tasche, während er in der Bibliothek auf und ab ging, und berührte mit den Fingerspitzen die Glasphiole mit dem Elixier. Er hatte sie mitgebracht, um sie Marcus zu zeigen.

Das Warten gab ihm Gelegenheit, Bilanz aus seiner derzeitigen Situation zu ziehen. Was zum Teufel hatte er sich dabei gedacht, Sabines Phiole an sich zu nehmen? War diese lächerliche Suche so wichtig, dass er riskierte, Sabine wehzutun? Wie hatte er ihr Vertrauen so missbrauchen können?

Zum Teufel mit Marcus und seinem Unterseeboot! Max stürmte aus der Bibliothek und durch die Eingangstür von Solomon's ins Freie. Er war so auf seine eigenen Wünsche konzentriert gewesen, dass er dadurch vielleicht die einzige Frau verloren hatte, die er je geliebt hatte.

»Sagen Sie mir, wo das Elixier ist, oder ich bringe Sie um. Irgendwann werde ich auch die letzte Wächterin töten, aber vielleicht bringe ich ja auch den Rest Ihrer Tanten um, und sei es auch nur zu meinem Amüsement. Dann komme ich wieder, um mir Ihren Geliebten vorzunehmen«, drohte Spencer. »Also reizen Sie mich nicht, Sabine. Sie haben doch sicherlich gesehen, wozu ich fähig bin.«

Es wäre gelogen zu behaupten, dass seine Drohung sie nicht zögern ließ. Die Nichte in ihr wollte ihre Tanten retten, um jeden Preis, und die Frau in ihr ihren Geliebten. Aber ihre Tanten waren nicht im Laden. Sie waren in das Haus eines Mitglieds von Max' Club geschickt worden, wo sie vorläufig in Sicherheit sein würden.

Sabine zog sich noch einen Schritt zurück. Nur ein Stückchen mehr noch, und sie würde den Speer ergreifen können.

»Ich weiß, dass das Elixier hier im Haus ist. Ich werde es finden.« Plötzlich ging er auf Sabine los und schlug ihr mit dem Handrücken ins Gesicht, wobei sein Ring auf ihrem Wangenknochen aufschlug.

Der heftige Hieb warf sie fast um, aber irgendwie gelang es ihr, sich auf den Beinen zu halten.

Der Auserwählte legte den Kopf ein wenig schief. »Wie passend, dass mein Ring vermutlich eine Narbe auf Ihrer makellosen Haut hinterlassen wird. Falls Sie lange genug leben natürlich nur, damit die Platzwunde verheilen kann.« Während er das sagte, senkte er für einen Moment den Blick auf seinen Ring.

Diesmal war Sabine vorbereitet und duckte sich, als er von

Neuem auf sie losging. Er war jedoch schneller als sie und schaffte es, ihr zwei weitere Schläge zu versetzen. Ihre Augen füllten sich mit Tränen, als der Schmerz sie taumeln ließ.

»Ich tue Frauen nur ungern weh. Ihr seid schwache, wenig intelligente Geschöpfe und dazu erzogen worden, euch auf den Schutz von Männern zu verlassen. Aber bei Ihnen werde ich eine Ausnahme machen, da Sie ja die Taube sind. Sagen Sie mir also, wo das Elixier ist«, verlangte er mit etwas sanfterer Stimme, »dann könnte ich vielleicht ein bisschen nachsichtiger sein.«

Er legte eine Hand um ihre Kehle und drückte zu. Ein scharfer Schmerz durchzuckte Sabines Schläfen, und der Sauerstoffmangel versengte ihr schier das Gehirn. Noch ein paar Sekunden mehr, und sie würde tot sein. Oder bereit, ihm alles zu erzählen.

»Oder vielleicht auch nicht. Ich kann dieses verdammte Haus durchsuchen, aber es wird sehr viel schneller gehen, wenn Sie es mir einfach sagen«, brüllte er sie an.

Bilder von Madigan und dann Phinneas schossen ihr durch den Kopf. Sie hatten nicht aufgegeben und einen furchtbaren, qualvollen Tod erlitten. Das war es, was Agnes erwartete, wenn Sabine ihn nicht aufhielt. Mit neu erwachter Kraft entwand sie sich ihm und rang nach Atem. Ihre Lungen brannten, als der erste Sauerstoff sie füllte.

Endlich nahe genug, griff sie nach dem Speer, aber Spencer stieß sie fort, bevor sie die Waffe greifen konnte. Sabine stolperte und fiel, schaffte es aber, sich wieder aufzurappeln, bevor er wieder bei ihr war. Ihre Kehle schmerzte, ihr Auge schwoll schon zu, und auf ihrem Kleid sah sie das Blut, das von ihrem Gesicht heruntertropfte.

Sie würde sterben, erkannte sie, und war für einen Moment lang wie gelähmt vor Furcht.

Sie liebte ihre Tanten, und sie waren so gut zu ihr gewesen, als sie ihre Mutter verloren hatte. Sie dachte an ihre Leute daheim in ihrem Dorf, an ihre lächelnden Gesichter und ihre einfache, bescheidene Lebensweise. Vor allem jedoch dachte sie an Max, und am meisten von allem bedauerte sie, ihm nicht mehr sagen zu können, dass sie ihn liebte.

Denn obwohl er ihr Vertrauen missbraucht hatte, wusste sie, dass gerade er mehr als irgendjemand anderer diese Worte brauchte. Er musste wissen, dass er jemandem etwas bedeutete. Und Agnes brauchte Schutz. Wenn Sabine diesen Wahnsinnigen nicht aufhielt, würde er eigenhändig jeden umbringen, den sie je geliebt hatte.

Spencer hatte sich vor ihr aufgebaut, und sie war zwischen ihm und Max' Schreibtisch gefangen. Aber sie würde nicht mehr vor ihrem Schicksal davonlaufen. Sie sah die Dinge jetzt ganz klar. Agnes hatte gesagt, ihr Schicksal sei Max, aber was das *wirklich* bedeutete, war, dass es ihr Schicksal war, ihn zu retten. Sie alle zu retten.

Sie stürzte sich auf Spencer und versuchte, ihm seine Pistole zu entreißen, aber natürlich war er stärker. Er packte sie am Handgelenk und hielt es fest, während Sabine fortfuhr, ihn mit ihrem anderen Arm zu attackieren. Sie holte aus, schlug zu, wo immer sie ihn auch erreichen konnte, und versuchte verzweifelt, ihm wenigstens ein gewisses Maß an Schmerzen zuzufügen. Aber sie wusste, dass ihre Schläge kaum mehr als ein Wispern an seinem viel kräftigeren Körper waren.

Wieder warf sie sich mit ihrem ganzen Körper gegen ihn, und er geriet ins Schwanken. Hinter ihm konnte Sabine den Speer sehen, und plötzlich wusste sie, was sie zu tun hatte. Sie würde Spencers Klauen niemals lange genug entkommen, um nach dem Speer zu greifen. Aber sie konnte ihn daraufwerfen! *Das* war die Antwort. Es würde ihr ganzes Gewicht erfordern, ihm die Waffe in den Leib zu treiben, und auch sie würde von dem Speer durchbohrt werden. Sie würde sterben, aber sie war die Taube, und um das zu tun, war sie geboren worden. Um Agnes und ihre anderen Tanten zu beschützen. Um dieses Land und vor allem Max zu beschützen …

Und als hätte ihr Herz ihn gerufen, stand Max plötzlich in der Tür.

»Lassen Sie sie verdammt noch mal in Ruhe!«, brüllte Max, bevor er auf sie zustürmte.

Ohne einen weiteren Gedanken zu verschwenden, warf sie sich mit neu erwachter Kraft auf Spencer und stieß ihn rücklings auf den Speer. Im letzten Moment schlang er den Arm um ihre Taille und zog sie mit sich, und sie spürte, wie die Speerspitze in ihren Bauch eindrang und dann an ihrem Rücken wieder austrat. Ihr versagten fast die Knie von dem unsäglichen Schmerz, der sie durchfuhr.

Auch Spencers Augen weiteten sich vor Schmerz. »Du wirst vor mir sterben«, fauchte er, während er hustete und nach Atem rang.

Sabine spürte, wie die Welt um sie herum verblasste. Dumpf konnte sie im Hintergrund Max' Stimme ihren Namen rufen hören, aber Spencers Gesicht war das Letzte, was sie sah, als ihr schwarz vor Augen wurde.

»Sabine? Kannst du mich hören?« Max hielt ihren Kopf auf seinem Schoß und rief sie. Angst krampfte ihm das Herz zusammen wie eine eiserne Zwinge, sodass er kaum noch Luft bekam.

Sabines Atem kam flach und unregelmäßig, ihre Brust bewegte sich kaum noch, und die rauen Laute, die aus ihrer

Kehle kamen, nahmen ihm jede Hoffnung. Max hatte sich das Hemd vom Leib gerissen und es fest auf Sabines Wunde gedrückt, um so vielleicht die Blutung zu stillen, aber seine Bemühungen blieben erfolglos.

»Herrgott noch mal, Frau!«, schrie er. »Was zum Teufel hast du dir dabei gedacht? Ich muss nicht gerettet werden, und selbst wenn es so wäre, war mein Leben es nicht wert, das deine dafür hinzugeben.« Er sprach mit ihr, als wäre sie bei Bewusstsein, und ohne sich darum zu scheren, wer ihn hörte.

Vor fünf Minuten etwa waren ihre Tanten in das Zimmer gestürmt und standen jetzt schweigend beieinander, als er Sabine das Haar aus dem Gesicht strich. Die schönen rötlich braunen Locken glänzten wie immer, obwohl sie sterbend in seinen Armen lag.

»Sie ist tot«, flüsterte Calliope hinter ihm.

»Nein, sie lebt!«, widersprach Max heftig und beugte sich vor, um Sabines Stirn und Wangen mit Küssen zu bedecken. Trotzdem rührte sie sich nicht. Dann spürte er plötzlich die kleine Phiole in seiner Tasche und zog sie schnell heraus und entkorkte sie.

Er riss ihr Kleid vorn auf und goss das Elixier auf die klaffende Wunde in ihrem Bauch. Das Blut lief an ihrer Haut hinunter, als es sich mit der farblosen Flüssigkeit vermischte.

Aber Sabines Zustand veränderte sich nicht.

Max öffnete ihre Lippen und träufelte etwas von dem Elixier in ihren Mund. Noch immer hörte er sie nicht atmen.

»Nein, verdammt! Nicht jetzt. Du kannst mich jetzt nicht verlassen, Sabine. Wach endlich auf, verdammt noch mal! Weißt du nicht, dass ich dich liebe?« Max beugte sich über sie und legte sein Gesicht an ihre Brust. Er hörte nichts – keinen Puls, keinen Herzschlag, keinen Atem. Auch sein Herz schien stehen zu bleiben, sein Atem stockte, und alles in ihm wurde still. »Ich liebe dich«, wiederholte er mit erstickter Stimme.

Mehrere Minuten lag er über ihr und ignorierte das Weinen der Tanten hinter ihm.

Dann zauste ihm jemand das Haar.

»Ich liebe dich auch«, flüsterte eine Stimme.

Er stützte sich auf einen Ellbogen. »Sabine?«

Ihre Lider flatterten, als sie die Augen öffnete und ein paarmal hustete. Dann zuckte sie zusammen. »Es tut so weh«, murmelte sie.

Max lachte, ohne sich der Tränen zu schämen, die ihm über die Wangen liefen. Als er auf ihre Wunde herabsah, hatte sie aufgehört zu bluten. »Du hast mich zu Tode erschreckt, Sabine.«

»Es war die einzige Möglichkeit.«

»Aber hast du gehört, was ich gesagt habe?«, fragte er.

»Natürlich.« Sie schenkte ihm ein schwaches Lächeln. »Eine Frau hört es immer, wenn ein Mann ihr sagt, dass er sie liebt. Das habe ich gehört, wo immer ich auch war«, sagte sie.

»Und wo warst du?«, fragte Max.

»Ich war hier. Noch war ich hier. Du hast mir das Leben zurückgegeben.«

»Nein«, sagte er.

»Das Elixier.« Sie nickte. »Ich weiß, dass du es mir weggenommen hattest.«

»Ich war ein Schuft, dich so zu hintergehen«, sagte er.

»Ja, das warst du.«

»Als mir das bewusst wurde, bin ich sofort hierher zurückgeeilt.« Er drückte ihre Hand.

»Dann hast du es also niemandem gegeben?«

»Ich habe es dir gegeben.« Er zeigte ihr die leere Phiole.

»Du hast deinen Traum geopfert, um mich zu retten?«

»Du bist mein Traum.« Er schüttelte den Kopf. »Ich war anfangs nur zu dumm, das zu erkennen.«

»Aber was ist mit deinem Ziel? Dem endgültigen Beweis dafür, dass es Atlantis gab?«

»Du liegst da, tränkst meinen teuren Teppich mit deinem Blut und willst nun auch noch mit mir streiten?«

Sie schenkte ihm ein schwaches Lächeln. »Ich will nur sichergehen, dass du weißt, was du willst.«

Ihre ruhigen Atemzüge und ihr starker Herzschlag erfüllten ihn mit neuer Lebenskraft. Zum ersten Mal seit Jahren fühlte er sich wirklich lebendig. Wieder bedeckte er ihr Gesicht mit Küssen. Die Wunde an ihrer Wange blutete noch, aber es begann langsam zu stocken. »Ich wünsche mir nichts mehr, als dass du meine Frau wirst.«

»Ach, ich weiß nicht. Du bist doch ziemlich anstrengend«, sagte sie.

»Sagt die Frau, deren Schicksal eine Prophezeiung über das Ende der Welt beinhaltete.«

Sie lächelte. »Ja. Ich wäre sehr gerne deine Frau.«

»Ich liebe dich, Sabine.«

»Wenn du wüsstest, wie sehr ich mir gewünscht habe, dich das sagen zu hören.« Sie versuchte, sich aufzurichten, zuckte aber vor Schmerz zusammen. »Ich glaube, ich könnte ein paar Stiche brauchen.«

Ihre Tanten, die weinend hinter Max gestanden hatten, begannen zu lachen.

»Ich hole das Nähkörbchen«, bot sich Calliope an.

»Ich dachte, ihr wärt umgezogen?«, fragte Sabine.

»Du warst in Gefahr«, sagte Agnes. »Das konnte ich spüren. Deshalb sind wir sofort zurückgekommen.«

»Was ist mit dem Auserwählten?«, wollte Sabine wissen. »Ist er tot?«

»Ja, du hast ihn gerichtet.« Max schüttelte den Kopf. »Ich habe den Speer abgebrochen und ihn aus dir herausgezogen.«

Calliope kam mit dem Nähkorb, aber Agnes hielt sie zurück. »Gib den beiden noch einen Moment.«

»Endlich ist es vorbei«, sagte Max.

»Ich liebe dich, Maxwell Barrett.« Sabine legte zärtlich ihre Hand an seine Wange. »Ich hasste den Gedanken, zu sterben, ohne es dir gesagt zu haben.«

»Nun, dann wirst du eben einfach dafür sorgen müssen, dass ich es für den Rest meines Lebens jeden Tag von Neuem höre«, sagte er.

»Das verspreche ich dir, mein Liebster.«

– ENDE –

Kann wahre Liebe die größte Feindschaft überwinden?

Kris Kennedy
DIE VERFÜHRUNG
DES RITTERS
Roman
Aus dem amerikanischen
Englisch von
Juliane Korelski
496 Seiten
mit zahlreichen
Abbildungen
ISBN 978-3-404-16093-8

England, 1152. Gwyn flieht vor der Hochzeit mit einem ungeliebten Mann und landet in den starken Armen des Griffyn. Zwischen den beiden entspinnt sich eine leidenschaftliche Romanze. Doch dann erfährt der Ritter, dass die schwarzhaarige Schönheit die Tochter seines größten Feindes ist …

»Eine wunderbare Geschichte über Verrat und Leidenschaft«
HANNAH HOWELL

Bastei Lübbe Taschenbuch

Nichts ist verführerischer als das Abenteuer der Liebe

Robyn DeHart
ZAUBERHAFTE
VERSUCHUNG
Roman
Aus dem amerikanischen
Englisch von
Ulrike Moreno
368 Seiten
ISBN 978-3-404-18761-4

Die Legende um die Büchse der Pandora übte seit jeher eine große Anziehungskraft auf die schöne, aber schüchterne Esme aus. Als sie die Büchse plötzlich in ihren zarten Händen hält, kann sie ihr Glück kaum fassen. Ein kurzer, verstohlener Blick hinein verändert ihr Leben von einer Sekunde auf die andere – aus dem stillen Bücherwurm wird eine Dame, die die Kunst der Verführung genau einzusetzen weiß. Für ihre neue Gabe findet sie schon bald Verwendung: Als der attraktive Gentleman Fielding sie aus einer äußerst gefährlichen Situation befreit, weiß sie ganz genau, wie sie ihm danken kann ...